[明]唐寅《王蜀宫妓图》

前蜀皇帝王建石像

玉大带（永陵博物馆出土文物）

谥宝（永陵博物馆出土文物）

舞伎

舞伎

琵琶伎

拍板伎

拍板伎

吹篪伎

吹笛伎

吹笙伎

蜀地唐音

破解
住在唐诗里的
乐伎密码

彭志强 著

人民日报出版社

图书在版编目（CIP）数据

蜀地唐音：破解住在唐诗里的乐伎密码 / 彭志强著. -- 北京：人民日报出版社，2019.6
ISBN 978-7-5115-6070-4

Ⅰ.①蜀… Ⅱ.①彭… Ⅲ.①散文集－中国－当代 Ⅳ.①I267

中国版本图书馆CIP数据核字（2019）第101559号

书　　名：	蜀地唐音——破解住在唐诗里的乐伎密码
作　　者：	彭志强
出 版 人：	董　伟
责任编辑：	陈　红　陈　浩
责任校对：	王心予
装帧设计：	左左工作室
出版发行：	人民日报出版社
社　　址：	北京金台西路2号
邮政编码：	100733
发行热线：	（010）65369509　65369527　65369846　65363528
邮购热线：	（010）65369530　65363527
编辑热线：	（010）65369844
网　　址：	www.peopledailypress.com
经　　销：	新华书店
印　　刷：	涞水建良印刷有限公司
开　　本：	880 mm×1230 mm　1/32
字　　数：	230千
印　　张：	11.5
印　　次：	2019年7月第1版　2019年7月第1次印刷
书　　号：	ISBN 978-7-5115-6070-4
定　　价：	48.00元

目录

自序　成都，唐朝音乐之都························ 001

舞霓裳 ························ 001

琵琶行 ························ 022

拍板 ························ 045

吹篪 ························ 061

横笛 ························ 074

吹笙 ························ 091

排箫 ························ 108

啸叶 ……………………………… 123

吹贝 ……………………………… 138

觱篥歌 …………………………… 153

弹筝 ……………………………… 172

箜篌引 …………………………… 188

打正鼓 …………………………… 202

和鼓和 …………………………… 214

齐鼓喧 …………………………… 226

羯鼓王 …………………………… 239

铜钹冷 …………………………………………… 254

毛员鼓说 ………………………………………… 267

答腊鼓鸣 ………………………………………… 280

摇靴牢 …………………………………………… 293

鸡娄鼓 …………………………………………… 310

自序

成都，唐朝音乐之都

最期待的狂欢是失去的一切复活在文学艺术中。

著名作家王蒙掷地有声的这句名言，在前蜀皇帝王建棺床的石刻浮雕"二十四伎乐"上也有回响。凝固在浮雕上的她们，有的弹琵琶，有的弹筝篌，有的吹觱篥，有的吹横笛，有的打羯鼓，有的敲铜钹，有的摇鞉牢……无声，却胜过万种风情与任何声响。这是她们以石刻艺术复活1100年前的蜀地唐音——唐朝末年蜀国宫廷乐队的锵锵乐舞之音。

只是王建棺床上的浮雕"二十四伎乐"千年以来一直沉睡于成都永陵地宫，没有后世文学作品洗涤，仅有王建爱妃花蕊夫人的五代十国时期系列《宫词》记录过前蜀宫廷的活人乐舞。

曾被淤泥长时间埋葬的她们，直到永陵从1942—1943年考古发掘出土，后人才知早已消失的唐代和前蜀宫廷乐舞还有蜀地石刻艺术承载其姿其器原貌。"惟光天元年夏六月壬寅朔，大行皇帝登遐。粤十一月三日，神驾迁座于永陵。"蜀人从出土文物"哀册"上面镌刻的文字发现,前蜀皇帝王建死于918年农历六月初一,其遗骸于当年11月3日迁葬于这座名叫永陵的陵墓。哀册上的这些文字如同一盏明月,照亮了传说,也照亮了在历史暗处的文献记载。

永陵,作为中国唯一一个建在地表的皇陵,从此横空出世。

它的苏醒,源于日军大轰炸成都平原。蜀地抗日之士原本是在三洞桥附近的土山挖防空洞,以避炮弹轰炸,却意外发现永陵的真实存在。在此之前,深藏永陵千年的形如小山的夯土堆,曾长期被误以为是西汉辞赋家司马相如与卓文君抚琴定情之台:抚琴台。前蜀皇帝王建的石刻浮雕"二十四伎乐"、王建石像、玉大带、谥宝、谥册、哀册等大批陪葬品的出土,尽管处于抗日战争期间,依旧举国关注,让人叹为观止。尤其是王建棺床石刻浮雕"二十四伎乐",因其为中国唯一完整表现唐代和前蜀宫廷乐队组合的浮雕艺术品,惊艳了世界,为世人了解盛唐打开了一扇再也关不掉的窗。

70多年来,王建、王建墓、五代十国时期的前蜀王朝、永陵石刻"二十四伎乐"成为考古学家、历史学家、音乐家研究的关键词组。

1961年,国务院把王建墓列为全国重点文物保护单位,老成都人因此一直俗称现今的成都永陵博物馆为"王建墓"。这里,银杏、芙蓉遍植,飞鸟、乐声常驻。很长一段时间,是成都百姓常去观银杏落叶、赏芙蓉花开、打成都麻将、喝老成都盖碗茶、摆老成都龙门阵的一块热土。其实,位于成都一环路内永陵路10号的王建葬地陵寝名为"永陵",最早就是长久、永远的寓意。而前蜀成都尹(相当于五代十国时期的成都市委书记)周庠将王建陵址选定于此,也是群臣议定的风水宝地,坐落于上风上水、居高临下的成都西北方向,"以乾位在西北,故就之"。上水,顺水达长远;居高,高处览全局。王建生前怕也想象不到,永陵地宫内外如今会有雅俗两种文化交织。地上,是民间俗乐,众人偷闲取乐;地下,是皇室乐舞,王建独享寂寞。

当永陵变成永陵博物馆,敞开大门迎接八方游人之后,王建地宫就不再冷清与落寞。我第一次走进成都永陵王建地宫,是1998年秋天。当时在四川师范大学结束大一课程,到四川青年报社做实习记者,而踏访此地。进入复古的永陵大门,穿过文臣武将石像林立的神道,迎面便是王建皇帝的地宫,以及地宫上用古砖砌成的永陵。王建陵墓上的一株株柏树气势雄浑,苍翠欲滴,远远望去会有一种错觉,仿佛步入"锦官城外柏森森"的武侯祠刘备墓。走进地宫,除了王建石像,最吸引我的是棺床上的24躯或跳舞或演奏宫廷乐器的乐伎,即后世学者口中经常提及的"二十四伎乐"。

我一直好奇,以石刻浮雕留下唐朝宫廷乐舞瑰宝的人,为何是晚唐将军、前蜀皇帝王建,而不是将唐朝宫廷乐舞推向极致的唐玄宗李隆基?

李隆基生下来就是皇室王子,面对唐太宗李世民开创的贞观盛世留下的丰盛政治遗产,李治争过,武则天争过,李显、李旦两位武则天的儿子也争过,他只需铲除七伯父李显的韦皇后和姑母太平公主两股敌对势力，年仅27岁就坐上皇帝宝座，成为傲视群雄的唐玄宗。

王建则不同，祖祖辈辈皆是卖饼为生的老百姓，为了把苦日子过得鲜亮一点，他甚至违背礼法做过宰牛、偷驴、盗卖私盐的盗窃犯，要是不从军打仗拼前程，人生终点最多是个小混混。从白居易去世第二年的847年出生，到885年被唐僖宗封为神策军统领宿卫宫中，再从903年被唐昭宗封为蜀王，再到907年在成都自立为帝建大蜀国（史称"前蜀"），60岁才当上皇帝的王建已创"平民皇帝"奇迹，因为在马背上开疆、在马蹄下拓土的他稍有不慎就是人头落地，倒在这条漫长的血路之上。难得的是王建，虽然并非文人雅士，堪称目不识字的粗人一个，但是他事事效仿唐朝皇帝重用贤能，好与儒生谈论天下事，尤其是对唐朝宫廷乐舞的喜爱，推动了蜀地音乐舞蹈的空前繁荣。不过，王建在位不足12年，李隆基却实实在在有44年在位，他们在宫廷享乐赏舞方面完全不在一个层级。

怪只怪李隆基没有在太平盛世把皇位移交给儿子李亨。安禄山从渔阳郡敲响的鼙鼓刚至潼关城，李隆基就放弃长安城逃奔西蜀成都，成为唐朝这场政治地震中第一个逃跑的李氏皇帝"李跑跑"。逃至宁夏灵武临危登基的唐肃宗李亨，一上任就开始反扑安史叛军，哪有时间哪有心情挂记父皇李隆基勃兴的唐朝宫廷乐舞？后来收复长安再次回宫的李隆基，已是寂寞空虚冷的太上皇，而李亨基本上还在忙着下军棋，一会儿吃掉安禄山一个师级部队，一会儿被史思明吃掉一个团级部队，夜夜辗转反侧，后宫多枕难眠。

王衍当皇帝，明显比李亨命好，来得顺。他无须打打杀杀，就因母妃花蕊夫人极受王建宠爱，先是太子东宫从天而降，然后是王建918年驾崩顺理成章问鼎前蜀后主帝位。蜀人多称王衍是败家子，是因他过于荒淫、贪乐、腐败而致前蜀快速灭亡。被杀时年仅28岁，皇位和宫廷乐舞在他手里把玩不足8年。在王衍即位后，蜀宫、民间到处皆是管弦声不断，一派歌舞升平迹象。作为青城山道教的帝王级弟子，王衍曾经荒唐到让宫女或宫廷乐伎化道士装，供自己玩乐，填一些不痛不痒的词。不过，他在成都给父皇王建修建永陵不仅是孝顺之举，也让王建棺床石刻浮雕"二十四伎乐"成为后人研究唐朝宫廷乐舞的重要实物证据。面对此处中国唯一完整反映唐代和前蜀宫廷乐队组合的浮雕艺术品，有限的历史文献让我想不出王衍有借此传世之心，最多仅有让这批宫廷乐伎在永陵地宫继续给王建独享蜀地豪华的孝心。毕竟皇帝陵墓不是用来给人盗看的，而是皇帝一生最后一章礼仪。王衍这"无心插柳"之举，竟是永陵出土70多年来史学家、音乐家争相目睹的"柳成荫"。

永陵石刻浮雕"二十四伎乐"，尽管只是一支凝固的唐朝宫廷乐队，但是清一色的她们仍有一种让人无法沉默的力量，因为她们载歌载舞的舞姿和吹弹击打的奏姿以及众多唐朝宫廷乐器形制，使得千年国人对唐朝宫廷乐舞没有对应办法的"无可奈何花落去"，陡然生成"似曾相识燕归来"的惊喜。

成都，凭什么成为唐朝的音乐之都？诗圣杜甫当年在《成都府》《赠花卿》两首诗中书写的"喧然名都会，吹箫间笙簧""锦城丝管日纷纷,半入江风半入云",就是成都作为唐朝"音乐之都"的诗意收藏。杜甫于759年冬天到成都客居,那时的蜀地民间已是热闹非凡的管弦丝竹之音,不绝于耳。王建于907年在成都建立的前蜀王朝,所奏宫廷乐舞更是盛况空前,可以直追唐玄宗引领的盛唐气象。时有前蜀诗僧贯休《寿春节进大蜀皇帝五首》"家家锦绣香醪熟,处处笙歌乳燕飞",后世也有宋人张唐英《蜀梼杌》"屯落闾巷之间,弦管歌诵,合筵社会,昼夜相接",对蜀地民间音乐的繁盛进行过形象化的描绘。当然,对于蜀国宫廷乐舞最有发言权的人,是历经前蜀皇帝王建、前蜀后主王衍的花蕊夫人。"太常奏备三千曲,乐府新调十二钟""管弦声急满龙池,宫女藏钩夜宴时""夜夜月明花树底,傍池长有按歌声""蜀锦地衣呈队舞,教头先出拜君王""尽日绮罗人度曲,管弦声在半天中""每日内庭闻教队,乐声飞上到龙墀"……这些在王建宠妃花蕊夫人的系列《宫词》作品中,有多处诗句将蜀国宫廷和蜀地民间盛行的乐舞盘活。尤其是"太常奏备三千曲"这句,更是点明前蜀宫廷的音乐官署太常寺准备的乐曲高达三千,即使是如今的"情歌王子"齐秦、"一代歌神"张学友也望尘莫及。

那时的蜀地乐舞,实际上奏响的仍旧是难得几回闻的唐音。我说"难得",是因唐朝末年战乱频发,成都因剑门关的天险,也就是李白说的"蜀道难",才能偏安一隅,让王建、王衍父子可以少安毋躁地享受乐舞。"中和癸卯春三月,洛阳城外花如雪。东西南北路人绝,绿杨悄悄香尘灭。……忽看门外起红尘,已见街中擂金鼓。居人走出半仓惶,朝士归来尚疑误。是时西面官军入，拟向潼关为警急。皆言博野自相持，尽道贼军来未及。须臾主父乘奔至，下马入门痴似醉。适逢紫盖去蒙尘，已见白旗来匝地。"即使在唐朝分裂为五代十国的前20多年，从晚唐诗人、前蜀宰相韦庄的长篇叙事诗《秦妇吟》中依旧可见乱象丛生。中和、广明，皆是唐僖宗李儇的年号。从唐僖宗广明元年（880）冬到中和三年（883）春，黄巢起义军一直霸占着首都长安城，韦庄羁留的东都洛阳城东西南北路人绝迹，皇宫贮藏的珍宝锦绣被烧成灰烬，"紫盖"代指唐僖宗李儇落荒而逃成为又一个李氏皇帝"李跑跑"，由此可以想见持续不断的战争让宫廷乐舞这种盛世唐音已在多地断绝。不过，唐僖宗这乱世一跑，却成就了时任忠武军牙将王建。因为王建一路贴身护驾，长安之乱一平定，唐僖宗就令卫将军王建等人统领神策军，负责宫廷守卫重责。这期间近距离接触李儇宫廷乐舞的王建，虽然只是文盲兼莽夫，但是耳濡目染了晚唐的音乐、舞蹈艺术。在各地纷纷更换国旗昭示唐亡之际，王建也在韦庄等人簇拥下于成都称帝，收纳大量晚唐文臣武将与宫廷乐师及相关后人。在韦庄亲定的蜀国礼制中，唐朝的宫廷乐舞再也毫无顾忌地摇身一变成为蜀国宫廷乐舞。蜀地宫廷乐舞，因此成为延续唐朝宫廷乐舞相对最完整最纯正的一支。

我说相对"完整"，是因为盛唐流行的不少乐器并没有收纳于永陵石刻浮雕"二十四伎乐"这支宫廷乐队。《史记·苏秦列传》曾记载："临淄甚富而实，其民无不吹竽鼓瑟，弹琴击筑，斗鸡走狗，六博蹹鞠者。"也就是说从战国传承至唐朝的吹竽、鼓瑟、击筑、弹琴，至少有这四类中国古代乐器并未出现于王建地宫棺床。尤其是筑和古琴这两件古老的国产乐器，在老百姓身边可谓耳熟能详，在读书人眼里也有"以礼修身，以乐治身"的炙热追求。在王建棺床丢掉这两件乐器，无疑是王衍的无知，或是王朔说的"无知者无畏"。想想盛唐诗仙李白《少年行》中"击筑饮美酒，剑歌易水湄"的畅快与豪情，回味唐宋八大家之首的韩愈音乐诗名篇《听颖师弹琴》中"浮云柳絮无根蒂，天地阔远随飞扬"的淋漓与不安，击筑之乐、弹琴之声皆是栩栩如生，让人心驰神往。当然，远不止这些乐器，还有代表龟兹、天竺、康国、安国、高昌、疏勒、高丽等唐时臣服国进献唐朝宫廷《十部乐》所用的胡笳、唢呐、铜角、铜鼓、檐鼓、都昙鼓、侯提鼓，以及当今还在河南等地传承的方响、四川等地流传的尺八，都是永陵石刻浮雕没有承载的盛世唐音。

918年农历十一月初三，随着王建遗体迁葬于成都永陵，代表着唐朝和前蜀宫廷乐队形象的永陵石刻浮雕"二十四伎乐"，就此掩埋于泥土之下。如今世人可见的"二十四伎乐"，除了舞伎，全是坐着演奏，皆属唐玄宗李隆基推行的坐部伎编制，分布在棺床南、西、东三面。棺床南面正中，是两个翩翩起舞的宫廷舞伎，南面右首是手持宫廷领奏乐器琵琶的琵琶伎，南面左首是手握六块拍板的拍板伎。棺床东面主要是打击乐器，兼顾少量吹奏乐器，从左至右分别是：正鼓伎、齐鼓伎、和鼓伎、吹笛伎、大觱篥伎、小拍板伎、羯鼓伎、靴牢和鸡娄鼓伎、答腊鼓伎、毛员鼓伎，其中，靴牢鼓、鸡娄鼓由一个乐伎兼奏。棺床西面主要是吹奏乐器，兼顾部分弹拨乐器和打击乐器，从右至左分别是：吹篪伎、吹排箫伎、弹筝伎、小觱篥伎、弹竖箜篌伎、吹叶伎、吹笙伎、吹贝伎、铜钹伎、羯鼓伎。在这支前蜀宫廷乐队中，舞伎、拍板伎、觱篥伎、羯鼓伎各有二人，显示出前蜀后主王衍对这四类宫廷乐工的偏爱。两个舞伎相向而舞，不论是讲究古代对称美学还是延续唐朝宫廷坐部伎礼制，王衍的规划都无可非议。王建棺床出现两个击拍板乐伎，在一南一东起着为整个宫廷乐队校音定调作用，相互呼应也无妨。"离宫别院绕宫城，金板轻敲合凤笙。"从花蕊夫人《宫词》中发现，蜀国宫廷演奏的拍板甚至是昂贵的金器制作，被她美誉为"金板"，后人翻译此诗时也有一说是"金版"。王衍安排两个羯鼓伎在一东一西击打伴奏，或是受唐玄宗李隆基特别喜好打羯鼓的影响所致。而觱篥伎是两人，领奏乐器琵琶却只一把，让人有些不可思议。因为从初唐到晚唐，一直是琵琶伎引领整个宫廷乐队，不论是舞曲还是纯粹的奏乐，一般都是琵琶伎弹出第一声，其他乐伎才随之群音相和。"御制新翻曲子成，六宫才唱未知名。尽将觱篥来抄谱，先按君王玉笛声。"回看花蕊夫人这首《宫词》，我才恍然大悟，到了五代十国时期的前蜀宫廷，觱篥曲谱已是宫廷乐队演奏的先声。

从 2017 年春完成杜甫踪迹史诗歌传记《秋风破》创作，到 2018 年冬完成诗集《二十四伎乐》、散文集《蜀地唐音》两部书稿，我几乎有长达近两年的业余时间都聚焦于永陵石刻浮雕"二十四伎乐"。一开始，我也想延续成都文博地理诗歌三部曲《金沙物语》《草堂物语》《武侯物语》之路，写一部文物藏品颇为丰盛的《永陵物语》。当我反复目击24位乐伎的眼神和手势之后，她们每一次又分明命令我写的诗集书名就叫《二十四伎乐》。其实，早在2004年去乌鲁木齐和天山探访徐克的武侠影视剧《七剑下天山》摄制组，我还受到她们的召唤去吐鲁番、库车、拜城、喀什噶尔等地，对照永陵乐伎模样细观过柏孜克里克千佛洞、克孜尔千佛洞等新疆石窟群，试图找出鸡娄鼓、靴牢鼓、答腊鼓、毛员鼓等陌生鼓名的来处。那时，我更想给永陵"二十四伎乐"写一部历史散文集。就在时间之手快翻过2018年的日历之际，我终于放下内心的巨石，完成给永陵"二十四伎乐"填补文学空白的一石二鸟之作。

1100年前的冬天，晚唐将军、前蜀皇帝王建在成都永陵下葬，留下一床巨石浮雕。2018年的冬天，我的诗集《二十四伎乐》、散文集《蜀地唐音》相继完稿，如同此石与我内心碰撞而出的两只文鸟。这是天意，更是人为，因为我固执地想给永陵石刻浮雕"二十四伎乐"承载的王建逝世1100周年献上一份文学之礼，也向盛世唐朝的宫廷乐舞伎人致敬。

两年来的考察、取证、创作之路，历历在目，固然艰辛。然而，代表唐朝和前蜀宫廷乐队成员的她们，却一直让我内心狂欢。70多年前，传说中的唐朝宫廷乐舞消失千年之后又猛然在永陵"二十四伎乐"石刻浮雕上复活，当年的欢喜至今还在不断生育我的欢喜。如今，我用诗歌、散文述说她们从长安等地流入蜀地的唐音盛衰，考古一样挖掘她们散落各地的音乐、舞蹈、服饰等文明来源，无非是想让永陵"二十四伎乐"多一个存活之地。因为穿过永陵地宫的风，还在不断风化她们的表情与手中的乐器，终有一天会让我们无法辨认而泪流满面。

最期待的狂欢，或许真如王蒙所说，先是突然失去一切，然后又在梦里寻她千百度的失落处，复活在文学艺术中。

不过，我不敢说自己已用散文和诗歌两种文学作品让她们复活。最多，她们从我的文字世界里路过，并且存在过。最多，我记录过她们还没有彻底容毁形灭的表情，混杂着喧嚣与落寞。最多，我通过对她们曾经从蜀地奏响的唐音考察取证，明确成都就是唐朝的"音乐之都"。

如同，我给永陵石刻吹贝伎写的一首同名诗《吹贝伎》："她不是花蕊夫人。/ 我更不是蜀王王建。/ 她漫长的静止，最多修炼一个瞬间音。/ 我漫长的沉默，只能稳定这个瞬间音。"

舞霓裳

琵琶的弦，先是轻轻地拢，慢慢地捻，让光缓缓流动。阮咸的弦，接着应和繁音，挑起一阵旋风，树从此不再安静。箜篌的弦，紧接着拨出一个个急音，犹如落玉纷飞清脆入耳。排箫的孔，漏出的颤音相互碰撞由低转高，满桌都是杯飞盘舞。身着羽衣的春琴，快舞霓裳，衣袂翩翩，手指如游蛇，玉腿似腾龙，整个急旋的曼妙身姿仿佛是群鲨分食须鲸，停不下来……

这是陈凯歌电影《妖猫传》里禁军龙武大将军陈玄礼之子陈云樵，在家宴上斗胆演奏安史之乱后的禁曲《霓裳羽衣曲》，而用众多乐器奏出的激越画面。

不管观者对陈凯歌情节主义的争议有多大，但是他对失传的《霓裳羽衣曲》的乐舞诠释，堪称吃透了白居易的《长恨歌》意境，并且用颇有想象力的电影手法再度擦亮了"渔阳鼙鼓动地来，惊破霓裳羽衣曲"这个佳句。

和杨贵妃一样，盛唐道调法曲《霓裳羽衣曲》，也永远活在白居易于公元806年创作的这首长篇叙事诗中。不仅仅是《长恨歌》，白居易的多首名诗都记录了传说中的霓裳舞、羽衣曲。在《霓裳羽衣歌》这首诗中，白居易更是用"千歌万舞不可数，就中最爱霓裳舞"赤裸裸表露爱的心迹，而且对霓裳羽衣舞长达几十年念念不忘。不仅仅是白居易爱，他的哥们儿元稹也对霓裳羽衣曲舞爱得一塌糊涂，并在《和李校书新题乐府十二首·法曲》中留下传世佳句"赤白桃李取花名，霓裳羽衣号天落"。白居易的《霓裳羽衣歌》，一作《霓裳羽衣舞歌》又名《霓裳羽衣歌和微之》，而元稹字微之，此诗提到元稹给他寄来一份《霓裳羽衣》曲谱，二人借助《霓裳羽衣》舞曲以诗唱和他们金玉满堂的友情。

白居易死后，第二年出生的河南舞阳人王建，在后来给唐僖宗宿卫宫中担任神策军统领时得缘观摩了晚唐宫廷乐舞，也成了《霓裳羽衣》舞曲的超级粉丝。907年在成都称帝建立蜀国的王建，更是在多场蜀宫夜宴上让前蜀后主王衍耳濡目染了这种唐代软舞。918年，王建驾崩，王衍在成都西门修建的永陵，诏令蜀地工匠在永陵地宫王建棺床上雕刻的两个石刻舞伎，依稀还能找到霓裳羽衣舞的蛛丝马迹。某种意义上说，她们停留在这一年的舞蹈姿势，就是凝固的《霓裳羽衣》舞曲。因为王建爱妃花蕊夫人有首《宫词》描写前蜀宫廷乐队舞伎所跳舞蹈就是《霓裳羽衣舞》，诗云："按罢霓裳归院里，画楼云阁总重修。"

永陵霓裳羽衣，王衍亡国乐舞

唐朝诗人温庭筠的女婿、宰相段文昌之孙、音乐理论家段安节有部书，叫《乐府杂录》。此书对后世影响巨大，就因段安节详细记录了唐朝的音乐、舞蹈、杂戏等盛世乐舞。在对唐朝"舞工"篇序言里，段安节有这样的描绘：

> 舞者，乐之容也，有大垂手、小垂手，或如惊鸿，或如飞燕。婆娑，舞态也；蔓延，舞缀也。古之能者，不可胜记。即有健舞、软舞、字舞、花舞、马舞（字舞，以舞人亚身于地，布成字也。花舞，著绿衣，偃身合成花字也。马舞者，栊马人著采衣，执鞭，于床上舞蹀躞，蹄皆应节奏也。开元中有公孙大娘善舞剑器，僧怀素见之，草书遂长，盖准其顿挫之势也）。健舞曲有《棱大》《阿连》《柘枝》《剑器》《胡旋》《胡腾》，软舞曲有《凉州》《绿腰》《苏合香》《屈柘》《团圆旋》《甘州》等。

段安节说的字舞、花舞、马舞，看上去很陌生，其实皆是唐朝流行的舞蹈，而且通常是由皇帝亲自排演或教习，非常高大上，不嗨不出新。比如字舞，是由一群舞女用身躯布字，相当于唐朝的团体操表演，武则天曾亲自排演一众舞伎排出"圣寿乐"三字，用于祭祀大典或重要宴会。字舞所显示字数越多，动用的舞伎就越多，多时有140人组成的宫廷舞蹈队共舞"圣超千古，道泰百王，皇帝万岁，宝祚弥昌"16个字，给武则天唱赞歌。再如马舞，因是群马随着音乐而起舞，壮观于唐玄宗时代，李隆基曾养马四五百匹，教马跳舞，用于给自己祝寿。想想群马奔腾起舞这种气概，也只有音乐细胞格外多的李隆基才能创新而出。

对于唐朝的舞蹈家，段安节只是重点提及了公孙大娘一人，说书法家张旭曾观公孙大娘剑器之舞而草书大进，这种飞舞的草书还有一个美妙的赞誉：舞书。这并非段安节偏心，而是放眼整个大唐，公孙大娘的舞技的确无人能及，她甚至用《剑器》舞蹈催生三个文化领域的圣人：诗圣杜甫，草圣张旭，画圣吴道子。其实，杨贵妃也不错，而且在后世的名头远远盖过公孙大娘，就因为白居易、元稹等大唐诗人书写她跳的霓裳舞、胡旋舞被反复传播。尤其是《霓裳羽衣舞》，元稹甚至大赞"霓裳羽衣号天落"。

当然，唐玄宗的追捧引发后人持续改编成影视剧，功效更大。杨贵妃的媚骨与舞功之所以惊世骇俗，靠的是唐玄宗在长安朝野的万千宠爱于一身。在成都蜀宫艳绝史册的花蕊夫人，则离不开前蜀皇帝王建的百依百顺铸芳名。

前蜀皇帝王建的乐舞情怀，最早可追溯到885年，他以将军身份宿卫宫中，给唐僖宗统领神策军，得以近距离获赏观摩宫廷乐队的表演，而在内心种下《霓裳羽衣》舞曲的种子。在886年唐僖宗躲避兵乱逃离长安期间，王建还因担任清道使保护玉玺护驾有功，获赐御衣，光耀晚唐。彻底改变王建乐舞观念的人，则是舞童出身的唐道袭，他依赖半生的男宠。

王、唐二人相识于887年。这一年，王建被外放为利州（今四川广元）刺史，不甘人后，顺着嘉陵江袭取阆州（今四川阆中），自称阆州防御使，他在不断招兵买马网罗人才之际，遇到了阆州人唐道袭，如同干柴遇烈火，火星撞彗星。唐道袭给王建的第一印象是眉清目秀，舞跳得好。总是把脑袋悬在剑刃之上的戎马生活，王建怎可缺少及时行乐的畅快？于是，唐道袭最初以舞者身份走到主子身旁，很快就成为王建一路打江山的嬖臣，为王建亲随马军都指挥使。王建对他舞蹈的痴迷、对他忠诚的认可、对他生命的维护，可谓：前不见古人，后不见来者。这，有一个真实的历史故事。那是唐昭宗天复二年（902）八月，王建养子宗涤（真名华洪）因功被册封为山南西道节度使，生性多忌而好杀的王建担心养子崛起谋反篡位，就交给唐道袭一个神秘的锦囊，让他执行一项私密任务：杀死王宗涤。唐道袭颇有谋略，不负使命，在一场欢天喜地的夜宴之上，阴狠地解决了王宗涤。可王宗涤是军中人气王，更在老百姓中间拥有无数粉丝，他的突然丧命除了引发军营士卒没日没夜的涕泣，还有声势浩大的老百姓在王建眼皮下的成都街头罢工游行。看着唐道袭熟悉的贴身之舞已从轻灵乱了阵脚，王建的眉头也没有皱一下，直接选择了死保唐道袭，具体是把唐道袭送回老家，放任阆州防御使解围。五年后，王建在成都称帝，诗人宰相韦庄帮他制定蜀国礼制和礼乐，举国欢舞，一场盛大的宫廷乐舞却让他怅然所失，从屠牛、盗驴、贩私盐出身的贼子到马背上的将军，再到如今位极巅峰的天子，怎么又少得了一路走来亲密无间的嬖臣唐道袭？王建立即下诏：封唐道袭为内枢密使，让他以更显赫的官职再次回到自己身边。此举一出，王建众子皆惊，都怕唐道袭说话比自己更管用。有一次，王建养子、中书令王宗佶眼见嗣位无望，心有不甘，于是不把因舞受宠的唐道袭放在眼里，说话桀骜不驯，对唐直呼其名。王建听了很生气，后果也很严重。王建怒斥养子宗佶："宗佶名呼我枢密使，是将反邪。"唐道袭原本就是个爱打小报告的小人，经过此事后发现宗佶私下有招兵买马迹象，借机激怒王建，说："宗佶威望，内外慑服，足以统御诸将，陛下宜即与之。"多疑的王建马上又命卫士扑杀为自己打过天下的养子宗佶。唐道袭从此宠眷日深，声望如日中天。即使后来死于前蜀首任太子王元膺互疑谋反之兵变，但唐道袭也用自己的死让太子被贬为庶人，让"死磕"一词多了一重含义。王元膺从此远离朝廷，无形之中给了王建宠妃花蕊夫人之子王衍一个重要转机：晋升太子。

上阵父子兵，江山移；赏舞皆兄弟，酒自醉。晚年变得好色的王建，沉浸于女色与乐舞，太子王衍就是从此耳濡目染，甚至在自己接了帝王的班主政朝野后变本加厉，直至国破家亡，蜀地花鸟溅泪，乐舞一蹶不振。

和前蜀皇帝王建有了相同的乐舞爱好，成都人迄今还能在永陵博物馆观赏到大唐风味的石刻舞伎，我不得不对前蜀后主王衍这个败家子平添三分敬意。说他是败家子，十个人至少有十个人都不会反对，因为王衍就是成天被酒水掺和着脂粉泡成的烂泥。和三国时期的蜀国后主刘禅一样，前蜀后主王衍更是扶不起来的典型阿斗。马背上的将军王建打出来的江山，在王衍手里，皇位移手，也就七年多一点。仿佛老子的皇帝和江山都是随手捡来的，他说拱手让人就拱手让人。

光天元年（918）六月初一，王建一命崩散，王衍的生母大徐妃、花蕊夫人（据复旦大学中文系教授陈尚君研究论文《唐女诗人甄辨》、随笔《花蕊夫人的迷宫》考究，花蕊夫人不仅是王衍生母，还是《宫词》作者）和姨妈小徐妃就在第二天把他急急忙忙推上皇位，真是：国不可一日无君，家不可一日无主。可是，王衍的心思并不在于如何强国安民，他想的更多的是如何像他老爸晚年一样及时行乐，任凭后来的太后太妃卖官鬻爵，狗不理包子一样不理臣僚贿赂公行。他喜欢喝酒，就日夜喝，日夜纵酒频放歌，把整个蜀宫喝醉。他喜欢美女，就天天泡，连大臣王承休的妻子严氏也泡，脑壳一歪身子一斜就大笔任命王承休为天雄节度使。他喜欢艳词，就召宫伎做游戏，让宫伎们身穿道服，头戴莲花冠，把脸颊抹红，大号"醉妆"，填写《醉妆词》，高唱：

这边走，那边走，只是寻花柳。

那边走，这边走，莫厌金杯酒。

王衍这首词，就是他不问朝政爱寻花柳的皇帝生活写照。看上去仿佛还有李白"人生得意须尽欢，莫使金樽空对月"那种及时行乐畅快喝酒的豪气。尽管已故武侠小说家古龙曾夸他此词有帝王之豪气,但王衍的豪气跟李白的豪气却是两码事,王衍的才气跟白居易的才气更是两码事。王衍的贪欢,不论是做皇帝还是做词人,更多的印记是留给后人的笑话。同样是五代十国的皇帝,南唐后主李煜却因贪愁,至今还是朋友圈点赞无数的"千古词帝"。

春花秋月何时了?往事知多少。小楼昨夜又东风,故国不堪回首月明中。

雕栏玉砌应犹在,只是朱颜改。问君能有几多愁?恰似一江春水向东流。

仅凭这首《虞美人·春花秋月何时了》,李煜就可以点亮五代十国,他的愁意之新不输任何一首唐诗宋词,甚至还引领了、激荡了、泛滥了大宋那些动不动就被贬官的诗人,在离祖国心脏很遥远的地方写些伤感的宋词,但又哪有皇帝不再是皇帝的故国愁更愁。即使与人相见欢,李煜也是以愁意留佳句:"无言独上西楼,月如钩。寂寞梧桐深院锁清秋。剪不断,理还乱,是离愁。别是一般滋味在心头。"

而王衍传世的词,还有一首收录于《全唐诗》的《甘州曲·画罗裙》:

画罗裙,能解束,称腰身。
柳眉桃脸不胜春。
薄媚足精神,可惜沦落在风尘。

说的是王衍某一天与太后、太妃游青城山，停驻青城山的上清宫，让宫伎的衣服都画上云霞，他填词作曲《甘州曲·画罗裙》，并亲自唱，宫人应声而和。没想到，王衍一语成谶。其实，王衍作此词的本意，是夸这些宫伎犹如神仙，可惜沦落到了凡尘。后来前蜀灭亡，这些宫伎也都只能沦落到烟花风尘之中。就在王衍继位的第七年，即同光三年（925），前蜀因为他的荒淫无道、不理朝政，更无秣马厉兵，遇到后唐庄宗李存勖遣魏王李继岌、郭崇韬等发兵攻打前蜀，蜀地将兵望风而逃，州县无不迎降。眼看着万里河山被开膛破肚，王衍傻眼了，干脆带着棺材，绑缚自己出降后唐，自己认怂，自灭前蜀。

卖官，夺妻，纵酒，贪乐，自腐，自朽，即使出巡作词也是游戏人间……史书记载的前蜀后主王衍，基本上就是这样一个败家子形象，乐不思蜀强，贪不想民愁，活脱脱一匹害群之马。一定是他，从母后大徐妃花蕊夫人身体里继承了荒淫的基因，并从宫词里踩烂了香艳的种子。但是，王衍一生还是干了一件特别漂亮的事，那就是继位后给父皇王建修永陵，并让前蜀工匠们在王建棺床上刻下了二十四个宫廷乐伎，用石刻浮雕保留了《霓裳羽衣》舞曲的唐朝宫廷乐舞遗风、遗韵。

已故著名作家、学者沈从文曾指出，永陵石刻乐舞是研究唐代著名大曲《霓裳羽衣》舞曲的"第一手资料"。沈从文此说，并非空穴来风。早在北宋，史学家、成都新津人张唐英的《蜀梼杌》，就有前蜀后主王衍疯狂痴迷《霓裳羽衣》

舞曲的史事记载:"王衍,字化源……天光五年三月上巳,宴怡神亭,妇女杂坐,夜分而罢。衍自执板(拍板),唱《霓裳羽衣》及《后庭花》《思越人》曲。"这段文字描述的后主王衍,其实还是有些才艺,而且不局限于旁观玩赏《霓裳羽衣》舞,还会唱曲,亲自参与完成这个蜀国宫廷常演舞曲,不唱不尽兴,不醉不罢休。

事实上,白居易的《霓裳羽衣歌》诗中记录中唐时期的《霓裳羽衣曲》,伴奏所用的筝、箫、笛、笙、箜篌、觱篥等乐器,都可在永陵石刻"二十四伎乐"系列乐器中一一寻出。"虹裳霞帔步摇冠,钿璎累累佩珊珊""飘然转旋回雪轻,嫣然纵送游龙惊",白居易诗句中描绘的跳《霓裳羽衣舞》的舞者形象,不论是头饰还是服装、舞姿,也跟永陵两个石刻舞伎"英雄所见略同"。王衍下令雕刻的两个永陵舞伎,云环高髻,身着长裙,裙带飘飞,正在宫廷乐队的伴奏之下翩翩起舞。她们被石头凝固的姿态是,眉目对话,心随乐跳,一人轻抬左脚,一人微起右脚,脚踏节拍,相向而舞。她们略显肥胖的身子,依然舞姿婀娜,给人轻柔之美。从她们的仪态、服饰、舞姿看,我以为正是风靡唐玄宗时代的软舞:霓裳羽衣舞。

在唐玄宗李隆基时代,表演宫廷乐舞的舞蹈家分三六九等,具体归属于唐宫教坊的坐部伎与立部伎。喜欢写乐舞诗的白居易就写有一首关于大唐坐部伎与立部伎的诗,并且明言二伎的贵贱,见于《立部伎》:"立部伎,鼓笛喧。舞双剑,跳七丸。袅巨索,掉长竿。太常部伎有等级,堂上者坐堂下立。堂上坐部笙歌清，堂下立部鼓笛鸣。笙歌一声众侧耳，鼓笛万曲无人听。立部贱，坐部贵，坐部退为立部伎，击鼓吹笙和杂戏。立部又退何所任，始就乐悬操雅音。雅音替坏一至此，长令尔辈调宫徵。圆丘后土郊祀时，言将此乐感神祇。欲望凤来百兽舞，何异北辕将适楚。工师愚贱安足云，太常三卿尔何人。"在唐玄宗的推动下，坐部伎"堂上坐奏"，级别最高，相当于中央电视台春节晚会节目《千手观音》中的领舞。唐朝的坐部伎，舞者一般是 3～12 人。永陵这两个石刻舞伎，属于唐朝典型的坐部伎形制，或因地宫大小和石板长短所限，舞者仅刻两人，位于王建棺床南面。她们的浮雕宫廷舞伎形象，不仅代表着当时的蜀地美女印记，也是王衍初登帝位孝敬新故父皇王建的厚礼。她们承载了唐玄宗和杨贵妃的《霓裳羽衣》舞曲遗风，也拉开了王衍玩物丧志的亡国路序幕。

王衍对《霓裳羽衣》舞曲的痴恋，还可以从其母花蕊夫人的一首《宫词》中找到远去的蜀国宫廷生活画面。

年初十五最风流，新赐云鬟便上头。
按罢霓裳归院里，画楼云阁总重修。

那是一个张灯结彩的元宵节。一切都是新春之新，舞女们头上的云鬟是新饰，蜀国宫廷的亭台楼阁焕然一新，已是太后的花蕊夫人心情格外好。她在这首《宫词》里描绘的舞女，都是给前蜀后主王衍伴舞的宫廷舞伎，一句"年初十五最风流"，写尽了王衍的风流快活。其实，王衍不仅会作曲，而且会唱曲，常常在宫中拿起拍板就打节奏，用他加入道籍的道士身份引吭高歌，以这首从唐玄宗时代流传到蜀地的《霓裳羽衣》舞曲，品味李隆基作此道调法曲的心境。

"衍自执板（拍板），唱《霓裳羽衣》……"张唐英在《蜀梼杌》中记录后主王衍于蜀宫怡神亭设宴唱《霓裳羽衣》曲的时间，是前蜀乾德四年，也就是922年，永陵石刻浮雕"二十四伎乐"诞生三年半之后，王衍仍旧乐此不疲喜爱此曲此舞。身为成都人的张唐英著书记述前蜀后主王衍这些逸事，无疑给永陵石刻浮雕上的蜀地唐音多了一处权威的注脚。

张唐英虽然没有王安石在后世有名，但是没有他的伯乐之功，哪有王安石的飞黄腾达？北宋时期的张唐英，不仅是一个善于写史的奇才，更是一个敢于直谏并乐于推荐能人的政治家，他历经仁宗、英宗、神宗三朝，走得都挺顺，先后给仁宗、英宗、神宗上奏《大水灾异书》《谨始书》，推荐时任江宁知府王安石入朝参政推行变法，均被采纳。可以说没有成都人张唐英的力荐，就没有王安石后来变法的一时盛名。而在其史学专著方面，除了《仁宗政要》，生为蜀人的张唐英还用35万字记录前后蜀事迹，所撰《蜀梼杌》成就最高，堪称后世研究前后蜀历史的重要参考著述。他在《蜀梼杌》中描述前蜀后主王衍时期的成都民间生活，如"屯落闾巷之间，弦管歌诵，合筵社会，昼夜相接"，用成都话说：怎一个安逸了得？简直安逸得板！四川方言中的"安逸"，成都被称为"音乐之都"，皆可从王衍治下的成都找到一汪清冽的源泉。

此外，《蜀梼杌》对王衍的评价"惟宫苑是务，惟游宴是好，惟险巧是近，惟声色是尚"，则是张唐英对不顾社稷大计、沉溺安逸享乐的前蜀后主王衍，即位不足八年就亡国的最贴切注解。

大唐《霓裳羽衣》，惊艳贵妃玉环

王衍热爱的《霓裳羽衣舞》，要说首演者和惊艳者，非杨贵妃莫属，而且此曲此舞甚至可说是杨贵妃和唐玄宗的爱情结晶。唐朝的舞蹈繁盛也繁杂，当时的专家主要分为软舞和健舞两类，均是广泛流行于宫廷贵族、士大夫家宴及民间堂会中的表演性舞蹈。软舞，顾名思义，节奏舒缓，舞姿轻盈，举手抬脚柔婉，表现阴柔之美。古籍《教坊记》和《乐府杂录》中记录的软舞名目，有《绿腰》《凉州》《春莺啭》《屈柘枝》等。健舞，则恰恰相反，节奏明快，身手矫捷，舞姿雄健，表现阳刚之美。古籍《教坊记》和《乐府杂录》记录的健舞名目，有《柘枝》《剑器》《胡旋》《胡腾》等。杨贵妃和公孙大娘，就分别是大唐软舞和健舞的舞蹈家代表，而且都是唐玄宗李隆基先生特别宠爱的舞蹈家。公孙大娘，在我看来更是千古第一舞蹈女王。

按照诗圣杜甫《观公孙大娘弟子舞剑器行》一诗对于公孙大娘的记载，他五六岁就在河南郾城街头看到公孙大娘舞剑，而开启诗歌的神奇密码，并在七岁开口咏出人生第一首诗《凤凰》。从此推断，公孙大娘比杨贵妃要年长十几岁。虽然在千年以来的民间，公孙大娘的名气不如杨贵妃，但在唐朝她不仅用独步天下的《剑器》舞、《浑脱》舞催生了唐朝三圣，即草圣张旭、画圣吴道子、诗圣杜甫，还在杨贵妃未得宠前就玩转了唐玄宗的眼球，成为玄宗时期的大唐宫廷第一舞蹈家。有野史说，唐玄宗还把公孙大娘纳入了后庭做妃，但并无实据可证。

倒是比杜甫小整整七岁的杨贵妃，在杜甫而立又三那年，也就是天宝四年（745），被唐玄宗册封为贵妃，闪耀史册。在此之前，杨贵妃只是唐玄宗宠妃武惠妃的儿媳、寿王李瑁的寿王妃。朋友妻不可欺，儿子妻更不可欺。唐玄宗夺妻，亡国。王衍夺妻，也是亡国。

唐玄宗夺儿子妻，臭的是自己的名，扬的杨玉环的名。不敢言的寿王李瑁寂寂无名。讽刺杨贵妃的杜甫，成了诗圣。赞美杨贵妃的李白，贵为诗仙。对杨贵妃爱恨交织生不逢时的白居易，写出的《长恨歌》赫赫有名。对杨贵妃跳的《霓裳羽衣舞》特别感兴趣的我，只能遗憾，无缘目睹，难以想象。

我恨不得读破万卷书，找出颜如玉的杨贵妃跳《霓裳羽衣舞》时的百媚神情。

"天阙沉沉夜未央，碧云仙曲舞霓裳。一声玉笛向空尽，月满骊山宫漏长。"读到因"故国三千里，深宫二十年"而闻名的深宫诗词高手、唐朝诗人张祜写的《华清宫》四首第二首时，擅长打羯鼓的唐玄宗，跳《霓裳羽衣舞》的杨贵妃，仿佛都活了过来，浮现在眼前。为此，我还专门去过一次陕西骊山，反而找不到第一次读此诗的感觉了。可能是如今的骊山，再也没有张祜用"宫门深锁无人觉,半夜云中羯鼓声"勾勒的画面,再也听不到羯鼓声的缘故。

骊山一夜无眠,翻书,突然读到刘禹锡(写《陋室铭》的那个高人)研究霓裳羽衣舞缘起的文字,才知:先有唐玄宗的《霓裳羽衣曲》,后有杨贵妃的《霓裳羽衣舞》。刘禹锡交代《霓裳羽衣曲》缘起的这首诗名字很长,叫《三乡驿楼伏睹玄宗望女几山诗,小臣斐然有感》,云:

开元天子万事足,唯惜当时光景促。
三乡陌上望仙山,归作霓裳羽衣曲。
仙心从此在瑶池,三清八景相追随。
天上忽乘白云去,世间空有秋风词。

再查《杨太真外传》,载:"霓裳羽衣曲者,是玄宗登三乡驿,望女几山所作也。"

而刘禹锡"仙心从此在瑶池"此句,道明了唐玄宗李隆基是一个信奉道教,喜欢道教音乐的天子。《混元圣纪》卷八又称:"开元二十九年(741)二月,帝制《霓裳羽衣曲》《紫薇八卦舞》以荐于太清宫,贵异于九庙也。"从此可见,最初的《霓裳羽衣曲》是一首道曲,而塑有老子像的太清宫正是唐玄宗根据紫极宫改名而来,以尊道家学派创始人老子。那么,白居易和元稹为何又言之凿凿说它是一首法曲呢?

因为李隆基后来改编了从西域传入中原的佛曲《婆罗门》,让融入道曲《霓裳》和佛曲《婆罗门》的新版《霓裳羽衣曲》成为"开元太平曲"。他想通过这部中西合璧的舞曲,来表现他开创的那个盛唐,以及自己所向往的超凡出尘的仙境。《梦溪笔谈》卷五就明确提到"霓裳本谓之道调法曲",从这个侧面可知唐玄宗对于大唐乐舞的开放程度,颇有唐太宗"我视天下为一家"的包容气概。

而给唐玄宗进献《婆罗门》曲的人,是凉州都督(河西节度使)杨敬述。这个人有些小聪明,长着一颗懂主子的小心脏,明明在突厥侵犯甘凉诸州时吃了败仗,但他因为给唐玄宗进献了《婆罗门》曲讨得主子欢心,不仅没有削官去爵,竟然可以继续担任检校凉州都督。相传唐玄宗宫廷宴会最爱龟兹乐舞,而从凉州传入长安的《婆罗门》曲,先是在龟兹古国音乐家手里打了西域乐舞旋律底色,李隆基改编的《霓裳羽衣曲》在箜篌、觱篥等龟兹乐器的伴奏下,才有了他最想要的快节奏舞蹈高潮,即音乐人称的"入破"。玩物丧志,唐玄宗也难逃这四字魔咒。一生为乐痴狂的唐玄宗,后来遭遇安史之乱的亡国之痛亡妻之痛,大抵跟他痴迷乐舞沉溺女色而无心朝政有关。白居易《长恨歌》有一句"从此君王不早朝",说的就是唐玄宗被杨贵妃迷得一塌糊涂,从而歌舞升平,不再关心政事。

得到《婆罗门》曲的唐玄宗,如获至宝,在乐舞之路上越走越远了。

自古乐舞不分家,不像诗歌如今已经分得很清楚,诗是诗,歌是歌,相互缺乏营养。在开元年间,乐舞伎中只有梨园高手,而且是唐玄宗垂爱的舞伎高手才能学到《霓裳羽衣舞》,因为这种舞是皇帝亲自教、练,当指导老师。同前蜀皇帝王建同名同姓的大唐诗人王建,就有《霓裳词十首》记录唐玄宗这种爱好:"弟子部中留一色,听风听水作霓裳。散声未足重来授,直到床前见上皇。中管五弦初半曲,遥教合上隔帘听。一声声向天头落,效得仙人夜唱经。自直梨园得出稀,更番上曲不教归。一时跪拜霓裳彻,立地阶前赐紫衣。旋翻新谱声初足,除却梨园未教人。宣与书家分手写,中官走马赐功臣。伴教霓裳有贵妃,从初直到曲成时。……"王建此诗中的贵妃,和白居易《长恨歌》"春宵苦短日高起,从此君王不早朝"提到的受宠之人,正是唐玄宗在天愿作比翼鸟在地愿为连理枝的杨贵妃。

其实,在把儿媳妇变成媳妇之前,唐玄宗也做了掩耳盗铃的心虚事。就是从道家借道,先把自己一见钟情的杨玉环,安排出家当道士,让杨玉环变脸成杨太真。不久,61岁的李隆基再也不想垂涎三百尺了,更顾不得什么礼义廉耻了。他在天宝四年(745),干了一件惊天动地的大事:册封27岁的女道士杨太真为贵妃。既然杨贵妃之前是女道士,进见之乐就得淡雅一点,唐玄宗选择了自己改编的得意之作《霓裳羽衣曲》作为伴奏礼乐。爱弹琵琶、极其善舞的杨贵妃,后来在唐玄宗这个乐舞老师的手把手脚挨脚调教之下,更是舞技大增,媚力惊人,艳光四射。

到底在杨贵妃之前还有没有梨园舞伎跳过《霓裳羽衣舞》? 有了杨贵妃,太拥挤的盛唐历史已经容不得其他舞伎了,她既是首演者,也是惊艳者。《杨太真外传》上卷,有一段文字点明了《霓裳羽衣舞》的来源:"上又宴诸王于木兰殿,时木兰花发,皇情不悦,妃醉中舞《霓裳羽衣》一曲,天颜大悦方知回雪流风，可以回天转地。"

那是杨贵妃永载史册的动人心魄一舞。

天宝十年（751）一个木兰花开的夏天。唐玄宗在木兰殿宴请诸王。宫廷内外都很闷热。没有下雨，气氛很不融洽。大家都喝高了，酒水生发的汗水让唐玄宗格外心烦，木兰香也遮不住他未命名的伤感。杨贵妃真是酒醉心明白，而且敞亮得很，已经和唐玄宗一个鼻孔吸气一个鼻孔出气的她，随着乐伎伴奏时而低沉时而高昂的《霓裳羽衣曲》，离座，步入宴席中央，轻舞飞扬。这曼妙一舞，正是"飘然转旋回雪轻，嫣然纵送游龙惊"，也是"回头一笑百媚生，后宫粉黛无颜色"。李隆基纵身一跃，鼓掌，拿起他最喜爱的羯鼓，一个劲儿不停地击打。诸王，皆醒，众惊。好一个"玄宗羯鼓动地来，惊破霓裳羽衣曲"。从此，杨贵妃舞《霓裳羽衣》被时人誉为"可掩前古"之不可超越。从此，杨贵妃以美不可言的《霓裳羽衣舞》让她和她的舞蹈声誉鹊起。随后，杨贵妃的侍女张云容，众多宫伎纷纷效仿杨贵妃醉中独舞的《霓裳羽衣舞》，将此舞由独舞到二人舞衍生为群舞。

从此，杨贵妃母仪天下的命运被彻底改写。除了杨贵妃让唐玄宗回头一笑百媚生的天生丽质，还因她擅长音乐舞蹈，尤其是一舞惊天下的《霓裳羽衣舞》，让她成为爱舞如命、为乐痴狂的李隆基的千古知音。

只是，天宝十四年安史之乱爆发，打乱了这曲乐舞的节奏。在永远都不可能发生叛乱的遥远的渔阳郡，安禄山和史思明驻军的反唐骑兵敲响进攻的鼙鼓，惊醒了一直对爱将安禄山做着君明臣直美梦的唐玄宗。唐玄宗带着杨贵妃仓皇逃离长安，赶赴成都奔命，一曲《霓裳羽衣舞》终被惊破。到达马嵬坡时，金吾卫统领陈玄礼发动兵变，怒杀扰乱朝纲的国舅杨国忠，并且胁迫唐玄宗诛杀杨贵妃，以除红颜祸端，端正大唐军威，从此世间再无轻歌软舞的杨贵妃。后来在唐宪宗宫中观赏过《霓裳羽衣曲》这曲道调法曲表演，对《霓裳羽衣舞》如痴如醉的白居易，用"渔阳鼙鼓动地来，惊破霓裳羽衣曲"痛快地唱出杨贵妃冤死马嵬坡而失去杨氏《霓裳羽衣舞》的悲痛，诗名：《长恨歌》。

这一恨，鼙鼓响千古。

这一舞，尘埃落不定。

尽管杨贵妃让唐玄宗醉生梦死的一舞从此失传，《霓裳羽衣曲》曲谱仍被后人不断翻出来，让舞伎们重施故技，却无贵妃舞姿神韵。《霓裳羽衣舞》如今虽是无迹可寻，但是杨贵妃的《霓裳羽衣舞》一直是千年以来历代文人和舞蹈家展开想象力翅膀的创作源头。

从1998年第一次参观永陵博物馆的石刻舞伎之后，这20年，我也广泛涉猎了各种风味舞蹈。遇到成都有舞蹈演出，不论是爱尔兰的踢踏舞、俄罗斯的芭蕾舞，还是杨丽萍的孔雀舞、蔡依林的钢管舞，我都会去观摩，琢磨她们的捻步、垫步、踩步等各种舞步，寻找《霓裳羽衣舞》的其他踪迹。但我总觉得他们的舞蹈少了些无法言说的神韵。然后又带着打印的白居易《长恨歌》诗稿，回头去看永陵石刻舞伎，才明白最美、最具有想象力的《霓裳羽衣舞》，一直在唐诗里幽居。

它，因为失传，而更具有美的想象力。

如同李白得唐玄宗诏令而在《清平调》一诗中描写杨贵妃之舞之美的诗句，"云想衣裳花想容，春风拂槛露华浓"，那种美，只可想象，无法再见。去争论李白此诗是否写的是杨贵妃，其实并不重要。重要的是，如此美的唐诗，都可见字如面，一睹字的芳容。杨贵妃的美，以及她舞霓裳、歌羽衣、释盛唐之美，我只能借助唐诗或者永陵石刻舞伎，去掩盖自己穷尽的想象力、缺乏的美的恐慌。

我歌月徘徊，我舞影零乱。
自笑灯前舞，谁怜醉后歌。

杜甫视李白为知音，李白看杜甫如兄弟，二人在诗路上相互成就，为诗圣，为诗仙。李白《月下独酌》和杜甫《陪郑广文游何将军山林》的写舞之诗句，原本不是二人对酒赏舞的交际诗，但是放在一起仿佛可以诠释他们或狂放或沉郁的人生，更重要的是巧妙注解了《霓裳羽衣》舞曲的曲终人散之境。

玄宗打羯鼓，贵妃弹琵琶，打的是盛世唐音，弹的是旷世胡乐。隆基作大曲，玉环舞霓裳，写的是道调法曲，舞的是天上人间。这一曲夫唱妇随的盛唐《霓裳羽衣》舞曲，虽然早已落幕，却是古今仰止。用蜀地石刻浮雕凝固于王建棺床的永陵"二十四伎乐"，成为当今尚可一见的《霓裳羽衣》舞曲绝响。

再回首，云已忘归途。竟发现，我的许多时间在这一年总是凝聚于1100年前的918年。

因为这一年,前蜀皇帝王建在成都逝世。因为这一年,唐玄宗李隆基为杨贵妃创作的《霓裳羽衣》舞曲在永陵棺床上墙。因为这一年,两个永陵石刻舞伎不舞自亮迄今还能让人无限向往的龟兹乐舞的堂皇底色。

琵琶行

微博上，有个叫柳青瑶的琵琶演奏家火了，古曲新曲都弹得轻快而灵动，还是一个古典美女。朋友这个急弦一样的推荐理由，把正在琵琶唐诗中沉醉忘返的我弹出书本之外。尝试把目光递向她在视频里飞舞的手指，弹拨的略显忧伤的琵琶曲，竟也灌耳一个下午，不觉虚度。她弹的是四弦琵琶，虽然不是"犹抱琵琶半遮面"的古式横抱，十指弹弄白居易《琵琶行》的乐声甚至以急音贯穿始终，那时而低头时而抬头的幽怨眼神却颇有古意，冲融无间断。要是弹拨的快慢节奏跟随白居易原诗的起伏情感张弛有度地释放出来，她演奏的琵琶之声会更有层次感和感染力。

琵琶，作为领奏唐朝宫廷的最强唐音，历经千年不衰的弹拨乐器，初名枇杷，其释义最早见于东汉人刘熙《释名·释乐器》："枇杷，本出于胡中，马上所鼓也。推手前曰批，引手却曰把，象其鼓时，因以为名也。"此文中的"枇杷"，根据后人的用字习惯改写成"琵琶"，从而沿用至今。也有一说，琵琶之名来自其本身的演奏方法。在大唐盛世，由于李渊、李世民、李隆基等多位皇帝的偏爱和身体力行地推动，琵琶成为风靡一时的众乐之首的领奏乐器。

现今，留存在成都永陵博物馆棺床的石刻"二十四伎乐"之琵琶伎，之所以排列在最前面的东首（南面东一），就是因为前蜀皇帝王建、前蜀后主王衍亲近唐朝乐舞，以此再现唐式琵琶的千古魅力。在永陵博物馆馆长彭建平眼里，琵琶的唐朝宫廷首席乐器地位，从永陵石刻琵琶伎的装束可以看出，此乐伎装束与众不同，显得特别高贵，早在永陵发掘之初，怀中横抱琵琶的乐伎就是头梳高螺髻，肩披浅绿色云肩，上身着粉红色彩衣，下身着浅黄色罗裙，其表演情态生动，其衣服色彩鲜艳。只是因为永陵历代有人偷盗，而前室门庭被水、泥灌注，这个左手扶柱按弦、右手握拨弹奏的琵琶伎，有些损毁。

彭建平先生提到的"怀中横抱琵琶的乐伎"，正是唐朝宫廷乐伎横抱首席乐器"琵琶"的主流演奏姿势。白居易《琵琶行》中的诗句"犹抱琵琶半遮面"，也是横抱琵琶，只是永陵琵琶伎不遮面而已。那么，最早的琵琶演奏为何是横抱，而不是现今琵琶演奏家流行的竖抱呢？这又要从刘熙《释名·释乐器》对琵琶释义的"本出于胡中，马上所鼓也"这句说起。琵琶，从西域胡人马背上诞生，乐伎横抱琵琶更有利于稳定重心，方便弹奏。作为外来音乐文化的乐器，琵琶移植于华夏，被汉民族音乐文化所包容并被广泛运用，是通过演奏技巧的不断发展，最后成为汉民族传统音乐文化中的一个重要乐器。演奏者竖抱琵琶多是坐于凳上弹奏，则不存在马背上演奏会不稳定的问题。如今说琵琶,或许不新鲜。但是,盛行于整个唐朝的琵琶之声,当时却被多位诗人称为"新声"。

这样的琵琶和琵琶乐伎,以及动人的声响,尽管其物其声已灰飞烟灭,但是一直活在壮美辽阔的唐诗里。

五弦琵琶,手弹始自裴洛儿

大唐开国皇帝李渊,虽然没有唐太宗李世民声望高,却是一个善弹琵琶的爱家。"上皇自弹琵琶,上起舞。"《资治通鉴》曾记录高祖李渊是琵琶爱好者这段秘闻。

那是贞观四年,已是唐太宗的李世民派名将李靖带领大军北征塞外,与他一生最畏惧的敌人颉利可汗决一雌雄,最终将拥兵百万的东突厥颉利可汗生擒活捉,俘至长安。长安城内外,一时朝野欢腾。太上皇李渊,尤其是太宗李世民,一雪前耻,更是手舞足蹈。

此"耻",来自武德九年,李世民不得不低头的"渭水之盟"。这一年,李世民发动玄武门之变,杀死太子李建成和四弟李元吉及二人诸子,刚刚登基成为太宗,百废待兴,即将打开贞观之治的大门。东突厥颉利可汗乘虚而入,面对凶猛的敌人,皇位还未坐稳的李世民无力回击,第一次选择了避让和臣服。在长安城外的渭河便桥上,两个内心强大的人进行了谈判,大唐朝廷最终以"倾府库,赂以求和",换取颉利可汗退兵,李世民因此羞愤交加,自称"渭水之耻"。

四年后的长安献俘阙下,面对被俘的颉利可汗跪在自己面前求饶,面对西域诸国从此尊称自己为"天可汗",李世民谈笑间笑傲群雄,按捺不住内心强烈的波动之弦。一转身,他就在凌烟阁大摆酒宴,请诸王、后妃以及克敌功臣作陪,欢庆,雪耻。盛宴之上,一直想征服东突厥却心有余而力不足的太上皇李渊,横抱琵琶就上前演奏一曲,而李世民则是亲自下场跳舞助兴。从此,琵琶成为唐朝宫廷高大上的助兴取乐工具。

琵琶,不仅是李渊晚年自得其乐的工具,也是李世民进行社交的工具。李世民甚至还专门为琵琶写了一首弹风响急的小诗,即《琵琶》:

> 半月无双影,全花有四时。
> 摧藏千里态,掩抑几重悲。
> 促节萦红袖,清音满翠帷。
> 驶弹风响急,缓曲钏声迟。
> 空余关陇恨,因此代相思。

诗中的关陇,是大唐的边塞,泛指当今的陕西关中地区和甘肃东部地区。祖籍在秦州陇西成纪(今甘肃省天水市秦安县)的李世民,在此诗中交代了后来在大唐朝流行的琵琶,实际上来源于西域的胡琵琶。

人们一谈起李世民,总会对他开疆的军事才能、辟土的丰功伟绩,以及治国的雄才大略、驭人的政治智慧,点无数个赞。事实上，音乐外交，尤其是琵琶外交，还是李世民令西域诸国臣服的一个传奇。

毕竟跟老外谈唐诗、书法等汉文化，如同对牛弹琴，鸡同鸭讲。音乐却是无国界的通行证，横抱琵琶，拨人心弦，弹人离愁，更是谁都可以围炉欢唱，对酒当歌。尽管大唐朝野流行的琵琶深受西域的琵琶文化影响，但是李世民有一颗不服输的心。既然爱，就深爱，李世民不仅自己喜欢玩乐琵琶，身边还因此集结了大批爱弹琵琶的高手，在该出手时必出手，出手就翻云覆雨。

《资治通鉴》云："侧有美人，善弹琵琶。"说的就是李世民时代受宠的琵琶。不过，这里的"美人"，其实是个小伙子。此人精通胡文，技艺高超，且模仿能力极强，曾凭借弹奏琵琶的一双妙手，帮助李世民打败胡人引以为傲的胡琵琶的技艺较量。据《资治通鉴》记载："太宗时，有罗黑黑善弹琵琶，太宗阁为给使，使教宫人。"传说李世民执政期间，有位西域某国使臣到长安朝贡，顺便带来一名善弹琵琶的胡人，与大唐琵琶伎交流。名为交流，实为挑战。李世民心知肚明，在特别安排的酒宴之上，他命宫伎罗黑黑事先藏在隔帷之后，先听胡人如何弹奏琵琶新曲，然后以宫女身份出场凭着超强记忆复弹出来。不明真相的胡人彻底服了，因为所谓的自创琵琶"新曲"，不过是唐人随手拈来的"旧曲"。此事，后来传遍西域诸国，大唐不仅兵强马壮，而且音乐上也是卧虎藏龙的印记，让琵琶外交的李世民很是受用。

样样牛不过大唐，谈笑间轻巧搞定，正是李世民要的治国安邦谋略。而琵琶，在李世民眼里不仅仅是助兴工具，在这一刻弹奏好琵琶曲，更是大唐的军国大事，事关大国气象，事关他纵横天下的脸面。

对外要脸面，对内则不必。毕竟是自己关起门来享乐。在唐太宗一朝最受宠的琵琶演奏家，事实上并非罗黑黑，而是来自西域疏勒国（今新疆喀什噶尔一带）的裴洛儿，又名裴神符。他之所以赢得李世民更多的偏爱，是因为此人有过人的绝技，给初唐宫廷带来了首创的手指弹拨琵琶之法，而在此之前的琵琶手法皆是用木片拨弹。裴洛儿妙解五弦琵琶手法，曾一度成为初唐宫廷的新风尚，深得李世民垂青，更让一众宫廷琵琶乐师刮目相看。这位长期入职初唐宫廷乐师的疏勒国人，不仅是大唐琵琶一哥，还是一个出色的作曲家，他创作的《胜蛮奴》《火凤》《倾杯乐》等琵琶曲，甚至影响了整个唐朝宫廷。

琵琶在唐朝有多种形制，主要有四弦五弦之分。四弦琵琶因颈部向后弯折，又称曲项琵琶。五弦琵琶为直颈，外形修长，常在胡人手里拨出妙音，因裴洛儿首创手弹五弦琵琶最受欢迎。在解释唐朝琵琶乐器时，唐朝史学家杜佑在《通典》中掷出八个响亮的字，"中虚外实，天地象也"。

回望初唐，李世民开创的贞观盛世气象其实也是"中虚外实"，如同琵琶内外形状。对外，强盛，表现在唐太宗统治时期的唐军将士所向披靡战无不胜，呈现出强国气象。对内，空虚，体现在持续不断的扩张战争导致国库空虚，人丁稀少。当时，全国人口才200多万人，不是国强民富，而是国民皆穷。唐朝建国初期的国土面积在文献记载里也不大，各地割据势力虎视眈眈,都是李世民弹指难破的威胁。如果此时的大唐是一轮残月,天空却有众多星辰聚集将它补亮,这种逐渐月圆的大国气象,源于李世民的励精图治,敢于接纳臣子的逆耳直言,让王侯将相和普通百姓都看到了希望。希望,是人世间最可怕的力量。种下希望这颗种子的唐朝将士如同神兵天降,不论是保家卫国还是开疆拓土,都是神武无敌。初唐,仿佛是一块巨大的糖果,引无数蜂蝶竞折腰。在一一扫除周围割据势力后,唐朝武力甚至强悍到令强大的突厥也担惊害怕。尤其在西域诸个小国纷纷归顺李世民朝廷后,琵琶弦外的初唐大国的霸气外露无遗。

四弦琵琶,拨弹源于曹保保

想想万朝来拜李世民的快意,诗意横流的大唐怎么又少得了诗人咏琵琶诗?

初唐"文章四友"之一的李峤,他一出手,就跟太宗李世民来了个同题诗赛。并且明确指出琵琶新曲《琵琶》,是马背上的将军特制,必须在马上弹,方有琵琶本身的快意恩仇味道。

> 朱弦闻岱谷,铄质本多端。
> 半月分弦出,丛花拂面安。
> 将军曾制曲,司马屡陪观。

本是胡中乐，希君马上弹。

遗憾的是，李峤写出这首《琵琶》诗的时候，李世民看不见了，他已入土，琵琶和江山都已成往事，唯有对武媚娘的妩媚不安。高宗李治和武后媚娘，倒是对李峤和他的《琵琶》诗喜欢得紧。李峤能在武后、中宗年间三次拜为宰相，跟他的文章才学不无有关。

与李峤相比，孟浩然就没有得到皇帝宠信的幸运了。尽管他诗名远胜李峤，而且是王维、张说两大宰相级诗人的诗歌知音，甚至是诗仙李白、诗圣杜甫都服气的著名诗人，但是孟浩然一生都考不中进士，进不了让他施展抱负的官场，怎一个郁闷了得？

本来在宰相张说的府邸，孟浩然也曾得到机缘，见过李隆基一面，可是他的嘴巴不争气说话不忌口，偏偏吟诵到"不才明主弃"这句，惹恼了玄宗，只得打道回府，憾归终南山。

不过，对于大唐琵琶的诗意收藏，孟浩然却是有巨大贡献的。比如他的《凉州词》二首之一：

浑成紫檀金屑文，作得琵琶声入云。
胡地迢迢三万里，那堪马上送明君。

孟浩然此首琵琶诗，清晰记录了琵琶的用材：紫檀。而且印证了李峤的琵琶诗，要马上作乐，才有万马奔腾的气象。

名气不如孟浩然的同时代诗人王翰，是个富家子弟，人生比较顺畅，举止颇为豪放，喜交文人志士。23岁就考中进士，人生得意常尽欢，他的诗才、他的豪放也得到多位同朝官员赏识。杜甫曾用一句"李邕求识面，王翰愿卜邻"赞赏王翰，如果大唐有微信朋友圈，相信杜甫天天都会给王翰的诗点赞，热评，互粉。而王翰最能激起今人的万千赞叹，则是他和孟浩然唱同题诗打擂的《凉州词》二首其一：

葡萄美酒夜光杯，欲饮琵琶马上催。
醉卧沙场君莫笑，古来征战几人回？

好一个"欲饮琵琶马上催"！也只有真正去了边关打仗身临其境的边塞诗人王翰，才金钩银划得出如此生动、如此豪放、如此悲壮的琵琶千古绝句。战争一触即发，乐伎们弹奏起急促欢快而带着慷慨悲壮色彩的琵琶声，给即将奔赴沙场杀敌报国的战士们助兴催饮，一醉方休又何妨？明月和名字即使跟随肉身腐烂，又何妨？读此诗，我发现琵琶的战争属性，跃然纸上。

事实上，从丝绸之路流传到中华大地的琵琶，成为众乐之首的领奏乐器，也跟它在战争中鼓舞人心的巨大功能分不开。这，更跟李世民对政治对音乐文化兼收并蓄的策略分不开。

一直以李世民为治国榜样的唐玄宗李隆基，后来修订盛唐宫廷《十部乐》和《坐部伎》《立部伎》，也是学太宗兼收并蓄，进一步让龟兹、疏勒、康国、安国、扶南、高丽、高昌等各国音乐在大唐得到充分的交流与融合。李隆基的宴会之乐因此得以丰富，优秀音乐作品层出不穷，《六幺》《霓裳羽衣曲》《雨霖铃》等就是当时的燕乐作品代表。而琵琶，在唐玄宗李隆基治国期间，贵为唐宫燕乐乐队中的首席乐器，与此交相辉映的《凉州》《薄媚》等琵琶独奏曲，因富有强烈艺术感染力而成为上自宫廷下至民间的时尚。比诗圣杜甫小三岁的大唐边塞诗人岑参，曾在玄宗天宝十三年（754）以一句"凉州七里十万家，胡人半解弹琵琶"（《凉州馆中与诸判官夜集》），写下当时民间弹奏琵琶的盛况。

而大唐朝野盛行的西域五弦琵琶，在很长一段时间内一直是诗人们眼中的"新声"，唐诗中经常歌咏的香饽饽。比王翰名气更大的边塞诗人王昌龄，有一首《从军行》七首其二，堪称歌咏琵琶的七言绝句。

琵琶起舞换新声，总是关山旧别情。
撩乱边愁听不尽，高高秋月照长城。

和王翰一样，王昌龄也常常随军，在边塞打仗，在唐诗里打响自己的名气。此诗中的"新声"，正是指从初唐到盛唐一直盛行的宫廷众乐之首"燕乐"首席乐器五弦琵琶，在边塞的回音。事实上，这种五弦琵琶不仅是唐朝宫廷《十部乐》首部《燕乐》的常用乐器，在《龟兹乐》《疏勒乐》等多部皆是用来领奏乐队演出。

当然，手弹琵琶和木拨琵琶、四弦琵琶和五弦琵琶各有各的魅力。长期的手弹，容易起茧，甚至易让玉女伤心。

而用木片拨弹琵琶的唐朝琵琶演奏家曹刚（一作"曹

纲"),因为白居易、刘禹锡、薛逢等多位诗人倾情推荐,反复书写其技而最负盛名。这种拨弹琵琶的木片,又称"拨子",一般是用长条形柄和扇形拨面组成,由演奏家右手握持弹拨琵琶,弦音刚劲有力。白居易在《琵琶行》这首古今最经典的咏琵琶诗中,就用多个佳句形容"拨子"拨弹琵琶的手法,如"转轴拨弦三两声,未成曲调先有情""轻拢慢捻抹复挑,初为《霓裳》后《六幺》"。连插放"拨子"的过程,老白也有"沉吟放拨插弦中,整顿衣裳起敛容"之句来描绘。

被白居易推崇为"诗豪"的刘禹锡,在仕途上并不如白居易那么如意,自从和柳宗元参与唐朝永贞年间政治改革失败后,接二连三被贬谪远郡,还曾远谪夔州(原四川奉节县,今重庆奉节县),但他有李白的狂放与豪气,随口就是"东边日出西边雨,道是无晴还有晴"。在听了曹刚拨弹四弦琵琶之后,刘禹锡如逢知己,即兴挥毫题诗《曹刚》:

大弦嘈嘈小弦清,喷雪含风意思生。
一听曹刚弹薄媚,人生不合出京城。

今人说走就走的旅行,哪里有刘禹锡的畅快淋漓?宋朝词人遭此境遇,可能又藏身山谷写些愁词发发牢骚了。老刘,身为中山靖王刘胜之后,体内带着皇室血脉,自是一身傲骨。一听曹刚弹奏的琵琶曲《薄媚》,仕途不顺不过是:人生一薄媚,不合出京城。而擅长细腻描写的白居易,写的曹刚拨弹四弦琵琶之技则更绘声绘色,见于《听曹刚琵琶兼示重莲》:

"拨拨弦弦意不同，胡啼番语两玲珑。谁能截得曹刚手，插向重莲衣袖中？"

唐朝诗人薛逢在《听曹刚弹琵琶》一诗中，不仅盛赞曹刚琵琶技艺惊人，还直言其所弹为四弦琵琶："禁曲新翻下玉都，四弦枨触五音殊。不知天上弹多少，金凤衔花尾半无。"

被众多唐诗反复惦记的曹刚，到底是何方神人？晚唐音乐理论家段安节在《乐府杂录》"琵琶"篇章曾载："贞元（唐德宗李适年号）中有王芬、曹保保——其子善才、其孙曹纲，皆袭所艺。次有裴兴奴，与纲同时。曹纲善运拨，若风雨，而不事扣弦，兴奴长于拢捻，不拨稍软。时人谓：曹纲有右手，兴奴有左手。"曹刚的拨弹琵琶技法源于祖父曹保保。不过，白居易写的名字是曹刚，段安节却称为曹纲。白居易还在《琵琶行》诗序中提到"尝学琵琶于穆、曹二善才"，此善才即曹善才，曹刚之父。曹保保原是西域曹国（今乌兹别克斯坦境内）人，到长安后改为汉姓曹，因拨弹琵琶技艺高超，一跃成为唐朝宫廷梨园的琵琶名家。曹保保、曹善才、曹刚祖孙三人，更是世居长安供奉唐朝宫廷的三代琵琶演奏家，他们的琵琶之声和演奏风格，被唐时长安人称作"京都声"。唐朝诗人李绅曾作《悲善才》一诗，序中称唐穆宗李恒赐宴曲江，曹善才等 20 人备乐，诗中追叙曹善才弹奏琵琶时的情形，如"穆王夜幸蓬池曲，金銮殿开高秉烛。东头弟子曹善才，琵琶请进新翻曲""紫髯供奉前屈膝，尽弹妙曲当春日"，成为后人研究唐朝宫廷琵琶名手曹善才的珍贵史料。

在唐玄宗一朝，还有一曹姓名人，即曹国进献的胡旋女曹野那姬，擅长跳琵琶伴奏的胡旋舞，让李隆基痴迷一时，她和李隆基生有一混血女，《新唐书》曾载此女是唐玄宗的女儿寿安公主，小字虫娘，深目高鼻。

铁拨琵琶，贺怀智鸡筋做弦

在唐玄宗开元、天宝年间，声名最大的琵琶演奏家有三人。一是爱妃杨玉环。二是老臣贺怀智。三是爱徒雷海青。

在《霓裳羽衣》舞曲诞生之前，女人味十足的杨贵妃主要是以一手琵琶语和一曲胡旋舞征服了唐玄宗不安定的心跳。尤其是弹琵琶，杨贵妃面容的狐媚和手指的娴熟如星月辉映，最是夺人心魄，不仅李隆基看得如痴如醉，皇室诸王、郡主及宫中姐妹皆拜她为师，学弹贵妃琵琶，自称：琵琶弟子。杨贵妃专用的琵琶用材主要产自蜀地，以西蜀的逻逤檀木为槽（背板），龙香柏木为"拨子"，绘双凤纹样的装饰，以显其贵。杨贵妃所弹琵琶之声，因此当属纯正蜀地唐音。唐文宗李昂太和年间进士、尚书郎、给事中郑处诲，有部史料笔记《明皇杂录》（成书于唐宣宗李忱大中九年，即855年）记载："有中官白秀贞，自蜀使回，得琵琶以献。其槽以逻逤檀为之，温润如玉，光辉可鉴，有金缕红文蹙成双凤。（杨）贵妃每抱是琵琶奏于梨园，音律凄清，飘如云外。"

"三郎紫笛弄烟月，怨如别鹤呼羁雌。玉奴琵琶龙香拨，倚歌促酒声娇悲。"唐宣宗年间的才子郑嵎，还在其《津阳门诗》"玉奴琵琶龙香拨"这句诗后自注："（杨）贵妃妙弹琵琶，其乐器闻于人间者，有逻逤檀为槽、龙香柏为拨者。"唐玄宗李隆基是唐睿宗李旦第三子，又称李三郎。杨贵妃在宫中常弹奏琵琶与唐玄宗的笛声相和，娇滴滴地称之为"三郎"，这是二人如胶似漆的爱情写照。敦煌莫高窟现存诸多壁画的琵琶伎，虽然多是描绘佛教天宫乐伎的形象，而且大多身躯略胖、肌肤如玉，却是颇有文献记载的杨贵妃遗容回照。

贺怀智，则是唐玄宗一朝琵琶技艺最高的宫廷乐师，而且早在开元年间就已名动朝野，属于李隆基的梨园老臣。贺怀智，牛就牛在他创新了琵琶的演奏工具和弹拨技法。怎么个牛法？老贺是以石做琵琶琴身，把鸡筋作为琵琶琴弦，用铁片拨弹琵琶，活脱脱一个发明家，一个琵琶老怪。都知道琵琶琴弦脆弱，稍有不慎就易拨断，从他制作琵琶的铁石材料看，贺怀智就已先声夺人。段安节《乐府杂录》就载："开元中有贺怀智，其乐器以石为槽，鹍鸡筋作弦，用铁拨弹之。"唐玄宗在开元年间很器重他，不仅是因为贺怀智在宫廷乐队中年龄大、资格老、声誉高，更重要的是他的琵琶演奏技艺为当时最高，经常在一场宫廷乐队演出时处于主宰地位，发挥了琵琶作为首席乐器的担当。

老贺也是一个心思极其细腻之人、所谓的有心人。相传有一次，唐玄宗李隆基与亲王兄弟下棋，贺怀智得到的诏令是在一边弹拨琵琶助兴，香气逼人的杨贵妃也在一旁围观。碰巧，一阵风吹掉杨贵妃的丝巾，正好落在正襟危坐演奏琵琶的贺怀智头上，老贺尴尬至极，一张老脸逼得通红，此情此景惹得李隆基大笑不止。事毕，急忙赶回家中的贺怀智发现，被杨贵妃的丝巾经风而盖的头巾仍然芳香不散。不知道他是暗恋杨贵妃还是纯粹收藏暗香，老贺翻箱倒柜找到一个锦囊，将自己的头巾装了进去，秘藏。没想到这块头巾还在安史之乱平息后派上大用场。当时，已经让位唐肃宗李亨成为太上皇的李隆基，在长安城常追思杨贵妃的过往美色记忆，每谈杨贵妃，必是泪汪汪。再次觐见李隆基，老贺专门呈上藏有杨贵妃体香的锦囊，嗅到曾经熟悉得不能再熟悉的味道，李隆基顿时老泪纵横，陈年往事涌上脑门："这巾上的香气，是瑞龙脑香也！此香为交趾（越南北部地区臣服唐朝的古国）所献贡品，我曾赠贵妃十枚！"在唐玄宗死后十多年出生的中唐诗人元稹，写过一首《连昌宫词》追记过唐玄宗、杨贵妃、贺怀智的宫中娱乐生活："连昌宫中满宫竹，岁久无人森似束。又有墙头千叶桃，风动落花红蒇蒇。宫边老翁为余泣，小年进食曾因入。上皇正在望仙楼，太真同凭阑干立。楼上楼前尽珠翠，炫转荧煌照天地。归来如梦复如痴，何暇备言宫里事。初过寒食一百六，店舍无烟宫树绿。夜半月高弦索鸣，贺老琵琶定场屋。……"诗中的上皇、太真、贺老，分别是指唐玄宗、杨贵妃、贺怀智。"夜半月高弦索鸣，贺老琵琶定场屋"最能表现贺怀智的琵琶压场之技，以及老贺和唐玄宗、杨贵妃夫妇的亲近。

老贺的有心，还体现在喜欢收藏琵琶曲谱，把他用铁片拨弹琵琶的老曲新曲统统记录在册，流传于世，是为琵琶史上第一本乐谱集，遗憾当今不见，否则必是瑰宝。不过，至少到了宋朝，贺怀智这部琵琶曲谱还在传播。沈括的《梦溪笔谈》

就记载,他曾在丞相王安石家中获得贺怀智的琵琶谱一册,如同取得一件大唐秘宝。

另一个唐玄宗宫廷的琵琶圣手是雷海青,在盛唐时期也曾常伴李隆基左右,只是琵琶弹奏名气不如贺怀智,更没有大唐第一好声音、宫廷乐师李龟年的名字响亮。

雷海青能名留青史,实际上跟他死磕安禄山有关。

安史之乱爆发那一年,唐玄宗带着杨贵妃从长安城仓皇西逃。除了文献记载善弹箜篌的张野狐等宫廷乐师一路跟随逃往成都,实际上包括李龟年、雷海青、黄幡绰等大量梨园弟子都来不及通知,而使他们散落民间。李龟年在战乱中逃至长沙、岳阳一带漂泊,遇见杜甫,留诗《江南逢李龟年》"正是江南好风景,落花时节又逢君"。而雷海青的命运就有点悲剧了,他和其他来不及逃走的宫廷乐师被安禄山部队抓获。满腔悲愤无处说,一把鼻涕一把泪,正是雷海青这一时期的艰难写真。

在洛阳坐上唐玄宗曾经坐过的皇帝宝座,安禄山立即就想过一把皇帝瘾,比如听听杨贵妃一舞百媚生的《霓裳羽衣》舞曲,以及唐玄宗曾经享用过的琵琶、箜篌、觱篥等器乐。甚至唐玄宗玩过的群马奔腾的"马舞",这类让动物作为主角的舞蹈,安禄山也要求送来"御享"。凡是唐玄宗用的东西,除了死去的杨贵妃,安禄山都想霸占,以显君威。

在唐玄宗开元年间出生的雷海青比杜甫小三四岁,他因琵琶弹得好,后来成为李隆基宫廷乐师。在安史之乱爆发不久,雷海青和唐玄宗教坊梨园子弟、宫廷乐官三百余人,都被安禄山掳进洛阳宫城。有一天,安禄山在凝碧池设宴庆功,以皇帝口吻命令雷海青与众乐官演奏唐朝宫廷乐舞,并吩咐来不及逃走的宫娥妃嫔以歌舞助兴,以显他初尝皇帝味道的威风。雷海青极其不情愿为叛军演奏,先是称病不去,后被安禄山派人强押到场。在凝碧池,历史性的一刻出现了,善弹琵琶的雷海青,善奏拍板的黄幡绰,与一众梨园旧人相对黯泣,久久不肯动手演奏。只见雷海青手抱琵琶,义愤填膺,抢先反对的方式是将琵琶掷地,一时断弦音四起,然后痛斥安禄山是乱臣贼子,猛批安禄山种种谋逆反叛罪恶,整个凝碧池都回荡着他的放声大哭。这下,不得了,彻底激怒了安禄山,他喝令手下用刀剜雷海青的嘴唇,雷海青仍是骂不绝口,又急令割掉雷海青的舌头。雷海青口含鲜血,忍着剧痛,还将地上的琵琶捡拾起来对准安禄山的头部掷去。安禄山当殿受辱,气急败坏,立命把雷海青肢解示众。大雨倾盆的这一天,是唐玄宗天宝十四年八月二十三日。不仅《明皇杂录》记载了类似的史事,同时期被安禄山俘虏并出任大燕国伪官的盛唐大诗人王维,在雷海青坚贞不屈临危赴死之后,即兴赋诗一首,名为《凝碧池》:

万户伤心生野烟,百官何日再朝天。

秋槐叶落空宫里,凝碧池头奏管弦。

这首诗让雷海青的名字如雷贯耳,也拯救了王维自己。

因为唐朝皇帝历来记恨谋逆叛徒。《凝碧池》却是王维"身在曹营心在汉"的铁证,他的救命良药。在唐肃宗李亨逐步平定安史之乱期间,王维因此还可再续前缘,留在唐朝宫廷任职,正是此诗此药对症。而英勇赴死的雷海青,更是成为唐玄宗、唐肃宗眼里的英雄。唐玄宗从成都避难归来,很颁旨追赠雷海青为"唐忠烈乐官""天下梨园都总管",唐肃宗后来又加封雷海青为"太常寺卿",让他受万民祀拜,以奖掖忠君之臣。

至今,这位琵琶圣手还是活在福建当地人心中的神。目前,在福建莆田东峤镇田庄村的莆田城北门外,有一座庙,名叫"瑞云祖庙",瑞云祖庙供奉的主神叫"田公元帅",民间称为"戏神",而雷海青被当地人奉为玉帝三太子转世的"田公元帅",当作神灵一样供奉、仰止。庙内石刻的"琵琶声里风霜厉,姓字云头日月光"等楹联,都是根据雷海青勇敢决裂安禄山的壮烈事迹撰写,以表现他不屈不挠、视死如归忠于大唐王朝的琵琶乐工英雄气概。

蜀地琵琶,回照五弦琴绣袋

和唐太宗、唐玄宗一样,在马背上打下江山的前蜀皇帝王建,也好一口"边愁听不尽"的琵琶曲。尤其是唐僖宗时代,王建因是禁军统领,宿卫宫中,频频听到琵琶起舞的"新声",自己在大唐灭亡后当了皇帝,心忠于唐的他在各种宴会上都将琵琶曲进行到底,有时忆苦思甜,有时就是奢侈一把。王建死后,前蜀后主王衍也忘不了琵琶伎的领奏地位,痛快地把琵琶伎石刻于王建棺床"二十四伎乐"之南面东首。

前蜀皇帝王建的爱妃花蕊夫人是一个善填宫词的高手,其"太常奏备三千曲,乐府新调十二钟""宣索教坊诸伎乐,傍池催唤入船来""管弦声急满龙池,宫女藏钩夜宴时""尽日绮罗人度曲,管弦声在半天中"诸句,生动描绘过蜀国宫廷乐舞盛事。而从花蕊夫人另一首《宫词》中的"逢著五弦琴绣袋,宜春院里按歌回"看,在前蜀宫廷演奏的琵琶,主要是回照初唐和盛唐时期最流行的五弦琵琶,这类琵琶又因产自西域而称胡琵琶。西域乐舞对前蜀宫廷的影响,还包括乐伎的穿衣打扮皆喜胡风,花蕊夫人有一首《宫词》就说"回鹘衣装回鹘马,就中偏称小腰身"。其实,大唐琵琶乐器在五代十国时期的影响不局限于前蜀,后唐大将孟知祥在成都开创的后蜀王国,也是琵琶领奏宫廷众乐。除了前蜀皇帝王建有一个妃子是花蕊夫人,后蜀末代皇帝孟昶也有一位花蕊夫人,她写的传世宫廷诗词多是说不尽的悲伤,其中一首被传写琵琶的《宫词》正是亡国之痛:"声声杜宇到汴京,赵家呼唤弹琵琶。中原春色归中原,青城自有青城花。"

把王建墓棺石刻"二十四伎乐"改编成国乐观念剧《伎乐·24》的四川天姿国乐团团长唐文婷,是成都地面上现今弹奏琵琶的杰出代表。她是竖弹从大唐演变而来的四弦琵琶,手弹、拨弹皆很在行。

和其他琵琶演奏家钟爱古典名曲《春江花月夜》、现代名曲《十面埋伏》不同,唐文婷更偏爱从白居易的《琵琶行》改编而来的琵琶曲,不软,也无杀气,但有灵气。在四川嘉祥教育集团举办的多场诗会上,酒水在高兴处,都会有她即兴演奏的琵琶曲助兴,以及成都七中嘉祥外国语学校语文老师杨书梦和四川电影电视学院的大学教授冯耀合诵《琵琶行》伴音。唐文婷演奏的琵琶曲,正是根据白居易《琵琶行》改编的今曲《读〈琵琶行〉》。尤其是弹到"大弦嘈嘈如急雨,小弦切切如私语。嘈嘈切切错杂弹,大珠小珠落玉盘"时,能看到她惊艳的手指和众人惊异的眼神,急切地重叠。

她的坐姿,也酷似永陵石刻琵琶伎,即回望大唐的坐部伎。她因弹到兴起而飞舞的手指,颇似敦煌莫高窟壁画上的反弹琵琶伎的古意画风,典雅而妩媚,酣畅而淋漓。遗憾的是,永陵石刻琵琶伎,只是石头凝固一瞬的沉默之乐,要是她能复活,完整弹奏一曲《霓裳羽衣曲》或者《六幺》,也可让我生发白居易"低眉信手续续弹,说尽心中无限事"这样的盛大感慨。

在当今成都,这样的琵琶演奏和古典音乐会很少见了。但在大唐,成都却是"喧然名都会,吹箫间笙簧"的音乐之都。早在前蜀皇帝王建入蜀建国的近150年前,即上元二年(761),杜甫就用一首七绝《赠花卿》记录了成都的人间喧哗之乐,云:"锦城丝管日纷纷,半入江风半入云。此曲只应天上有,人间能得几回闻。"杜甫此诗提到的"丝管",指的是弦乐器和管乐器,泛指音乐,借此讽刺打了胜仗的花惊定将军在庆功宴上目无朝纲僭用天子之乐。据《旧唐书》载,唐朝建立后,高祖李渊即命太常少卿祖孝孙考订大唐雅乐:"皇帝临轩,奏太和;王公出入,奏舒和;皇太子轩悬出入,奏承和……"这些乐制是唐朝的成规定法,稍有违背,即是紊乱纲常，大逆不道。而花惊定将军僭用的天子之乐，也从历史的一个偏旁说明成都当时的音乐相当昌盛。

河南舞阳人王建在成都称帝后，成都的音乐会的确一度达到历史巅峰。王建的诗人宰相韦庄，就有一首写成都音乐盛况的销魂诗词，叫《河传·春晚》：

> 春晚，风暖。锦城花满，狂杀游人。玉鞭金勒，寻胜驰骤轻尘，惜良晨。翠娥争劝临邛酒，纤纤手，拂面垂丝柳。归时烟里，钟鼓正是黄昏，暗销魂。

后人将韦庄此词改编作曲《锦城花满》，专门配备了琵琶和笛、笙、吹叶等乐器。这，也是当今音乐人用琵琶给唐五代宫廷乐舞的另一个注解。

至于琵琶这种宫廷主流乐器何时在民间流行开来，如今难以在冗长的时间里精准地切分而出。白居易的《琵琶行》描写来自首都长安的琵琶伎，不得不让琵琶之声随着自己流落民间的生存状态，可以看作一江离愁向东流。

把时间的钟表回拨到元和十一年（816）。白居易被贬为九江郡司马的第二年。十年之前，老白刚刚写出声震长安的叙事长诗《长恨歌》，政界诗坛皆是人气节节攀升，仿佛万里蓝天处处是展翅高飞的鸟。转眼，已是44岁的油腻中年男，加上贬官的郁郁不得志，白居易成天借酒消愁。这天，他送朋友，又摆了一桌穿肠更愁的酒肉，借酒焐热快要冷死的心跳。忽然，九江的水上荡起琵琶声，想起当年在长安的潇洒人生，和好兄弟元稹与乐伎嬉戏作诗的往事，心中、耳里、眼前泛起的苦海惆怅四溢。长安，此刻恰似一场大雾密集而成的梦，依旧罩着他，透不过气来。老白后来用"主人忘归客不发"来形容这个民间女子弹奏琵琶曲的诱人魅力，是因这种声音来自长安。只见，琵琶在她手里轻拢、慢捻，又在急切抹挑之间，铮铮铿铿，发出京都长安才有的声韵。此女来历不简单，正是宫廷琵琶乐工曹善才的徒弟，只是命运波折，不得不嫁作商人妇流落于九江民间。贬官，失意，白居易一时视为知音，他用"同是天涯沦落人，相逢何必曾相识"写尽天下怀才不遇之士的千古愁，也道出自己与此女一同走进沦落路的心迹。

"低眉信手续续弹，说尽心中无限事""轻拢慢捻抹复挑，初为《霓裳》后《六幺》""大弦嘈嘈如急雨，小弦切切如私语""嘈嘈切切错杂弹，大珠小珠落玉盘""别有幽愁暗恨生，此时无声胜有声""曲终收拨当心画，四弦一声如裂帛"……如此栩栩如生，如此惊天动地，如此感怀伤时，白居易笔下的琵琶绝响，犹如"语不惊人死不休"的杜甫另一曲酣畅淋漓的离歌。似乎，宋朝大文豪苏轼后来再写琵琶诗词，如"尊酒相逢，乐事回头一笑空。停杯且听琵琶语，细捻轻拢……"（《采桑子》）也因此黯然失色。

白居易勾勒的琵琶之声的愁与怨，其实早在西汉就有这种文学传统。我以为，是从被迫去匈奴和亲的王昭君开启的。大漠戈壁，大雪纷飞，在塞外怀抱琵琶的王昭君，一边释放着沉鱼落雁之美，一边欲把胡琵琶哀怨之声还给胡地，我见犹怜，成为后世文学家打开想象力闸门的源头。杜甫晚年在夔州（今重庆奉节县）写的《咏怀古迹》五首其三"千载琵琶作胡语，分明怨恨曲中论"，说的正是唐人宋人称为明妃的王昭君。杜甫一生，挚爱一人，是他的妻子杨婉，但这并不妨碍他心系古典美女王昭君，甚至穿过千山万壑奔向荆门，赶往传说中的王昭君生长的小乡村，寻找一种美学来处。在老杜看来，千百年来的琵琶声回荡在空中，如同王昭君无穷的怨恨与诉说。直到宋朝、清朝，这种琵琶怨诗还在传承，比如王安石《明妃曲》其二："明妃初嫁与胡儿，毡车百两皆胡姬。含情欲语独无处，传与琵琶心自知。"

如今，每每听到唐文婷根据白居易《琵琶行》演奏的琵琶曲，我都会按不住会飞翔的幻想，再一次走进永陵博物馆，去看看永陵石刻琵琶伎和她因为凝固一瞬而略带哀怨的眼神。作为战马催红的乐器，这个永陵石刻琵琶伎到底是根据谁的模样雕刻的？肯定不是容光焕发的杨贵妃，也不是楚楚可怜的王昭君。这些被唐诗用旧的美人，前蜀后主王衍无法召之即来挥之即去。那时，母后花蕊夫人尚在花丛中笑，后宫妃嫔已无旧人哭，或是先皇王建宠信的某个琵琶乐工，或是从蜀地民间搜罗而来的琵琶乐伎，将她浮雕于棺床，无非是给在永陵地宫长眠的父皇一个不切实际的念想。1100年前，王衍在王建死后第二天即位，永陵耗时五个月建成才作为王建的陵寝，他要的是登基之后的无限欢乐，她却只是王建宫廷乐舞时代的一个休止符。随着永陵地宫里的长明灯熄灭，杜甫所叹的"千载琵琶作胡语，分明怨恨曲中论"，白居易所怨的"低眉信手续续弹，说尽心中无限事"，岑参所吟的"琵琶一曲肠堪断，风萧萧兮夜漫漫"，就都是永陵石刻琵琶伎封存的休止符。

拍板

一群遇事漫无头绪的人，需要主事者拍板，这里的"拍板"，也称拿主意，重在动脑子，让人"柳暗花明又一村"。负责拍板之人，不论是在幕后还是在前台，当是当机立断让人服气的主子，用一面明镜照亮别人内心暗处的高人。这样的人，在村庄是村长，在城市是市长，在军中是将军，在朝堂则是皇帝。而在宫廷乐队中，负责拍板的人就是拍板伎，又称击拍板乐伎。

引申之意在现实生活中四处弥漫的"拍板"，实际上来自古人制造的乐器"拍板"。在成都永陵博物馆的王建棺床"二十四伎乐"中，就有一个如此了得的人，是石刻于南面西首的拍板伎，宫廷乐队要演奏什么曲子，需要她拍板领乐，给一众乐伎一锤定音，也给舞者控制节拍，相当于乐队的总指挥。此拍板伎和在棺床南面东首领奏宫廷乐队的琵琶伎地位旗鼓相当，往往是琵琶发出第一声，她便根据琵琶声调高低击打一下拍板，俗称打拍子，她手中的拍板如同现代交响乐团指挥手握的指挥棒。如果把两支乐队的对弈比作一场音乐战争,拍板伎就是指挥千军万马的统帅。

拍板,属于古代打击乐器,在唐朝也称檀板、绰板。通常用坚木数片,以绳串联,用以击节。唐宋时期的拍板为六片或九片,以两手合击发音,当今拍板常由三片木板组成。永陵棺床上的拍板伎实际上有两人,皆执一件由六片块板组成的拍板。一个位于棺床南面西首,头梳高螺髻,螺髻正面着簪饰,负责整个蜀宫乐队的领乐,另一个在棺床东面(东六),辅助拍板,其执小拍板的方位和南面拍板伎相反,主要协调正鼓伎、和鼓伎等乐伎的打击乐跟上节奏。

别看这两个永陵石刻拍板伎,在灯光暗淡的王建墓穴不怎么起眼,但是她们手中的拍板却被唐诗宋词元曲一次次擦亮。前蜀后主王衍,还曾多次手执拍板,亲自引领蜀宫乐队演奏唐玄宗李隆基发明的流行舞曲《霓裳羽衣》。

绰板来源:大唐御用笑星黄幡绰

拍板,在唐朝之所以被称为"绰板",是因为唐玄宗时期有个叫黄幡绰的梨园乐工善奏拍板而得名。以黄幡绰的名字来给拍板重新命名,可见当年他把自己的名字拍得有多响亮,由唐诗唐乐构成的盛唐若少了这一块绰板,就如同阳光照不到的一处宫廷暗墙,必定会让李隆基少了一些乐子。事实上,黄幡绰不仅拍板打得好,还是一个郭德纲式的大唐御用笑星,生活中的点点滴滴在他内心酿成段子脱口而出，常把李隆基哄得开怀大笑。此人入宫30多年，深得唐玄宗的赏识和信任。当时就有人说，玄宗一日不见黄幡绰，龙颜为之不悦。

　　黄幡绰爱逗李隆基，有一个故事，说唐玄宗在安史之乱时期逃奔四川，身陷满朝慌乱之中的黄幡绰步子慢了一点，一不小心落到安禄山手里，这可乐坏了安禄山。同样爱乐喜舞的安禄山，强迫黄幡绰和他在新成立的大燕国宫廷乐队寻欢作乐。有一天，安禄山做梦，梦见衣袖长得垂到台阶之上，忙问黄幡绰是啥意思。黄幡绰答："意思是当垂衣而治之。"对于安禄山所梦殿中槅子倒了，黄幡绰释梦为"革故从新"。后来辗转回到已是太上皇的李隆基身边，他的这些不堪回首的往事被人当作罪状告密，都以为他玩完了。结果，黄幡绰又一次靠三寸不烂之舌救了自己的命。他给玄宗的解释是："臣实不知陛下大驾蒙尘赴蜀。既陷贼中，宁不苟悦其心，以脱一时之命？今日得再见天颜，以与大逆圆梦，必知其不可也。"多疑的李隆基忍住内心的不爽，还是好奇追问："何以知之？"如果此刻话不投机不能止疑，那些说出去的"话"就是刀尖，舔血的则是无辜的舌头。只见，黄幡绰灵机一动，他深知后退一步是深渊，前进一步就成段子，比抢答李佳明主持的《开心辞典》还镇定："逆贼梦衣袖长，是出手不得也。又梦槅子倒者，是胡（扶）不得也。"一个没文化的叛臣逆贼安禄山形象脱口而出，一个智勇双全的大唐笑星黄幡绰活灵活现在眼前。李隆基当场大笑不止，最终没有追究黄幡绰的"原罪"。黄幡绰的机智和幽默，从此可见一斑。

或许是在音乐气氛浓厚的凉州泡大的缘故，生于凉州（今甘肃武威）的黄幡绰，要说李隆基的音乐细胞第一，没人敢在老黄面前说老二。作为唐玄宗朝廷最得宠的宫廷乐师之一，宋代陕西同州《霓裳羽衣曲》石刻，相传就是根据黄幡绰的手书翻刻。《霓裳羽衣曲》由唐玄宗作曲，经杨贵妃一舞惊天下，一直是后世诗人、作曲家、舞蹈家常驻内心的一个大梦。黄幡绰能够手书，并通过《霓裳羽衣曲》石刻传承于大宋，可见其不可复制的影响力，以及他跟唐玄宗的亲近。即使是安史之乱后，黄幡绰晚年流落江南，死后的埋葬地昆山绰墩，也成为昆曲的发源地。大宋的龚明之《中吴纪闻》一书，曾说："昆山县西二十里，有村曰绰墩，故老相传，此黄幡绰之墓。"明朝魏良辅所著《南词引正》又说："（昆曲）唯昆山为正声，乃唐玄宗时黄幡绰所传。"再后来的人追溯昆曲，更是直接说昆曲的鼻祖就是1200年前的唐人黄幡绰。甚至在清朝，还有人称，黄幡绰是昆山人，而非凉州人。清朝的昆曲名伶刘亮彩（一作"刘亮采"）辑本《梨园原序伦·论四方音》，就明确地说："黄幡绰，昆山人，始变为昆腔，其取平上去入四声，正而无腔，字有肩，板有眼，阴阳清浊。"

不管黄幡绰是哪里人，他是唐玄宗时代除李龟年之外最受赏识的音乐人，毫无争议。尤其是他对拍板在大唐的流行，让绰板闪亮唐朝音乐史，功不可没。

除了黄幡绰，玄宗朝还有一个宫廷乐师贺怀智，也因拍板打得好，载入史册。到了宋朝的笔记小说里，贺怀智也常被人惦记。北宋文学家、地理学家乐史的小说《杨太真外传》就记录过贺怀智在唐玄宗宫廷击打拍板助兴宴会的故事，说："就按于清元小殿，宁王吹玉笛，上羯鼓，妃琵琶，马仙期方响，李龟年觱篥，张野狐箜篌，贺怀智拍板。"历史上的宁王很多，此处的宁王专指李隆基的大哥李宪，又名李成器。"上"，即唐玄宗李隆基。妃，是贵妃杨玉环。这一次宴会规格颇高，露脸的宫廷乐工皆是玄宗朝的一流高手，伴奏乐器包括玉笛、羯鼓、方响、觱篥、箜篌、拍板。其实，贺怀智和杨贵妃一样，最擅长的乐器是琵琶。当时，唐玄宗最宠爱的琵琶高手中的高手，也是贺怀智。但是，爱妃要弹琵琶，谁敢与其争锋，负责拍板的主心骨当然是唐玄宗，贺怀智只能屈就负责乐器拍板，还拍不了宫廷宴会的板。

贺怀智的琵琶演奏技艺远胜杨贵妃，我在写永陵石刻琵琶伎的文章里提及过他，以石做琵琶琴身，全唐仅有贺氏一人。元稹有一首点赞贺怀智琵琶绝技的诗，是《琵琶歌》："琵琶宫调八十一，旋宫三调弹不出。玄宗偏许贺怀智，段师此艺还相匹。"在元稹看来，能和贺怀智媲美的琵琶演奏家，就只有德宗时期的段善本了。

檀板之兴：在于晚唐诗人杜牧

拍板，古时多用檀木制作，又名檀板。作为在乐队中有控制节奏的重要作用的拍板，在《全唐诗》中收录的拍板题材诗却很少。晚唐诗人杜牧，因在《自宣州赴官入京路逢裴坦判官归宣州因题赠》一诗中，描写过檀板，而诞生一个咏拍板名句："画堂檀板秋拍碎，一引有时联十觥。"

敬亭山下百顷竹，中有诗人小谢城。
城高跨楼满金碧，下听一溪寒水声。
梅花落径香缭绕，雪白玉珰花下行。
萦风酒斾挂朱阁，半醉游人闻弄笙。
我初到此未三十，头脑钐利筋骨轻。
画堂檀板秋拍碎，一引有时联十觥。
老闲腰下丈二组，尘土高悬千载名。
重游鬓白事皆改，唯见东流春水平。
对酒不敢起，逢君还眼明。
云罍看人捧，波脸任他横。
一醉六十日，古来闻阮生。
是非离别际，始见醉中情。
今日送君话前事，高歌引剑还一倾。
江湖酒伴如相问，终老烟波不计程。

杜牧此诗，创作于开成四年（839），当时他正离任宣州（今安徽宣城）团练判官赴京（长安）担任左补阙途中，巧遇从舒州回宣州的好友裴坦。对于杜牧的仕途之路，相比好友裴坦，成名很早的他却反而更坎坷。杜牧早在唐文宗大和二年（828）就进士及第，而裴坦则是大和八年（834）才考中进士。可是后来裴坦高居宰相之位，杜牧至死也就混个中书舍人。中书舍人是啥官职?《新唐书·百官志二》载:"(中书)舍人六人,正五品上。掌侍进奏,参议表章。武则天时称凤阁舍人。简称舍人。凡诏旨制敕、玺书册命,皆起草进画。"

当官不如人意,写诗、作文,杜牧却是名满晚唐。如果现在评选唐朝十大诗人,杜牧也是不会落选这类排行榜的实力派。他23岁写出《阿房宫赋》,就可靠"杜牧"二字行走江湖,免单于各大客栈、酒楼。25岁,长篇五言诗《感怀诗》横空出世,无疑给杜牧的名字镀了一层相当厚重的金箔。"画堂檀板秋拍碎,一引有时联十觥。……"36岁写的这首与檀板有关的排律诗,把拍板这种盛行于大唐的击节按拍之器描写得虎虎生威,十觥安徽烧酒下肚,则让即将步入不惑之年的杜牧显露出性情的豪迈与痛快。当然,杜牧在宣州写的《江南春》名气更大,诗云:"千里莺啼绿映红,水村山郭酒旗风。南朝四百八十寺,多少楼台烟雨中。"尤其是"多少楼台烟雨中"这句唱叹,千年以来素负盛誉。仅凭这一句,杜牧就足够吃一辈子了。

只是,杜牧不会拍马屁,也耻于拍马屁,否则他的官帽子会越拍越大。用拍板这种领袖气质的器乐去解释杜牧,他就是一个极其尊重心跳规律的人,仅按内心的节拍去写诗,做实在的人,欢喜和悲伤皆是人生必须经受的一个拍子,拍而不板,即使春秋大梦一拍即破,身体内外的事物也会碎得真实,不虚伪,不虚空。《旧唐书·音乐志》谈到拍板,说"拍板长阔如手,厚寸余,以韦连之,击以代抃"。杜牧在"画堂檀板秋拍碎"一句中用的"拍"字,复活的是拍板这种打击乐器带有节拍性质的形体动作。今人听歌赏舞，常用拍掌（古称"抃"），以示跟随音乐的节拍打拍子。大型交响乐团的指挥，和永陵石刻拍板伎一样，充当着乐团灵魂人物，用手中的指挥棒上下左右挥出的节拍，控制整个乐团某首曲子呈现的速度及演奏效果。只是，永陵石刻拍板伎的指挥棒是手，要靠击打拍板而发声，掌控节奏指挥全队。杜牧用"秋拍碎"三字来形容拍板伎击打拍板的音色清亮而干脆，"碎"字最是传神，让大好的秋天变成一面破镜，难圆人生的残缺与失意。

杜牧写的檀板，现今在北京故宫博物院还能找到回响，它是一件同色不同年代的紫檀拍板，且和永陵石刻拍板伎的拍板一样，均是由六块木板组成的拍板，又称六联拍板。此件拍板，每板长40.5厘米、上宽8厘米、下宽8.4厘米，产自清朝乾隆年间，主要用于宫廷丹陛大乐。据萧正文《故宫丛谈》记载：丹陛大乐是乐制名，在清朝"凡是皇帝、皇太后、皇后等人御殿接受朝贺及宫中行礼皆用之"。

而在隋朝燕乐中就已广泛使用的拍板，尽管也讲究《礼记·乐记》所说的"有礼有节"，但因拍板爱家唐玄宗等大唐皇帝的随性，则不局限于宫廷乐舞使用，民间流行的散乐以及礼仪和佛教音乐也常见拍板的身影。比如，敦煌千佛洞的唐代初期壁画中绘制的击拍板乐伎像，其拍板就用于佛教音乐。成都永陵棺床石刻的拍板伎像，其手中的拍板则是用于宫廷乐舞。

擦亮拍板：不只是朱湾《咏拍板》

关于歌咏拍板的唐诗，唐代宗大历年间的诗人朱湾，写的《咏拍板》最为脍炙人口。《咏拍板》的诞生背景，在唐代宗李豫彻底平定安史之乱以后的"以养民为先"时期。祖父李隆基不理朝政沉醉乐舞声色而引出的安史之乱，后来耗掉李亨、李豫两朝李氏皇帝的大把征战时光，此时的唐朝政治环境终于安定下来，已是疮痍满目。拍板，似乎也带着讽刺的意味，昭示主事的君王一旦拍错了板，后果会很严重。

唐代宗李豫，有史载："幼而好学，尤专《礼》《易》，玄宗钟爱之。"唐玄宗有孙百余人，李豫作为唐玄宗的嫡皇孙，从小深受李隆基的音乐熏陶，可是他成年之后基本上都在忙着打仗，不是跟随父亲唐肃宗李亨平定安史之乱，就是在登基后仍然周旋于吐蕃的侵略战争。代宗在位17年，除了打仗，更多的工作是改革漕运、盐价、粮价，发展生产，以养民为先。他的音乐故事记载不多，但有一个善歌的才人张红红替我们丰富了代宗的形象。据晚唐著名音乐理论家段安节《乐府杂录》记载："歌者，乐之声也，故丝不如竹，竹不如肉，迥居诸乐之上。"此书提到的歌者，古之能者，除了韩娥、李延年、莫愁，也专门提到了代宗宠幸的才人张红红。此人出身贫寒，颇有美色，早年卖唱为生，后被能歌善舞的将军韦青纳为姬妾收入府中。张红红能反转人生，被代宗李豫诏令入宫为才人，跟她对音乐过耳不忘的记忆力有关，堪称"大唐最强大脑"。有一天，跟将军韦青要好的乐工欲给代宗进献一首改编自古曲

《长命西河女》的新曲,先唱给韦青试听效果。韦青故意开了此人一个玩笑,命张红红藏在将军府中屏风后听曲,暗用小豆记下乐工演唱新曲的节拍,等到乐工曲罢,他满脸微笑,大言不惭地说:"你这首歌曲并非新作,我有一位女弟子,早就会唱此曲。"随即,韦青命张红红隔着屏风演唱,曲毕,惊讶于曲词丝毫不差的乐工连忙请求与红红相见,服气地说:"此曲先有一声不稳,今已正矣。"听说这个传奇故事,也爱乐舞节拍的代宗立即召见张红红入宫,封为才人,恩宠一时。因为张红红有记曲谱的特长,代宗时代的宫人皆赞她为"记曲娘子"。即使张红红死后,代宗也是爱屋及乌,追封其为昭仪。

与张红红同一时期的唐代宗大历年间进士朱湾,是一个懂节拍明事理的人,而且是一个善于咏物的浪漫诗人、著名隐士。据《唐才子传》记载:"朱湾性格浪漫,好琴酒,纵情山水,不应征辟。工诗,善于咏物。"作为西蜀人,朱湾的《题段上人院壁画古松》,颇有杜甫《奉先刘少府新画山水障歌》之诗学遗风,尤其是"扫成三寸五寸枝,便是千年万年物"堪称金句,形象生动地描摹了丹青的魔力。

当然,更被后来的音乐人走在音乐之路上反复惦记反复膜拜的朱湾,则是他的五言名诗《咏拍板》。

赴节心常在,从绳道可观。
须知片木用,莫作散材看。
空为歌偏苦,仍愁和即难。
既能亲掌握,愿得接同欢。

因为朱湾不仅仅是借物起兴，以板喻人，寄托对爱情、生活的美好向往。《咏拍板》还有一大贡献，是给研究拍板的音乐人提供了实在的干货。《元史·礼乐志·宴乐之器》记载："拍板，制以木为板，以绳联之。"诗人朱湾对拍板的来历和功能介绍，显然更诗意化。"空为歌偏苦，仍愁和即难"这句，更是一针见血地指出击打拍板的人，要把拍板打好非常不易，因为所谓的"一拍即合"，不只是需要其他乐器的配合，还要和歌者相互合拍。歌苦，则曲悲，打拍板的节拍就要引领、跟随、协调，与之唱和知音般的绝响。

我们常常把人群中沉默不言或者鸡同鸭讲的人，比喻为不合拍的人，甚至是两个频道两个世界的人，就是指他不合群，不合拍。一个人怎么为人处世，只要不犯法，如今不会有人去管理或指责。但是古人，却约定俗成有礼节制。《礼记·乐记》，就说："文采节奏，声之饰也。"说的正是规范礼仪所用的音乐，一定要有节奏。这里的"节"，指音乐的节拍，也泛指有礼有节。中国自古以来就十分重视礼教，讲究礼节。"有礼有节"，这个成语就说明了音乐与人们生活之间的密切关系。

张红红，是用小豆记下乐工演唱新曲的节拍，手指在轻敲节拍，所以她唱歌时就跟得上原曲的节拍，然后烂熟于心，成了有心人。在宫廷乐舞上，各种乐器则要更复杂的合拍，才可能交相辉映。比如，永陵石刻拍板伎只是击打节拍，负责领乐，击鼓的乐伎的鼓点轻重也是节拍，舞伎跳舞也要合拍才灵动。古人打拍子，方法很多，比如"鼓腹"（拍肚皮）、"搏髀"（拍大腿）、"抃"（拍掌）、"弹指"（手指弹击）、"击竹""木手"等,都是借物发生,生发节拍。如今听音乐会,观众鼓掌、摇手等方式,也是一种有礼有节的合拍手法。

在唐朝,黄幡绰发明的绰板,杜牧书写的檀板,朱湾歌咏的拍板,均是木质拍板。段安节《乐府杂录》载的"夷部乐"有铁拍板、葫芦笙。晚唐音乐理论家段安节提到的"铁拍板",证明唐朝宫廷的拍板制作有多种材料。只是拍板所用的木材方便钻孔穿绳,铁拍板固然发声较大却会让工匠钻孔时多费周折。

拍板,从盛唐的兴盛往后发展,其材料的使用更加广泛了,有意思的是拍板的板数竟然在逐渐减少,咏拍板的诗词却日益增多。在唐宋之间割据两川重镇的前蜀皇帝王建,其最宠爱的妃子花蕊夫人用"离宫别院绕宫城,金板轻敲合凤笙"记录过蜀国宫廷拍板乐伎的轻快演奏情景,这首《宫词》里的"金板"即是金器制作的拍板。到了宋朝,拍板不仅用于宫廷雅乐、宋宫教坊等多种乐队合奏,还流传在民间的说唱艺术中。不过在宋朝民间,拍板多称为"鼓板"。宋朝诗人郑清之就写了一首咏拍板的好诗,《和白雪老禅二偈》:"阅尽恒河水上波,声尘何似泡沤多。还师拍板钳锤后,更唱谁家别调歌。"到了元代兴起的元曲,随着吹拉弹唱的乐风盛行,拍板不仅以宫廷乐器载入正史,在民间的舞台、街巷也常常可听可闻,被作为杂剧的重要伴奏乐器高频率使用。元代川籍诗人牟巘曾写过一首歌咏拍板的畅快绝句,来自《四安道中所见》其八:

依约茅茨傍翠微,炊烟孤起半开扉。

早禾趁日连枷闹,老荚争风拍板飞。

牟巘一句"老荚争风拍板飞",可见元代这个拍板伎把拍板玩得很嗨。

要我评价咏拍板的最具感染力的诗词,必是写出"百年总是逢场戏,拍板门锤未易当"的元代著名学者、诗人王恽。这个家伙不仅诗词、书法、散曲均写得好,还是畅达于元世祖忽必烈、元成宗铁穆耳的著名谏臣和政治强人,并得到授权与大书法家赵孟頫一同纂修《元世祖实录》。

有一次,听元代女艺人高秀英说书唱曲,听到她生出"百年总是逢场戏"的感慨时,师从元好问,诗作雄浑、填词凝丽而典中的王恽也是感慨万千。想到高秀英说唱之不易,随即产生杜甫式的忧国忧民之感,王恽借其句一挥而就愁肠万古的《鹧鸪天·赠驭说高秀英》。

短短罗袿淡淡妆,拂开红袖便当场。掩翻歌扇珠成串,吹落谈霏玉有香。

由汉魏,到隋唐,谁教若辈管兴亡。百年总是逢场戏,拍板门锤未易当。

"百年总是逢场戏,拍板门锤未易当"一出,咏拍板诗,谁与争锋?大宋诗人赵令畤曾说:"断送一生憔悴,只消几个黄昏。"一个是百年,一个是一生,放眼历史深处,谁的人生不是一场戏?

蜀地拍板：融入李伯清的评书艺术

"你豁我，我豁你，都是一码事。"四川散打评书艺术家李伯清这句名言，在西部地区流传甚广，意思是：你骗我，我骗你，都是一回事。在他的说书生涯，经常有这类笑看人生的经典语句，逗得蜀地听众开怀一笑。

其实，李伯清在成都茶馆或者电视节目上说到兴起，常常出现节奏鲜明而又充满音乐韵律感的排比句，他手中的扇子就相当于拍板，不时轻敲重击一下桌台，引领听众跟着他的连珠炮笑料炸开骨子里的欢喜。呼朋唤友吃茶，偷闲，摆龙门阵（聊天），听李伯清笑侃人生，把平凡的日子过成段子，一度成为成都人热衷泡茶馆的最佳生活美学。

李伯清这种与听众互动的成都风味说唱艺术，最早可以追溯到东汉。从成都天回山崖墓出土的两件东汉时期的《击鼓说唱俑》，一件作为国宝收藏于中国国家博物馆，一件就藏于成都市新都区博物馆。这两件《击鼓说唱俑》人物造型，都是面目夸张，憨态可掬。其实，他们皆是东汉时期的成都民间说唱艺人，不过出身比较卑微，多为达官贵人圈养的侏儒，利用他们滑稽诙谐的表演给自己取乐。据考，这类东汉说唱艺人，一边说说笑笑，一边击打扁鼓，用带有拍板节奏的鼓杖敲敲打打，自控一场演出节奏，与主人、宾客在笑点里互动。因此可以将他们手持的鼓杖视为东汉的"拍板"。

在如今的蜀地民间，拍板还有两个流向。一个是与山东快板形制大致类似的四川金钱板。这种板中嵌有小铜钱的金钱板相传形成于清朝初年，因为演出道具多是由三块楠竹板构成，又称"三才板"。"三才板"还有一个美好的寓意，是说三块楠竹板分别象征着《易经》所言的"天道、地道、人道"。我见过四川金钱板传人、笑星林晓东的表演，他在曲艺界的艺名是"矮冬瓜"，敢于拿自己并不高大的身材自嘲，释放欢笑声给追捧他的粉丝。林晓东打金钱板，一般是手持三块楠竹板，先是呼来耍去模仿大自然的各类令人称奇的声音，然后是边敲边打，边唱边说，演绎一段比较完整的顺口溜唱腔或者川剧里的唱段，依旧属于说唱艺术。这种靠竹板互击而发声的金钱板，实际上跟成都永陵石刻拍板伎击打发声方法相同，可看作蜀国宫廷所用拍板的后裔，它不仅是说唱伴奏的道具，更是可以单独表演的乐器。拍板的另一个去向，则是当今交响乐团的指挥家手里的指挥棒。世界指挥大师小泽征尔，我虽无缘亲见其指引大型交响乐团的指挥棒，但是成都著名指挥家李西林的多场指挥演出，我曾有幸目睹。李西林担任过四川音乐学院副院长和该院作曲指挥系主任，至今仍然活跃于各大新年晚会舞台。这类不会发声的指挥棒，看上去跟古代宫廷拍板没有关系，实则功能完全一致，即皆是在整个乐队中起着引导节奏、控制节拍的指挥作用。而充当拍板功能的这类指挥棒，有时也直接用手指引非正式的乐队演出，或者甚至就是直接用手控制一场谐剧的演出。比如四川谐剧表演艺术家沈伐，他传承的谐剧是介于曲艺与戏剧之间的艺术，常常是一个人出场演出，有时还与自己或不存在的对象"对话"，往往是手在人前挥动，用于掌控谐剧演出节奏。

古老的拍板被这些改头换面的衍生品流传至今,即使从消亡的朝廷一并匿迹,似乎也显得并不落寞了。

因为石刻而驻留在前蜀皇帝王建永陵棺床上的两个拍板伎,以及她们领乐的"二十四伎乐",更是一场永不落幕的戏。若要闻其声,由永陵拍板伎在四川传承衍变而来的金钱板,尽管拍板的数量从六块精简为三块或者两块,不变的却是左右手互动的击节按拍,发出的清脆音色。

吹箎

　　生僻的字，如同孤僻的山，不常与人见面，不易与人亲近，但是深入这些僻静的字与山，会发现与喧嚣、浮躁几乎远离的它们，有一种让人安静下来的独特吸力，像是另一个世外桃源。

　　比如箎，这个字，在造字时放入一只虎在竹林深处，没有围墙隔离，让虎脱离人为的束缚，看上去很凶险。箎，也可以拆分为"竹"与"虒"，虒是似虎有角的兽，可以理解箎为野兽出没的山林。不论怎么拆解这个字，读箎，入箎，都仿佛探寻一座神秘而危险的森林。古人砍竹，钻孔，吹孔，发明竹管吹奏乐器，竖吹为箫，横吹为笛，则是把竹子收藏的大自然的声音通过孔洞释放出来，给爱家听。在命名另一种吹孔气鸣乐器为"箎"时，难道意为竹林深处的虎啸，或者虒鸣？东汉经学家、训诂学家刘熙在《释名》中谈到了吹箎之声："箎，啼也。声从孔出，如婴儿啼声也。"当然，这只是吹箎的一种发声解读，却引申出两种指向，一是这类啼声由一个人独自完成，二是它的声音清亮引人注目。恰似婴儿啼哭时总有父母抱哄，垂怜，执念吹篪并以此为职业的人也因此把听众比作自己的衣食父母。

对篪的古代文献记载，最早见于《周礼》。"笙师，掌教吹竽、笙、埙、衡、箫、篪、篴、管、舂、牍、应、雅，以教祴乐。"从这部儒家经典著作可知，"篪"是周代礼乐中的一种乐器，迄今已有2000多年历史。纵观篪的历史身影，我发现历代诗人提到篪，从《诗经》到唐诗宋词多是篪不离埙。奇怪的是1100年前，唐宋之间的五代前蜀皇帝王建在成都去世，前蜀后主王衍主持修建永陵，他令工匠在王建棺床上石刻的吹篪伎，其"篪"跟吹箫伎的"箫"紧挨着，却并无"埙"见于这支蜀国宫廷乐队。无"埙"相伴的"篪"，在永陵地宫"二十四伎乐"乐队编制中，正是：唯缺埙兄篪难醺。

但从王衍按照大唐宫廷乐舞风格给父皇王建棺床安排的乐伎顺序看，吹篪伎又仅次于舞伎、琵琶伎和拍板伎，放置在西面首位，可见"篪"在唐五代时期帝王心中的乐舞地位颇高。

伯埙仲篪，源头并不和谐

篪，由苏成公造出，来自《世本》。"苏成公造篪，吹孔有觜如酸枣。苏成公，平王时诸侯也。"按照《世本》记载，苏成公，己姓，苏氏，名貊，子爵，曾是周朝的三公，东周第一任天子周平王时代的诸侯，苏国国君。或许因为姓苏，苏轼的兄弟苏辙在研究中国古代史著书《古史》时对苏成公有些另眼相看，放言"苏成公善吹篪"。苏家一门三人进士，苏洵、苏轼、苏辙的历史成就和文学盛名早已盖过苏成公。如果不闯入篪的偏僻字林，所谓的造篪吹篪鼻祖苏成公也就是一件历史的摆设，对我无用的摆设。

事实上，在苏成公造篪吹篪之后，篪就在文学作品中落地生根，且不是孤立存在，常与另一种乐器"埙"紧密相伴。中国最早的诗歌总集《诗经》，有多首古诗提到"篪"与"埙"，如同形影不离的兄弟。比如"天之牖民，如埙如篪"，又如"伯氏吹埙，仲氏吹篪"。如今还在流传的"伯埙仲篪""如埙如篪"，皆是用"埙篪合奏，乐音和谐"来赞美兄弟和睦，或者比喻要好的异姓人亲如兄弟。其实，伯仲兄弟埙篪合奏的故事源头并不和谐，因为制埙的人和造篪的人一开始就不和睦，是非不断。

"伯氏吹埙，仲氏吹篪。及尔如贯，谅不我知。出此三物，以诅尔斯。为鬼为蜮，则不可得。有靦面目，视人罔极。作此好歌，以极反侧。"相传《诗经·小雅·何人斯》一诗的作者就是苏成公，他写此诗的本意是讽刺暴辛公，向社会诉苦。在周代，苏成公已经贵为一方诸侯，大小也是一个小国君，有冤有仇打一仗就是，何必向全世界诉苦呢？暴辛公又是何方神圣？

暴辛公，东周时期与苏成公同为周平王的卿士，王族大夫辛，因被封在暴邑，建立了暴国，他的爵位是公爵，所以称暴辛公，所谓的"暴国"在今河南省郑州市北，与成都前蜀皇帝王建、后主王衍算老乡。《世本》还载："暴辛公作埙。"擅长于吹陶埙的暴辛公,原本和吹篪的苏成公,合奏埙篪,不仅乐音和谐,也算你不犯我我不犯你的同朝政治兄弟。可是,暴辛公心眼多,诡计多,看苏成公不顺眼,甚至还设计陷害苏成公。苏成公也是诸侯啊,可他没有兵戈相见,而是纸上谈兵,用了一首讽刺诗剑指他们埙篪合奏的不和谐缘由。有一夜,辗转难眠的苏貉,也就是苏成公,把一个个字做成兵器,醒来就当众戳进暴辛公的心脏。他的呐喊,意味深长:"长兄伯吹奏那陶质的埙,小弟仲吹奏那竹质的篪。我与你本来心有灵犀一点通,能不相亲又相知?我只愿在神前供三牲,诅咒你竟背盟誓。倘若真是那鬼蜮,你的行径也就难猜测啊。可你是有头有脸的人,行为表现却毫无准则。我只能作这好歌,挨过辗转难眠之夜。"

从造篪鼻祖苏成公所写"伯氏吹埙,仲氏吹篪"的这则故事可见,后人传为佳话的"伯埙仲篪"典故,其实暗藏不和谐之音。所谓的"埙篪合奏,乐音和谐",也就仅限于两种乐器两种乐音的交相辉映。它们的不和谐之音,则在诗外。

当然,用埙篪之"和",寄语兄弟之"和"甚至君臣之"和",并无不妥。两个乐伎不和,合奏的音乐肯定是乱七八糟的杂音,何况是整个宫廷乐队?必须"和",才能创造乐之天籁,或者人籁。

快马健儿,不如老妪吹篪

关于篪的广泛流传的典故,除了"伯埙仲篪",还有"老妪吹箎",出自北魏散文家杨炫之的《洛阳伽蓝记》"快马健儿,不如老妪吹箎"。

这个老妪来头不小,是北魏文成帝拓跋浚之孙、河间王元琛的婢女朝云。当时,元琛出任秦州刺史,遭遇诸羌叛魏,屡次发兵征讨,皆是损兵折将,收效甚微,颇为头痛。把"行至水穷处,坐看云起时"这个佳句奖励给此情此景的元琛,最贴切不过。在战争高压之下,他忽然生出一条妙计,就是让善于吹箎的婢女朝云扮成贫困潦倒的老太婆上阵,吹箎行乞,打一场攻心战,果然她的箎声退了敌兵。

用兵行不通,元琛为何想出用乐这个奇招?源于吹奏箎所发出的独特乐音,犹如刘熙《释名》所说的"婴儿啼声",他懂得用器乐的力量攻心。

最初苏成公以竹造箎,并无相关史料翔实记载箎的形制。箎是六孔、七孔、八孔,后来的文献记载并不一致。东汉儒家学者、经学大师郑玄在《周礼·郑玄注》中说:"箎,如管,六孔。"东晋郭璞注《尔雅·释乐》曰:"箎以竹为之,长尺四寸,围三寸,一孔上出,一寸三分,名翘横,吹之,小者尺二寸。"西汉时期出现的《尔雅》载:"大箎谓之沂。"犍为舍人曰:"大箎,其声悲,沂,锵然也。"也就是说,箎不仅开孔不一,而且有大小之分。那么,元琛婢女朝云所吹之箎,应为大箎,这类低音吹奏乐器,音色低沉,其声悲而高远。

"慈母手中线,游子身上衣。临行密密缝,意恐迟迟归。……"孟郊那时还没有出生,虽然没人吟出这样的诗句,但是,朝云装扮的老太婆仿佛就是因为战争阻隔不能尽孝的老母亲，她可怜兮兮地在敌军驻地沿路吹奏悲戚戚的篪声，那些为了打仗而远离家人的羌人将士纷纷感动流泪，不战而降。很快，"快马健儿，不如老妪吹篪"就从军中一炮走红，快速扩散到民间成为民谣。

而《史记》还记载有另一个"吹篪乞食"的典故，比"老妪吹篪"的故事更早。说的是春秋末期的吴国大夫伍子胥，在逃难路上鼓腹吹篪，假扮乞丐乞食避过追杀之险。此故事的另一个版本，是"吹箫乞食"，其实是因篪、箫这两种乐器在古代同源，为各地的叫法不一而已，后来才根据横吹、竖吹等诸多不同特点而命名，并细分。在"吹篪乞食"之前，伍子胥的父亲伍奢还是楚国太子太傅，负责教导太子建，无疑是楚国重臣，遗憾的是太子被费无忌所诬陷，伍奢也受到牵连被抓进监狱。楚平王是个斩草除根的主，他既对伍奢动了杀机，那肯定是想把伍奢的两个儿子都骗来杀了，以绝后患，他就对伍奢说："你若将你的两个儿子招来可免你一死，不然性命难保。"知子莫如父，伍奢的回答是："伍尚为人仁厚，召他，一定会来。伍员为人刚烈暴戾，忍辱负重，能成大事，他定会料到来后必会一起被擒，因此一定不会来。"果然，伍氏兄弟一商量，伍尚选择了赴死，而伍子胥选择了逃离楚国。伍奢听说伍子胥逃走了，在死前也很自信，他仰天长叹："楚国君臣将要苦于战争了……"伍子胥逃出楚国后，白天躲藏，晚上赶路，盘缠用尽，只好拖着病躯沿路乞讨。

伍子胥在逃往吴国的路上，出昭关，至陵水，再无钱粮糊口，便鼓腹吹篪，乞食于吴市。和卧薪尝胆的越王勾践一样，伍子胥能屈能伸，属于君子报仇十年不晚那种狠人。经历"鼓腹吹篪，乞食吴市"的伍子胥逃到吴国，不久就成为吴王阖闾重臣，不仅成为姑苏城（苏州城）的营造者，还协同孙武带兵攻入楚都，最终掘楚平王墓，鞭尸三百解恨，以报父兄被杀之仇。

从老太婆吹篪退兵，到伍子胥吹篪报仇，似乎，历史上记载的吹篪的人都是惹不起的牛人。而篪，仿佛就是杀人不见血的暗器。

唐诗宋词，多是篪不离埙

其实，后人对篪的解读，是较为温和的竹质横吹乐器。遥想风吹竹林的场景，竹子又哪有杀气，几乎都是迎风低头的份儿。北宋音乐理论家陈旸在《乐书》中就载："篪，有底之笛也，横吹之。"说篪浑厚、文雅而庄重，是我国古代雅乐主要乐器之一，只是音色低沉，声悲而已。

陈旸把篪说成有底之笛，对，也不对。因为篪形似于笛，但与笛不同，除了两端封闭，而且吹孔与指孔不在一个平面上，无膜孔而"有底"，篪管较笛身短且更粗壮，管身前后开六个音孔（古代也有八孔、七孔的篪），吹孔上横出一小截，名叫翘，以口含翘而吹。另外，从战国初曾侯乙墓出土的两件篪来看，它们为考古首次发现篪的实物，均以竹管制成，两端封闭，管身开有一个吹孔、一个音孔和五个指孔，可演奏十个半音,均与文献所述篪的特征相似,而与笛有异。最多,可以说笛是篪的前生或祖先。

而陶土制作的埙,以水火相和而后成器,亦以水火相和而后成声。埙,大者声合黄钟大吕,小者声合太簇夹钟,常用于与其他乐器合奏。古人常让埙篪合奏,则是因为两器和之,乐音更美。

《诗经》里的《何人斯》篇,便描绘过埙篪合奏这种美妙和声:"伯氏吹埙,仲氏吹篪。"《东观汉记》也载:"(明帝)复祠于旧宅,礼毕召校宫子弟作雅乐,奏《鹿鸣》,上御埙篪和之,以娱嘉宾。"在这种儒家文化的影响和传承下,历朝历代的诗人们写到篪,总是有埙相伴。

盛唐诗圣杜甫,曾有一首长诗《奉赠萧二十使君》,用一句"埙篪鸣自合,金石莹逾新"记录他和一个朋友同一时期在成都担任剑南西川节度使严武幕府参谋的情谊。诗中"重忆罗江外,同游锦水滨。结欢随过隙,怀旧益沾巾。……"更用具体的地名诉说了二人的同事之情。晚唐诗人杜牧《寄内兄和州崔员外十二韵》"恩义同钟李,埙篪实弟兄",宋朝诗人范仲淹《送河东提刑张太博》"气同若兰芝,声应如篪埙",同样是写情,用篪埙比兴。

而我最喜欢的篪埙诗,则来自白居易。他的诗,几乎写遍唐代宫廷乐器,其器乐诗的佳句最多,在咏篪诗中不亚于《琵琶行》描述的"大珠小珠落玉盘"。

在《和杨六尚书喜两弟汉公转吴兴鲁士赐章服命宾开宴用庆恩荣赋长句见示》这首题目超长的诗中,白居易有一个诗句让人特别畅快淋漓,是:"荣联花萼诗难和,乐助埙篪酒易醺。"这个杨六尚书是谁,白居易竟然用"乐助埙篪酒易醺"来比喻二人情同兄弟的关系?先读诗:

华筵贺客日纷纷,剑外欢娱洛下闻。
朱绂宠光新照地,彤襜喜气远凌云。
荣联花萼诗难和,乐助埙篪酒易醺。
感美料应知我意,今生此事不如君。

不只是此诗提到杨六尚书。白居易还有一首诗,则直陈了二人的亲戚关系,诗名也很长,叫《杨六尚书新授东川节度使,代妻戏贺兄嫂二绝》:

刘纲与妇共升仙,弄玉随夫亦上天。
何似沙哥领崔嫂,碧油幢引向东川。
金花银碗饶君用,罨画罗衣尽嫂裁。
觅得黔娄为妹婿,可能空寄蜀茶来。

诗题"代妻戏贺兄嫂二绝",可见此人是白居易妻子杨氏家族兄弟。可是史载,白居易于 808 年任左拾遗时,迎娶的是好友杨虞卿从妹为妻,而杨虞卿的官场履历显示,他并未担任过尚书。那么,这个杨六尚书必定是杨嗣复了,因为杨嗣复不仅担任过户部侍郎擢尚书右丞,封爵弘农伯,还于唐宣宗年间被召为吏部尚书,后来贵为唐朝宰相。就在 833 年,时任尚书左丞杨嗣复被遣放到梓州（今四川三台县），担任剑南东川节度使。有意思的是，明明此人比自己小9岁，白居易还要代妻戏贺兄改任剑南东川节度使。"戏"和"贺"这两个字很关键，因为杨嗣复这年任剑南东川节度使实际上是被贬官，可见白居易是调侃，而称兄则随年龄小于杨嗣复3岁的妻子杨氏，尊称罢了。

如此看来，白居易以埙篪之乐，形容他和杨嗣复的兄弟情，也算恰如其分。事实上，妻子杨氏家族历来显赫，即使是妻子同辈兄妹，杨嗣复、杨虞卿、杨汉公等人早在唐文宗初期就被重用。尤其是牛僧孺、李宗闵二人先后拜相期间，杨氏兄弟官运亨通，杨氏家族在长安靖恭里的宅第因此被时人称为"行中书省"。与白居易关系密切的杨虞卿，更是步伐紧跟宰相牛僧孺，号称牛党的"党魁"。与妻子杨氏家族的兄弟伙成天饮酒赏乐，白居易想不平步青云都难。小白基本上就是这样，与元稹、杨嗣复、杨虞卿等难兄难弟纵情于官妓与乐伎之间混成了老白，在器乐、舞蹈、歌曲的反复滋养下，他写出众多璀璨唐朝的器乐诗，数量质量均可排名第一，从此可窥豹斑。

石刻吹篪，缺埙难醺清音

篪不离埙，埙不离篪，早在周代就被写进诗歌史。到了音乐文化最发达的唐朝，不论是宫廷还是民间，篪与埙同时出现这种配置的合奏和声也多被唐诗收藏。然而，在永陵王建棺床"二十四伎乐"中，仅有排位显赫的篪，却并没有埙做伴。

王建棺床西面首位的吹篪伎（吹篪乐伎），头部略偏向一侧，双手横执篪管，篪管前端吹孔置于唇部，篪管尾端向右下方斜握至右肩前，右手指正按篪管尾端音孔，左手指反按篪管中段音孔。这个石刻的篪，和多处历史记载的篪并无二致。王建、王衍两代前蜀皇帝都是器乐行家，在宫廷宴会所用乐器也是延续和传承大唐宫廷乐队的乐舞配制，但在"二十四伎乐"中竟然让"篪""箫"并列，而漏掉了"埙"，真是不可思议。

这种不可思议，还包括古琴等历代宫廷常用乐器，也没有出现于王建棺床。后人评说的唐朝三大音乐诗名篇，韩愈《听颖师弹琴》、白居易《琵琶行》、李贺《李凭箜篌引》，说的是古琴、琵琶、箜篌三种乐器。韩愈的"划然变轩昂，勇士赴敌场""推手遽止之，湿衣泪滂滂"等名句，可见古琴在唐朝非常受欢迎。即使在蜀地，从古至今也是古琴名家辈出，这在诗仙李白的《蜀僧濬弹琴》中也能寻迹："蜀僧抱绿绮，西下峨眉峰。为我一挥手，如听万壑松。"我只能猜测命刻"二十四伎乐"的前蜀后主王衍，学的是唐玄宗李隆基的嗜好，他更喜欢琵琶、箜篌、觱篥等龟兹乐器，而对恬静、沉厚、圆润的古琴不太感冒。

王建、王衍、花蕊夫人，他们在1100年前的蜀宫夜宴或者殿前礼乐中是否听到埙篪合奏？已难以从史载考证。但从唐末五代前蜀词人毛文锡的一首词中，可以发现蛛丝马迹。

毛文锡，字平珪，年十四，登进士第，后入蜀，在前蜀皇帝王建御前当官，官翰林学士承旨，进文思殿大学士，拜司徒。即使蜀亡，毛文锡也跟随王衍降后唐。蜀亡后，毛文锡还在后蜀皇帝孟昶手下做过事。其间，毛文锡与欧阳炯等五人以小词为孟昶所赏。后来的《花间集》称毛文锡为毛司徒，著有《前蜀纪事》《茶谱》，词存32首。与篪、埙两种乐器间接有关的词，是毛文锡在王建手下当官时期作的《恋情深·玉殿春浓花烂熳》。

> 玉殿春浓花烂熳，簇神仙伴。罗裙窣地缕黄金，奏清音。
>
> 酒阑歌罢两沉沉，一笑动君心。永愿作鸳鸯伴，恋情深。

毛文锡此词，看似写的是男女宴饮调情，上片写宴饮，下片写调情，词中的"奏清音"却是指"清商乐"乐府之一种，其辞皆古调及魏三祖所作，加上江左所传中原旧曲及江南吴歌、荆楚西声，总称"清商乐"。这种清商乐，追溯到唐朝宫廷又称清乐，在唐太宗至唐玄宗朝廷《十部乐》中排列第二，仅次于唐太宗李世民开创的《燕乐》。演奏时，"清乐"所用乐器就有钟、磬、琴、瑟、琵琶、箜篌、筑、筝、笙、笛、箫、篪、埙等十五种，多为中国传统乐器。

不论是隋唐还是宋明，篪、埙皆是皇帝在祭祀天地和朝贺等大典钦定的雅乐20件乐器之一。雅乐，属于古代的传统宫廷音乐。不管是用于什么曲风的宫廷乐舞，篪、埙均常用于宫廷乐队演奏。永陵石刻"二十四伎乐"中，有篪，缺埙，至少难醺毛文锡词中提及的蜀宫清音。

横笛

白露,像是季节转换的命令,在今天令万物都凉了下来。一个盛夏储存在我内心的烦躁,也被它剃刀一样一一剃掉,变得晶莹剔亮。这个节气,一旦月圆,脑海里就会跳出杜甫的诗句"露从今夜白,月是故乡明"。这个节气,一旦转凉,就有一种莫名的惆怅从心底翻腾出来,指引着我走进成都永陵博物馆。于是来到永陵地宫的石刻吹笛伎面前,伫立。她的双眼微垂着哀愁,流动的眼波已经休止,唯有含着笛管的嘴唇和微露的舌尖颇为动人。如果她是活生生的人,此刻正在吹奏的笛曲,是失传的古曲《折杨柳》或者《落梅花》,还是花蕊夫人《宫词》里说的御制新曲?

前蜀后主王衍在1100年前修建永陵,命人石刻"二十四伎乐",让其父皇王建死后继续"享用"唐朝宫廷乐队余音,自然少不了兴盛于唐的横笛。

其实,笛在中国产生并且流传,历史相当悠久。仅以王建家乡河南舞阳出土的"骨笛"(世界最早的可吹奏乐器)来看，笛就有约9000年的历史了。笛在古代称为"篴"，甚至早先的籥、箫、尺八都被统称为"笛"，其音孔由五孔至八孔不等，尤其以七孔笛居多。在汉代，许慎的《说文解字》有记载："笛，七孔，筩也。"而北宋音乐理论家、礼部侍郎陈旸在其《乐书》中阐述的笛，则寄予了古人治国安邦的愿望："笛之言涤也，可以涤荡邪气出扬正声，七孔，下调，汉部用之。盖古之造笛，剪云梦之霜筠，法龙吟之异韵，所以涤荡邪气，出扬正声者也，其制可谓善矣。"因此，笛在古代常广泛用于宫廷雅乐。陈旸《乐书》卷一百四十八还载："唐之七星管古之长笛也，其状如篴而长，其数盈导而七窍，横吹，旁有一孔系粘竹膜者，籍共鸣而助声，刘系所作也……"隋唐时期鼓吹乐的"大横吹部"和"小横吹部"，均用横吹笛。汉代以后，特别在唐代，横吹的笛在宫廷和军队的鼓吹乐中占有非常重要的位置。

我固执地猜想永陵石刻吹笛伎可能吹奏的是《折杨柳》或者《梅花落》，是因为五代十国时期的前蜀帝国延续了大唐遗风。特别是唐玄宗李隆基时代，笛不仅诞生了众多吹笛艺术家，也催生了许多脍炙人口的唐诗。

笛太子李成器

在大唐，能称为"笛太子"的只有一人，即李宪，原名李成器，陇西成纪（今甘肃天水市秦安县）人。当今的人对他比较陌生,但他是唐玄宗的大哥,唐睿宗李旦的长子,早在文明元年就立为皇太子。按照常理,他是皇帝的接班人,根本没有李隆基的戏。但是,李隆基仿佛是李世民转世,英勇神武,功高盖主,尤其在帮助父皇李旦扫清政敌坐稳江山的路上功不可没。而李成器身为皇太子,却并不以大哥自居,也没有隐太子李建成式的野心和杀伐之心,他在李旦继位后心甘情愿将太子宝座让位于三弟李隆基,不仅避免了第二个玄武门事件,还成就了一段兄弟和睦的佳话。其实,李成器并不是完全不想当皇帝,只是他深知自己的力量不足以和李隆基对抗,甚至连姑母太平公主的势力都赶不上,他选择了以退为进,确保平安。在李隆基即位后,李成器甚至不干预朝政,成天痴迷于吹笛、击鼓,打造自己的音乐王国。因此,李成器死后还被唐玄宗李隆基追谥为"让皇帝",以皇帝之礼葬于惠陵。

不想当皇帝又不热爱权谋的李成器,看上去很无聊。其实,他是一个大才子,不仅会写一手好诗,而且精通音乐,打羯鼓不输李隆基,吹笛在盛唐几乎无人能及,对西域龟兹乐舞也有独到的见解。尤其是在吹笛子这件事上,李成器更有"笛太子"的美称。李隆基对于这个没有政治野心的大哥相当放心也格外器重,除了频频给他封官加爵,最传神的传说是把自己的爱妃送到李成器门下,正式拜了音乐老师,专门学吹笛。大唐诗人张祜后来就留下诗句"梨花深院无人见,闲把宁王玉笛吹",记录了杨贵妃喜欢吹笛这段逸闻,不过戏说成分更重。张祜此诗中的"宁王"就是李成器,说的是杨贵妃吹奏李成器给她的紫玉笛,有两个解读版本,一是说杨玉环虽然贵为李隆基的贵妃，依然忘不了和李隆基儿子李瑁的那段旧情，二是说杨贵妃和李成器有私情。后人更倾向于认同杨贵妃和李成器有染，其实并非如此。先不说李成器敢于让皇帝位而和李隆基手足情深，更重要的是杨贵妃得宠之时李成器已经去世多年了。中央民族大学教授、《百家讲坛》主讲人蒙曼认为，张祜此诗纯粹是臆想。网上甚至称张祜为"大唐第一狗仔"。编故事，张祜的想象力的确丰富，他还有一首写李成器和杨贵妃的绯闻诗，叫《宁哥来》，更露骨："日映宫城雾半开，太真帘下畏人猜。黄翻绰指向西树，不信宁哥回马来。"不仅如此，张祜还有诗歌写过李隆基和杨玉环的姐姐虢国夫人的一段宠爱之情，真若如此，杨贵妃怕是和姐姐早就闹翻了天，被写进了历史。

不过，李成器决定选择让位给三弟李隆基，跟太平公主和李隆基先后打乱他的吹笛之心有关，却是不假。说李旦登基后一直对立皇太子一事踌躇不安，原本想按祖制应当立长子李成器为太子，但又担心李隆基势力过于强大而再次上演玄武门之变的手足相残悲剧。正在这段时间，李成器门庭若市，可是他只想在家里安心吹奏紫玉笛度日。可是，有两个人来访，李成器不得不放下玉笛，打开房门，并且笑脸相迎。先是太平公主造访，劝他做好当皇太子的准备，还会助他一臂之力，李成器只能说自己更喜欢音乐无心于国政。得到太平公主去大哥府邸造访消息的李隆基赶紧前来拜访李成器，二人不谈政事，只是合奏一曲，以续兄弟情谊。李成器反而内心泛起巨大波澜，决定投诚于实力更强大的李隆基，以求安心过日子。

李成器对于三弟李隆基的忠心，不仅体现在二人互相谦让太子之位，还在于唐玄宗即位之初帮助李隆基杀掉欲谋反的太平公主及其重要党羽，巩固了唐玄宗的统治。而"笛太子"李成器让帝位事件，也被后人多赞高风亮节。清人何亮基就在《游惠陵》一诗中点赞李成器："宫中喋血千秋恨，何如人间作让皇。"

笛谱神偷李谟

"笛太子"李成器让皇帝，让出了美谈。唐玄宗开元年间还有一个笛谱神偷李谟（一作"李暮"，亦作"李蓦"），因为隔着宫墙偷听到李隆基作的笛谱新曲，偷得了"天下第一笛手"美誉。同样是那个善于写宫廷诗词的张祜，用一首《李谟笛》后记了李谟吹笛艺术这个传说。

> 平时东幸洛阳城，天乐宫中夜彻明。
> 无奈李谟偷曲谱，酒楼吹笛是新声。

关于李谟的记载并没有见于正史，多见于唐诗及笔记小说。我之所以采信张祜写的李谟吹笛故事，是因为另一位大唐诗人元稹也写诗记录了此人此事。元稹写李谟的诗是《连昌宫词》，属于长篇叙事诗，诗曰："李谟擫笛傍宫墙，偷得新翻数般曲。"除了此处提到李谟，元稹还在"李谟"诗句下自注云："玄宗尝于上阳宫夜后按新翻一曲，属明夕正月十五日潜游灯下，忽闻酒楼上有笛奏前夕新曲，大骇之。明日，密遣捕捉笛者诣验之。自云：'其夕窃于天津桥玩月，闻宫中度曲，遂于桥柱上插谱记之。臣即长安少年善笛者李暮也。'玄宗异而遣之。"诗句中的"撩笛"，就是按笛之意。

按照元稹诗句及诗注，这个李谟成名较早，少年时期就因为吹笛神技得到唐玄宗的赏识。后来的笔记小说，写到的李谟吹笛故事更为传奇，说李谟是唐朝宫廷梨园曲部演奏"法曲"的笛技大师，开元年间独步天下的首席吹笛手，或者"天下第一笛手"。而与唐玄宗的相遇，则是少年李谟在西游东都（洛阳）期间，与移驾洛阳的唐玄宗因笛结缘。当时，大唐第一作曲家唐玄宗梦游仙境作曲《紫云曲》，在元宵节前夜的东都洛阳上阳宫命梨园弟子吹奏这首新曲，碰巧被宫墙外游走的李谟听见，记谱能力超强的他便心记了下来。元宵夜，唐玄宗微服私访洛阳街头，偏偏在酒楼听见民间有人也会演奏这首《紫云曲》。震惊之外，唐玄宗次日命人满城遍寻李谟，当面听之方知是李谟偷记了自己的新曲。李谟不仅未受责罚，反而得到玄宗勉励，后来勤学苦练，还被选进了皇家梨园，成为唐玄宗宫廷的御用乐师。

而在唐代江西状元、歙州刺史卢肇的一篇名为《李謩》的散文里，则讲述了唐朝开元年间教坊里的首席吹笛手李謩（李谟）另一段吹笛奇事。此文来自《太平广记》，大致是说李谟差点被一个叫独孤丈的乡野老者毁掉"天下第一笛手"美誉的传奇。有一次，李谟从唐宫教坊请假去越州，受到当地十个新进进士追捧,每闻他在湖上吹奏的一首横笛新曲,皆赞天上的音乐也比不过他的笛声。然而这个被乡人称为"独孤丈"的老者却老是挑刺,一会儿说李谟吹奏的《凉州》掺杂有龟兹乐的声调,不纯;一会儿又说李谟吹到《凉州》第十三叠时误入了《水调》,待到笛声入破时笛子就会破裂。真应了"内行看门道,外行看热闹"这句话,围坐进士纷纷指责老者不懂音乐不要瞎说,李谟却是越听越惊心动魄,叹服不已,甚至虔诚请教独孤丈演奏一曲纯正的《凉州》。果真是,入破时,笛管裂。从此,李谟再也不敢自诩"天下第一笛手",后来回宫再次潜心苦练,才在给唐玄宗的御用歌手伴奏笛曲时达到"入破,笛裂"的境界。

何为"入破"?唐朝大曲,主要分《散序》《中序》《破》三大部分。"入破",即是进入《破》这一关键阶段,也称乐曲的高潮。白居易有首名诗《卧听法曲霓裳》,就描写过"入破"的高潮:"金磬玉笙调已久,牙床角枕睡常迟。朦胧闲梦初成后,宛转柔声入破时。乐可理心应不谬,酒能陶性信无疑。起尝残酌听余曲,斜背银缸半下帷。"这类讲究"入破"的大曲,一般用于舞蹈奏曲,比如白居易所写的唐玄宗作曲、杨贵妃舞蹈的《霓裳羽衣》舞曲。唐玄宗天宝年间的著名边塞诗人岑参,曾在唐代宗时期担任蜀地嘉州(今四川乐山市)刺史,世称"岑嘉州",于大历五年卒于成都。岑参,虽仕途坎坷,诗友却皆是大咖,比如李白、杜甫、高适,他曾在唐玄宗天宝八年、十三年两次出塞,在戎马生活中以边塞诗人闻名于世。他的七言长诗《田使君美人舞如莲花北铤歌(此曲本出北同城）》，既写了田使君家中歌舞伎跳《北䤪》舞的美艳舞姿，还描绘了这首舞曲"入破"时即使是大唐盛行的笛曲《落梅花》也相形见绌：

> 美人舞如莲花旋，世人有眼应未见。
> 高堂满地红氍毹，试舞一曲天下无。
> 此曲胡人传入汉，诸客见之惊且叹。
> 慢脸娇娥纤复秾，轻罗金缕花葱茏。
> 回裾转袖若飞雪，左䤪右䤪生旋风。
> 琵琶横笛和未匝，花门山头黄云合。
> 忽作出塞入塞声，白草胡沙寒飒飒。
> 翻身入破如有神，前见后见回回新。
> 始知诸曲不可比，采莲落梅徒聒耳。
> 世人学舞只是舞，姿态岂能得如此。

"翻身入破如有神，前见后见回回新。"岑参此处对于"入破"的赞叹，给人想象空间很大。而诗中所说的《出塞》《入塞》《采莲》《落梅花》，则是琵琶曲和笛曲纷纷杂乱刺耳的声音。

后来练就"入破，笛裂"吹笛绝技的李谟，在长安城还跟诗仙李白成为至交。到了唐玄宗天宝年间，同为玄宗御用供奉的诗仙李白，就曾给李谟刚刚满月的外孙起名为"许云封"，相传此名来自李白的五绝诗谜《为许云封命名》："树下彼何人，不语真吾好。语若及日中，烟霏谢成宝。"许云封成人后，也是闻名天下的宫廷笛手，晚年因安史之乱流落民间，得诗人韦应物知遇之恩，讲述了李白给他取名的故事，再次被韦应物荐于梨园曲部吹竹笛。

《折杨柳》与《落梅花》

相比李谟的幸运和唐玄宗对他的赏识，诗仙李白进宫之路则显得异常坎坷。考进士，不中。写诗，又声名远扬。开元二十二年（734）至二十三年（735），唐玄宗多次在洛阳出没，但是李白次次与李隆基擦肩而过。这期间，李白游洛阳，企图通过写诗自荐于某位官员谋个官职，却杳无音信，面对繁华的东都，竟然找不到一个安身立命之处，尤其是在夜深人静的客栈里忽然听到一曲幽怨的笛声，一下子触动了诗仙思乡的离愁别恨，他挥毫泼墨，写下一首千古名诗，叫《春夜洛城闻笛》。

谁家玉笛暗飞声，散入春风满洛城。
此夜曲中闻折柳，何人不起故园情。

诗中的洛城，即是洛阳。引发李白思乡离情的笛曲，正是大唐最为流行的《折杨柳》。晚唐音乐理论家段安节的《乐府杂录》就载："笛者，羌乐也。古曲有《折杨柳》《落梅花》。"

除了诗仙李白的《春夜洛城闻笛》，笛曲《折杨柳》还在大唐催生了许多至今不衰的唐诗。唐代宗大历元年（766），诗圣杜甫流寓夔州（今重庆奉节）听到哀怨的笛曲《折杨柳》，也写下了让人肝肠寸断的《吹笛》诗。

> 吹笛秋山风月清，谁家巧作断肠声。
> 风飘律吕相和切，月傍关山几处明。
> 胡骑中宵堪北走，武陵一曲想南征。
> 故园杨柳今摇落，何得愁中曲尽生。

在唐朝，写笛曲《折杨柳》的诗，无疑是王之涣仰天长啸的这句"羌笛何须怨杨柳，春风不度玉门关"流传最广。和李白、杜甫一样，王之涣也是为官不顺的主，或者说天才不适合当官。然而王之涣的盖世才华，就是这首《凉州词》足够在整个唐朝占据一个显赫的诗位。作为与岑参、高适、王昌龄齐名的唐代"四大边塞诗人"，王之涣性格豪放不羁，时常击剑悲歌，每作一诗多被当时乐工制曲歌唱，名动一时。在开元年间，王之涣的名气一度盖过初生牛犊不怕虎的李白与杜甫。遗憾的是留存至今的诗作仅有六首绝句，其中三首为边塞诗。即便如此，他的《凉州词》和《登鹳雀楼》至今仍然家喻户晓，章太炎甚至推其《凉州词》为"绝句之最"。

> 黄河远上白云间，一片孤城万仞山。
> 羌笛何须怨杨柳，春风不度玉门关。

我最推崇王之涣这首写笛曲《折杨柳》的边塞诗，是因为此诗句句皆是佳句，堪称字字珠玑，意境悲壮而辽阔。同样把笛曲唐诗写得朗朗上口的还有王之涣的老友王昌龄，他的《从军行》，与《凉州词》相比稍逊一筹：

烽火城西百尺楼，黄昏独上海风秋。
更吹羌笛关山月，无那金闺万里愁。

而写过"柴门闻犬吠，风雪夜归人"名句的另一个唐朝诗人刘长卿，则把笛曲《折杨柳》写得悲戚凄苦，如《听笛歌》：

旧游怜我长沙谪，载酒沙头送迁客。
天涯望月自沾衣，江上何人复吹笛。
横笛能令孤客愁，绿波淡淡如不流。
商声寥亮羽声苦，江天寂历江枫秋。
势听关山闻一叫，三湘月色悲猿啸。
又吹杨柳激繁音，千里春色伤人心。
随风飘向何处落，唯见曲尽平湖深。
明发与君离别后，马上一声堪白首。

相比《折杨柳》，另一首笛曲《落梅花》（一作《梅花落》），更是常常驰骋于李白、高适等人的盛唐诗篇。

就在杜甫刚刚当上唐肃宗李亨的左拾遗这一年，也就是乾元元年（758），大他11岁的诗兄李白，因为参与永王谋反受到牵连被流放夜郎。在经过武昌（今武汉武昌区）游黄鹤楼时，正值盛夏五月，李白听到一曲《落梅花》，深感迁谪之劳苦与去国之悲情，眼底尽是梅花落地，寒意四溅。酒过愁肠，李白当歌，吟唱的是他的新诗《与史郎中钦听黄鹤楼上吹笛》：

一为迁客去长沙，西望长安不见家。
黄鹤楼中吹玉笛，江城五月落梅花。

不懂古曲《落梅花》之意的人，初看此诗仍然会惯性地认为，这又是李白的一首浪漫主义诗词。遥想一个贬谪之人，日日西望而望不见长安，也望不见家，耳中的《落梅花》犹如梦破之后的无底线跌落，眼前的江城仿佛是五月飞雪，如同纷纷落下的梅花。这哪里是浪漫？分明是绝望。

事实上，早在安史之乱爆发前的天宝十二载，也就是753年，李白被遣出长安游流宣城期间，也观赏过一次《落梅花》。只是这一次，他的怨愤之情针对的是唐玄宗，而非贬其流放的唐肃宗。李白此刻一挥而就的《观胡人吹笛》，是五言诗：

胡人吹玉笛，一半是秦声。
十月吴山晓，梅花落敬亭。
愁闻出塞曲，泪满逐臣缨。

> 却望长安道,空怀恋主情。

从诗中的"恋主情"三个字,看得出来李白还对唐玄宗既失望也充满希望的复杂心情。李白观胡人吹笛,联想到自己不被信用的身世,已经彻底丢失豪迈气概,一时泪流满面,甚至沾湿帽缨。因为此前一年秋天抵达幽州,自称"逐臣"的李白就目睹了安禄山的骄横跋扈,预感到了此人必会反叛,却一直深受唐玄宗宠信。这种心情,在李白后来流放期间所写的《经乱离后天恩流夜郎忆旧游书怀赠江夏韦太守良宰》一诗中更表露出杜甫诗风的忧国之痛和失意之愤。

官运亨通的边塞诗人高适,早年和李白、杜甫壮游,也曾和王之涣、王昌龄呼伎唤乐指点江山,此刻他是见不到李白的悲苦与失意了。高适耳里也没有落花,他听到的《落梅花》,则是一幅安详恬静、优美动人的塞外风光图。高适的《塞上听吹笛》,尽管也夹带有思乡的情愫,但并不低沉,更无绝望。

> 雪净胡天牧马还,月明羌笛戍楼间。
> 借问梅花何处落,风吹一夜满关山。

显然,高适在官帽越戴越大的路上,血液里更多充斥着满腔的豪情与抱负。而成都,无疑是高适的福地,一步步升官的宝地,从彭州刺史、蜀州刺史的两地市委书记历练,到贵为省委书记的剑南道节度使,他其实还帮助过甚至救济过在成都客居的好友杜甫,但是他渐渐与从公子哥退变为潦倒客的杜甫渐行渐远了。杜甫另一首写笛声的诗,他可能也读不到,即使读了也是摇头,叹息一声,怎么又会是《秋笛》:

清商欲尽奏,奏苦血沾衣。
他日伤心极,征人白骨归。
相逢恐恨过,故作发声微。
不见秋云动,悲风稍稍飞。

如果要说古曲《落梅花》的李白知音,则是后辈诗人李益。这个唐朝最长寿的诗人,生于唐玄宗天宝年间,死于唐文宗太和年间,身前历经唐朝由盛至衰,多次前往边塞从军,他的《春夜闻笛》写出了遭贬斥被放逐之人闻笛的凄苦:"寒山吹笛唤春归,迁客相看泪满衣。洞庭一夜无穷雁,不待天明尽北飞。"李益的另一首听笛名诗《夜上受降城闻笛》,则表现的是边疆将士闻笛之思乡愁苦:"回乐峰前沙似雪,受降城外月如霜。不知何处吹芦管,一夜征人尽望乡。"相传李益另一首五言同名诗《夜上受降城闻笛》,则直接受到笛曲《落梅花》的影响:"人夜思归切,笛声清更哀。愁人不愿听,自到枕前来。风起塞云断,夜深关月开。平明独惆怅,落尽一庭梅。"不过,此诗也有一说,实为戎昱所作《闻笛》。

李益喜欢写笛诗倒是不假,而且多是写边塞行军路上的笛曲。唐德宗建中年间（780—783），早在769年就考中进士的李益长期得不到升迁，于是依附于崔宁担任朔方节度使的幕府，他有两年左右的时间都在宁夏、青海一带戍边，写些笛诗打发寂寞，驱赶人生失意。崔宁原是有战国时期纵横之术的人才，在来青海之前因平定蜀地战乱而官至成都尹、西川节度行军司马、西川节度使，成为中唐时期的名将，军威名噪一时。可是有安禄山的前车之鉴，唐德宗也很犹豫，担心崔宁在蜀地军权过盛，而成为自己难以管理的割据王国，于是将他诏令入朝，名誉上提升一下，改任检校司空、同中书门下平章事。崔宁离开蜀地不久，吐蕃又侵犯四川汶川等地，战火烧至成都附近。心系蜀地安危的崔宁原想回蜀镇乱，可是唐德宗没如他愿，而是听了宰相杨炎的意见，把他发配到灵州（今宁夏灵武市一带），担任灵州大都督、朔方节度使，抵御北边的突厥骚扰。这期间的李益，除了写下《夜上受降城闻笛》等名诗，还有一首《从军北征》记录了朔方军北征境遇：

天山雪后海风寒，横笛偏吹行路难。
碛里征人三十万，一时回首月中看。

军中乐伎吹奏的横笛，适逢天山大雪，青海湖寒风凛冽，此时的唐朝将士已无初唐远征军、盛唐卫戍军的雄壮豪迈，一路显得疲惫不堪，这首思乡意味浓厚的笛曲《行路难》更让人无心战斗，行路艰难，杂念丛生。李益的诗笔恰似一把快刀，把30万将士"举头望明月，低头思故乡"的李白式情愁刀割成新诗，让人回味无穷。我曾受邀去德令哈参加海子诗歌节，途经蜕变成旅游胜地的青海湖，即使是寒风吹不停，这里依然游人如织，却是找不到李益当年的横笛古意之境了。

要说相同的心境，也只有历经战乱的唐朝诗人能够与之共鸣。而笛声的哀苦，几乎贯穿了唐人唐诗。

即使到了唐宋之间的五代十国时期，前蜀宰相韦庄的《村笛》"却见孤村明月夜，一声牛笛断人肠"，也延续了唐诗笛曲的断肠之通感。打破这个笛声之诗惯性的人，则是前蜀皇帝王建的爱妃，前蜀后主王衍的老妈，善写宫词的花蕊夫人，她有一首欢快的笛曲《宫词》：

御制新翻曲子成，六宫才唱未知名。
尽将觱篥来抄谱，先按君王玉笛声。

从诗中所述的"御制新曲"看，应当不是笛声哀怨的《折杨柳》或者《落梅花》。毕竟花蕊夫人写此诗尚在蜀国强盛时期，还谈不上亡国之痛，更没有贬斥流放之苦。

而主持修建永陵，命人石刻"二十四伎乐"的前蜀后主王衍，也是登基不久干的事。他此举还算孝顺，是因为老爹王建好宫廷乐舞这一口，而且尤喜唐朝乐舞之风。至于王衍想让这个永陵石刻吹笛伎吹奏新曲，还是古曲《折杨柳》《落梅花》，石头不会说话，只能是历史谜团了。

王衍从918年六月继位，到926年四月乞降后唐亡国被杀，皇位不足八年，花蕊夫人和她的儿子终究是按不住君王玉笛声。唯有保存至今的永陵吹笛伎，残留一瞬前蜀宫廷乐舞繁华，让我叹息，白露渐凉人心，古笛悠扬不再。

吹笙

不能用语言表达自己的喜悦或者悲伤时，可以吹笙。

神话里的"笙"，被传是女娲造人之后所造，给人玩乐。女娲造笙的故事和方法，被民间传说得有板有眼，说是用绳子或木框把一些发音不同的竹管编排在一起，并在竹管里加了竹质簧片，笙斗用葫芦制作，吹嘴则由木头制成。如此发明的"笙"，被人用来表达悲喜。其实，这是因为古代文献没有记载笙的制造者，人渴求而出的神话。不过，这样制作的"笙"，其形制基本吻合了唐玄宗李隆基所说"八音"之匏类乐器。而所谓的"匏"，就是代指葫芦。

"我有嘉宾，鼓瑟吹笙……"从《诗经》开始，吹笙听笙就成为一种雅事，常是呼朋唤友共赏的妙音。如此妙物，最易催生诗情画意，成为千百年来诗人们诗句中提及率最高的乐器，几乎可以省略"之一"。尤其是盛行于大唐的笙，不仅璀璨了唐诗，还衍生出口琴等诸多西洋乐器。可见吹笙，不仅国人爱，老外也爱得要紧。

在成都永陵博物馆遗留的五代前蜀皇帝王建棺床上,有一个石刻吹笙伎也堪称一个神话,作为一个蜀国宫廷吹笙伎的短暂侧影,承载她的石头距今已1100岁了。此吹笙伎,其手和手持乐器虽有部分剥落,但是她口衔笙斗、鼓腮运气、忘我吹笙的灵动画面,依旧在浮雕上凸显出来,颇为传神。这,就是在大唐游走于宫廷与民间的吹笙伎,最美的一个缩影。

武则天的玉笙情结

笙,作为中国最古老的吹奏乐器之一,也是世界上最早使用自由簧的乐器,它的成长一直伴随着诗词的盛与衰。

1978年,在湖北随州,战国早期曾侯乙墓出土的2400多年前的匏笙,是中国目前发现的最早的"笙"。早在春秋战国时期,吹笙就非常流行了,并且和另一种乐器"竽"并存。滥竽充数,就是这个时期的历史典故,至今流传于教科书。史书记载的"笙",可以追溯到《尚书》"笙镛以间",以及更早的殷代甲骨文"和"(小笙)。《尔雅·释乐》篇章就载:"大笙谓之巢,小者谓之和。"

汉末魏初时期,尤其是曹操和他的儿子们在三国争雄前后,笙就成为曹操、曹丕、曹植"三曹"争相作诗歌咏的器乐。七步之内便可作诗的曹植,留下的吹笙诗句有:"笙磬既设,筝瑟俱张。"而曹丕咏叹的"清歌发妙曲,乐正奏笙竽",

则说明这一时期仍然是笙竽合奏、并存。只是更喜欢古筝的曹植,偏爱于笙筝合奏之音,抒发旷世才情。当然,在后世流传更广的三国吹笙诗,是喊出"对酒当歌,人生几何"的曹操那首《短歌行》。不过,他写吹笙的诗句,却是照搬《诗经》里的"我有嘉宾,鼓瑟吹笙",表达他对治国人才的渴求,与帝王气概的感叹。

到了隋唐时期,滥竽充数的"竽",一般仅用于雅乐了。更讨人欢喜的笙,则在隶属于隋唐宫廷《九部乐》《十部乐》的清乐、西凉乐、高丽乐、龟兹乐中广为采用。在音乐文化最发达的大唐,如果李隆基最爱玩羯鼓,那么武则天就特别爱听人吹笙,他们都是不安分的主。武则天原本是唐太宗李世民的小老婆(才人),摇身一变唐高宗李治的大老婆(皇后),其让李治经受不住的媚功并不亚于李隆基专宠的杨贵妃那"回头一笑百媚生"的"媚"。善治国、爱写诗的李世民,似乎也深深地影响了"野心膨胀家"武则天。仅仅是写笙这种乐器的诗,武则天至少就有两首传世。一首是四言诗《唐明堂乐章·登歌》:

礼崇宗祀,志表严禋。

笙镛合奏,文物惟新。

敬遵茂典,敢择良辰。

絜诚斯著,奠谒方申。

唐明堂是啥?明堂,亦称天宫,正是翻身当了皇帝的武则天移驾洛阳太初宫的外朝正衙主殿。四川话里的"有名堂"

和"明堂"谐音,说的就是有意思、有内涵的意思。武则天诗题里说的明堂,也很有名堂,它原本是隋炀帝时所建的乾阳殿,后多次被毁,也多次改名。大约在武后垂拱三年(687)二月,武则天下诏拆除乾元殿,在此处另造明堂,初号"万象神宫",再毁重建后曰"通天宫"。

四川方言里还有一句俗话,说:有一种名堂叫"板眼儿"。板眼儿,本是传统音乐和戏曲唱腔的节拍,如今也引申为"名堂"。武则天造的这个明堂,如今遗址位于隋唐洛阳城宫城核心区内,堪称儒家礼制建筑典范,过去则是她明政教之场所,凡祭祀、朝会、庆赏、选士等大礼典均在此举行,而且开创了明堂建筑由方到圆的先河,据说其形制及理念还被北京天坛"祈年殿"所延用。在这里祭祀、朝会、庆赏、选士,不时听到吹笙伎乐,莺歌燕舞,节奏感极强的武则天诗情大发,就作诗玩乐。除了《唐明堂乐章·登歌》,武则天还有一首字数活跃的吹笙五言诗,是《唐明堂乐章·配飨》:

> 笙镛间玉宇,文物昭清辉。
> 晬影临芳莫,休光下太微。
> 孝思期有感,明絜庶无违。

武则天爱赏宫廷乐舞,尤喜吹笙伎乐,跟她宠幸的一个男人息息相关。这个男人,是她的女儿太平公主热心帮找的小老伴:张宗昌。其实,张宗昌是一个腹肌发达的小伙子,河北人，长相俊美，面若桃花，因其排行第六，人称六郎。早年在民间，张宗昌就是一个文武双全的人，会吹笙，会吹箫，剑术高明，风流倜傥，拥有迷妹无数。

据说太平公主见到张宗昌，也会怦然心动，犹如桃花与春风撞了一个满怀，情不自禁释放另一个春天。但是，强烈的政治野心更令她欲罢不能，她选择了忍痛割爱，把这个人面桃花可以给小心脏挠痒的男人推给了权倾朝野的武则天。给武则天做男宠，张宗昌这差事看上去很美，隔几天就升官，日日飞黄腾达，连武氏王爷也依附拉拢，位极人臣一时，可其最终还是因淫乱武则天后宫而在遭遇政变时惨被诛杀。但在受宠期间，张宗昌是个有心人，而且很懂武则天晚年需要什么，不仅以身侍寝，还投其所好把自己的亲哥哥张易之介绍给武则天享乐。武则天也很记情，不仅让张宗昌官至春官侍郎，封邺国公，还在病重时把朝政大权放手给他把持。别人是呼千人唤万人卖命，靠的是得人心者得天下，他因为长得帅走了一条登天捷径：卖肉，得女人者得天下。喝醉了的历史就是这样，偶尔也会反常，走歪寻常路。

关于张宗昌的俊美以及武则天对他的专宠，有一个故事，说武则天很喜欢传说中的东周时期周灵王太子姬晋，即擅吹笙作凤鸣的王子乔，此人潇洒俊逸，博学多识，精通音律，尤其善吹玉笙，每每吹笙皆是玉树临风，最后乘白鹤而成仙，喜欢吃政治糖果的朝臣们就纷纷参奏附议，美誉小帅哥张宗昌是王子乔转世，这很对武则天的胃口。姬晋成仙，当然是神话了，不过他被后人奉为王氏始祖倒是不假。于是，正愁宫廷缺新鲜玩乐的武则天专门下令制造了木鹤，让张宗昌身穿羽衣，乘坐木鹤，尽情吹笙，扮演自己的偶像王子乔，这画风颇有神仙驾临庭前的错觉。看得如痴如醉的武则天，还令一群宫中文人作诗赞美张宗昌，可谓恩宠无限，唯有其兄张易之可望其项背。

只是，后世文人没必要给武则天拍马屁求生存。这个逸事典故，大宋诗人徐钧专门写了一首诗，直接讽刺武则天和张昌宗的荒淫行径，诗名就叫《张宗昌》：

乘鹤吹笙想俊游，丑闻宫掖擅风流。
身膏斧蹄终尘土，若比莲花花亦羞。

唐玄宗的悲喜笙歌

"人生得意须尽欢，莫使金樽空对月。"如果身兼诗人和剑客的李白提前生在武则天时代，并发出这一曲《将进酒》，说不定武则天和她的男宠张宗昌都会视其为千古知音。

可惜热爱李白的杨贵妃不是皇帝。"千金骏马换小妾，醉坐雕鞍歌落梅。车傍侧挂一壶酒，凤笙龙管行相催。"被唐玄宗扫出长安的李白，只能仗剑走天涯，诗中充英雄，酒中当侠客，流落到襄阳，也就哼一首叫作《襄阳歌》的小曲。

李白的诗歌兄弟杜甫，长相虽然独特却谈不上帅，走不了张宗昌这样的后门，更好不到哪里去。长安求官不受待见，还遭遇百年难遇的安史之乱，杜甫赶往唐玄宗入蜀来过的路上，也是逃难避乱，他一路走来唱的歌是《成都府》。此诗中的"喧然名都会，吹箫间笙簧"，虽然没有盛唐皇宫里的乐舞高大上，但是成都的夜夜笙歌依然令人向往。后来在成都定居后，已是老杜的子美，熏陶着"锦城丝管日纷纷，半入江风半入云"的日子，更让他流连忘返巩县故里。

事实上，在安禄山还未击鼓谋反之前的唐玄宗时代，华清宫里常常是酒杯碰碎酒杯的声音，多种乐器相互撕心裂肺的声音，多个蜀官乐不思蜀的声音。唐朝诗人罗隐，用比狼嚎更亮的狼毫书写的《华清宫》，就在韵脚里停顿过这种声音：

> 楼殿层层佳气多，开元时节好笙歌。
> 也知道德胜尧舜，争奈杨妃解笑何。

在罗隐之前，大唐写边塞诗最著名的王昌龄还有《殿前曲》二首，更是形象地描绘出殿前笙乐盛景：

> 贵人妆梳殿前催，香风吹入殿后来。
> 仗引笙歌大宛马，白莲花发照池台。

> 胡部笙歌西殿头，梨园弟子和凉州。
> 新声一段高楼月，圣主千秋乐未休。

而王维《从岐王过杨氏别业应教》的"严城时未启，前路拥笙歌"，张九龄《奉和圣制谒玄元皇帝庙斋》的"笙歌下鸾鹤，芝术萃灵仙"，均是笙的赞歌。

盛唐朝野兴，在于唐玄宗。大唐乐舞盛，也在于唐玄宗。安史之乱起，唐玄宗落幕，唐诗里的笙就多悲少喜了。

笙，大抵是让人欢喜的神器。"神旗张鸟兽，天籁动笙竽。"对唐玄宗和杨贵妃的乐舞爱情故事做过深入研究的白居易，其诗《东南行一百韵寄通州元九侍御澧州李十一》形容"笙"，还如天籁之音。给白居易写过墓志铭的晚唐诗人李商隐，一生凄苦，他写的《二月二日》尽管也是反衬自己的凄苦身世，但是"笙"之声却成为他的春风暖曲。

二月二日江上行，东风日暖闻吹笙。
花须柳眼各无赖，紫蝶黄蜂俱有情。
万里忆归元亮井，三年从事亚夫营。
新滩莫悟游人意，更作风檐夜雨声。

无独有偶。另一位唐朝诗人秦韬玉眼中的"笙"，也是温暖之声。他的《吹笙歌》有一名句："纤纤软玉捧暖笙，沉思香风吹不去。"诗中刻画吹笙乐伎的妩媚仪态和笙的美妙乐音，在现存成都永陵石刻吹笙伎中能够找到共鸣。

吹笙伎，在唐朝宫廷里属于地位较高的乐伎，头饰多为双髻。晚唐诗人皇甫松《梦江南·楼上寝》有诗句做证："楼上寝，残月下帘旌。梦见秣陵惆怅事，桃花柳絮满江城。双髻坐吹笙。"永陵石刻吹笙伎的双髻头饰,正是沿用了这种大唐乐风。

笙,也让人愁,除了唐玄宗之后的大唐王朝逐渐衰落,也因笙的簧片容易受潮,而且一旦受潮就会影响发音的音质,甚至吹不响,古人因此在吹笙之前要在火上炙烤,以使簧鼓,然后再吹。刘禹锡的《历阳书事七十韵》,便有诗句记录了天寒时节吹笙要先炙烤的攻略:

敛黛凝愁色,施钿耀翠晶。
容华本南国,妆束学西京。
日落方收鼓,天寒更炙笙。
促筵交履舄,痛饮倒簪缨。

同样,说笙簧受寒就吹不响的杜牧,还有一首名诗《寄李起居四韵》:

楚女梅簪白雪姿,前溪碧水冻醪时。
云罍心凸知难捧,凤管簧寒不受吹。
南国剑眸能盼眄,侍臣香袖爱傪垂。
自怜穷律穷途客,正怯孤灯一局棋。

笙乐惹人怨让人愁,或者借笙生愁,在晚唐越演越烈,有两个诗人绕不过去。一个是深感"故国三千里,深宫二十年"的张祜,他有一首《相和歌辞·长门怨》堪称写尽宫墙内外愁。

> 日映宫墙柳色寒，笙歌遥指碧云端。
>
> 珠铅滴尽无心语，强把花枝冷笑看。

比张祜更懂宫廷更懂笙乐的人，那就是杜秋娘了。张艺谋曾用电影《金陵十三钗》表现过金陵风尘女子的可泣身世。晚唐的杜秋娘，也是金陵歌舞伎，不过只卖艺不卖身罢了。杜牧曾有《杜秋娘诗（并序）》讲述过她的凄惨身世与惊人才情。说杜秋娘很小就进入青楼，15岁那年被镇海节度使李锜从青楼买为侍妾，看似反转了人生，却很快就因李锜起兵造反失败而再度沉沦，被纳入宫中为奴，再做歌舞伎。

"劝君莫惜金缕衣，劝君惜取少年时。花开堪折直须折，莫待无花空折枝。"有一次，杜秋娘给唐宪宗唱歌，唱到自谱的一曲《金缕衣》时已是声泪俱下，感其歌声和身世，唐宪宗宠幸了她，还封了妃，真是会哭的奴婢有妃子当。尽管杜秋娘一度成为唐宪宗的宠妃，兼机要秘书，即使在唐穆宗即位后还为其子李凑担任过傅姆，可是后来李凑被废去漳王之位，她又被打回原形，名为赐归故乡，实为流落民间，被欺。杜牧经过金陵时，看见她又穷又老，感念其凄苦身世，作了广为后人知的《杜秋娘诗》。

相传，杜秋娘有一首写吹笙的千古愁诗，名字也叫《金缕衣》，其中一句"满目笙歌一段空，万般离恨总随风"，是笙诗中的绝品。

花蕊夫人的凤笙大梦

笙，还因其竹管参差不齐的外形像是飞鸟的翅翼，又称"凤笙"，或"凤翅""凤翼"。汉代学者应劭，著有礼仪、民俗和历史地理学方面的《风俗通》（又名《风俗通义》），谈到"笙"，曾说："《世本》：'随作笙。'长四寸，十二簧，像凤之身，正月之音也。"后人因此称笙为"凤笙"。

"或云欲学吹凤笙，所慕灵妃媲萧史。"唐朝文学家韩愈的代表作《谁氏子》，就爱称笙为"凤笙"。

唐亡后，原本是晚唐将军的王建在成都称帝，是为五代前蜀皇帝。在王建称帝之前，唐玄宗躲避安史之乱入蜀，王建的主子唐僖宗避难入蜀，均将大量中原文化引入四川。灿若星河的大唐音乐文化，也随着王建带入蜀宫，在成都生根发芽，而且一发不可收。王建和他的儿子王衍先后统治的前蜀政权，可以说把晚唐宫廷乐舞传承到了极致。王建宠爱的花蕊夫人，作为诗词爱好者，留下的《宫词》有多处记录了他们尽情玩乐的皇室生活。其中，如花似玉的花蕊夫人有一首《宫词》提到的"凤笙"，将前蜀宫殿的夜夜笙歌和她的凤笙时光刻画得惟妙惟肖。

离宫别院绕宫城，金板轻敲合凤笙。
夜夜月明花树底，傍池长有按歌声。

此诗中的"金板"，另有一说为"金版"，皆是指金质的拍板，用于打拍子。一个合拍的"合"字，印证了永陵石刻"二十四伎乐"浮雕上的拍板伎，起到引领吹笙伎等伎乐合奏的作用。

凤笙，有时也指笙曲。南唐诗人冯延巳有一首著名的词《虞美人》，此词诞生的名句"凤笙何处高楼月，幽怨凭谁说"，说的就是笙曲。与花蕊夫人同时代的五代南唐后主李煜，也有一首《望江南·多少泪》提到"凤笙"，只是词意更为悲凉，让人容易愁断肠，没有花蕊夫人写"凤笙"的轻快与惬意。

> 多少泪，断脸复横颐。心事莫将和泪说，凤笙休向泪时吹。肠断更无疑。

正所谓处境决定心境。李煜此词，是亡国之愁。花蕊夫人此词，是蜀宫之欢。冯梦龙说："人逢喜事精神爽，月到中秋分外明。"前蜀皇帝王建的爱妃，前蜀后主王衍的生母，花蕊夫人，在儿子主政前蜀期间创作的"凤笙"宫词，自然是夜夜月明。实际上，这一期间的花蕊夫人不仅是一言九鼎的后宫之主，还是朝堂上说话掷地有声的实际掌权者。

这种借笙抒发的欢喜，是已为"人中凤"的花蕊夫人停不下来的笙歌。万人簇拥披金戴银的日子，花蕊夫人真是出口成章。一会儿是金板合凤笙，一会儿是金板合银笙。即使是秋风吹凉了笙簧，蜀宫夜宴也少不了吹笙的玩乐。花蕊夫人因此而创作的另一首《宫词》，依旧畅快淋漓地用一个个温暖的词,把冷下来的笙簧吹热。

> 梨园子弟簇池头,小乐携来候宴游。
> 旋炙银笙先按拍,海棠花下合梁州。

诗中的"梁州",是晚唐传承下来的前蜀流行歌曲《梁州曲》。花蕊夫人形容的"银笙",即银字笙。晚唐诗人李群玉曾在其诗《腊夜雪霁月彩交光命家仆吹笙》中,用一句"桂酒寒无醉,银笙冻不流"美誉了笙。

在王建、王衍统治的前蜀帝国前后,不仅是花蕊夫人作诗爱笙爱得深沉,前蜀宰相韦庄、诗僧贯休都留下了歌咏笙的诗句,可见笙的魅力在五代十国时期非同一般。

韦庄写笙的诗,叫《陪金陵府相中堂夜宴》,应为入蜀前的诗作,表现的是吹笙乐伎在金陵一带的欢快时光。

> 满耳笙歌满眼花,满楼珠翠胜吴娃。
> 因知海上神仙窟,只似人间富贵家。
> 绣户夜攒红烛市,舞衣晴曳碧天霞。
> 却愁宴罢青蛾散,扬子江头月半斜。

此诗中的"扬子江",一说"杨子江",我更倾向于是"扬子江中水"的"扬子江",品茶,饮酒,更有"裘马颇清狂"的味道。

和韦庄一样,五代前蜀的画僧、诗僧贯休,也深得前蜀皇帝王建的赏识与厚爱。贯休俗姓姜,字德隐,本为浙江人,在晚唐天复年间入蜀,被王建封为"禅月大师",赐以紫衣。此人是个奇人,粗眉大眼,丰颊高鼻,七岁出家和安寺,日读经书千字,关键过目不忘,所画罗汉状貌古野,绝俗超群,尤其是诗名高节,宇内咸知。他在蜀中流传最广的一个名句,是"一瓶一钵垂垂老,万水千山得得来",出自《陈情献蜀皇帝》:"河北河南处处灾,唯闻全蜀少尘埃。一瓶一钵垂垂老,万水万山得得来。秦苑幽栖多胜景,巴歈陈贡愧非才。自惭林薮龙钟者,亦得亲登郭隗台。"

这是贯休行经四川时献给前蜀皇帝的见面礼,赞扬王建入蜀治蜀功德无量。正欲广纳四方英才巩固前蜀统治的王建,见到贯休和他的赞美诗一同抵达成都,比突然发现一个绝色美女还要高兴。贯休在蜀期间,王建不仅为他新建龙华道场助其修行,还频频赏赐,体现自己对佛家高僧、道家高人的敬重和胸怀。贯休也因为此诗名震前蜀,时称"得得和尚"。

写诗,贯休多以禅理和哲理传世。其中,他写听吹笙之诗,还有杜甫诗歌遗风,关注民生疾苦,如《行路难·君不见道傍废井生古木》中的"沸渭笙歌君莫夸,不应常是西家哭"。

我尤其喜欢他用"沸渭笙歌"四字写的吹笙景况,堪称妙笔。甚至,我怀疑后来的大宋诗人欧阳修,其写笙名句"直教耳热笙歌沸",就是受到贯休的影响。此句出自欧阳修的《渔家傲》:

腊月严凝天地闭,莫嫌台榭无花卉。惟有酒能欺雪意。增豪气,直教耳热笙歌沸。

陇上雕鞍惟数骑,猎围半合新霜里。霜重鼓声寒不起。千人指,马前一雁寒空坠。

欧阳修的《渔家傲》,分别用12首同名诗歌咏12个月的景色。此诗中的"腊月"又作"十二月"。

欧阳修的"直教耳热笙歌沸"一出,连宋词第一人的苏东坡也稍逊风采。尽管苏东坡写了很多笙歌诗句,比如《浣溪沙·荷花》"且来花里听笙歌"、《蝶恋花·密州上元》"帐底吹笙香吐麝"、《南歌子·黄州腊八日饮怀民小阁》"吹笙只合在缑山"等,都没有欧阳修这句直击人心,并且让人热血沸腾,恨不得闯进唐宋历史深处,听一曲豪迈的笙歌。

我之所以说唐宋,而不仅仅是宋朝,是因为曾在成都出任剑南西川节度使的武则天曾侄孙、白居易好友武元衡,也有一首把笙乐煮沸的诗,他在《行路难》中高唱过"笙歌鼎沸君莫矜,豪奢未必长多金"。

以至于,后来再读五代南唐诗人冯延巳《采桑子》"花前失却游春侣,独自寻芳。满目悲凉。纵有笙歌亦断肠……"这类悲笙诗词,竟有无病呻吟之错觉。即使是豪迈过的黄庭坚《定风波》"笙歌一曲黛眉低",辛弃疾《玉楼春》"少年才把笙歌盏",陆游《登上清小阁》"笙鹤飘然过洛城",也少了一些笙乐的壮阔。而崔颢《邯郸宫人怨》"日暮笙歌驻君马",顾况《宫词》"玉楼天半起笙歌",这些记录在案的笙诗,不过是小情小调了。

笙，除了有"凤笙"的美誉，在蜀地还有"玉笙"之说。这或许跟李白、杜甫爱玉有关。因为李白诗中多称箫为玉箫，而杜甫则爱称笙为玉笙。而且这种玉笙就产于蜀地。"堂上指图画，军中吹玉笙。岂无成都酒，忧国只细倾。"在《八哀诗·赠左仆射郑国公严公武》这首诗中，杜甫甚至指出这类玉笙主要运用于军队中，诗题中的严公武，就是作战经验丰富的剑南西川节度使严武，杜甫曾受他的邀约在成都担任检校工部员外郎，后世因此称杜甫为"杜工部"。其实，李白也有一诗词将笙称为玉笙，见于《桂殿秋·仙女下》："仙女下，董双成，汉殿夜凉吹玉笙。曲终却从仙宫去，万户千门惟月明。"不过此诗存疑，有学者便说，这首传为李白所作的词实为伪托之作，其实应是历仕唐宪宗、唐穆宗、唐敬宗、唐文宗四朝的宰相诗人李德裕的《步虚词》，因为《桂殿秋》词调本是李德裕送神迎神曲，而李德裕词中就有"桂殿夜凉吹玉笙"之句。李德裕生于李白之后，到底谁先喊出"汉殿夜凉吹玉笙"，其实并不影响唐诗里的笙为"玉笙"的美名。此外，在唐宋诗人中，还有苏轼的《菩萨蛮（感旧）》"玉笙不受朱唇暖"和姜夔的《虞美人·赋牡丹》"玉笙凉夜隔帘吹"，也将笙赞为"玉笙"。

回到成都永陵石刻吹笙伎身旁，那笙，那嘴，那凝固在石头上的笙乐，仿佛是一个冰冻在冰箱里的梦。一个无法"直教耳热笙歌沸"的梦。其实，我只是想在前蜀皇帝王建驾崩1100周年后，做一个耳热笙歌沸的梦。可惜，流传至今的所谓的笙，见不到吹笙乐师围炉炙烤笙簧的古风了，让我感觉残缺某种无法言语的味道，如同中药里少了一个关键的药引。听闻日本音乐家如今还在坚守千载大唐遗风，坚持在炉火上炙烤笙簧，把笙烤热，再吹唐笙，似乎又给我指引了梦的一个具体方向。可是，日本带来的更多是悲伤，也不能用语言来表达，日本人如今可以静下心来吹笙，以求笙乐亮堂如唐。我却不会吹笙，不能吹笙，也不想吹笙。因为此刻面朝永陵石刻吹笙伎的我，只能吹秋风，无法阻止秋风不断风化她的表情。住在石头上的她，或许需要更多懂得吹笙的你，让唐笙可以向死而生的你，驻足、侧耳，忘掉千古愁，共鸣一个"直教耳热笙歌沸"的大梦。

挑箫

"沧海笑，滔滔两岸潮，浮沉随浪记今朝。苍天笑，纷纷世上潮，谁负谁胜出天知晓。江山笑，烟雨遥，涛浪淘尽，红尘俗世知多少。清风笑，竟若寂寥，豪情还剩了一襟晚照……"

这一曲快意恩仇，在徐克电影《笑傲江湖》里，堪称金庸武侠江湖的一截完美画面。行进在波浪汹涌的大船中，刘正风与曲洋盘膝而坐，一人吹箫，一人抚琴，二人相视而笑，在弄弦抚箫之间或低吟或高唱《笑傲江湖》曲，琴箫悠扬，一会儿柔和婉转，一会儿悲怆杀伐，叫作《沧海一声笑》的一曲死别悲歌，在幽谷间久久回旋。曲毕，就是人亡，笑着赴死。所谓的人间知音也不过如此。

影片中为午马（饰刘正风）代唱的是香港才子、《沧海一声笑》曲词作者黄沾，张伟文为林正英（饰曲洋）代唱，饰演令狐冲的许冠杰则是亲自配唱。而被徐克武侠片迷视为《沧海一声笑》最好版本的，则是黄沾、徐克和罗大佑后来配唱的电影原声音乐。那箫，那琴，那曲，让人畅快淋漓，有人赞为"人籁"，有人惊叹"天籁"。

其实，早在先秦时期庄子的专著《齐物论》中，就给出了准确答案：人籁。庄子曾把天地间的各种音响分为"天籁""地籁"和"人籁"，认为"人籁则比竹是矣"，并以此把箫喻为人间最美好的乐器。徐克在电影《笑傲江湖》里制造的人为的琴箫合奏曲，正是庄子所说的"人籁"。

而在成都永陵博物馆的石刻浮雕"二十四伎乐"中，王建棺床西面右二的排箫，就是我国编管乐器"箫"中的一种。此吹箫伎，衣袂飘飞，盘膝而坐，属于唐玄宗李隆基推行的宫廷坐部伎形制，地位崇高，仅次于棺床西首的吹篪伎。她双手紧握的排箫，是十根管子排在一起的多管箫，不同于当今仅一根管子制作的洞箫。

从参差到一致，尽在李白吟弄天上音

排箫，是把多支同种材质的音管，用粘接、捆绑等固定的方式把它们结合成一个整体乐器，因其音管的内部用蜂蜡或软木塞堵住，气流在吹奏时从吹口上方滑过，并在音管的内腔振动而产生高低不同的乐音。音管，一般由竹管编排而成，按照由长到短或由短到长的顺序排列，排箫因此又称"比竹"，或"参差"。参差，即是指排箫的竹管长短参差不齐，屈原《九歌》"吹参差兮谁思"，南北朝江淹《魏文帝曹丕游宴》

"客从南楚来，为我吹参差"，均是以诗歌咏此种乐器。还有一种排箫，因是三角形竹管排列形状，貌似鸟翼展开，被誉为"凤箫"。

不过，迄今发现的世界上最早的排箫，是距今 3000 多年的中国西周初期的骨排箫。这个排箫由 13 根长短递减的禽类腿骨制成，于 1997 年在河南省鹿邑县太清宫镇长子口墓出土，现存于河南省博物院。排箫，也有用石头雕琢而成，比如河南淅川下寺一号楚墓出土的石排箫，还是 13 根音管，距今已 2500 年。考古发掘出土的竹排箫，来自战国曾侯乙墓，距今已 2400 多年，依旧是 13 根音管。随着排箫的发展衍变，除了古时由长短不齐的竹管组成，后来也有用长短一致的竹管构成，永陵石刻的吹箫伎和表现大唐风格的陈凯歌电影《妖猫传》中出现的排箫，都是长短一致的竹管。

如果郭沫若考证甲骨文中的"龠"字就是指排箫这种乐器没有争议的话，那么箫产生的时间可以追溯到 3600 年前。然而，后人又称，早在尧舜时代，我国先民就发明了排箫，依据很多。其中，从我国最早的历史文献汇编《尚书》中所记"《箫韶》九成，凤凰来仪（一作'凤皇来仪'）"开始，便认为《韶》乐为帝舜所创，这在后世为人普遍接受和认可。说是舜帝曾于韶山演奏其乐，称之为"韶乐"，箫韶因此而得名。夏、商、周三代帝王均把《韶》乐作为国家大典用乐。记录孔丘十世孙、汉武帝汉景帝时期的儒家学者孔安国生平逸事的《孔安国传》，就说："韶，舜乐名。言箫，见细器之备。"后人据此断定，夏代的乐舞《箫韶》，商代的乐舞《大濩》,主奏乐器便是箫。事实上,唐朝史学家杜佑所著《通典》在谈到乐器篇时也称:"箫,舜所造。其形参差象凤翼,十管,长二尺。"《通典》此说,引自更早的古籍《世本》。

箫,有很多美称,用得最广泛的则是玉箫。在古代中国传说中,最会吹玉箫的人,是夫唱妇随的箫史和弄玉。汉朝开国皇帝刘邦的同父异母弟刘交的后人,汉昭帝汉哀帝时期的散文家、史学家刘向(世称"刘中垒")有部《列仙传·箫史》记载:"箫史者,秦穆公时人也。善吹箫,能致孔雀白鹤于庭,穆公有女,字弄玉,好之,公遂以女妻焉。日教弄玉作凤鸣。居数年,吹似凤声,凤凰来止其屋,公为作凤台,夫妇止其上,不下数年,一旦,皆随凤凰飞去。"关于箫史和弄玉吹箫传情的爱情故事,最传神的解读,则是诗仙李白的《凤凰曲》:

嬴女吹玉箫,吟弄天上春。
青鸾不独去,更有携手人。
影灭彩云断,遗声落西秦。

李白,以诗独步天下,仗剑纵横天涯,总有惊人之语,让人挥之不去。李白此诗中的"嬴女",说的就是秦穆公的爱女弄玉,她吹玉箫犹如仙乐,吟弄天上的春色。关键是她的青鸾并不孤独,也不独自飞去,而是要载着她的爱人,当时闻名天下的吹箫能手箫史,一起携手升天。尽管这对玉箫夫妇升空的情影消失在彩云之中,但是他们灵动的箫声遗韵洒满整个西秦。相传箫史和弄玉,是因吹箫而成为知音,结为夫妻,他们的吹箫演奏技艺达到了"吹似凤声,凤凰来止其屋"的境界,秦穆公专门为此筑了一座高台叫"凤凰台"。

对玉箫之爱,对弄玉之情,李白还有一首同题材的诗,叫《凤台曲》:

> 尝闻秦帝女,传得凤凰声。
> 是日逢仙子,当时别有情。
> 人吹彩箫去,天借绿云迎。
> 曲在身不返,空馀弄玉名。

李白的《凤凰曲》是歌唱爱情,《凤台曲》则是羡慕游仙。和杜甫漂泊潦倒一生不同,李白多是以游侠心态对酒当歌一生,其诗也因此透射着仙气,被后人赞誉为"诗仙"。他歌咏弄玉为吹箫仙子,实际上也是自己向往的生活。

箫史之箫,是雄箫;弄玉之箫,即雌箫。后人还因此以"箫史"泛指一个女子渴望的如意郎君。从刘向《列仙传·箫史》的神话故事,到李白《凤凰曲》笔下的"吟弄天上春",把箫声比喻为一种"仙乐",无非是羡慕箫史和弄玉这对神仙眷侣才能吹奏和享受的美妙音乐。但有一点是肯定的,那就是唐玄宗李隆基推动的大唐音乐鼎盛时代,排箫所生发的乐音美妙无比,犹如人间仙乐。徐克电影镜头里,金庸武侠小说里,频频使用箫声来表达江湖侠客的快意人生,则是今人对箫之"人籁"最贴心的诠释。

箫之悲声苦音,皆在杜牧空锁明月处

《诗经》里说:"箫管齐举,喤喤厥声,箫雍和鸣,先祖是听。"由此可见,箫这种乐器既可独奏也可合奏,一群吹箫的人合奏,而产生的箫之和声,更有震天撼地的效果。这样的壮阔箫声,唐朝诗人杜牧在《寄扬州韩绰判官》一诗中有更生动的描述:

青山隐隐水迢迢,秋尽江南草未凋。
二十四桥明月夜,玉人何处教吹箫。

那是唐文宗大和七年(833)至大和九年(835)间,杜牧出任淮南节度使掌书记,来到唐人称为"扬一益二"的扬州,也就是全国最富饶的扬州,开心得不得了。因为扬州歌姬遍地,尤其是当时当地名胜二十四桥,不论是烟花三月还是中秋八月,常有二十四位美人吹箫于桥上。而扬州的青楼,夜夜都是丝竹之音,楚腰之乐,醉人之舞。"性疏野放荡"的杜牧曾用"十年一觉扬州梦,赢得青楼薄幸名"来形容这段揽着歌姬细腰醉看歌舞轻盈的梦幻日子。只是,《寄扬州韩绰判官》一诗提到的箫,平添了一种怀念的惆怅,透射出一股冷艳的独特意境。因为在扬州为官期间,杜牧有一个好友叫韩绰,二人都爱听扬州歌姬吹箫,经常一下班就跑到二十四桥,争睹二十四位美人吹箫,饮酒吟诗,排忧解闷。可是开成元年(836)秋,已被皇帝调回京师长安担任监察御史的杜牧,再也回不到放荡的扬州时光,他放眼扬州的青山,只是隐隐约约的小黑点。此时,在天子脚下的长安,自己都是监督别人说别人不是的言官,哪里还敢去青楼潇洒地贼喊捉贼。他只能顺着绿水遥想千里之外的扬州,回想二十四桥上的明月夜,那些幽居在内心的吹箫美人,发个感叹:如今又在何处吹箫呢?曾经像熊一样出没于扬州青楼倡家,留下的那些风流韵事,简直还在梦中,且只能是明月和箫造的梦,此刻尽管寂寞空虚冷,却无比思念扬州的热闹和明月下的吹箫之声,于是杜牧起身研墨,提笔写诗,将自己的一汪惆怅寄赠给扬州判官韩绰,以述衷肠。

唐诗中的箫声,以沉郁、低婉、跌宕、苍凉、阴冷、愁苦等特点见长,除了跟中晚唐的战乱不断民不聊生的现实遭遇有关,也跟诗人怀才不遇常被贬官的愁闷情绪有关。唐玄宗李隆基遭遇的安史之乱,堪称分水岭。

在安史之乱之前,孟浩然声名高过李白,也是李白的偶像级好友,朋友很多,常被官府中人捧为座上宾,邀他陪客宴饮,垂钓赋诗。孟浩然在《夏日与崔二十一同集卫明府宅》诗中留下的名句"座中殊未起,箫管莫相催",就传递了和李白歌咏吹箫诗一般的畅快。类似的还有孟浩然写唐玄宗开元年间的宰相姚崇,而诞生的咏箫诗《姚开府山池》:

> 主人新邸第,相国旧池台。
> 馆是招贤辟,楼因教舞开。
> 轩车人已散,箫管凤初来。

今日龙门下，谁知文举才。

而在安史之乱之后，视李白为偶像级好友的杜甫，多次写到的吹箫诗则是悲伤满面。比如杜甫在大历四年（769）创作的《哭韦大夫之晋》，"帘幕疑风燕，笳箫咽暮蝉"最是凄凄惨惨戚戚。当然，杜甫写诗更随心所欲，写箫之悲喜更是看心情好坏。在安史之乱之前的长安，路见不平，感同身受，他的《城西陂泛舟》"青蛾皓齿在楼船，横笛短箫悲远天"，把箫声整得很悲凉。但在安史之乱之后来成都的路上，杜甫又在《成都府》一诗中，用"喧然名都会，吹箫间笙簧"讴歌了他向往的"音乐之都"成都。

把箫之悲音写得更入骨的人，还是人称"小李杜"的杜牧。除了"二十四桥明月夜，玉人何处教吹箫"这个千古绝句，杜牧还有一首叫《伤友人悼吹箫妓》的悲箫诗，让人感怀伤逝。

玉箫声断没流年，满目春愁陇树烟。
艳质已随云雨散，凤楼空锁月明天。

尤其是最后两句"艳质已随云雨散，凤楼空锁月明天"，把明月再也照不亮的伤箫之声，写得疼痛无比。曾经美妙得可以软骨化心的箫声和时光，已经风吹雨打而散，唯有愁苦常驻凤楼和因为凄凉而逐渐坚硬的心。

之后，还能与杜牧的凄凉箫声媲美的诗词，是元代大诗人元好问。他在金泰和五年(1205)赴并州赶考途中,在汾水买双雁葬双雁,而创作的《摸鱼儿·雁丘词》中冒出了很多名句。

问世间,情为何物,直教生死相许?天南地北双飞客,老翅几回寒暑。欢乐趣,离别苦,就中更有痴儿女。君应有语:渺万里层云,千山暮雪,只影向谁去?

横汾路,寂寞当年箫鼓,荒烟依旧平楚。招魂楚些何嗟及,山鬼暗啼风雨。天也妒,未信与,莺儿燕子俱黄土。千秋万古,为留待骚人,狂歌痛饮,来访雁丘处。

元好问,这个名字取得特别好。他也有十万个为什么,喜欢问。写诗作词,尤其是此词,手法和杜牧如出一辙。他借痴情双雁比喻人间儿女生死情,又借汉武帝在汾水一带巡幸游乐总是箫鼓喧天的热闹,映照此时冷烟衰草的凄凉之境,一派萧条冷落。元好问怀想的箫声,如今是字字悲啼。

永陵排箫,排大唐遗音,出释道遗风

箫,在盛唐也有单管箫和多管箫之分。现今单管箫,称"洞箫",古称"笛",在唐代之前通常笛箫不分,在大唐才分开说:横吹为笛,竖吹为箫。晚唐诗人李德裕有诗《雨中自秘书省访王三侍御》云:"王褒轶材晚始入,宫女已能传洞箫。"而多管箫,即指"排箫"。

排箫,盛行于大唐,跟唐玄宗李隆基关系密切。据传,在唐代《十部伎》(又称《十部乐》)中,除天竺、康国外,清乐、西凉、龟兹、疏勒、安国、高昌、高丽、燕乐等部伎都采用了排箫,足见它在当时宫廷音乐中的重要地位。然而,排箫的称呼和名字,最初见于晚唐小说家赵璘的《因话录》。赵璘能写出这部巨著,离不开他与唐玄宗、唐肃宗的远亲关系。赵璘出生于世家大族,为唐德宗时宰相赵宗儒之侄孙,其母柳氏更是关中贵族,母之叔曾祖姑为玄宗婕妤,生延王玢,为肃宗弟兄。由于家世显赫,赵璘多识典故,其小说代表作《因话录》按五音宫、商、角、徵、羽分为五部分。大宋理学家朱熹在《朱子语类·乐》中还专门阐述过排箫,说:"今之箫管,乃是古之笛,云箫方是古之箫,云箫者,排箫也。"后来的《元史》,则更正式地称多管"箫"为"排箫",而把单管箫称为"洞箫"。元代诗人马祖常《送华山隐之宗阳宫》"洞箫吹道曲,云纸写鱼歌",诗中洞箫就是指风行元代的单管"洞箫"。

和多管排列的"排箫"一样,单管竖吹的尺八也是大唐宫廷常用的乐器。尺八,和排箫、洞箫甚至有近亲关系。在大宋淡出宫廷的尺八,悄然走进了民间和佛门寺院,福建南音洞箫便是大唐尺八的一脉后裔。尺八,顾名思义,管长一尺八寸(后来也不局限于此,有长有短),在唐太宗李世民贞观年间常用于宫廷雅乐。尺八音色苍凉辽阔,能表现空灵恬静之意境，其音之妙，我曾有幸在青城山耳闻目睹过青城隐士陈大华的演奏。陈大华是李白故里人，一个当代诗人，只是很少出没于诗歌江湖，他更愿意把自己置身于山谷，在群树环绕的幽静偏僻处，或在雨水洗礼过的古屋石磨盘旁，吹尺八，落唐音。陈大华常常把天地之音关闭于双眼之内，凝固于丹田，然后用嘴悠悠地吹出，用手指从孔洞上抬出，不管是古曲还是自创的新曲，都很让人沉醉，甚至情不自禁跟着他的音符进入全新的音乐世界，仿佛有飘逸回到大唐的错觉。现今传世的大唐尺八很少见了，仅从日本寺庙里能听到这类唐音，爱吹尺八，就有尺八的召唤，陈大华因此还去日本取过经。尺八从大唐流传到日本，源于一个来大宋学习禅宗的日本僧人觉心，他在杭州护国寺学会尺八演奏技法和《虚铃》等尺八乐曲后，回到日本创立了普化宗。带到日本寺庙的尺八，成为一种法器，日本僧人多将尺八吹奏融入修禅，亦称吹禅，或普化尺八。陈大华说，他在道教圣地青城山吹奏的尺八，因此也有吹禅的意味，故常隐身山谷，追寻古音，修身养性。

我曾请教陈大华先生，成都永陵石刻"二十四伎乐"中，为何只有排箫，而无有"洞箫"美称的尺八？他笑得很勉强，说，可能是因为排箫的音色纯美、轻柔、空灵、飘逸，吹出的旋律多数时候显得欢快，更适合于五代前蜀时期的宫廷乐队演奏。

仔细端详永陵石刻吹箫伎，可见手持排箫的她，因盘腿而坐而飘飞的衣袂，略显肥胖而可爱的脸蛋，以及发丝紧扎而圆润的双髻，皆有大唐遗风。她全神贯注抿唇而吹排箫的表情，坐姿和手姿都是端平，她到底会不会摇头晃脑或者只是手指轻移排箫,我就只能想象了。脑海一转动,能跳出"吹罢玉箫春似海,一双彩凤忽飞来",来形容这个吹箫伎的陶醉玉容。或者用大唐诗人王建《故梁国公主池亭》"寂寞空余歌舞地,玉箫声绝凤归天"这两句玉箫诗来感叹前蜀皇帝王建带走了美妙的玉箫声,唯独留下因为无声而寂寞的吹箫伎。

关于皇帝在宫廷听箫的诗,李白绣口一吐就是一组《宫中行乐词》。唐玄宗天宝二年(743)春,李白在长安供奉翰林时,他不仅以一句"云想衣裳花想容"把杨贵妃哄得开怀大笑,也奉诏为唐玄宗李隆基作诗《宫中行乐词》十首,现存八首,其三为:

> 卢橘为秦树,蒲桃出汉宫。
> 烟花宜落日,丝管醉春风。
> 笛奏龙吟水,箫鸣凤下空。
> 君王多乐事,还与万方同。

诗中"还与万方同",一作"何必向回中"。一直有"天子呼来不上船"秉性的李白,原本是一个连天子也不鸟的人。但是,此时人在屋檐下,正给唐玄宗当手下,被逼到宫廷赴宴作诗吹捧天子宫中行乐之事,他也不敢造次,只是用词铤而走险,看似歌颂唐玄宗与万民同乐的天下太平,实则隐含对行乐君王的讽谏。当时,唐宫繁华,举目可见苑林卢橘,抬头皆是宫中葡萄,落日烟花不算迷眼,等到丝管齐鸣才是春风浩荡,横吹的羌笛之声犹如龙吟出水,竖吹的箫管之音仿佛凤鸣下空。够了！你唐玄宗贵为天子，喜欢及时行乐，我能说什么，虽然如今天下太平，这与民同乐的好事不是在十多年后就被安史之乱彻底打乱了吗？

与唐玄宗、唐僖宗一样，当了皇帝就喜欢宫廷乐舞的前蜀皇帝王建，到底只是个粗人，行乐十几年也很快被他们召见到了同一个阴冷世界。前蜀后主王衍，虽然好色喜乐，也还心细，给他老子石刻了包含吹箫伎的"二十四伎乐"，供父皇九泉之下打赏，也给我们用排箫排出了大唐遗风遗音。比王衍更心细的母后花蕊夫人，还用多首宫词记录了皇儿宫中行乐之丝竹绝响。其中，花蕊夫人下面这首《宫词》颇有令人遐想的意境，还拿得出手。

宣徽院约池南岸，粉壁红窗画不成。
总是一人行幸处，彻宵闻奏管弦声。

花蕊夫人笔下的王衍，通宵都在管弦声中浸泡，可见他比唐玄宗李隆基还要疯狂。花蕊夫人另一首直接写箫的宫词"玉箫改调筝移柱，催换红罗绣舞筵"，有一种说法是，实为晚唐诗人王建的《宫词》。其实，花蕊夫人写宫词，就是深受诗人王建的《宫词》影响。况且，她的老公也叫王建，只是在五代十国时期贵为前蜀皇帝罢了。花蕊夫人到底是借用甚至抄袭诗人王建的宫词，或者是后人把诗人王建的宫词强加给花蕊夫人，也不要紧了，因为两个王建如今都不可能起身，跟如花似玉的花蕊夫人争个雌雄。

有道是，坐而言不如起而行。前蜀皇帝王建，在唐亡时称帝取之有道，治蜀也有广纳人才之道，不论三教九流，凡有才者皆用其长，一派昌盛景象。即使是宗教信仰，王建也学唐玄宗李隆基，既尊重道家老子，也厚爱佛门高僧。

有个唐僖宗时代的道门领袖，叫杜光庭，他推崇唐玄宗的《御注道德经》，学其玄旨，撰成《道德真经广圣义》五十卷，"内则修身""外以理国"，囊括无遗。最初，杜光庭只是跟着唐僖宗避乱入蜀主持蜀地道门事务，后来也因王建器重追随前蜀朝廷，获封户部侍郎，赐号"广成先生"，担任成都著名道观"青羊宫"主持，贵为太子之师。王建曾对杜光庭交心惜才，说："昔汉有四皓（东园公唐秉，夏黄公崔广，甪里先生周术和绮里季吴实），不如吾一先生足矣。"可见王建对杜光庭的倚重。前蜀后主王衍继位后，也学王建的恩泽伎俩，不仅以杜光庭为"传真天师"、崇真馆大学士，还加入了道籍，成为名誉上的道士，身体力行在成都弘扬道教文化。王建治蜀期间，因此深受蜀中道教人士敬重，道门领袖杜光庭就因感念王建知遇之恩，而在成都青羊宫和青城山丈人观内供奉有王建真容石像。王建去世后，杜光庭更主持了王建葬礼，刻王建石像置于永陵地宫，以道家思想的"替身""石真"观念代替王建"活着"。

唐末，还有一个诗画双绝的高僧，叫贯休，在乱世入蜀投靠王建，颇得王建赏识。王建对他十分敬重，频频赏赐"龙楼待诏""明因辨果功德大师""三教玄逸大师""守两川僧大师""禅月大师"等一系列殊荣称号，一度高达"食邑三千户"的政治地位。前蜀永平元年（911），成都的东禅院改建为龙华禅院（后名金绳寺，取自《妙法莲华经》句"黄金为绳"之意，现址为成都市第六中学），王建尊重贯休信仰，礼请为住持。入蜀时，贯休曾向前蜀主王建献诗句："河北江东处处灾，唯闻全蜀少尘埃。一瓶一钵垂垂老，千水千山得得来。"此诗，看上去高僧贯休难免俗套，颇有谄媚之词，实则是王建统治蜀地时期的一种求贤若渴的真实写照。在成都深入了解王建为人后，诗僧贯休还多次写诗点赞王建的敬佛德行，其中，《蜀王亲临大慈寺听讲》一诗最是广为人知。此诗作于天祐元年（904），时年72岁的贯休讲经于成都东门大慈寺，王建亲率百官莅临听讲，贯休随口即赞"百千民拥听经座，始见重天社稷才"，以纪其事。大慈寺，在当时是前蜀皇家寺院，王建称帝前曾先后被大唐皇帝册封西平王、蜀王，寺内曾因此建有西平王祠、蜀王祠，由画家绘王建真容及仪仗于祠中。王建称帝后，前蜀宫廷画师又绘制有王建及后妃、仪仗像于大慈寺内。不仅如此，心忠于李氏王朝的王建还命画家绘历代唐朝皇帝及后妃、仪仗像于大慈寺。贯休在蜀圆寂后，其老友齐已禅师除了念念阿弥陀佛，还在《荆门寄题禅月大师影堂》一诗中，用"泽国闻师泥日后，蜀王全礼葬余灰"表述过前蜀后主王衍对贯休的厚葬之礼。

从王建、王衍两代前蜀皇帝对道家高道、佛门高僧的尊敬与厚爱，可见他们垂青的排箫与崇尚的儒释道皆有渊源。而在传承大唐遗音的永陵"二十四伎乐"中，石刻的排箫、贝、铜钹等前蜀宫廷乐器，因此而多了带有佛教法器色彩和道家礼器风味的宗教风骨。

啸叶

风吹树叶，不论春夏秋冬，都可在唐朝随地捡拾一大把名诗。人吹木叶，很多人可能还不知道这是在吹奏一种古老的乐器。

叶黄，经不起风吹，所谓的一叶知秋，必须是一片树叶凋落才知道风的天下归秋。用来吹奏的树叶，则要嫩，最好是春风的剪刀新鲜裁出，衔叶而啸，方知天下皆春。在民间，至今还有人会吹叶，简单的如同吹口哨发出清脆的声响，复杂点可以靠气流在树叶与唇之间的共振吹出鸟鸣声，甚至演奏出一首完整的歌曲。

树叶成为暗器，是武侠小说家神化的事。树叶成为乐器，则是唐朝音乐家坐实的事。不过，树叶容易腐烂，在古代即便能够用作宫廷乐器，也无法当作文物保存下来。在迄今为止出土的文物中，树叶作为乐器用于宫廷乐队，仅见于成都永陵博物馆的石刻"二十四伎乐"之吹叶伎。

风吹大唐，叶才宠为宫廷乐器

吹叶，发声，它的音阶主要靠树叶的振动和气流的控制而产生。作为单簧气鸣乐器，用于吹叶的叶片就是簧片，口腔相当于共鸣箱，演奏者通过嘴唇、口形、舌尖的控制，以及手指按压叶片的松紧等不同技巧，改变叶片的振动频率，吹奏出时高时低、时强时弱的不同声音。演奏前也很讲究，比如先要把树叶清洗干净，将干净的叶片正面横贴于嘴唇，再用食指和中指轻轻贴住叶片背面，让叶片稍高于下唇，最后得用适度的力气吹动叶边，从而使叶片振动发音。吹叶的演奏方法看似简单，实际上很考吹气功力和演奏技巧。当今，也有不借助手指直接吹叶的高手，则更考究吹气的力度。

相传，吹叶最早起源于原始社会，用于拟声捕鸟，或者狩猎野兽。流传至今的吹叶，更多是闲时的自娱自乐。一片抬头即见的树叶，原本不是严格意义上的乐器，难登大雅之堂，古代典籍也少有记载。前些年有一部表现汉武帝刘彻丰功伟绩的电视剧《大汉天子》，出现过东方朔和念奴娇用树叶合奏曲子的画面，不过并无史籍能证明吹叶的叶片在汉朝就成为单独的乐器。即使是西晋傅玄《筑赋·序》中所说的"葭叶为声"，也只能说是较早谈及的"吹叶"之声。而且，此处的"吹叶"还不是把叶当作单一的乐器，仅仅是用于乐器"胡笳"的哨。何为胡笳？李昉等北宋学者编纂的《太平御览》载："笳者，胡人卷芦叶吹之以作乐也，故谓曰胡笳。"大约发明于秦汉时期的胡笳，是将芦苇叶卷成双簧片形状或圆锥管形状，首端压扁为簧片，簧、管混成一体的吹奏乐器。关于歌咏胡笳影响最深远的诗，即汉末才女蔡文姬的《胡笳十八拍》，依旧是把口吹的叶当作簧哨。

我曾实地去考察过山西大同依山开凿的云冈石窟。在这里，我倒是发现了"吹叶"这种气鸣乐器。此地用石头雕刻的"吹叶伎"，嘴含的树叶就是一种单独的乐器了，和吹贝一样用于佛教，属于法器。云冈石窟，堪称天竺佛教自汉代东传在魏晋兴起至北魏兴盛的佛教乐舞石刻艺术结晶。《法华经》曾说："若使人作乐，击鼓吹角贝，箫笛琴箜篌，琵琶铙铜钹，如是众妙音乐，尽持以供养。"云冈石窟的横笛、琵琶、排箫等乐器用于佛教，数量庞大，均达50件以上。吹叶之叶，作为乐器用于佛教的供养或者娱佛、颂佛，尽管数量少，却不可缺少。从西晋傅玄提到的"蕸叶为声"，到北魏用于佛教的石雕"吹叶"，可见树叶衍变成为单独的乐器，走了多年的弯路。虽然这并非唯一路径，但至少有迹可循。

吹叶，真正在宫廷乐队中占有一席之地，成为不可或缺的宫廷乐器，则是在音乐文化最为炽盛的唐朝。一阵阵西域乐舞文化大风沿着丝绸之路不断吹向长安，随着中西音乐交流日趋频繁，吹叶才在唐朝音乐界真正流行开来，让叶成为宫廷乐队必备的新的吹奏乐器，进入史册。《全唐诗·相和歌辞》序，提到"清商曲"15种乐器时，就说"唐又增吹叶"。也就是说吹叶之叶在唐朝才被列为新增宫廷乐器。曾在唐德宗时期官拜宰相的史学家杜佑，在《通典》中还记载："叶，衔叶而啸，其声清震。橘柚尤善。或云卷芦叶为之，形如笳首也。"杜佑将吹叶列入"八音（金、石、丝、竹、匏、土、革、木）"之外的三种宫廷乐器之一。后来的"吹叶"，又因此而叫"啸叶"。

吹叶所用的树叶或者芦苇叶，在盛唐身价倍增，受到隆重礼遇，离不开大唐第一作曲家唐玄宗李隆基的双手推动。唐玄宗在为爱妃杨玉环改编创作《霓裳羽衣曲》后，每逢宫廷演奏，均有吹叶乐工伺候。

唐玄宗天宝年间的进士，后来官至郢州刺史的诗人郎士元，就用《闻吹杨叶者》二首描写过吹叶这种盛行于唐的乐器。

> 妙吹杨叶动悲笳，胡马迎风起恨赊。
> 若是雁门寒月夜，此时应卷尽惊沙。
> 天生一艺更无伦，寥亮幽音妙入神。
> 吹向别离攀折处，当应合有断肠人。

《闻吹杨叶者》是七律，所写乐伎吹的是杨柳叶。作为"大历十才子"之一，郎士元尤其擅长五律，与钱起齐名，世称"钱郎"，时有"前有沈宋，后有钱郎"的美誉，留下过"车马虽嫌僻，莺花不厌贫"（《送张南史》）等佳句。其诗风"闲雅"，凝练浑厚，真切自然。吹叶，原本发声清脆，在唐朝宫廷的清乐、燕乐中使用，清新而欢快，多是一抹亮色。不过，郎士元笔下的吹叶非要往悲声里深陷。"雁门寒月夜""尽惊沙""断肠人"这些想象的意境，构成了他内心的悲壮激越。好在他连用了两个"妙"字，来形容吹叶的发声之美，如"寥亮幽音"。

而在唐朝用芦苇叶"吹叶"，也有诗人张籍的七言古诗《牧童词》记载："隔堤吹叶应同伴，还鼓长鞭三四声。"唐代中后期诗人张籍是诗圣杜甫的骨灰级粉丝。他曾因为迷恋杜甫诗歌，把杜甫的名诗一首一首烧成灰，然后拌上蜂蜜，每天早饭吃三匙，并给自己新写的诗打气："吃了杜甫的诗，我便能写出和杜甫一样的好诗了。"张籍这首《牧童词》的确继承了杜甫的政治讽刺诗衣钵，白描的是吹叶人吹芦叶的放牧生活，讽刺的是唐代宗、唐德宗统治时期内战频繁，不仅牛瘦人饥让人心难安，而且牲畜也要承受空前沉重的徭役负担，时有"饥乌啄牛背"的情况发生。吹芦叶之歌的牧童，其实吹奏的是一曲哀歌。

"读书不觉已春深，一寸光阴一寸金。"目睹唐亡和蜀灭的晚唐诗人王贞白，年少吟诵的这个诗句已成传世名句，他的另一首诗《芦苇》虽然鲜为人知，却也描绘过五代十国时期的吹叶之声，"穿花思钓叟，吹叶少羌雏"。

吹叶一姐，当指绝代美女苏小小

历史上因为吹叶而真正成为名人的人，当属古代中国第一美女苏小小。"苏家小女旧知名，杨柳风前别有情。剥条盘作银环样，卷叶吹为玉笛声。"白居易曾用八首《杨柳枝词》追记过这位南北朝齐时期能书善诗貌绝青楼的钱塘名伎,并把唐人吹叶之音比作玉笛声。后人因此把"吹叶"美誉为"叶笛"。

那是822年至826年之间,白居易先后到苏杭任职杭州刺史、苏州刺史。在杭州任职期间,白居易并非世人传说的成天泡妞,跟樊素和小蛮等一众歌舞伎打成一片,浪迹青楼。当时,杭州一带的农田经常受到旱灾威胁,官吏们却舍不得利用西湖水灌田,白居易力排众议,发动农民工加高湖堤,修筑堤坝水闸,增加湖水容量,一手解决了钱塘(今杭州)、盐官(今海宁)之间数十万亩农田的灌溉问题。

"若解多情寻小小,绿杨深处是苏家。"传说苏小小死后就葬于西湖西泠桥畔,白居易当年就在这一带踏访过苏小小遗迹,仰慕得紧。2010年,在杭州西湖西泠桥畔的杨柳深处,我曾因为白居易写苏小小这首诗寻访过隐身于此的钱塘苏小小之墓,此墓在西湖区北山街与孤山路交叉口,西有武松墓,离著名的苏堤很近。此处的苏小小墓当然是衣冠冢。据说明代书画家徐渭来西湖凭吊时,苏小小墓尚还完好,到清代雍正年间郑板桥再去西湖西泠桥畔却遍寻不见小小埋玉处,但因乾隆皇帝圣驾南巡杭州询问过苏小小墓,西泠桥畔又一次出现上刻"钱塘苏小小之墓"的石碑。苏小小毕竟是一代歌伎,其墓多次消失自有主政者拿捏的分寸。20世纪60年代,则是苏小小墓距今最近的一次毁墓灭迹。到了2004年,杭州再次考究原址复建,后人在新的苏小小墓上复建"慕才亭",为前来吊唁的人遮风挡雨。如今的慕才亭,由六根四方石柱支撑,刻有

"千载芳名留古迹,六朝韵事著西泠""灯火珠帘尽有佳人居北里,笙歌画舫独教芳冢占西泠""烟雨锁西泠剩孤冢残碑浙水咽余千古憾,琴樽依白社看明湖翠屿樱花犹似六朝春"等十二副楹联。远眺慕才亭下的苏小小墓,西湖沿岸的杨柳似乎比别处的柳条垂得更低一些,像是在哀叹苏小小过早终结一生的凄婉身世。

"妾乘油壁车,郎骑青骢马。何处结同心?西陵松柏下。"(作者注:西陵,西泠桥畔一带的古名,又称西村。)苏小小死后,就有《苏小小歌》这首南朝乐府五言诗(一说南朝民歌)在民间广泛流传。年芳十九就魂飞魄散的苏小小,在历代名人凭吊的诗文基调中,不是绝代美女红颜命薄,就是千古垂怜的《同心歌》。最为脍炙人口的歌咏苏小小诗,是元代诗人杨维桢创作的《西湖竹枝歌》九首其一:"苏小门前花满株,苏公堤上女当垆。南官北使须到此,江南西湖天下无。"此诗甚至把苏公苏东坡放在苏小小之后,可见她的才名对当时文人影响之大。

有意思的是,在李贺、李商隐、温庭筠、张祜、司马櫗、徐渭等文人的诗词中,苏小小多是歌伎,或是能打拍板、精于诗词的才女,唯有白居易笔下的她还是一代吹叶高手。"六幺水调家家唱,白雪梅花处处吹。古歌旧曲君休听,听取新翻杨柳枝。"从《杨柳枝词》八首其一可知,白居易写此时最流行的吹叶曲,是改编自《汉乐府》的《杨柳枝》新声。《杨柳枝》此调本为隋朝词曲,后在唐玄宗开元年间入教坊曲,被白居易、刘禹锡翻为新曲。此诗其六"剥条盘作银环样,卷叶吹为玉笛声"，不仅交代了唐朝制作吹叶的方法，还传递了酷似玉笛声的吹叶之音。"人言柳叶似愁眉，更有愁肠似柳丝。柳丝挽断肠牵断，彼此应无续得期。"此诗其八，则暴露了老白的浪子情怀，看得出身边的吹叶伎并不如传说中的苏小小那么令人神往，心情由喜转悲。

不过这段苏杭为官之行，白居易还是从江南青楼带走了两个让自己垂涎很久的家伎，就是后来千里迢迢带回东都洛阳的樊素和小蛮。樊素善歌，小嘴长得艳若樱桃。小蛮善舞，细腰纤纤似杨柳。她们俩留名青史，皆因白居易写诗垂青。"两枝杨柳小楼中，袅袅多年伴醉翁。"她们善唱《杨柳枝》曲，所以白居易在《病中诗》十五首中美称"两枝杨柳"。

只是，要在白居易心中占据吹叶一姐的高位，还轮不到樊素或小蛮，当是杭州绝代美女苏小小。我不太明白的是设计者或造墓者，为何选了十二副辞藻华丽的楹联或讴歌或哀叹苏小小的一生，却放弃了白居易这首以吹叶视角写出苏小小人生新意的古诗。因为此诗中的苏小小，就像并未走远的邻家姑娘一样亲切。

她一吹叶，情圣李商隐就醉了

或许，每个人眼底皆有一个貌美无敌的吹叶高手。给白居易写过墓志铭的诗坛后生李商隐，就更钟情于他的初恋情人柳枝。她一吹叶，情圣李商隐就醉了，醉了多年才清醒。

李商隐是继杜甫之后唐代七言律诗发展史上的第二座里程碑。在清朝乾隆年间进士孙洙编选的《唐诗三百首》中，李商隐被选入的诗作排名第四，数量仅次于杜甫（38首）、王维（29首）、李白（27首）。这部唐诗选集在中国家喻户晓，李商隐因此赢得的后世声名甚至高于白居易。事实上，白居易生前最敬佩的唐朝诗人如果排个三甲，首选偶像李白，次选新锐李商隐，最后才会选老友元稹。甚至，白居易还对李商隐说过这样自叹不如的话，等我死后，若能投胎做你的儿子就好了。可见老白对小李诗才之望尘莫及。

除了官运不如白居易，李商隐在爱情方面尤其是写爱情诗方面可以远超乐天。堪称唐朝诗人中第一情圣的李商隐，用情至深，多体现在他的绝世凄美情诗里。

李商隐暗恋的第一个美人，是他用整整五首五言诗寄情的《柳枝》女主角柳枝。此女是晚唐洛阳的著名歌女，出生于商人家庭，年仅17岁就已擅长吹叶这种独特的音乐，可奏"天海风涛之曲"，可吹"幽忆怨断之音"，常使听者荡气回肠，闻声大震。

在《柳枝》五首序文中，李商隐有这样描写柳枝善吹柳叶的文字："柳枝，洛中里娘也。父饶好贾，风波死于湖上。其母不念他儿子，独念柳枝。生十七年，涂装绾髻，未尝竟，已复起去，吹叶嚼蕊，调丝撅管，作天海风涛之曲，幽忆怨断之音。"此外，李商隐自述与柳枝乃邻居，遗憾二人不是门当户对的家庭，他就没敢掏出勇气追求她。对于这个曾以罗带乞诗的姑娘，擅长写诗的李商隐尚未兑现承诺，她就已经出嫁。真是爱不说出口,含蓄害死人。时常走进李商隐梦中的奇女子柳枝终被命运捉弄,后来不是充入后房,就是沦为歌伎,弄丢了爱情和自由。而在自己真正失去才貌双全的柳枝后,李商隐才抓紧铺纸研墨,专门写诗相思,聊以自慰。可是,一切都晚了,兑现她乞诗的承诺来得实在太迟,一经错过,已如隔世。

要读懂李商隐这场爱情悲剧,必须细读《柳枝》全诗:"花房与蜜脾,蜂雄蛱蝶雌。同时不同类,那复更相思。本是丁香树,春条结始生。玉作弹棋局,中心亦不平。嘉瓜引蔓长,碧玉冰寒浆。东陵虽五色,不忍值牙香。柳枝井上蟠,莲叶浦中干。锦鳞与绣羽,水陆有伤残。画屏绣步障,物物自成双。如何湖上望,只是见鸳鸯。"五首连发,一气呵成,是李商隐的偿还,也是他的无奈宣泄。有爱不敢说出来,李商隐败给了暗恋。"此情可待成追忆,只是当时已惘然。"李商隐后来在《锦瑟》诗中写下的这个千古名句,虽然没有明指是谁,用在柳枝身上却是最为恰当。

吃一堑,长一智。吃了爱情亏的李商隐,终于明白,爱一个人不能停留在内心的湖底徘徊,哪怕人开不了口,至少要让字在纸上说话,换句话说就是要快递情诗。但是,李商隐亲手种下的第二颗爱的种子,会发芽并且开花吗?这一次,女主角不再是吹叶的歌女,而是修道的宫女。背景是唐文宗大和九年(835)前后,年轻敢为的唐文宗不甘为宦官控制,和李训、郑注策划诛杀宦官,试图夺回皇帝丧失的权力,他以观露为名,将宦官头目仇士良骗到禁卫军后院,欲斩杀而后快。

意外的是，此举却被仇士良发觉，于是双方激烈火拼，结果李训等一众朝廷重要官员被宦官杀死，相关官员家人也受到牵连，惨遭灭门高达千余人。长安城发生的这次震撼朝野的政变，史称"甘露之变"。此时，彷徨中的李商隐决定到玉阳山去"学仙修道"，换口新鲜空气。避世大约四年，李商隐结识了跟随公主在此入道的宫女宋华阳，二人一见钟情，如同烈火点燃了干柴。

"偷桃窃药事难兼，十二城中锁彩蟾。应共三英同夜赏，玉楼仍是水精帘。"一首《月夜重寄宋华阳姊妹》烫手而出，直抵已是女道士的宋华阳玉手。从暗恋到明恋，李商隐不再畏手畏脚，而且有玉手不到手誓不罢休的气魄。"沦谪千年别帝宸，至今犹谢蕊珠人。但惊茅许同仙籍，不道刘卢是世亲。玉检赐书迷凤篆，金华归驾冷龙鳞。不因杖屦逢周史，徐甲何曾有此身。"李商隐这首《赠华阳宋真人兼寄清都刘先生》再次出手，据说宋华阳就心墙破裂，坠入情网。有野史更夸张地说，宋道士还怀了孕，李商隐因为破坏清规被逐下山。短暂欢愉，无望永好，李商隐又结爱情的伤疤。"昨夜星辰昨夜风，画楼西畔桂堂东。身无彩凤双飞翼，心有灵犀一点通。隔座送钩春酒暖，分曹射覆蜡灯红。嗟余听鼓应官去，走马兰台类转蓬。"如今可查李商隐写给宋华阳的情诗较多，但若说美妙绝伦，则是这首无敌的《无题》，尤其是"心有灵犀一点通"可谓打通了古今爱情的任督二脉。最初就得不到，只能算遗憾。刚得到又失去，更痛心疾首。"春心莫共花争发，一寸相思一寸灰。"彻底失去宋华阳后，李商隐那痛到麻木的愁肠翻腾出了最强相思，呐喊出了又一个绝句中的绝句。

也许是对这段爱情过于伤心，后来的妻子王氏走进李商隐为官不畅的生活，就少了许多激情，多了几分悲情。按照常理，他的妻子是节度使大人王茂元的女儿，本该是事业有成、家庭幸福、祝福纷至沓来的局面，可是这个婚姻让李商隐无端卷入一场党争，成为岳父大人和政敌令狐楚（也是李商隐出道的恩师）的政治斗争牺牲品，不断被贬官外放，导致丈夫长期不在妻子一丈之内。两地分居，聚少离多，持久的异地恋，反复催生李商隐骨子里就要贫血的内疚之情。"君问归期未有期，巴山夜雨涨秋池。何当共剪西窗烛，却话巴山夜雨时。"从《夜雨寄北》开始，李商隐的爱情诗变得越来越凄美。

唐宣宗大中五年（851）夏秋之交，妻子王氏突然病逝，李商隐才感到所有的动脉和静脉里只剩下两个字：悲痛。这年冬天，他应柳仲郢之辟，从军赴东川治所梓州（今四川三台县）。"剑外从军远，无家与寄衣。散关三尺雪，回梦旧鸳机。"就在赴蜀途中，一身酸楚疼痛的李商隐想到来不及奔丧又要离家远行，满地大雪化成了他的凄美诗：《悼伤后赴东蜀辟至散关遇雪》。

"相见时难别亦难，东风无力百花残。春蚕到死丝方尽，蜡炬成灰泪始干。晓镜但愁云鬓改，夜吟应觉月光寒。蓬山此去无多路，青鸟殷勤为探看。"我更倾向于相信，李商隐这首最经典的情诗《无题》就是写给亡妻王氏的。

我最感遗憾的，不是李商隐当年的最美情诗无情人看，而是李商隐念念不忘的柳枝所吹之叶，只留其诗，难留其叶。

这也正是树叶的尴尬，即使它贵为乐器也容易腐烂，无法当作文物保存下来。

前蜀吹叶，整个大唐的休止符

成都永陵博物馆的王建棺床"二十四伎乐"之吹叶伎，能幸存下来，成为见证唐五代宫廷乐队的一种乐器，则要多亏成都的石头和前蜀的刻工，成就1100年前那惊世的浮雕。

这个位于王建棺床西六的吹叶伎，盘腿端坐，闭唇鼓腮，神情一直专注于吹叶，仿佛进入忘我之境。她跟今人多用双手按唇而吹的吹叶手法略有不同，是右手横拿一片树叶衔于唇边，按唇的食指和中指有点像我们今天留影惯用的"OK"手势。有考古研究专家说，这个吹叶伎的左手实际上还拿有几片叶子，以备演出时及时调换。这个五代前蜀时期的石像如此生动地记录前蜀宫廷乐伎吹叶的形象，就是因为用于吹奏乐器的叶子容易损坏，乐伎必须多备树叶以便随时以新换坏。这个入微细节，也表明吹叶伎在蜀宫演出的逼真和重要，至少她的吹奏会贯穿整个宫廷乐队的整场演出任务。

一片树叶与秋风相遇，可能只是微不足道的落叶。一片树叶与君王相逢，却能注解宫廷的嘹亮幽音，成为泥土和时间都无法抹去的乐器。在永陵棺床"二十四伎乐"中，独一无二的石刻吹叶伎，就因她是前蜀皇帝王建的陪葬品，吹亮了自己。唐朝皇帝享用的吹叶伎，虽无实物可寻，却也能在众多古籍中找到她们列席唐朝宫廷乐队的靓丽身影。比如,唐朝史学家杜佑在其所撰《通典》一书中就有记载:清乐伎"乐用钟一架,磬一架,琴一,一弦琴一,瑟一,秦琵琶一,卧箜篌一,筑一,筝一,节鼓一,笙二,笛二,箫二,篪二,叶一,歌二。"当然,这仅是唐朝吹叶伎的一种演出编制。演出规模越大,吹叶伎也会增多。《旧唐书·音乐志》记述的宫廷音乐,有"叶二歌二"一说,表明唐朝宫廷乐队中有吹叶乐工二人、歌手二人。

我曾细读王建爱妃花蕊夫人的系列宫词,她写的宫廷乐器很多,能找到她写叶的诗句不少,比如"细风欹叶撼宫梧,早怯秋寒著绣襦""早春杨柳引长条,倚岸沿堤一面高",却并未发现她的吹叶诗句。或许跟吹叶的另一个寓意有关。唐人樊绰有《蛮书》提到云南一带少数民族的吹叶风俗,大意是说:"少年子弟暮夜游行间巷,吹壶芦笙或吹树叶,音韵之中,皆寄情言,用相呼召。"从此可见,早在唐代,我国少数民族地区就用吹叶来传情达意,表达爱情讯号。"吹木叶要趁叶子青,谈恋爱要趁年纪轻。"民间吹叶求爱,当然无所顾虑,至今还有大唐遗风吹向苗族等少数民族的青年男女。在前蜀宫廷吹叶,吹奏的尽管多是欢快的音乐,吹叶伎却不能在宫中传递爱情,除非君王临幸。花蕊夫人没有在宫词中提到吹叶之妙音,似乎也在回避宫闱男女之情的禁忌。

在王建去世1100周年的今天,芙蓉花又一次开满了锦官城。再去回看千年之前的石刻吹叶伎,她若是活人,仅一叶宫目,在地宫低处能看到有限的银杏落叶,显然望不尽锦城遍植的芙蓉花。然而，那一片石质绿叶却胜过万花红遍之美。因为，就在1100年前她被前蜀工匠雕刻成"吹叶伎"那一刹那，整个唐朝才算有了一个完整的休止符，迄今举世无双的春宵一刻。蜀地大宋文豪苏轼说过，"春宵一刻值千金，花有清香月有阴。歌管楼台声细细，秋千院落夜沉沉"。

吹贝

"小螺号,嘀嘀嘀吹,海鸥听了展翅飞。小螺号,嘀嘀嘀吹,浪花听了笑微微。小螺号,嘀嘀嘀吹,声声唤船归啰……"几乎每个70后甚至80后的童年,都曾被《小螺号》这首儿歌吹亮。我至今还能在这首反复哼唱的儿歌记忆里,找回自己的天真与活泼。当时,只知道小螺号是一种乐器,可以吹出动听音乐,而且就来自大海。大海,对于生于深山峡谷的我而言,在童年几乎是可以冲破大脑皮层的强烈向往。

后来,终于去了大海,却发现海滩上被海水卷来的海螺,不是每一个都可以吹出嘀嘀嘀或者呜呜呜的美妙童音。最多能证实小螺号是海螺的一种。来到成都求学以后,一个偶然的机会,我参观了成都永陵博物馆,永陵地宫棺床上的石刻"二十四伎乐"给我极大的冲击力,尤其是手持螺口、两唇紧贴吹嘴的吹贝伎,让我对童年爱不释手的小螺号有了全新认识。

永陵石像上,诞生于五代前蜀期间的吹贝伎,其貌似海螺的贝大有来头。它源自印度，早在中国北魏时期就盛行于宫廷，在唐朝更是宫廷乐队常用的唇簧气鸣乐器。

贝，从贝壳到法器

东汉人许慎在《说文解字》称："贝，海介虫也。居陆名猋，在水名蜬。象形。古者货贝而宝龟，周而有泉，至秦废贝行钱。"从此可知，贝是大海里的动物，而且曾作为货币（又称"货贝"）通用于民间。

从骨刻文到象形字"贝"，可见"贝"是贝类动物的贝壳，后来泛指螺的贝壳。螺贝，就因用海螺壳制作而得名，也称"螺""海螺"等名。古人磨去螺壳尾端作吹口，螺腔为共鸣器，用双唇为簧吹奏，贝或者螺贝、海螺就成为可以吹奏的乐器。

古代的螺（或称"贝"），也是佛教的法器。用于法器的螺，也称法螺，梵文为"Sankha"。螺，汉语称为贝、梵贝、螺号、法螺、法蠡、玉蠡、玉螺，藏语称为东嘎、统嘎、董嘎尔等，今人作为普通乐器使用时常常称为螺号或者海螺，一般只有用于佛教仪式时才称为法螺。法螺，还是藏传佛教的"八瑞相"之一，喇嘛寺必备的法器。

法螺，这种佛家乐器起源于天竺（今印度），在南北朝时期随着佛经一同传入中国，并在北魏时期就常用于宫廷演奏。现今，位于山西大同堪称皇家风范佛教艺术宝库的云冈石窟，就雕刻有北魏时期的吹贝乐伎（又称"吹螺乐伎"）形像。历经北魏、东魏的杨衒之在《洛阳伽蓝记》卷五记述了神龟元年（518），胡太后遣崇立寺比丘惠生去向西域取经的故事。惠生是比玄奘（唐僧）还要早去西行取经的高僧，说惠生初入乌场国（另译为乌苌国，梵文 Uddiyana，Udyana，地理位置相当于今巴基斯坦西北边境省斯瓦特县）就看到了令人震撼的"吹贝"礼佛仪式，"国王精食，菜食长斋，晨夜礼佛。击鼓、吹贝，琵琶、箜篌、笙箫备有，日中已后，始治国事"。惠生取经归来之后，洛阳很快成为一个佛寺林立、梵音袅袅的佛教圣地，甚至在多地开窟雕刻佛像。然而因为兵变，北魏分裂为东魏和西魏，洛阳城内外的上千座佛寺在战火中被毁大半。547年，杨衒之重返洛阳，目睹了洛阳崇佛的兴衰，眼前是：城郭崩毁，宫殿倾覆，寺观灰烬，庙塔废墟……杨衒之触景生情，奋笔疾书《洛阳伽蓝记》，以让后人牢记洛阳佛寺盛衰这段历史。书名中的"伽蓝"二字，是梵语"僧伽蓝摩"的简称，代指佛寺。

在隋朝《九部乐》和唐朝《十部乐》中，法螺皆已作为宫廷乐队演奏配器使用，散见于西凉、龟兹、天竺、扶南、高丽诸国乐部。北宋音乐理论家陈旸在《乐书》中说："贝之为物，其大可容数升，蠡之大者也。南蛮之国取而吹之，所以节乐也。今之梵乐用之，以和铜钹，释氏所谓法螺，赤土国吹螺以迎隋使是也。"

金绳界宝地，珍木荫瑶池。

> 云间妙音奏,天际法蠡吹。

相传李白这首名叫《舍利佛》的诗,提到的法蠡,就是法螺。有唐诗研究专家称,此诗是否为伪作存疑。有人还因此把此诗的作者,安排给了隋代的无名氏。无名氏,就是说不知道此诗作者是谁。但是,《旧唐书·音乐志》载:"贝,蠡也,容可数升,并吹之以节乐,亦出南蛮。"说明,唐人爱把用于佛教音乐的贝(法螺)称为"法蠡"。而从此诗风格和大唐宫廷乐舞风格看,我以为五言诗《舍利佛》更像是出自李白的飘逸手笔。因为酷爱音乐也亲道近佛的唐玄宗李隆基,喜欢广纳外域音乐,甚至亲自教梨园弟子唱作法曲,壮大宫廷乐队。他时常在宫中命人吹螺,在长安供奉翰林的李白就因此常被招之即来作诗附和。事实上,唐玄宗创作的《霓裳羽衣曲》,就是一首大唐法曲。此曲,改编自河西节度使杨敬述进献的天竺《婆罗门曲》,并且直接吸收了印度风味的音调。

作为当时世界上国力最强的大唐,不论是李世民的贞观盛世还是李隆基的开元盛世,皆有万朝来拜进献国礼的气象,都很推崇佛教文化的太宗、玄宗,自然收到法螺等重要国礼。即使因安史之乱而大伤元气的唐德宗贞元年间,即贞元十七年(801),也有南方骠国(今缅甸)进献乐器,该国献给德宗的玉螺以及乐曲,大都与佛教有关。白居易曾在《骠国乐》诗中提到玉螺这种佛教法器:"玉螺一吹椎髻耸,铜鼓一击文身踊。"

白居易这首诗很长,起句"骠国乐,骠国乐,出自大海西南角",则以童谣般的歌声说明玉螺实为海螺。"德宗立仗御紫庭,黇纩不塞为尔听",写的是德宗的威仪。紧接着的"玉螺一吹椎髻耸",是说充当吹螺乐伎的雍羌之子(一作弟)舒难陀两唇紧贴螺口吹嘴,一吹出玉螺之声,发髻就耸立起来,尽管形容稍显夸张,但也把吹奏者用力鸣器的神态刻画得栩栩如生。铜鼓一响,"珠缨炫转星宿摇,花鬘斗薮龙蛇动"更是令星宿摇、龙蛇动。白居易是擅长写乐器的诗坛高手,不论是《琵琶行》还是《骠国乐》,总是如此传神,总是如此夸张。

贝,是唐诗裂开的经文

正因为多个唐朝皇帝对外域音乐文化的广泛吸纳,中外音乐交融的景象遍布朝野,大唐诗人们才得以大开眼界,各种乐器诗层出不穷。

其中,写贝或者写螺的诗,虽然不如笙、箫、笛、篪那么多,也没有白居易把琵琶写成千古绝响的经典佳作,但也留下了这种音乐文化交流的厚重印迹。

最对我的口味、与贝有关的诗,是有着"诗囚"之称的孟郊,写的《赠文应上人》(一作《赠高僧》),看似漫不经心,却是勾勒出一个无比清新的画面:

栖迟青山巅,高静身所便。

不践有命草,但饮无声泉。

斋性空转寂,学情深更专。

经文开贝叶,衣制垂秋莲。

厌此俗人群,暂来还却旋。

  与贾岛齐名,被苏轼点赞为"郊寒岛瘦"的孟郊,属于中唐时期的重要诗人,诗风追求复古思潮的杰出代表。现存诗歌说是不多,也有500多首,以短篇的五言古诗居多,代表作有《游子吟》,此诗中的"慈母手中线,游子身上衣"极具画面感,至今脍炙人口。孟郊属于大器晚成的诗人,性格孤僻,命运坎坷,两试进士而不中,46岁奉母之命第三次应试才考中进士。然而仕途多蹇,晚年丧子,加上生活贫困,孟郊的诗因此而多是充满中下层文人穷愁困苦的情绪,反映现实生活,追讨贫富不公。另一首代表作《寒地百姓吟》,有一句"寒者愿为蛾,烧死彼华膏",可以说,孟郊是继杜甫之后又一个用诗歌揭露社会贫富不均、苦乐悬殊矛盾的诗歌战士。

  当然,孟郊还是一个对血浓于水的亲情低调歌咏的诗人。比如,写母子之爱的《游子吟》,写父子之爱的《杏殇》,写夫妻之爱的《结爱》,都是孟郊用诗句白描亲情的感人至深的佳作。孟郊成名,离不开好友韩愈的大力推荐,他是韩愈倡导的唐代古文运动的骑兵,韩愈曾在《荐士》诗中用"横空盘硬语,妥贴力排奡"表达对孟郊诗才的赞赏。孟郊写诗还有一个特点,喜欢抠字眼,他的《送卢郎中汀》"一生空吟诗,不觉成白头",就述说了自己对诗的痴迷和专情。而出现

"贝"字的《赠文应上人》这首诗,依旧可见孟郊的白描功底。"经文开贝叶,衣制垂秋莲",短短十个字,就描出一幅得道高僧醉心于诵经念佛的生动画面。此刻,刻在贝叶上的经文到底是什么经,让人浮想联翩。"不践有命草,但饮无声泉",则是借助高僧的恬静生活,生发自己贫困生活遭遇的共鸣。

孟郊此诗中提到的"贝",属于贝叶经。而从天竺(今印度)流传于唐朝被称为法螺的法器"贝",不仅游走于宫廷,成为皇帝妃子们享乐的吹奏乐器,而且广泛运用于民间佛教文化极其鼎盛的千寺万庙。

呜呜呜……在寺院里吹出的法螺之声,格外空阔而庄严。《不空羂索神变真言经》说:"若加持螺,诸高处望,大声吹之,四生之众生,闻螺声灭诸重罪,能受身舍己,等生天上。"其实,法螺作为佛教高僧举行宗教仪式时用于吹奏的一种唇振气鸣乐器,由来已久。传说释迦牟尼在鹿野苑初转法轮时,帝释天等曾将一只右旋白海螺献给佛祖,从此右旋白海螺即作为吉祥圆满的象征在佛教中广为应用。杨衒之《洛阳伽蓝记》记载,乌场国有早晚吹法螺以礼佛的习俗。北魏时期的洛阳,受此影响,一度梵音缭绕,成为佛教圣地。而在唐高宗李治时代,大唐蓝谷沙门慧祥所著《广清凉传》,则是一本关于五台山传承印度大乘佛教主要经典《华严经》(全称"《大方广佛华严经》")的最早专著,此书记录五台山大孚灵鹫寺启建法会时,即以法螺、箜篌、琵琶齐奏。从《洛阳伽蓝记》到《广清凉传》相互印证,可见用于佛寺法会的唐朝乐器众多,不仅有法螺,还有箜篌与琵琶。法螺作为乐器,随印度传入中国，迄今不论是藏传佛教还是汉传佛教，甚至在中国的蒙古族、满族、纳西族、傣族等民族中均被广泛采用。那些从贝壳上裂开的经文，在华夏大地召集内心不安的人，让贝成为很多人安静内心的至宝。而在信仰者的心中，闻听吹贝之音，众生皆可消除罪孽，往生西方极乐世界。

渴望在寺院听贝之音，这种信仰，在唐诗中的《题法华寺五言二十韵》可以精准找到唐人的印记。此诗，出自当过宰相的诗人李绅之手笔。此诗最后几句，写出了唐人在寺院里诵经念佛，垂听吹贝之音的场景："贝叶千花藏，檀林万宝篇。坐严狮子迅，幢饰网珠悬。极乐知无碍，分明应有缘。还将意功德，留偈法王前。"李绅与元稹、白居易交游甚密，也是新乐府运动的参与者。他最著名的诗句，是《悯农》诗二首其二："锄禾日当午，汗滴禾下土。谁知盘中餐，粒粒皆辛苦。"一句"粒粒皆辛苦"，浅显易懂，直击人心，传达了李绅心系天下苍生的情怀，虽有说教的味道，但也是意蕴深远的格言。这也是李绅亲近佛教文化时常出没佛门，而透射出的"利益众生"的佛家善缘思想。

然而，人生如梦，万法皆空，一樽还酹江月。对于侍奉过唐高宗李治、武则天、唐中宗李显的三朝元老沈佺期来说，更是不堪回首的梦。他18岁考中进士，就一飞冲天成为皇帝秘书，进入唐王朝的最高权力圈子，跟随皇帝出巡做一些应制诗文，以歌时世。后来一度官至中书舍人，贵为太子少詹事，连太子家务事都可管理，让人羡慕，也让人眼红。很快，沈佺期就遭遇了被人弹劾贪污，甚至被众人纷纷落井下石这种揪心事。受到排挤下放,无人求情帮扶,沈佺期很长一段时间只能将一片冰心藏玉壶。这种无处申冤无人说话的苦楚,沈佺期后来在《被弹》一诗中留下心迹,"万铄当众怒,千谤无片实。庶以白黑谗,显此泾渭质"。而在担任太子少詹事时,沈佺期做过一个梦,这个梦跟传说中的贝叶经有关。为此,他还专门写了一首诗,叫《奉和圣制同皇太子游慈恩寺应制》:

> 肃肃莲花界,荧荧贝叶宫。
> 金人来梦里,白马出城中。
> 涌塔初从地,焚香欲遍空。
> 天歌应春籥,非是为春风。

明明是陪唐中宗时期的太子游慈恩寺,沈佺期看见法器听见梵音却走了神。在庄严肃穆的佛门圣地,金碧辉煌的菩萨面前,沈佺期做的梦,是金人来侵扰大唐边疆,他骑着白马出城迎战……这个梦,缘起于沈佺期是一个典型的佛教徒,唐时的众多塔寺,他都一座一座虔诚地烧过香,求过菩萨。在沈佺期看来,这个梦来自天上的神灵谕示,而且是菩萨被他的诚心打动的结果。《金刚经》说:"一切有为法,如梦幻泡影。"尽管沈佺期明知是梦,但他找到现实遭遇带不来的寄托,也就是佛教说的"以假为真"。显然,慈恩寺中的法器"贝"之音,又一次裂开经文,打开了沈佺期一度内心阴寒的敞亮之门。

在唐诗中,写"贝"的诗,也有苦分分的作品,即杜甫在 500 字超级长诗《寄岳州贾司马六丈、巴州严八使君两阁老五十韵》中的贬官感慨："贝锦无停织，朱丝有断弦。"乾元元年（758），同是宰相房琯门下的严武与杜甫相继被贬为巴州（今四川巴中市）刺史和华州司功参军，杜甫的诗友贾至这一年也被贬为岳州（今湖南岳阳市）司马。三人原本是唐肃宗李亨的御前近臣，突然远离丝竹管弦遍地的长安，都非常郁闷。可是杜甫还没有心情写这种郁闷，因为安史之乱带来的战乱正愈演愈烈，他得先写触目惊心的"三吏三别"，排出内心的慌乱。到了第二年辞官去秦州（今甘肃天水市）远游，闲下来了，杜甫为了发展和巩固与严武、贾至的友情，才作了《寄岳州贾司马六丈、巴州严八使君两阁老五十韵》。此诗对严武、贾至往昔友情的表达可谓五味杂陈，有叙旧、怀念、感伤、勉励等多种情分。"贝锦无停织，朱丝有断弦"，则是他们一起在宫廷赏乐的怀念与感伤，因为皇帝身边像贝的文采一样美丽的织锦不会停下来，而哥们三个一起听过的琴弦已经断了。杜甫除了传递同是天涯沦落人的哀怨，还表明自己因仕途失意而欲归隐山林的苍老心态。诗中的美丽贝锦和断裂琴弦，形成巨大心理反差，看得出杜甫此刻真的心灰意冷，看淡名利了。所谓的"致君尧舜上，再使风俗淳"，不过是年少轻狂的笑话。

永陵的贝，丝绸之路的结晶

贝，这种响彻大唐宫廷和寺院的呜呜之声，又是何时流传到成都的？前蜀皇帝王建死后留下的永陵石刻"二十四伎乐",其中的吹贝伎固然是唐五代时期法器"贝"在成都留下的结晶,但在此前后均有来自印度的法器"贝"走来的痕迹。我仔细打量着永陵石刻吹贝伎,眼前只有凝固的贝音、模糊的贝壳。唯有唐诗,可以解密。

在唐玄宗时代,有一个能书梵字兼通梵音的成都人,叫苑咸。欧阳修撰写的《新唐书·艺文志》,以及清朝人编写的《全唐诗》皆云:苑咸,成都人。有诗佛美称的盛唐诗人王维曾在唐玄宗天宝五载(746)或六载担任库部员外郎时,作诗赞美过时任司经校书中书舍人苑咸。诗名很长,是《苑舍人能书梵字兼达梵音,皆曲尽其妙,戏为之赠》:

> 名儒待诏满公车,才子为郎典石渠。
> 莲花法藏心悬悟,贝叶经文手自书。
> 楚词共许胜扬马,梵字何人辨鲁鱼。
> 故旧相望在三事,愿君莫厌承明庐。

王维在诗名中提到的"苑舍人",便是苑咸。苑咸,工于诗,思想上崇奉佛教,且佛学造诣精深,更重要的是很会为人处世,先后得到两任宰相抬爱。仕途路上,苑咸前期受到著名宰相张九龄的赏识,后期又与关涉盛唐政治盛衰的关键人物李林甫关系很铁,一度被视为右相李林甫的心腹。文学路上,因为身居高位,苑咸常与王维、卢象、崔国辅、郑审等诗坛名流酬唱诗歌,关系亲密如同闺密。王维戏赠苑咸的此诗提到的"贝叶经",素有"佛教熊猫"之称,源于古印度。这种写在贝树叶子上的经文,即贝叶经,多是用梵文书写的佛教经典,还有一部分为古印度梵文文献,具有极高的文物价值。出生于成都,走红于长安的苑咸,如何成长为一个能书梵文兼通梵音的高人?

在天宝六载前后,苑咸写了一首《酬王维》,看似讥笑王维年老官卑,表达有援手之意,实际上也传递了自己书梵字通梵音的心得。

莲花梵字本从天,华省仙郎早悟禅。
三点成伊犹有想,一观如幻自忘筌。
为文已变当时体,入用还推间气贤。
应同罗汉无名欲,故作冯唐老岁年。

可是,王维并不买这个人情,倒不是他不懂事,脑壳木。同样精通佛学,人称"诗佛"的王维,早就习惯了过自己亦官亦隐参禅悟理的日子。佛门中有一部《维摩诘经》,是维摩诘向弟子们讲学的书,王维很是仰慕维摩诘,所以自己名为维,字摩诘,号摩诘居士,正是向维摩诘致敬。面对苑咸的好意,王维也懂,但不能直接拒绝,毕竟苑咸是禁绝请托人情的右相李林甫之亲信,他也惹不起这个权倾朝野的宰相,于是就回赠了苑咸一首《重酬苑郎中》表示婉拒:"何幸含香奉至尊,多惭未报主人恩。草木尽能酬雨露,荣枯安敢问乾坤。仙郎有意怜同舍,丞相无私断扫门。扬子解嘲徒自遣,冯唐已老复何论。"

说起李林甫，我在创作杜甫踪迹史诗歌传记《秋风破》而研究杜甫诗歌期间，内心非常憎恨这个小人。因为杜甫几次应试求官"致君尧舜上，再使风俗淳"，他都在唐玄宗面前说些风凉话，以"野无遗贤"为由把杜甫拒之官门外。但是，后来研究成都人苑咸，尤其是苑咸之孙苑论于唐宪宗元和六年（811）撰写的《苑咸墓志》，又推翻了后人对李林甫嫉妒人才的固化认识。2002年在洛阳出土的《苑咸墓志》（全名为《唐故中书舍人集贤院学士安陆郡太守苑公墓志铭并序》，题"遗孙朝议郎前殿中侍御史内供奉赐绯鱼袋论撰"）就说："天宝中，有若韦临汝斌、齐太常浣、杨司空绾数公，颇为之名矣。公与之游，有忘形之深，则德行可知也。每接曲江，论文章体要，亦尝代为之文。洎王维、卢象、崔国辅、郑审，偏相属和，当时文士，望风不暇，则文学可知也。右相李林甫在台座廿余年，百工称职，四海会同。公尝左右，实有补焉，则政事可知也。"苑论，是唐德宗贞元九年（793）癸酉科状元及第，同科进士三十二人中还有柳宗元、刘禹锡等后来的诗坛名家，但此时李林甫已经去世多年，他毫无必要讨好前朝宰相李林甫，这段涉及李林甫为官用人一面的描述，可以说比较客观。《苑咸墓志》还提及苑咸除了精通梵文工于诗词之外的求学为官传奇："尝闻于宾客家相之言曰：公既龀，聪敏加于人。七岁诵诗书，日数千言，十五能文，十八应乡赋，耻以文字进，以经济为己任。"苑咸的文学才华，除了张九龄、李林甫赏识，大书法家、影响后人千年的颜体楷书首创者颜真卿还用

"唐人推咸为文诰之最"这样的评价,盛赞苑咸是盛唐时期颇负盛名的散文家。苑咸在唐朝原本著有文集若干卷,遗憾的是,北宋的宋祁、欧阳修等人所著《新唐书·艺文志》却注:卷亡。是说到了宋朝,苑咸这些文章就随纸化泥,无踪无迹。

对于成都的贝的踪迹,《新唐书》倒是有详细的文字追踪。其中,在该书"南蛮传"章节,明确提到有"贝"等缅甸(古骠国)法器路过成都:"雍羌遣弟悉利移城主舒难陀献其国乐,至成都,韦皋复谱次其声,以其舞容、乐器异常,乃图画以献。工器二十有二,其音八:金、贝、丝、竹、匏、革、牙、角……螺贝四,大者可受一升,饰缘粉。"也就是说,白居易后来在长安所写《骠国乐》一诗,提及骠国(今缅甸)献给唐德宗的玉螺,正是欧阳修《新唐书》谈到的路过成都的法器"贝"。骠国人来献乐,路过成都,为什么会允许韦皋"复谱次其声"?因为韦皋时任剑南西川节度使,是唐德宗的御前红人,外放成都锻炼高达二十一年频频被加官晋爵的南康郡王。骠国人欲进京师长安,必先过韦皋这一关。韦皋的确事事为主子着想,在蜀地任职二十一年,不惜自毁声名,目的正是以加重征收赋税来确保按月向唐德宗进奉钱财,维系德宗多年委以重任的恩典。这一次,哪怕是老外给主子敬献器乐和乐曲,韦皋也是事必躬亲,详细整理、记录了骠国乐曲。对骠国舞蹈和乐器感到新鲜奇异的韦皋,甚至还命画工画下了骠国人的舞姿和乐器,八百里加急送往德宗宫廷,以便德宗提前掌握骠国音乐,并在骠国使者悉利移城主舒难陀在长安正式献礼时以显大唐国威。如此胆大心细的韦皋,自然也把来自骠国的国乐留给他所治下的成都。

由此可见，前蜀皇帝王建在成都任成都尹、剑南西川节度使，获封西平王、蜀王，以及后来自己建国称帝，那些在马背上指点江山、在酒杯里对酒当歌的日子，都有螺可吹，有贝可赏，有吹贝伎可乐蜀宫。当然，王建到成都寺庙里听吹贝伎吹法器"贝"，则必须严肃一点。贝也好，包括笙、箫等唐朝乐器，在蜀地繁荣，除了韦皋留乐之功，还跟史载成都是古代西南丝绸之路的起点有关联。骠国人必须经过成都，走蜀道去长安献国乐，也是因为走这条丝绸老路更顺溜，天府之国的蜀人乐舞细胞发达，顺便还可以相互切磋切磋手艺，停脚歇一歇。永陵的贝，也可以说是丝绸之路上音乐文化交流的结晶。而"贝"这种也称法器的乐器，早已在成都蔚然成风，还可从杜甫"喧然名都会，吹箫间笙簧""锦城丝管乐纷纷，半入江风半入云"这些诗句中找到氛围或影子，因为先于王建入川的杜甫对成都音乐繁盛的描述，是他亲耳所闻亲眼所见。用成都话说，杜甫所言没提一丝虚劲。

回头再看凝固在永陵石像上的吹贝伎，她固然无法再发出大唐或者五代前蜀时期的呜呜呜的贝之声。但是，我似乎还可以从唐诗里的玉螺或者法蠡想象贝的神秘之音。要不然，就再一次像童年一样，脱口而出一首《小螺号》，唱响螺贝的大唐法曲。

觱篥歌

最早遇见"觱篥"这个秋风一样呼啸而过的词，是20年前的一个晚秋。

那是我第一次走进俗称"王建墓"的成都永陵博物馆。王建棺床石刻"二十四伎乐"上的两位"觱篥伎"，分别位于棺床东五和西四，觱篥一大一小，已经难以辨认其形其状。因为两位石刻觱篥伎的人像面容模糊，她们手持的"觱篥"乐器看不清漏孔，从漏孔传出的声音是哀婉还是悠扬，是低沉还是嘹亮，当时我对博物馆讲解员嘴边一词带过的这种乐器无从多想。我的目光，和她们刻在石头上的眼神一样呆滞。

后来系统研究唐诗，尤其是细读杜甫和白居易的诗歌之后，我才发现"觱篥"尽管是一个生僻而遥远的词，却在唐诗中遍地生根，寄托着古人太多的旅愁与悲离，俨然是一汪明月照亮的古意盎然而又音色辽阔的靓词。

事实上，除了杜甫《夜闻觱篥》、白居易《小童薛阳陶吹觱篥歌》用一束束诗光磨亮"觱篥"，元稹、刘禹锡、李颀、李贺、张祜、罗隐、温庭筠等唐朝诗人都曾写诗记录过"觱篥"这种声悲意远的古代吹管乐器,且从不同角度描述了觱篥的名称、形制、音色和演奏者的特色。

丝绸之路带来的觱篥

觱篥,常以竹做管,以芦苇做嘴,在唐朝属于双簧竖吹气鸣乐器。在不同朝代,运用于不同乐部,觱篥有不同的地位和不同的名字,比如又称为筚篥、笳管、管子、芦管、头管、悲篥、悲栗等。其中,被称为悲篥,源于觱篥的出生地和其本身的音色悲凄。古代龟兹人(今新疆库车县)发明的觱篥,最早是"截骨为管,用芦贯首",在大漠吹出的声音苍凉如水,悲壮而凄怆。曾用三十六年撰成二百卷《通典》的唐朝史学家杜佑,就认为觱篥是悲篥,说:"筚篥,本名悲篥,出于胡中,其声悲。或云,儒者相传,胡人吹角以惊马。后乃以笳为首,竹为管。"马,都受不了觱篥的悲戚声响,打马而过的人闻听此声自然也难以侧身潇洒,觱篥声常常被诗人渲染为唐人战争时期驻守边关的乡愁。

有人说蔡文姬的千古悲愤之诗《胡笳十八拍》中的"胡笳",就是"觱篥"的前身。其实,这是乱弹琵琶,两者最多都是古代西域胡人所造乐器。唐朝音乐理论家段安节所著《乐府杂录》便载:"觱篥者,本龟兹国乐也。亦曰悲篥,有类于笳。"均由兽角演变而来的觱篥与胡笳,二者的最大区别就在于乐器前后到底有孔还是无孔。无指孔的兽角演变的胡笳，作为卤簿雅乐的乐器，经历了汉魏六朝以至隋唐宋三朝仍然存在。而有指孔的兽角则演变为觱篥，由最初的羊角、羊骨而制作，后来逐步改由芦质、竹质、木质，甚至有象牙质、铁质、银质的觱篥。唐宋期间最为流行的觱篥，多用芦嘴竹制作，管身前后分别开有"前七""后二"九个孔音。中唐诗人白居易描写觱篥的名诗《小童薛阳陶吹觱篥歌》，起句就说："剪削干芦插寒竹，九孔漏声五音足。"此句简洁明了道出了唐时觱篥的制作方法和吹奏功能，即以竹为管开音孔，管身上端插芦片做簧为吹，演奏家吹奏的气流通过舌簧产生振动而发声。传世的觱篥，也有六孔形制和从唐宋沿用至明清的"前七后一"的八孔形制。尊习唐制觱篥的日本演奏家，至今还在坚持吹奏"前七后二"的九孔觱篥，以求古意，打通久远的时间设置的障碍。

在古代，觱篥兼具音乐演奏和作战辅助的双重功能，最早运用于军中，后来风行于宫廷和民间。2017年播出的古装电视剧《楚乔传》，剧中的楚乔在战后的城楼上泪流满面地吹奏觱篥曲，忧伤而凄婉的声音，在月光下极具穿透力，她借助觱篥思念恋人的忧思与将士战后修理作战工具的画面交相辉映，直击人心。楚乔的恋人燕洵在丛林吹觱篥的场景，同样也传递了离愁和对战争的忧思。

觱篥，是何时从龟兹古国流传入中原大地，演变成汉人常用的乐器？学界普遍认为是经丝绸之路带入。

相传早在西汉时期，汉武帝派张骞出使西域，开辟以长安为起点连接中西方商道的丝绸之路,就带回了龟兹乐曲《摩诃兜勒》和筚篥、琵琶等乐器,从而拉开了觱篥走进中原的序幕。到了汉宣帝时期,浑身上下悲音四溢的觱篥,则是由龟兹国王绛宾和王妃弟史敲锣打鼓传入中原,似乎注定了这种乐器要在后来的唐诗宋词中上演悲欢离合的神话。弟史是谁?西域乌孙国的公主,其母乃是汉武帝时期的和亲公主,史称"解忧公主",命运超级坎坷,肩负和亲重任,嫁了三任丈夫,而且皆是乌孙王。解忧公主三嫁三任乌孙王,如今的人可能觉得非常荒唐,甚至就是乱伦,其实这是古代少数国家的特殊婚俗。比如隋朝的义成公主,对于唐太宗时期的东突厥颉利可汗而言就有三种奇怪的身份,先后是他的后母、嫂子和妻子。在颉利可汗迎娶义成公主之前,义成公主曾先后嫁给其父启民可汗、其兄始毕可汗和处罗可汗,这就是突厥的奇特婚嫁习俗。亲近汉朝朝廷的龟兹王绛宾一行到达长安,见面礼便是乐器觱篥和西域乐舞,他离开长安则带走了笙、箫、琴、瑟等中原流行的乐器。觱篥从此传入中原后,颇受大汉朝野的喜爱,尤其是在中国南北朝时期特别盛行,北魏和北齐宫廷中都常演奏这类龟兹乐代表乐器。表现南北朝时期西魏战争风云的电视剧《楚乔传》,边塞、民间均有觱篥之声,回响这段历史。

尤其是北周武帝娶突厥公主阿史那氏为皇后之后,西域各国纷纷派遣了大批乐舞伎人赴长安陪嫁,将中西音乐交汇于丝绸之路的重镇敦煌,并经敦煌流入长安,这些西域乐舞不仅滋润了中原宫廷乐舞,还在凉州(今甘肃武威市,古代辖地也包括敦煌）地区产生了杂以羌胡之声的西凉乐。迄今，新疆克孜尔石窟和甘肃敦煌莫高窟仍有不少幸存的壁画，记录龟兹乐等西域音乐经丝绸之路流传下来的遗风遗韵。其中，被称为音乐窟的克孜尔石窟（又名克孜尔千佛洞）38号窟，之所以极负盛名，就因为该窟内左右壁的《天宫伎乐图》是表现龟兹乐舞的代表性壁画。伎乐图里，每组两人，一男一女，有的左吹觱篥、右弹琵琶，有的左弹阮咸、右吹排箫，有的左击答腊鼓、右吹横笛……堪称集龟兹乐舞大成的壁画。而在敦煌莫高窟的154窟北壁，这个表现中唐时期中西乐舞交流成果的壁画，位于第一排的两位乐伎，一人吹奏觱篥，一人吹奏笙，皆是栩栩如生。觱篥伎被安排在第一排，正是因为觱篥发展到了唐代已是"头管"地位。敦煌莫高窟的壁画中，还有惊艳的飞天觱篥伎形象，以佛教音乐的色彩留存龟兹乐舞气象。

大唐第一觱篥乐工李龟年

觱篥之声横流隋、唐、宋三朝，无不源于中西音乐文化在丝绸之路的密切交流。特别是唐玄宗时代，由于李隆基极其喜爱西域乐舞，觱篥伎时常在长安街头出没，开元、天宝年间涌现了一大批觱篥演奏家。连唐朝第一歌手李龟年，也是深受西域乐舞影响，不仅羯鼓打得溜，而且极其善于吹觱篥。李隆基曾推崇羯鼓为"八音"之领袖，觱篥属于"八音"中的"竹"类吹奏乐器。而李龟年则是李隆基在宫廷梨园最得意也最亲近的弟子。

唐玄宗曾在清元小殿举行一场音乐会,让舞蹈家谢阿蛮表演《凌波曲》舞,为其伴奏的均是大唐宫廷乐工高手。伴奏人员名单是:唐玄宗亲自击打羯鼓,杨贵妃玉指弹琵琶,宁王(唐玄宗的哥哥李宪)横吹玉笛,李龟年吹觱篥,张野狐弹箜篌,贺怀智击拍板……在《杨太真外传》中记载的这件唐宫往事里,如此壮观的演出人员阵容,在当时的唐朝宫廷可谓众星捧月,相当于今天的杨丽萍跳舞,成龙、周星驰、刘德华、张学友、齐秦、王菲、刘欢都来吹拉弹唱助兴。其实贺怀智弹琵琶的技艺远胜于杨贵妃,张野狐吹觱篥的感染力也很强,但因杨贵妃要弹琵琶,只能打乱秩序,跟着杨贵妃横抱的首席乐器琵琶弹拨节奏,重组盛唐宫廷管弦合奏之声。李龟年被唐玄宗恩宠为"梨园班首",时拥歌唱、演奏、作曲三绝,嘴里手里精通的绝活众多,相传单就演奏乐器而言能娴熟地演奏羯鼓、觱篥、琵琶、古琴等多种乐器,但李隆基在这次唐宫盛会上安排的却是李龟年吹觱篥,可见李龟年吹奏觱篥的技艺更被认可,且更适合大型乐舞演出伴奏。如此,给李龟年加封一个"唐朝第一觱篥乐工"也不为过。

被后人誉为乐圣的李龟年,这个名字走进我的阅读世界,是从杜甫诗歌《江南逢李龟年》开始。"岐王宅里寻常见,崔九堂前几度闻。正是江南好风景,落花时节又逢君。"很多杜甫研究专家将此诗列为唐诗"七绝压卷"之首,是因为这短短28个字高度浓缩了唐玄宗的盛衰史,也勾勒出杜甫和李龟年二人一生的荣与凄。岐王是谁?唐玄宗的弟弟李隆范,曾经领兵追随李隆基发动政变铲除政敌太平公主，后来改名为李范，被封为岐王。而排名老九的崔九，即中书监崔涤，不仅是李隆基担任临淄王时的邻居兼发小，更是唐玄宗登基后的宠臣。青年时期的诗圣杜甫和乐圣李龟年，在岐王宅里，在崔九堂前，一人七步吟诗，一人满堂留歌，一时风流倜傥，名动东京西京。可是770年的唐朝，已是唐玄宗的孙子唐代宗主政，全天下最落魄的诗人杜甫遇见全天下最落魄的歌王李龟年，豪情往事无法追回，在落花时节目睹旧友流落潭州（今湖南长沙）凄楚卖唱为生，一身是病的杜甫眼中的李龟年，正是"天涯同是沦落人"。全诗，看上去没有一个词透射杜甫惯有的哀伤或者忧国忧民情怀，却把一个因安史之乱流亡民间的大唐第一歌手写得让人泪流满面，与"感时花溅泪，恨别鸟惊心"异曲同工。

诗歌，自古因歌手吟唱而广泛流传。"清风明月苦相思，荡子从戎十载余。征人去日殷勤嘱，归雁来时数附书。"李龟年此刻面对老友杜甫演唱的歌曲，是王维的《伊州歌》（又名《伊川歌》）。事实上，除了精通觱篥、羯鼓、琵琶、古琴等各种乐器，李龟年对中国音乐史（甚至中国诗歌史）最大的贡献，是把王维、杜甫、李白等盛唐诗人的诗歌改编成流行歌曲，在民间大力传播。对于王维的诗，李龟年尤其偏爱。除晚年四处漂泊传唱王维的《红豆》《伊州歌》，李龟年根据王维名诗《送元二使安西》（又名《渭城曲》）改编演唱的《阳关三叠》，更是衍变至今还在弹唱的古琴名曲。而李龟年深得唐玄宗赏识的演唱名曲，是他和李彭年、李鹤年三兄弟创作的《渭州曲》（又名《渭川曲》）。某种意义上说，唐玄宗时期名气最响亮,也让李隆基最引以为傲的《秦王破阵曲》和《霓裳羽衣曲》两首大曲,没有李龟年绝世的歌喉领唱,既不会诞生后来白居易的名诗《长恨歌》和《霓裳羽衣歌》,也不可能催生陕西大地上活跃至今的秦腔。

李龟年,迄今被誉为"秦腔始祖",就源于他在唐玄宗时期改编演唱的《秦王破阵曲》(又名《秦王破阵乐》)最为流行,特别是其慷慨激昂的秦王腔被唐人点赞为"唐朝歌王"。一曲《秦王破阵曲》横行整个大唐,最早是李世民登上皇位之前在军中流传的最燃军歌,对还是秦王时期的李世民的个人英雄主义进行赞美。那是隋大业十三年(617),原隋朝大将刘武周在突厥的支持下,自封皇帝,改元天兴,起兵反唐,立足未稳的唐高祖李渊一筹莫展,众王子中只有李世民主动请缨,领兵破敌。一边是刘武周一败涂地,一边是秦王李世民英明神武,《秦王破阵曲》于是在军中横空出世。此曲,经唐太宗、唐玄宗两代皇帝御令改编传唱,成为举世佳作。李龟年因为演唱此曲慷慨激昂,声音嘹亮高亢,如悬崖瀑布,似行云冲天,其腔调被时人及后人统称为"秦王腔",如今简称"秦腔"。

一曲觱篥《雨霖铃》伤感了千年

遗憾的是,李世民赢得欢呼成就的《秦王破阵曲》随着唐亡而失传。而李隆基用失意填写的《雨霖铃》,因为唐宋诗人的反复书写，成了中国音乐史上名气更大的觱篥千古名曲。

《雨霖铃》，最初作为唐教坊名曲，一说是唐玄宗失去杨贵妃时作，一说是善吹觱篥的宫廷乐工张野狐（又作"张徽"）所写。《乐府杂录》曾记载："《雨霖铃》者，因唐明皇驾回至骆谷，闻雨淋銮铃，因令张野狐撰为曲名。"《碧鸡漫志》卷五引《明皇杂录》及《杨妃外传》又云："帝幸蜀，初入斜谷，霖雨弥旬，栈道中闻铃声。帝方悼念贵妃，采其声为《雨霖铃》曲以寄恨。时梨园弟子惟张野狐一人善觱篥，因吹之，遂传于世。"有一点是肯定的，《雨霖铃》是人生失意之后的杰作。还有一点可以肯定，杨贵妃之死引发唐玄宗和张野狐两个因国破家亡而失意的人，合作催生了《雨霖铃》。

只是这一次，李龟年运气不好，没有跟上主子的步伐。在唐玄宗末年，安禄山起兵反唐，遭遇城池接连丢失的李隆基仓皇逃离长安，他顾不上自己最宠爱的宫廷乐工李龟年，任其自生自灭，却带走了另一个善吹觱篥的宫廷乐工张野狐。入蜀避乱路上，绵绵不断的细雨，断断续续的铃声，让失去杨贵妃的唐玄宗肝肠寸断。一曲《雨霖铃》雨中诞生，善吹觱篥能弹箜篌的张野狐，或许身边仅有觱篥，唐玄宗让他试奏，觱篥乐声一起，到底深沉悲咽，纵有千种风情，已无贵妃述说，李隆基只能挥泪如雨。后来收复长安回宫当太上皇，据说李隆基也常常和张野狐坐在一起，喝最烈的烧酒，吹最悲的觱篥，忆最美的贵妃。

雨霖铃夜却归秦,犹是张徽一曲新。

长说上皇和泪教,月明南内更无人。

唐玄宗驾崩,安史之乱很快平息,他和杨贵妃欢爱的《霓裳羽衣曲》从此一度成为禁曲,他和杨贵妃悲离的《雨霖铃》也少有人敢吹奏或演唱。唯有擅长写宫廷八卦诗的大唐诗人张祜,在事隔数十年后写了这首同名为《雨霖铃》的七言诗,撕开了唐玄宗的伤口。此诗中的张徽,我以为就是与唐玄宗同悲同凄的觱篥演奏家张野狐。显然,张祜并不是李隆基的知音,笔下赤裸裸的泪珠,他握不住,也不会握。

真正读懂唐玄宗与杨贵妃的生死离别情愁的人,天下只有两人,一是写《长恨歌》的白居易,二是写《雨霖铃·寒蝉凄切》的大宋慢词一哥、婉约词派创始人柳永。

寒蝉凄切,对长亭晚,骤雨初歇。都门帐饮无绪,留恋处,兰舟催发。执手相看泪眼,竟无语凝噎。念去去,千里烟波,暮霭沉沉楚天阔。

多情自古伤离别,更那堪冷落清秋节!今宵酒醒何处?杨柳岸,晓风残月。此去经年,应是良辰好景虚设。便纵有千种风情,更与何人说?

读此词,便知失意的柳永最懂失意的李隆基。柳永跟李隆基一样,是个多情之人,极易伤感之人,如果青楼是他的后宫,他肯定有远超唐玄宗的三千佳丽粉丝。"凡有井水饮处,皆能歌柳词"，这是南宋叶梦得在《避暑录话》中对柳永的置顶评论，整个宋朝据说都无异议。北宋的酒楼与青楼，不论柳永在不在场，随处可闻歌女"衣带渐宽终不悔，为伊消得人憔悴""系我一生心，负你千行泪""一场寂寞凭谁诉。算前言，总轻负"这些愁入骨髓断人肝肠的新词。觱篥因其独特的音色与宋词演唱的领奏、伴奏、独奏极为契合，一度让觱篥成为宋词繁荣的标本。而适合慢词演唱的乐器觱篥，在北宋流行不衰，柳永可居首功。

写《雨霖铃》这首新词时，刚好是柳永第四次落第（一说第三次落榜），愤而离开京师汴京（今河南开封），走的姿势和李白仰天喊出的"天生我材必有用"一样悲壮，只是心态更愁苦一点点。枯坐在酒楼里借酒浇愁，迎面是泪眼婆娑的情人（传说是青楼歌伎虫娘），柳永决定与皇帝、乌纱、喝过交杯酒如今喝诀别酒的美女离别，从水路南下江南，填词为生。

唐玄宗与杨贵妃的生死离别情，凝聚而成的觱篥古曲《雨霖铃》在唐朝只有曲没有词。此曲，如同柳永更向往的情人，似乎一直在等待转世为情郎的他填词，让《雨霖铃》流传为千古名篇。

相传在唐代，著名的觱篥曲还有《勒部羝曲》《离别难》《道调子》，但都因为没有填词难以留存下来。柳永填词的《雨霖铃》曲，则因为曲调哀婉、缠绵悱恻，词句伤感到炸裂心脏，成为词牌"雨霖铃"的起源。一曲觱篥古曲《雨霖铃》，跟随着柳永孤独伤骨寂寞伤心的同名慢词，伤感了千年。

龟兹觱篥古音,诗中寻,愁中听

如今,不论是中国还是日本以及西方国家,尚有复古乐器觱篥流传于世。但若要品龟兹觱篥古音,只能从唐诗宋词中寻,在忧愁满目时听了。唐朝诗人刘商《胡笳十八拍》第七拍就发出过类似的感叹:"龟兹觱篥愁中听,碎叶琵琶夜深怨。"

唐玄宗开元年间的进士、诗人李颀在唐朝音乐诗名篇《听安万善吹觱篥歌》中,不仅一针见血指出觱篥出自龟兹国乐这一源头,"南山截竹为觱篥,此乐本自龟兹出。流传汉地曲转奇,凉州胡人为我吹",还包装出了名动京城长安街头的觱篥演奏家安万善,赞其吹奏的觱篥之音"傍邻闻者多叹息,远客思乡皆泪垂""龙吟虎啸一时发,万籁百泉相与秋"。和李龟年、张野狐两位地位尊崇的宫廷乐工相比,安万善在觱篥界大咖小咖均谈不上。尽管他是来自西域安国的少数民族乐师,但在凉州一带混迹江湖多年都未成名,直到来了长安成为频频出没的街头艺人才有了一些影响。即使在除夕之夜,安万善也放弃了回国与家人团聚,而是在酒桌上不得不为异乡人吹觱篥助兴,挣点生活打赏费。好在他吹奏这种龟兹古乐器的乐声,婉转悠扬,让人沉醉,更重要的是这个除夕之夜运气甚好,碰见了与之共鸣的著名诗人李颀。李颀即兴创作的《听安万善吹觱篥歌》,不仅让安万善一时声震长安,而且令他因此诗千古留名。

无巧,不成书。有缘,有知音。

张爱玲说，成名要趁早。这话放在唐朝，仿佛就是说给中唐时期的12岁小童薛阳陶听的。那时的民间，安万善已经作古，在诗人毛笔下频繁走动的觱篥演奏家多是关璀或者李衮这两个名字，年仅12岁的薛阳陶一举成名，甚至声名盖过其师李衮，正是跟对了人，碰对了人。当时，薛阳陶是时任浙西观察史兼御史大夫，后来当过兵部尚书、太尉、两朝宰相的李德裕的乐童。李德裕有多牛？他是中唐时期牛李党争中的李党领袖，李商隐曾赞誉他为"万古良相"，近代名人梁启超甚至将他与管仲、商鞅、诸葛亮、王安石、张居正并列为中国六大政治家之一。唐朝诗坛排名第四（我以为前三名是李白、杜甫、王维），偶像只认李白的白居易，视杜甫诗歌为毕生追逐终点的风流才子元稹，都曾追随过李德裕的政治步伐。改变觱篥小演奏家薛阳陶命运的一天，正是李德裕组的一个豪华饭局，参与人员有白居易、元稹、刘禹锡等当朝顶尖诗人。觱篥古曲接连吹奏而出，时而湍急，时而悠扬，伴随着陈酒新声，一群中唐诗人便开始豪放不羁爱自由，痛快地写诗抒怀。为了给随身乐童打气，李德裕先来了一首《霜夜听小童薛阳陶吹笛》，随口即诗的白居易、元稹、刘禹锡当然迅疾唱和，刘禹锡出口《和浙西李大夫霜夜对月，听小童吹觱篥歌，依本韵》，元稹出手《和浙西李大夫听薛阳陶吹觱篥歌》，精雕细琢的白居易则献诗《小童薛阳陶吹觱篥歌》。迅雷来不及掩耳，"薛阳陶"这三个字就在京城家喻户晓，薛阳陶吹奏的觱篥之声之高妙之深远须臾之间成为各大酒肆青楼的排行榜榜首谈资。罗隐、张祜等诗人也遍寻薛阳陶踪迹，分别得诗《薛阳陶觱篥歌》"平泉上相东征日,曾为阳陶歌觱篥。乌江太守会稽侯,相次三篇皆俊逸。……功高近代竟谁知,艺小似君犹不弃。勿惜喑呜更一吹,与君共下难逢泪",《听薛阳陶吹芦管》"紫清人下薛阳陶,末曲新箫调更高。无奈一声天外绝,百年已死断肠刀"。

一众著名诗人争相给一个十几岁的觱篥演奏家写诗,薛阳陶在唐朝创造了他人难及的吉尼斯纪录。擅长写乐器诗篇的白居易,这首《小童薛阳陶吹觱篥歌》自然成为这些觱篥诗的上品佳作。"翕然声作疑管裂,诎然声尽疑刀截。有时婉软无筋骨,有时顿挫生棱节。急声圆转促不断,轹轹辚辚似珠贯。缓声展引长有条,有条直直如笔描。下声乍坠石沉重,高声忽举云飘萧。……嗟尔阳陶方稚齿,下手发声已如此。若教头白吹不休,但恐声名压关李。"此诗摹声绘影,缓急高下,随物赋形,曲尽其妙,如同一幅工笔长卷,将小童薛阳陶吹觱篥歌的画面绘声绘色地刻画出来。

除了安万善、薛阳陶的竹质觱篥在唐诗中留下佳话,唐朝还有一种银字觱篥流行一时。顾名思义,银字觱篥因指孔镶嵌有银丝而得名。这种双簧气鸣乐器,也称"银字管",属于唐宋时期音区相对较高的觱篥,也是觱篥中的高档品种。之所以要调高觱篥音区,是因为觱篥的音域宽广,演奏者在吹奏高音调时会比较省力。现今闻听的觱篥吹奏,有鼓圆腮帮吹奏者,也有面不改色吹奏者,就是觱篥设置的音区高低不同和吹奏方法不同所致。而在唐朝,有一个善吹银字觱篥的高手,叫尉迟青。晚唐音乐理论家段安节所著《乐府杂录》,在"觱篥"篇章就重点提到了此人。说是在唐代宗、唐德宗两朝,有个经丝绸之路来自西域的尉迟青,因善吹银字觱篥而官至将军,时人称他吹奏觱篥的水平冠绝古今。他的绝活,就在能在高音区轻松吹奏嘹亮而不累气的银字觱篥。这哥们在代宗朝还仅仅是教坊普通乐工,到了德宗朝就因觱篥吹得好摇身一变,贵为将军。当时,唐朝幽州有个叫王麻奴的人,据说也擅此技,在河北被推为银字觱篥第一手。此人性格古怪,有官员赴京就任求听一曲觱篥曲,王麻奴很拽,竟然嫌弃对方官小而不吹,于是有人说吹银字觱篥的真正高手其实是尉迟青,而且尉迟青还不摆架子,皇帝庶民都可求听。王麻奴听到此评还较了真,专程去了京城,欲与尉迟青比个高低。倚天一出,何以争锋?低调的尉迟青听闻此事,不愿相争,也不屑于争锋,选择了闭门不见,是想让对手知难而退。结果,王麻奴不信邪,特执着,甚至贿赂尉迟青门人,终于得缘一见高低。见面时,王麻奴吹奏的是风行唐朝的觱篥新曲《勒部羝曲》,曲终,汗流浃背,相当地费力不讨好。尉迟青微笑着递话过去,说"何必高般涉调也",然后取出银字觱篥平般涉调吹之,不仅音域宽广音调高远,关键是样子轻轻松松,有一种四两拨千斤的气魄。王麻奴当即就蔫了,服了,以泪愧谢:"我真是孤陋寡闻,不知山外有山人上有人,以为自己天下第一,今天闻见尉迟先生技艺,才知你是天下无敌的高人,才知你吹奏的觱篥曲是我三生三世难见的天乐。"从此之后,王麻奴便摔碎了觱篥,再不与人复言音律。只是遗憾,我至今还没有查询到大唐诗人给尉迟青写的觱篥诗篇。

反倒是申胡子、李相这些民间艺人，碰巧以觱篥之曲打动了李贺、段安节的岳父大人温庭筠等著名诗人，而让自己的名字被久翻不弃的唐诗反复焐热。"颜热感君酒，含嚼芦中声。花娘篸绥妥，休睡芙蓉屏。谁截太平管，列点排空星。直贯开花风，天上驱云行。"或许申胡子的觱篥演奏技艺并没有尉迟青高明，但是李贺一首《申胡子觱篥歌》却实实在在给他戴了一顶高帽，一句"天上驱云行"虽然表扬得过分，但是给人想象他的觱篥之声的美妙空间放大了。而温庭筠写的李相妓人吹觱篥的画面感更强，比如《觱篥歌》（李相妓人吹）中的"皓然纤指都揭血，日暖碧霄无片云。含商咀徵双幽咽，软縠疏罗共萧屑。不尽长圆叠翠愁，柳风吹破澄潭月。鸣梭淅沥金丝蕊，恨语殷勤陇头水。……景阳宫女正愁绝，莫使此声催断魂。"此诗两次出现"愁"字，一是人愁，一是物愁，皆被觱篥本身的悲音催破。

而把觱篥情愁写到极致的人，还是一生都在路上的诗圣杜甫。杜甫的《夜闻觱篥》，也是我人生中读到的第一首写觱篥的诗。

> 夜闻觱篥沧江上，衰年侧耳情所向。
> 邻舟一听多感伤，塞曲三更欻悲壮。
> 积雪飞霜此夜寒，孤灯急管复风湍。
> 君知天地干戈满，不见江湖行路难。

杜甫临死那两年的旅愁，基本上都在湘江一带打转。今人喜欢去拉萨朝圣或者到阿里转山，无非是一种信仰牵引。杜甫在湘江转水，却是求个生存，说到底是在战火和洪水中寻找一条归乡的路，因为他早在梓州（四川三台县）避乱期间就呐喊出了"青春作伴好还乡"。《夜闻觱篥》正是大历三年（768）寒冬，杜甫乘舟夜赴岳州（今湖南岳阳）途中忽闻邻舟有人吹奏觱篥，被其悲壮乐声感染了一肚子惆怅，而发出的一声凄怆的呐喊。湘江两岸积雪映照着老杜的满头银发，比带着霜语的寒风更急的是万马倒地的悲鸣，所有的路变得模糊不清，突然涌出的觱篥曲正是他回不去的故乡。因为安禄山起兵带来的不只是长安乱，很长一段时间，到处都乱。

面对"干戈满"的社会现实，杜甫发出"行路难"的悲愤感叹，一幅凄凉的国画迎面而来。吟诵杜甫这首晚年诗篇，我总感觉伤感的觱篥古音就要破纸而出，像是泪水泛滥的湘江。可怜又可敬的杜甫，最终没有转出湘水，于两年后死于湖南，仿佛飘荡太久太累的落叶不择地的坠落。

不是所有的觱篥之音都是悲音

既然觱篥之曲音如此愁苦，为何唐宋宫廷却乐此不疲夜夜笙歌不离觱篥？其实，不是所有的觱篥之音都是悲音。

在独奏时，唐宋觱篥演奏家多是背井离乡的艺人，曲歌多是悲壮而愁苦。觱篥还因音悲被编入仪仗队——卤簿。在合奏时，尤其是有舞蹈、歌曲混搭演出时，觱篥又会幻化出嘹亮悠扬的动人音色,成为穿透一众宫廷乐器的头牌,并以此衬托歌舞伎的美妙舞姿,从而让人赏心、悦目、快耳,感触多重乐舞享受。

在唐宋时期,有人赞誉觱篥之声犹如天外仙音,常被用于整个宫廷乐队的第一声。觱篥也因此成为唐朝宫廷乐队的"头管",和领奏乐器琵琶媲美。觱篥的音域宽广,演奏灵活性强,发声兼容性强,还让它一度成为宫廷乐队的定音乐器。每次,作曲家新鲜出炉的觱篥曲谱,常被宫廷乐工用于记录曲调。大唐这个习惯,不论是五代十国时期还是整个大宋王朝,都没有改变。

五代前蜀的花蕊夫人,有一首著名的《宫词》就说:"御制新翻曲子成,六宫才唱未知名。尽将觱篥来抄谱,先按君王玉笛声。"可见,前蜀皇帝王建和前蜀后主王衍传承唐朝的宫廷乐舞,依旧流行让乐工先抄录觱篥曲谱,再用于整个宫廷乐队合奏演出。诗词中提到的所谓的"抄谱",就是说其他宫廷乐器都是依照觱篥来校音定调。

后来的南宋目录学家、藏书家晁公武还道出,觱篥曲谱之所以广泛流行,是因为它的音律通俗易懂。利于速记,而且不会烧脑,宫廷诞生的觱篥曲谱自然就变得清新畅快起来。一生戎马紧握唐音的前蜀皇帝王建,在蜀地开疆辟土建国,他的后宫多了一位才貌双全的花蕊夫人,对酒欢歌,恩宠一时。王建这份恩宠成就了诗词风格清新隽永的花蕊夫人,也让花蕊夫人的儿子王衍的夺帝之路变得顺畅。不得不承认,唐宋之间的五代前蜀王朝虽然气弱命短,却因为花蕊夫人诗词以及同时期的花间词璀璨了中国诗词史，点亮了蜀地一截繁华。

918年，前蜀后主王衍沿用父皇王建宫廷乐队，传世的永陵石刻浮雕"二十四伎乐"，更成为与敦煌莫高窟、克孜尔音乐窟相互辉映的盛世唐音。其中，王建棺床石刻"二十四伎乐"上的两位"觱篥伎"，一东一西，嘴衔竖管，高凸腮部，用力吹奏觱篥的画面，我一次次地下蹲凝望，有时也会走神，比如猛然回头闯进一个千年之前的时间秘区，闯进她们用觱篥之声一唱一和领奏蜀宫夜宴的梦幻场景，做一个不再缺乏宫廷乐舞营养的幸福乐工。

弹筝

读《全唐诗》，我发现李白和王维竟然没有一首交际诗，杜甫、孟浩然、王昌龄等盛唐诗人却又都是他们的好友，多次互赠诗歌托运友情。这两个同生于701年的诗坛巨星，先后因为玉真公主成为唐玄宗李隆基的近臣，奇怪的是老死不相往来。有李白参加的饭局，王维就会避开，有王维出席的诗会，李白也会逃离。这跟以诗会友、以诗争鸣的盛唐气象，完全背道而驰，让人不可思议。即使李白和王维不争诗名，总得听人劝，多一个朋友多一条路吧，再不济也是多一个朋友多一杯酒吧。然而，不论是唐诗还是史籍，李白和王维就像两条固执的平行线没有交叉痕迹，不要说他们是刻意屏蔽朋友圈，就连点头之交都不见一字书写，说他们是好友更是天方夜谭，说他们是文人相轻也太牵强。在761年、762年先后去世的王维和李白，只留诗文照亮各自的人生。

有意思的是，李白、王维、杜甫、孟浩然、王昌龄等唐朝诗人都写过与筝有关的诗歌。盛行于唐朝的古筝在这群盛名浩大的诗人中，唯独没有弹出李白和王维的结交之意、对酒之情。即使盛唐的弹筝伎有纤纤玉指弹拨心弦，即使这弦会发出铮铮然之声，依旧无法牵引李白和王维的两颗孤傲之心相互撞击。这不能不说是唐诗里的一大缺憾。还在当今社会流行的古筝，弦是越来越多了，音域也越来越宽了，学的人比听的人更多了，却仿佛是这样一种尴尬景象：被唐诗分走了古音，被明月搬走了寂寞，被石头挤走了春天……耳边，空山不遇新雨；眼前，石上不见清流。

要寻找唐筝里走散的古音，成都永陵地宫王建棺床上的"二十四伎乐"便是一条捷径。这里，有一位表现唐朝宫廷乐队遗韵的石刻浮雕弹筝伎，弹的是秦声，拨的是唐音，混杂着王建、王衍两代蜀王不同颜色的梦。此处的古筝，虽然模样有些模糊，却深藏着唐朝盛极一时的筝乐。

秦筝，或是蒙恬所造秦声

筝，兴于唐，但并非生于唐。晚唐音乐理论家段安节在其专著《乐府杂录》的《筝》序中就载："筝者，蒙恬所造也。"此外，段安节还记述了唐宪宗至唐文宗、唐宣宗年间的弹筝高手名单，比如"元和至大和中，李青青及龙佐，大中以来，有常述本，亦妙手也。史从、李从周，皆能者也。从周，即青孙，亚其父之艺也。"

我对段安节提及筝的缘起只能打五折，以为筝，或是蒙恬所造秦声。因为秦始皇尊宠一生的名将蒙恬，史书上记载他更多笔墨着力于此人打仗很厉害，曾是驻守九郡十余年威震匈奴百万雄师的"中华第一勇士"。蒙恬和白起一样都是秦国的战神，白起是秦昭王征战六国时期的英雄，所向披靡，主要政绩是破内乱，赢城池；蒙恬则不仅是秦始皇时期一统天下的猛将，更是真正以身诠释"不教胡马度阴山"的神兵，主要军功是解外忧，安天下。我查寻了多种谈及筝的史书，并未直接说筝或者秦筝就是蒙恬所造。比如《史记·蒙恬列传》就没有蒙恬造筝的记载。东汉学者、泰山郡太守应劭所著的《风俗通》谈到筝，也只说或是蒙恬所造，并不敢如段安节这样断定。"筝，'谨按《礼乐记》，五弦，筑身也。今并、凉二州筝形如琴，不知谁所改作也。或曰蒙恬所造'。"《风俗通》最多肯定了筝在汉代的西北地区流传，形状如瑟，筝弦五根。与应劭同时代的许慎和刘熙，在诠释秦筝时也没有提到蒙恬。东汉许慎仅在《说文解字》中记载："筝，鼓弦竹身乐也，从竹，争声。"而东汉刘熙在《释名》中说："筝，施弦高急，筝筝然也。"刘熙倒是说了筝的另一个起源，由筝本身发出的"铮铮"声响而命名。

筝，被称为秦筝，源于它产生在战国时期的秦国。秦始皇的丞相李斯在《谏逐客书》这篇公文中谈到秦国乐舞时，就说："夫击瓮叩缶、弹筝搏髀，而歌呜呜快耳者，真秦之声也。"李斯此文，堪称是关于中国古筝的最早记载。李斯也好，还是后来的司马迁《史记》所载《李斯列传·谏逐客书》中提到的弹筝文字也好，均没有坐实蒙恬造筝一说。

这些古代权臣和学者的文字看上去铁板钉钉，却都无法阻挡民间关于美化蒙恬造筝的传说。如同女娲造笙簧、师延造箜篌的神话一样，秦国大将蒙恬造筝被民间传得有鼻子有眼儿，让后人对此判断是史实还是神话已变得模糊。尤其是文学介入历史之后，历史有时也难辨真假，有时还被以假乱真，《三国演义》对《三国志》的颠覆就是如此，因为每个人心中的历史人物印记不完全一样，许多时候会按照心中所想的人和事来记载。民间如今最常见的弹拨乐器"筝"，传说最早是战国时代的一种兵器，用于竖着挥起打敌人，古人甚至约定成俗："筝横为乐，立地成兵。"后来，蒙恬在兵器"筝"的上面加上弦，他在边关打仗拨动秦筝发出悦耳动听的铮铮之音，渐渐流传开来，从而将筝发展成为乐器：秦筝。流传更广的蒙恬造筝故事，则是说秦始皇派大将蒙恬远征西域，随身携带二十五弦瑟的他常常弹拨以解离愁与战争之闷。有一次，蒙恬在观赏西北地区少数民族姑娘热情奔放的歌舞后，再次弹起了瑟，婉转动听的乐音打动了某个部落首领的两个女儿。蒙恬见她们都很喜爱此瑟，便割爱把二十五弦瑟赠给二女。结果，二女争瑟，互不相让，蒙恬只好一分为二，姐姐得十三弦，妹妹得十二弦。蒙恬由衷感慨：一瑟传二女，不争怎得器？于是，蒙恬将一分为二的瑟命名为筝。从此，这种乐器便叫"秦筝"。只是，后人不断在否定又肯定蒙恬造筝的起源与传说。

尤其是隋唐两代，筝的起源被学者争论不休。《隋书·音乐志》就很肯定："筝，十三弦，所谓秦声，蒙恬所作者也。"

《旧唐书·音乐志》则是否定:"筝,本秦声也,相传云蒙恬所造,非也!"宋朝也是如此。到了清朝,训诂学家朱骏声又大力肯定是蒙恬曾改革了筝,其《说文通训定声》记载:"古筝五弦,施于竹,如筑。秦蒙恬改为十二弦,变形如瑟,易竹于木,唐以后加十三弦。"

不论百家怎么争鸣,筝产于战国时期,被称为秦筝,历代不仅没有争议,还被唐朝众多诗人大笔书写。唐朝史学家杜佑在《通典·乐四》中就一锤定音:"筝,秦声也。"

然而,20世纪70年代末、90年代初接连出土的江西筝、江苏筝,统称为春秋战国时期的"越筝",显然更早于"秦筝"。1979年,在江西省贵溪县仙岩崖墓群中发现连件筝,年代就是战国时期的诸侯国越国。其中,保存完好的一件十三弦筝,长166厘米、宽17.5厘米,尾宽15.5厘米,两端各有13个弦孔。另一件筝尾残缺。这两件"越筝"的形制、弦数和系弦法与后世古筝相似,据考是目前中国出土的已知的最早实物,比最早记载的秦筝(《史记·李斯列传》)还早约400年。1991年,在江苏苏州吴县长桥镇长桥村出土的战国时期的十二弦筝,筝身用硬质楸枫木制成,底板无存,通长132.8厘米,琴体槽面钻有12个透孔,呈一线排,此筝亦是古越国人发明的"越筝"。

唐筝，被儒、释、道三家思想弹引

筝，最早为竹质的弹拨乐器（一说五弦，一说十二弦，一说十三弦），汉魏流行十二弦筝，隋唐盛行十三弦筝。明清至今，筝弦不断增加为十五弦、十六弦、二十一弦、二十五弦等，目前以木质古筝为主。唐朝筝弦以十三弦为主，曾任嘉州（今四川乐山市）刺史的著名边塞诗人岑参有一首咏筝诗《秦筝歌，送外甥萧正归京》就说："汝不闻秦筝声最苦，五色缠弦十三柱。"

唐朝的筝乐诗，除了白居易那首名气最大的《筝》，张九龄、王昌龄、孟浩然、岑参、刘禹锡、元稹、顾况、张祜、李峤等诗人其实也有专诗咏筝。他们的诗歌多受儒、释、道三家文化影响，最具代表性的诗人则是诗圣杜甫、诗佛王维、诗仙李白。唐筝，盛唐的最强筝音，亦是被儒、释、道三家思想弹引。

杜甫是受儒家文化影响的集大成者。他比李白、王维皆小 11 岁，出生于一个世代"奉儒守官"的家庭，从其远祖、西晋学者兼名将杜预开始，到其祖父、初唐"文章四友"之首的杜审言，再到其父、官至京兆奉天县令的正厅级官员杜闲，杜氏家族历代皆是高官，杜甫从小就有"致君尧舜上，再使风俗淳"的求官为民梦。而写诗对于杜甫来说，就是传承祖父杜审言的家事。杜甫曾在成都作诗《赠蜀僧闾邱师兄》，以一句"吾祖诗冠古"引以为傲；也曾在梓州（今四川三台县）写诗《宗武生日》，用一句"诗是吾家事"告诫儿子杜宗武，要继承家族诗学。

　　只是杜甫一生当官多职均没有施展出"致君尧舜上，再使风俗淳"这一抱负。杜甫少年时期是岐王李隆范的家宅常客，青年时期的诗歌也被河南尹韦济在百官宴席上高声吟诵，他就是没有王维那么走运，屡次报考进士这条唐朝高考路一直走不通，但这并不阻碍杜甫"奉儒守官"的理想。"臣甫言：臣之近代陵夷，公侯之贵磨灭，鼎铭之勋，不复照耀于明时。自先君恕、预以降，奉儒守官，未坠素业矣。亡祖故尚书膳部员外郎先臣审言，修文于中宗之朝，高视于藏书之府，故天下学士，到于今而师之。臣幸赖先臣绪业，自七岁所缀诗笔，向四十载矣，约千有余篇。今贾、马之徒，得排金门、上玉堂者甚众矣。惟臣衣不盖体，常寄食于人，奔走不暇，只恐转死沟壑，安敢望仕进乎？伏惟明主哀怜之。"唐玄宗天宝十年，即751年，四十不惑的杜甫在长安给李隆基献《雕赋》，他在《进〈雕赋〉表》中提到"奉儒守官"，期望唐玄宗爱其才赐其官。而从"县官急索租，租税从何出？"（《兵车行》）到"朱门酒肉臭，路有冻死骨"（《自京赴奉先县咏怀五百字》），再从"国破山河在，城春草木深"（《春望》）到"安得广厦千万间，大庇天下寒士俱欢颜"（《茅屋为秋风所破歌》），处处可见杜甫忠君为民的气节，以及他从孔夫子那里学来的"己所不欲，勿施于人"的儒家仁义思想。

　　今人说杜甫必言他是忧国忧民的伟大的现实主义诗人，这没错，但也有些偏颇，因为他也是一个很有生活情趣的人。就在753年初夏，杜甫与好友兼恩师、广文馆博士郑虔一同游访何将军山林，写了一组与筝有关的五言诗《陪郑广文游何将军山林》，第五首便说："剩水沧江破，残山碣石开。绿垂风折笋，红绽雨肥梅。银甲弹筝用，金鱼换酒来。兴移无洒扫，随意坐莓苔。"烹笋摘梅，弹筝换酒，将军豪兴，友人殷勤，移席苔前，享用美食，闻听古筝……这样畅快淋漓的画面，没错，杜甫咀嚼过。而且他当时正在长安街头过着缺衣少食的主题生活，可谓苦中作乐。然而13年后，杜甫在夔州（今重庆奉节县）的一首五言长诗《秋日夔府咏怀奉寄郑监李宾客一百韵》再次提到筝音，则是色彩悲哀的"高宴诸侯礼，佳人上客前。哀筝伤老大，华屋艳神仙"。哀筝，折射的是古筝本身具有的一种悲音。尽管此刻他仍然是"每饭必思君"的忠君思想，但是已经彻底放弃当官梦想，只想落叶归根葬身家乡巩县（现巩义市）。

王维曾和杜甫一同被安禄山军队抓获，同为天下沦落人。可是相比李白和杜甫，前半生的王维却是走得最顺的大诗人。21岁状元及第，那真是少年得志，朝野震动。在考中状元的前几年，王维一直在李隆基的弟弟岐王李隆范（后改名为李范）和李隆基的妹妹玉真公主李持盈身边混诗名。杜甫也曾是比王维晚几年认识李隆范的座上宾，留诗"岐王宅里寻常见"，可惜他除了诗写得好，没有王维长得帅，更不如王维人机灵、懂音律、善弹琵琶。李隆范识得王维如识知音，当年他不敢专享，痛快地引荐给了比王维大9岁的玉真公主。王维先是一曲琵琶语让玉真公主侧身注目，然后是一首接一首音律感极强的诗歌打动芳心，玉真公主起身走近一看，哟，这小伙子竟然还是一个帅哥，于是双目放电，一见钟情。在玉真公主的推动下，王维直接高中状元，一时恩宠无限险峰。说险，是因为王维并不是真正的金刀驸马，他只能隐秘地做玉真公主的情人，还不能娶妻生子，一旦身心背叛，就是贬离京城，败走边疆，做一个落魄的文人。深受母亲佛家思想影响，号摩诘居士的王维哪里受得了这些？王维离开玉真公主所掌控的长安，隐居终南山，云游被贬去的荒凉地，也曾安于寄情山水，"明月松间照，清泉石上流"（《山居秋暝》）、"独坐幽篁里，弹琴复长啸"（《竹里馆》）、"不知香积寺，数里入云峰"（《过香积寺》）、"行到水穷处，坐看云起时"（《终南别业》）、"大漠孤烟直，长河落日圆"（《使至塞上》）这类空灵的诗句如涓涓细流，横空出世，独步诗坛。

性格内向，常食素蔬，加上丧妻丧母，更加孤独的王维也有坐不住冷板凳摁不住寂寞的时候。"桂魄初生秋露微，轻罗已薄未更衣。银筝夜久殷勤弄，心怯空房不忍归。"这首《秋夜曲》，就是王维借一个女子寂寞难寝频频弹筝的画面，抒写了离开玉真公主的仕途落寞。多年在诗中修禅的王维，后来也想回归玉真公主床榻，重返往日荣光，却是事与愿违，时过境迁。因为玉真公主已经爱情转移，跟李白好上了。

穷其一生崇尚道教求仙访道的李白，和同样崇信道教的玉真公主走到一起，其实很不容易，尽管他们有一条相同的道家之道，但是身份过于悬殊，两个率真的人命里交集甚少。因为玉真公主在很长一段时间对王维念念不忘。在唐玄宗开元年间，李白曾赴长安求官，寓居玉真公主终南山别馆，他先是结识了当朝宰相张说的爱子、宁亲公主的驸马都尉张垍，然而并未得到推荐，于是改走王维式的捷径，寻访玉真公主，很长一段时间依旧走不通此路。李白曾在《玉真公主别馆苦雨赠卫尉张卿二首》中用一句"独酌聊自勉，谁贵经纶才"倾吐了自己的苦闷，此处的张卿是不是张垍，历代李白研究专家争论不休，至今没有争论出一个定论。传说经过当时著名的隐士元丹丘引荐，也就是李白《将进酒》诗中提到的丹丘生的大力推荐，29岁的李白才见上38岁的玉真公主一面。可是，玉真公主只是把李白当作同道中人接待了一下，便不再约见，或许就是内心还没有彻底走出王维的影子，或许是李白并不帅，没有传说中那么威猛。几年后，李白以一首《蜀道难》征服了当朝权臣贺知章。酒量很大、剑术很高、身躯勇猛、诗歌生猛的李白，声名渐渐传遍长安街头。"玉真之仙人，时往太华峰。清晨鸣天鼓，飙欻腾双龙。弄电不辍手，行云本无踪。几时入少室，王母应相逢。"已算李白好友的卫尉张卿，后来把李白这首祝福玉真公主早日成仙的《玉真仙人词》转献给了玉真公主。玉真公主才对李白另眼相待，渐渐垂青这个天才。尽管如此，李白赢得官职的机遇还是来得太迟。"停杯投箸不能食，拔剑四顾心茫然。……行路难！行路难！多歧路，今安在？"在入职供奉翰林之前，李白还写过一首《行路难》来表述心迹，不过他比杜甫的心态略好，行路虽难，还是喊出了豪情万丈的"长风破浪会有时，直挂云帆济沧海"。

改变李白命运的这一年，是唐玄宗天宝元年。李隆基的御前绣龙茶几，先后递来了三个明亮的折子，一个来自常吹耳边风的玉真公主，一个是太子宾客、银青光禄大夫兼秘书监贺知章，一个是跟崇信道教的唐玄宗走得很近的道士吴筠，他们纷纷推荐了李白，折子里还附上了李白的诗赋。看了李白非同凡响的诗赋，唐玄宗终于动了惜才之心，立即召见，入职翰林。李白也因此听到了真正的大唐宫廷筝音，一首道家仙人之曲，曲名叫《升天行》。

"深宫高楼入紫清，金作蛟龙盘绣楹。佳人当窗弄白日，弦将手语弹鸣筝。春风吹落君王耳，此曲乃是升天行。因出天池泛蓬瀛，楼船蹙沓波浪惊。三千双蛾献歌笑，挝钟考鼓宫殿倾。万姓聚舞歌太平。我无为，人自宁。三十六帝欲相迎，仙人飘翩下云軿。帝不去，留镐京。安能为轩辕，独往入窅冥？小臣拜献南山寿，陛下万古垂鸿名。"显然，李白《春日行》这首咏筝诗，属于吹捧诗。唐玄宗这年春日泛游白莲池，召李白作诗歌功颂德。当时李白已酒醉翰林苑，李隆基便命高力士扶以登舟，李白醉时即兴而作此诗，也有调侃君王治国无为的味道。都说喝酒误事，李白虽不耽误御用诗人使命，但他多次羞辱唐玄宗宠臣高力士，加上个性张扬得罪不少权臣，当朝宰相李林甫一直看他不顺眼，终究被李隆基赐金驱出长安。在天宝十一年，752年这年，李白流落在邯郸还写过一首咏筝诗叫《邯郸南亭观妓》，诗中"把酒顾美人，请歌邯郸词。清筝何缭绕，度曲绿云垂。……我辈不作乐，但为后代悲"诸句，已是放荡不羁及时行乐的筝乐。

道可道，非常道；名可名，非常名。没有京城长安这一出从得意巅峰到失意低谷的人生经历，在我看来，李白后来也写不出名垂千古的《将进酒》。

不管是儒家，还是佛家、道家，被这三家思想影响的盛唐诗人最终会走进酒家，寄托于诗文，方能长眠。诗佛王维酒量最小，他喜欢送别人，爱写酒后送别诗，最流行的"劝君更尽一杯酒，西出阳关无故人"出自《送元二使安西》。事实上761年去世之前，王维也在作书向亲友辞别，信中劝勉亲友要信奉佛法，维持心性，以求了脱，然后才安然离世。求官艰难、求仙无望的诗仙李白，更是一生与酒水常伴，自称"一日须倾三百杯"的他临终也在饮酒写诗，传说他的绝笔诗是《临路歌》（一作《临终歌》）。762年，在死前身感不适的李白先是把自己保留的诗稿托付给安徽当涂的叔叔李阳冰保管，然后拼尽最后的力气写完了堪称自撰墓志铭的《临路歌》："大鹏飞兮振八裔，中天摧兮力不济。余风激兮万世，游扶桑兮挂石袂。后人得之传此，仲尼亡兮谁为出涕？"李白最后的托鹏自伤无人为其哭泣，事实上杜甫就是他的千古知音，经常作诗哭李白。为李白写过"笔落惊风雨，诗成泣鬼神""白也诗无敌，飘然思不群""千秋万岁名，寂寞身后事"的杜甫，最后一首怀念李白的诗句也是拳拳垂怜之情"世人皆欲杀，吾意独怜才"。杜甫虽然不如李白那样纵酒，但也是诗不离酒、酒不离诗，高兴时"白日放歌须纵酒"，悲伤时"朱门酒肉臭"，孤独时"重阳独酌杯中酒"，贫困时"樽酒家贫只旧醅"，有一种杜甫死因还说他是久饿之后被酒肉撑死，事实上他是死于风疾。770年冬天，离开耒阳之后的杜甫带着一家老小从长沙去岳阳，湘江水大涨，途中风疾（风痹病）发作的子美躺在前往岳阳的船中，叹战乱未停，伤自己将逝，写下自挽绝笔诗《风疾舟中，伏枕书怀三十六韵，奉呈湖南亲友》，诗中"战血流依旧，军声动至今"还在关心国破家亡后的国计民生，诗尾"家事丹砂诀，无成涕作霖"奉呈湖南亲友就是以诗代讣，请求托孤托葬，一代儒家代表诗人慷慨而悲壮。什么盛唐古琴，什么盛唐横笛，什么盛唐古筝，对于此刻的杜甫而言皆是"故国悲寒望"。

蜀筝，续弹盛唐的亡国悲音

秦筝，弹奏而出的盛世唐音，迄今还有陕西筝在陕西大地上流传。除了成都永陵博物馆的石刻弹筝伎，甘肃敦煌莫高窟的85窟、112窟、161窟、172窟等表现唐朝乐舞系列壁画还有不少唐时弹筝伎形制，回响秦筝。至今依稀可见，敦煌壁画中的弹筝伎等手持的唐时古筝，多是用手指弹拨，但这并非唯一弹筝之法。在盛唐时期，由于古筝的流行不局限于宫廷，民间也有用木拨弹或用银甲（假指甲）弹拨的弹奏方法。李商隐的咏筝诗句"十二学弹筝，银甲不曾卸"，说的就是用银甲代替手指弹筝。唐玄宗开元年间的进士王谌还以诗《夜坐看挡筝》记录过"挡筝"的弹奏方法："调筝夜坐灯光里，却挂罗帷露纤指。朱弦一一声不同，玉柱连连影相似。不知何处学新声，曲曲弹来未睹名。应是石家金谷里，流传未满洛阳城。"此处的"挡"读作 chōu，方法是用五指齐拨古筝而发声。据考，永陵的石刻弹筝伎，就是用手指挡筝，这个古筝演奏法与五代十国时期的南唐周文矩名画《合乐图》绘制的弹筝伎相似。

如果按照清朝训诂学家朱骏声的说法，产于战国时期的五弦古筝，早于蒙恬改为十二弦之时，那么后来的蜀地筝乐在我看来皆是续弹盛唐的亡国悲音。因为秦始皇统一六国之前，先是秦惠文王派大将司马错于公元前316年率兵伐蜀，破蜀军于葭萌关，吞灭蜀国。蜀地自古是天府之国，粮食丰盛，司马错这一战不仅解决了秦始皇后来一统天下的缺粮之忧，而且由此为秦国打开并明确了统一天下的大战略。施弦高急，秦筝本应发出清亮的悦耳声响。把筝还给战争，遍地血迹斑斑的秦筝之声，对于古蜀国人而言正是亡国之音。

从汉末到唐末，刘备、王建、孟昶曾先后在成都缔造"蜀汉""前蜀""后蜀"三个蜀国。我不知道他们三个蜀地皇帝享用宫廷筝乐时会是什么心情，对于成都而言，他们都是外来入侵的既得利益者。这三个时期的蜀地筝乐，给我的感觉依旧是战争带来的血红秦声。尤其是作为唐僖宗时代宿卫宫廷的将军王建，在蜀地杀出一条血路，步入唐宋之间的五代十国，他自封前蜀皇帝，在位12年奏响的蜀宫乐舞，弹筝也罢，吹笛也罢，都是大唐遗音。不过，王建在位时期体味的大唐宫廷遗音较短，仅仅是12年的春梦，今人幸有其子王衍在王建石棺留下筝乐等"二十四伎乐"证据，还可借此走进他的梦境。前蜀后主王衍在位更短，在不足8年的帝位上纵情乐舞与山色，死于亡国灭族，梦如落虹。

此刻，永陵石刻"二十四伎乐"中的弹筝乐伎，成为我返回唐朝筝乐诗记忆的一条密径。她，头髻高悬，脸蛋略圆，置筝于左腿之上，双手抚按筝弦，头部和上身向左倾斜，她的身姿并非向东北方向的长安倾斜，似乎有着远离大唐京城的无奈表情。她的双目半睁半闭，似醉非醉，双手按住的琴音凝固在石头里，似乎唯有吟诵白居易《筝》中诗句才可以释放出大唐的动人筝音："云髻飘萧绿，花颜旖旎红。双眸剪秋水，十指剥春葱。……移愁来手底，送恨入弦中。……慢弹回断雁，急奏转飞蓬。霜佩锵还委，冰泉咽复通。珠联千拍断，刀截一声终。倚丽精神定，矜能意态融。歇时情不断，休去思无穷。灯下青春夜，尊前白首翁。且听应得在，老耳未多聋。"

在隋唐五代时期，由于古筝制作工艺发达与古筝演奏技法的不断创新，《全唐诗》收录的100余首咏筝诗中，对筝的称谓竟有20多种，但被称为"秦筝"的唐诗却最多，高达26首。如今流传于世的古筝，演奏手法主要采用右手拇、食、中、无名四指拨弦，指法多样，右手有勾、托、劈、挑、抹、剔、打、摇、撮等，左手有按、滑、揉、颤等。河南筝，还有一弹筝技巧俗称"游摇"，民间至今流传着一首弹筝诗："名指扎桩四指悬，勾摇剔套轻弄弦。须知左手无别法，按颤推揉自悠然。"

我在成都定居多年，也曾在西安、杭州、北京出差，得缘听过多位当代古筝演奏家弹奏的古筝曲。不知道为什么，总觉得少了一些古意，或许就是从永陵石刻弹筝伎和唐诗中的弹筝伎失传的大唐筝音。这种无奈心境，不敢高声语，只能低

头吟,唐玄宗开元年间的宰相、五言古诗高手张九龄那首脍炙人口的咏筝名诗《听筝》:

> 端居正无绪,那复发秦筝。
> 纤指传新意,繁弦起怨情。
> 悠扬思欲绝,掩抑态还生。
> 岂是声能感,人心自不平。

箜篌引

"韩足以惊天,李足以泣鬼,白足以移人。"清朝诗人、文学批评家方世举在考订《李长吉诗集批注》时,把韩愈的《听颖师弹琴》、李贺的《李凭箜篌引》、白居易的《琵琶行》推许为唐朝音乐诗"摹写声音之至文"。其实,单就诗歌成就和诗风创新而言,韩愈远不如白居易和李贺。

这个方世举,字扶南,号息翁,以诗闻名于康熙和乾隆年间,一生推崇韩愈的诗,曾著《韩昌黎诗集编年笺注》,自然首推韩愈的《听颖师弹琴》为唐诗音乐名篇,赞为"摹写声音之至文",应有他的偏爱。不过,写古琴、箜篌、琵琶这三首唐诗倒也惟妙惟肖,要我排名恰好要颠倒为《琵琶行》《李凭箜篌引》《听颖师弹琴》。方世举提到的古琴和琵琶还常见于当下,他说的箜篌就少见于江湖了。

如今能看到的古代箜篌形象,除了敦煌莫高窟、山西云冈石窟等久远的石窟,就是成都永陵博物馆的前蜀皇帝王建地宫"二十四伎乐"石刻浮雕的"箜篌伎"。位于王建棺床西五,这个1100岁的石刻箜篌伎所演奏的"竖箜篌",正是她奔走于唐朝宫廷的一个缩影。

箜篌,亡国之音,空国之侯

箜篌,从何而来,由谁所造?西汉史学家司马迁的《史记》,有箜篌的最早记载:"祷祠太一、后土。始用乐舞,益召歌儿,作二十五弦及空侯琴瑟自此起。"司马迁提到的"空侯",便是"箜篌"的早先叫法。而将箜篌从汉至唐的流传记录更详尽的人,则是晚唐朝仪大夫、音乐理论家段安节。

> 箜篌乃郑卫之音权舆也。以其亡国之音,故号"空国之侯",亦曰"坎侯"。古乐府有《公无渡河》之曲——昔有白首翁,溺于河,歌以哀之;其妻丽玉善箜篌,撰此曲,以寄哀情。咸通中,第一部有张小子,忘其名,弹弄冠于今古,今在西蜀。太和中,有季齐皋者,亦为上手,曾为某门中乐史,后有女,亦善此伎,为先徐相姬。大中末,齐皋尚在,有内官拟引入教坊,辞以衰老,乃止。胡部中此乐妙绝。教坊虽有三十人,能者一两人而已。

善乐律、能作曲的唐人段安节,曾在唐朝灭亡之前的乾宁元年(894)写就记述唐代音乐的古籍《乐府杂录》。上面这段关于箜篌的阐释文字，正是来自此书的《箜篌》序篇。其父段成式是管理大唐宫廷音乐机构的太常少卿，段安节因此从小即好音律。作为宰相段文昌之孙、诗人温庭筠之婿，段安节所著《乐府杂录》不仅相对可信，而且对后世影响很大。

段安节在此书中提到古乐府曲《公无渡河》的故事，来自西晋惠帝时期的太子太傅丞崔豹撰写的《古今注》。记载的是汉朝乐浪郡朝鲜县（今朝鲜平壤）津卒霍里子高去撑船摆渡，眼看一个披散白发的人提着葫芦就要冲进急流，此人妻子大声呼喊不要让他渡河，可是白发人终究被河水淹死。此女于是拨弹箜篌，泣唱《公无渡河》："公无渡河，公竟渡河。渡河而死，其奈公何？"其声凄怆，曲终引泪。子高悴悴然回到家中，给妻子丽玉转述此事，丽玉甚是悲伤，摆上箜篌便以弹唱的方式记录下来此事此曲，易名《箜篌引》，流传至唐。乐浪郡，是汉武帝于公元前108年平定卫氏朝鲜后在今朝鲜半岛设置的汉朝四郡之一。这个故事原本是说2000多年前的朝鲜箜篌演奏艺术家弹拨的箜篌悲音，它所产生的古曲《箜篌引》被收录于《相和歌辞》，却影响了一大批中国古代诗人的诗歌创作。

三国时期的诗人曹植所作的同名诗歌《箜篌引》，据说就取用了这个曲调。"黄河西来决昆仑，咆哮万里触龙门。波滔天，尧咨嗟。大禹理百川，儿啼不窥家。杀湍湮洪水，九州始蚕麻。其害乃去，茫然风沙。被发之叟狂而痴，清晨临流欲奚为。旁人不惜妻止之，公无渡河苦渡之。虎可搏，河难凭，公果溺死流海湄。有长鲸白齿若雪山，公乎公乎挂罥于其间。箜篌所悲竟不还。"后来的大唐诗人李白更是发挥其超强想象力，直接用《公无渡河》一诗追记了这个箜篌悲音的故事源头。

除了《公无渡河》，李白还有一首以箜篌命名的诗作是《箜篌谣》，这是李白借古歌辞表达对结交挚友之难的慨叹。"汉谣一斗粟，不与淮南春。兄弟尚路人，吾心安所从。他人方寸间，山海几千重。轻言托朋友，对面九疑峰。"留给世人潇洒豪迈形象的李白，为何会有如此心情低落的诗句？"醉眠秋共被，携手日同行。"杜甫赠李白的诗《与李十二白同寻范十隐居》，不是火热表达过二人非一般的异性兄弟情谊吗？745年秋，李白在山东石门送别杜甫更传递了期待和杜甫再度相聚的依依不舍之情，其《鲁郡东石门送杜二甫》一诗中的"何时石门路，重有金樽开"难道是虚情假意？非也。

这是李白晚年的巨大落寞，如同霍金说的那个世人参不透的黑洞。当年在唐玄宗手下做李供奉的李白，也曾因为"云想衣裳花想容，春风拂槛露华浓"把杨贵妃哄得很是开心，最终却被李隆基赐金放还，游走民间。安史之乱爆发后，李白一腔热血却洒错了地方，他怀着平乱的志愿，于756年加入了永王李璘的幕府，因受永王争夺帝位失败牵累，流放夜郎（今贵州境内），尽管中途遇赦东还，晚年依旧漂泊，卒于当涂（今属安徽）。李白《箜篌谣》一诗，正值757年永王李璘败后所作，满腔热血突然郁结成霜雪，他只能用酸酸的汉谣低低地唱："一尺布，尚可缝；一斗粟，尚可舂。兄弟二人不能相容。"其实，李白表面上说的是汉文帝与淮南王之间的兄弟恩怨，实则映射的却是太子李亨在擅自登基成为唐肃宗的路上，与同父异母之弟李璘自相残杀的夺帝情仇。

李白此诗暗喻的"箜篌"，既是亡国之音，也是失足之音。

当然，箜篌之音的失传并不在于李白的此诗此时。根据现代学者的研究，古箜篌失传于明末清初。失传的原因，跟盛唐时期的箜篌被李隆基列为皇家宫廷御用乐器有关。不论是唐宋还是元明，箜篌主要用于宫廷乐舞，民间难得几回闻。"教坊虽有三十人，能者一两人而已。"段安节在《乐府杂录》书中甚至说，当时的唐朝宫廷教坊能弹拨箜篌的人也就一两人。

李凭，大唐箜篌第一乐手

在唐朝，善弹箜篌的人很少，写箜篌的诗却不少。

唐玄宗（712—756年在位）时代最有名的箜篌演奏家是宫廷乐师张徽（又名张野狐），他在安禄山兵临潼关古城后，曾用箜篌的亡国之音追随李隆基西逃蜀地，至死也是用其弹拨箜篌之绝活声动朝野。

唐文宗李昂（826—840年在位）大和年间，有一个叫季齐皋的人，也是箜篌演奏的上手，宫廷乐舞的常客。

唐懿宗李漼（859—873年在位）咸通年间，还有一个弹拨箜篌的高手，就是段安节提到的蜀地"张小子"，"咸通中

第一部有张小子,忘其名,弹弄冠于今古,今在西蜀"。蜀地箜篌的昌盛者,则是外来的将军后来当王的王建。咸通十四年七月,唐僖宗(873—888年在位)李儇即位,追随唐僖宗担任禁军统领的王建,在唐朝灭亡后自拥蜀地,建立五代十国期间的前蜀帝国,每令宫廷乐舞,必奏箜篌之音。

李白说:"古来圣贤皆寂寞,惟有饮者留其名。"但对箜篌演奏家而言,则是被诗人书写者才留名。

在唐宪宗李纯(805—820年在位)元和年间,有一个叫李凭的宫廷乐师,就因擅长弹奏箜篌名噪一时,更因李贺、顾况、杨巨源等诗人争相书写他的箜篌技艺而名垂千古。李凭有多牛,弹得有多红?"驰凤阙,拜鸾殿,天子一日一回见。王侯将相立马迎,巧声一日一回变。"中唐诗人顾况曾用长诗《李供奉弹箜篌歌》记录过李凭作为国府乐手弹拨箜篌的盛况,李凭的身价和声名一度超过盛唐第一歌手李龟年。顾况是谁?今人的印记可能有些模糊。当年白居易去京城参加科举考试,一到京城就去拜访著作佐郎顾况,被顾况极力点赞。如果那时有微信朋友圈,白居易就是顾况置顶推荐并四处转发各大名流社交群的人。据说顾况最初看到诗稿上"白居易"的名字并不以为然,因为白居易的声名尚未打开,他还当着小白的面开过玩笑,说过轻视的话:"长安米贵,居住不容易啊……"小白听着就直冒冷汗。然而打开诗稿,看到第一首诗便是"离离原上草,一岁一枯荣。野火烧不尽,春风吹又生"(《赋得古原草送别》),顾况再也不敢倚老卖老,他连忙改口说:"嗯,不错。能写出这样的诗句,在长安居住下来就容易了。"从此,白居易的诗才和诗名就在京城迅速传开。唐宪宗李纯很快点名白居易为校书郎,一时官运亨通,几乎每年都在晋升官职。

同时期的诗人杨巨源则用两首《听李凭弹箜篌》传递了李凭在皇宫弹奏箜篌的境遇:"听奏繁弦玉殿清,风传曲度禁林明。君王听乐梨园暖,翻到云门第几声。花咽娇莺玉漱泉,名高半在御筵前。汉王欲助人间乐,从遣新声坠九天。"

而对李凭的箜篌演奏技艺写得绘声绘色,并在后世流传最广的唐诗,则是李贺的《李凭箜篌引》。

吴丝蜀桐张高秋,空山凝云颓不流。
江娥啼竹素女愁,李凭中国弹箜篌。
昆山玉碎凤凰叫,芙蓉泣露香兰笑。
十二门前融冷光,二十三丝动紫皇。
女娲炼石补天处,石破天惊逗秋雨。
梦入神山教神妪,老鱼跳波瘦蛟舞。
吴质不眠倚桂树,露脚斜飞湿寒兔。

那是唐宪宗元和六年(811),两个中唐时期最牛的诗人在长安城擦肩而过。一个是五年前因写出《长恨歌》名动京师的"诗魔"白居易,回下邽给去世的母亲守孝,一别就是三年。一个是求官不顺的"诗鬼"李贺,字长吉,刚刚到长安就职奉礼郎。虽然只是执掌祭祀的九品小官,但对于李贺而言已是莫大恩宠。李贺出名比白居易还早,是因为他7岁就凭旷世诗才惊动权臣韩愈而被广为告知，先在东京洛阳扬名。可是，成也韩愈败也韩愈。在韩愈的力荐之下，李贺15岁时就在西京长安与李益齐名了。李贺20岁那年，韩愈出任河南令，他带着《雁门太守行》拜见赏识他的韩老师，一句"黑云压城城欲摧"又一次让老韩感到后生可畏，后背发凉之时，连忙劝他赶紧去考进士谋求更大发展。这年，韩愈参与组织的河南府试，李贺作《河南府试十二月乐词并闰月》，一举获隽。没想到去长安应考进士，妒才者（也可能是韩愈的政敌）就四放流言，说李贺父名"晋肃"，"晋"与"进"犯"嫌名"，尽管韩愈也愤然辩解了仍然无济于事，李贺只得憾离试院。这一折腾倒是没有让李贺一蹶不振，因为他是李唐皇室的远亲一支，还是诗圣杜甫的表侄，作为中国古代继屈原、李白之后第三代浪漫主义诗人，与诗仙李白、诗圣杜甫、诗佛王维齐名的著名诗人，看不下去的李唐宗人不断给唐宪宗吹风点火，推荐李贺入朝任职。811年五月，李贺终因父荫得官，官拜奉礼郎。

奉礼郎，是个什么官？原名治礼郎。唐高宗李治即位后，因避讳改名奉礼郎。唐朝时，奉礼郎一般是四人同任，虽是从九品上的小官，但因属太常寺，掌君臣版位的次序，奉朝会、祭祀时的跪拜之礼，常在天子眼前晃晃悠悠，也算有些前程可望。诗人李贺曾因干过三年奉礼郎，世称"李奉礼"。《李凭箜篌引》，便是李贺在唐宪宗身边干事，听闻宫廷乐师李凭演奏箜篌而得的一首名诗。此箜篌诗早于白居易五年之后才写就的《琵琶行》。

《李凭箜篌引》一出，就被长安街头巷尾赞为"神曲"。诗中"二十三丝动紫皇"这句，直接勾勒出了唐时宫廷所用箜篌乐器的弦数。唐朝史学家杜佑所著《通典》就载："竖箜篌，胡乐也，汉灵帝好之，体曲而长，二十三弦。竖抱于怀中，用两手齐奏，俗谓之擘箜篌。"吴丝，吴地之丝，蜀桐，蜀地之桐，则是唐代竖箜篌的惯用制作材料。在此诗的遣词造句上面，李贺似乎也深受表叔杜甫的影响，其"女娲炼石补天处，石破天惊逗秋雨"，跟杜甫的"为人性僻耽佳句，语不惊人死不休"有异曲同工之妙，皆是惊人之句。李贺的《李凭箜篌引》中一连串出人意料的比喻和描摹箜篌乐声的石破天惊的奇特想象，更是让我的记忆直追杜甫捉字表现唐朝第一舞蹈家公孙大娘的《观公孙大娘弟子舞剑器行》。

李贺的诗风向来以空灵甚至诡异见长，想象奇谲，辞采诡丽，语言奇峭，意象跳跃，自有"鬼""泣""血""死"这四字写诗真言，被人目为"鬼才"、称为"诗鬼"。可惜了，年仅27岁，他就魂飞魄散，成为被诗杀死的鬼。

鲁璐，点燃梦想的"当代李凭"

在古代，作为弹拨弦鸣乐器的箜篌，有卧箜篌、竖箜篌、凤首箜篌三种形制，李贺所写的箜篌，成都永陵博物馆石刻的箜篌，皆是二十三弦的竖箜篌。现存壁画和文献记录的竖箜篌，还有二十二弦、十六弦、七弦等多种形制。

卧箜篌，属于国产汉族乐器，在汉朝被作为"华夏正声"的代表乐器列入"清商乐"中，用于宫廷演奏。汉朝儒家学者刘向在《世本》中说："空侯，空国侯所造。"此处的空侯，即卧箜篌，为3000多年前的商代宫廷乐官师延所做。北宋年间的地理总志《太平寰宇记》还载："箜篌城，在（河南省中牟县）县东南二十里，昔师延造箜篌以悦灵公。"而据《中牟县地名志》记载，箜篌城秦名曲遇聚，明名邢铁寨，清名古城村。现今出土，位于中牟县韩寺镇东古城村附近的东古城遗址，经考古学家认定就是古代为集中制造箜篌这种乐器而建造的城池：箜篌城。2009年8月，郑州大学历史文学院教授张诚和考古工作者在对箜篌城遗址的夯土层进行考证后更确定，应属商代遗存，并认为中国第一个乐神"师延"及其后代可能就在此繁衍生息，从而缔造了中华民族的"音乐之声"。除了河南中牟，甘肃嘉峪关魏晋墓砖画、吉林集安北魏古墓藻井壁画和高句丽古墓壁画中，也有卧箜篌图画传世。

凤首箜篌，则是经丝绸之路传入中原的外域乐器。

凤首箜篌，以凤首为饰而得名，自东晋初由古埃及、美索不达米亚，经阿拉伯、伊朗、印度、中亚传入我国。曹毗《箜篌赋》曾将凤首箜篌描绘为"龙身凤形，连翻窈窕，缨以金采，络以翠藻"。凤首箜篌形制与竖箜篌相近，其音箱设在下方横木部位，呈船形，向上的曲木则设有轸，用以紧弦，曲颈项端雕有凤头，区别于竖箜篌。杜佑《通典》就直言"凤首箜篌，颈有轸"。《旧唐书·音乐志》也说"凤首箜篌，有项如轸"。在隋唐时期，凤首箜篌主要用于宫廷的天竺乐、骠国乐和高丽乐等乐部中。白居易的名诗《骠国乐》曾记录唐德宗贞元十七年（801）骠国人到长安进献乐舞的故事，除了此诗提到的玉螺（贝）、铜鼓等骠国乐器，史载这次两国外交还传进了凤首箜篌。新疆克孜尔石窟38窟的晋代思维菩萨伎乐所奏乐器，便是传说中的凤首箜篌。

竖箜篌，也是外来货，源于古代波斯（今伊朗），从东汉传入中国的角形箜篌，形似弓箭的弓，为了避免混淆，参照国产卧箜篌，称这种弓形箜篌为"竖头箜篌"，简称"竖箜篌"，亦称"胡箜篌"。由于汉灵帝刘宏特别垂爱这种竖箜篌，它一度超越本土卧箜篌的光芒，常登宫廷，风靡东汉。六朝以来，乃至隋唐，竖箜篌一直兴盛不衰。在唐玄宗时代，李隆基极其推崇的"八音"（金、石、丝、竹、匏、土、革、木）宫廷乐器中，箜篌和琵琶一样属于丝类弦乐器，这是因为古代的弦都用丝制作。

竖箜篌在唐朝宫廷乐队中，常用于西凉（甘肃武威）乐、龟兹（新疆库车）乐、疏勒（新疆喀什噶尔）乐、高昌（新疆吐鲁番）乐等中原以西的诸国乐，以及中原以东的高丽（朝鲜）乐。此类竖箜篌状如半弓背，曲形共鸣槽，设在向上弯曲的曲木上，其共鸣体音箱面板像琵琶，多张弦23根，竖抱于怀，从两面用双手的拇指和食指同时弹奏。因为它弦多，不仅能演奏旋律，也能奏出和弦，在独奏或伴奏方面都较其他乐器更为优越。今天，北魏至唐宋时期持续开凿的大同云冈石窟奏乐浮雕，敦煌的"隋代乐队""唐代乐队"壁画，以及成都永陵博物馆五代前蜀皇帝王建墓的石刻浮雕"二十四伎乐"中，都能见到弹奏竖箜篌的图像。尤其是永陵地宫王建棺床上的"二十四伎乐"中，弹奏竖箜篌的乐伎，栩栩如生，被风化的部分较少。此箜篌乐伎竖抱箜篌于胸前，头部略左倾，略胖的脸蛋贴近竖箜篌的弓形音箱，双手从两面弹拨着弦，一时衣袂翻飞，成为石头凝固的永恒的美。

1996年，在新疆且末县扎滚鲁克古墓出土的两件距今约2700年的竖箜篌，之所以震惊了考古学界和音乐学界，是因为它们不仅打破了中国无竖箜篌实物的空白，而且对东西方音乐文化交流的研究提供了实物资料，点燃了一个箜篌之音中断千年的梦想，后被世界吉尼斯纪录冠为"世界上最早的弹拨乐"。此处的木质竖箜篌，木质为当地产的胡杨木，均由音箱、颈、弦杆三部分组成，在发音部位绷盖兽皮，由木楔固定，底部有圆形孔洞，23孔。除且末外，在新疆哈密、吐鲁番等地也有竖箜篌出土。其中，新疆吐鲁番博物馆收藏的竖箜篌，全长87.6厘米，形状精美，迄今已有2500年，此竖箜篌除了音箱、颈、弦杆，还有弹拨箜篌的弦。这无疑是说，在丝绸之路开启之前，新疆且末县便有竖箜篌流行于民间，遗憾的是当地人演奏这种乐器的技艺早在2015年之前就已失传。

且末作为古代丝绸之路的南道重镇，西汉（前206—公元25）时，由张骞出使西域开辟的以长安为起点，经甘肃、新疆，到中亚、西亚，并连接地中海各国的陆上丝绸之路，正是途经这里将竖箜篌带回中原。据史料记载，从汉武帝到汉灵帝皆喜爱竖箜篌之美，用于宫廷和郊庙雅乐。由于历朝皇帝对箜篌的专宠，被禁锢于宫廷，难见于民间，箜篌便失去了发展根基，到了明末清初终于遭遇失传。此一失传，就是300多年。直到20世纪30年代开始，音乐界、乐器界的老专家重新研发仿制箜篌，其雄丽之姿、空灵之音才又重返人间。让且末重燃箜篌千年绝响的人，是现任中国音乐协会箜篌研究会秘书长、青年箜篌演奏家鲁璐，她曾多次前往且末考察出土的竖箜篌和当地箜篌文化，唤醒且末人对箜篌的历史记忆。

鲁璐是河南人，在中国音乐学院附中读书期间，本是学古筝，她于15岁这年接触到箜篌便移情别恋，开启手执箜篌寻根问祖之路。鲁璐根据壁画竖箜篌、出土竖箜篌等史料仿制复原的竖箜篌，弦多达72根，音域更宽阔，不仅可弹箜篌古曲，对各类流行歌曲也能改编弹唱。"雨润箜篌曲，谁人的泪化着雨，无缘也相遇，弄弦的人原来是你……一念写得箜篌引，两情宛然已随风，一生只奏箜篌曲，百鸟群中凤凰鸣……吴丝蜀桐张高秋，空山凝云颓不流。江娥啼竹素女愁，李凭中国弹箜篌……"鲁璐曾在中央电视台演奏《箜篌引》这首仿古箜篌曲，反复吟唱"一生只奏箜篌曲"这句。她特别擅长将流行歌曲改编演奏为箜篌曲，传播箜篌器乐文化，比如在浙江卫视《中国梦想秀》舞台上，鲁璐曾带引来自且末的箜篌学生齐弹箜篌版《凉凉》（电视剧《三生三世十里桃花》主题曲），帮助且末箜篌故里人圆梦。

"在丝绸之路开启之前，箜篌就在且末广为流传。我要圆箜篌梦，就必须到且末箜篌故里去寻根。其实，箜篌从未离开过我们。只有让箜篌先在它的故乡重新发声，让当地孩子都去学习它弹奏它，然后才可能在整个中国唤起一个对箜篌这种古老乐器的追忆。我觉得我就像一个行者,可能是孤独的,也是幸运的。"由于善弹箜篌,技艺高超,乐声空灵而苍凉,屡被邀请奔走各地传播箜篌文化,鲁璐赢得了"当代李凭"的美誉。

成都,又是一场秋雨一场凉。在雨中还去永陵博物馆看石刻箜篌伎的人,渐渐少了起来。我执着地打望着石头上这个箜篌伎,发呆。要是能回到1100年以前,她幻化成一个活生生的蜀宫乐伎,为我弹奏一曲前蜀或者唐朝箜篌曲,今天这场秋雨就会多一些情趣。

不求"石破天惊逗秋雨",只求"吴丝蜀桐张高秋"。

打正鼓

在大学读中文系期间,有一个训诂学教授叫宋子然,先生上课喜欢玩拆字游戏,在咬文嚼字之间打通某个汉字的古今来往路径,常把我的想象力引入遥远的历史深处,以捏字参悟为快,以破字取义为乐。有一次,他讲到"礼"字,让我受益匪浅。他说,礼的繁体字是"禮",在对应甲骨文的"礼"字中会发现创造此字的微妙,因为甲骨文的"礼"字一边是打着绳结的玉串,另一边是架有脚架的建鼓。何意?击鼓献玉,敬奉神灵。也就是说,中国从古至今的礼仪之"礼",实际上有鼓相伴,甚至可说起源于鼓乐。

孔子和他的学生们在儒家经典书籍《礼记》中有句名言:"来而不往非礼也。"这里的"礼",是名词,指敬重的态度、言行,无鼓。李白在《秋浦歌》一诗中有句"低头礼白云","礼"做动词,仍表敬意,也是无鼓。但是,最早造出的汉字"礼",作为古代礼仪尤其是祭礼中,却有击鼓声相随,所击之鼓所献美玉均是为了礼奉神灵,而且常有美玉"和"鼓。

李白《将进酒》"钟鼓馔玉不足贵，但愿长醉不复醒"，是说延续到唐朝的礼仪依旧是礼不离鼓、鼓不离玉。比《礼记》更早的儒家典籍《周礼》所载"鼓人，掌教六鼓、四金之音声，以节声乐，以和军旅，以正田役。教为鼓而辨其声用，以雷鼓鼓神祀，以灵鼓鼓社祭，以路鼓鼓鬼享，以鼖鼓鼓军事，以鼛鼓鼓役事，以晋鼓鼓金奏"，更是指出各种鼓乐用于不同礼仪的不同功能。"鼓鼙声里寻诗礼，戈戟林间入镐京。"晚唐诗人李咸用的《送谭孝廉赴举》，无疑劈开了唐朝鼓乐诗致敬唐朝礼仪的半壁江山，因为整个《全唐诗》的鼓乐诗从初唐到晚唐一直歌咏不停，许多礼仪都离不开鼓乐，或祭祀祖先或助兴舞蹈或鼓舞边疆将士戍边卫国。

成都永陵博物馆馆藏石刻"二十四伎乐"中的系列击鼓乐器，则是用唐朝宫廷礼乐回响的盛世唐音。其中，雕刻于前蜀皇帝王建棺床东首的"正鼓"，就是盛行于唐朝的一种腰鼓。此类腰鼓在宫廷乐队中常起领奏作用，续吹唐风的前蜀皇帝王建和前蜀后主王衍都很重用正鼓乐伎，即使是王建死后修建的永陵棺床所雕刻鼓类乐器，也将正鼓排在一众鼓乐的首位。可见"正鼓"，堪称五代十国时期的"鼓王"。

中国自古皆是以鼓明礼的礼仪之邦。据《礼记》记载，早在新石器时代就出现陶鼓，用于给舞蹈助兴。新石器时代还产有玉鼓，青铜器时代则出现有铜鼓。战国早期曾侯乙墓出土的建鼓，是王或诸侯才能使用的青铜鼓座的建鼓，也是迄今我国年代最早的建鼓实物，曾在汉朝被高祖刘邦捧为"鼓王"。而据考古资料，中国最早的"鼓"，是1986年在甘肃大地湾仰韶文化中期遗址出土的距今约8000年的"陶鼓",古称"土鼓",该器为泥质黄陶。更早的原始社会则是敲击石器或祭祀神灵或助兴舞蹈。到了农耕文化高度发展的周代,陶器"土鼓"已普遍用于国家的各种祭祀与礼仪,多是单面蒙皮而置地演奏的单面鼓。而按照《周礼》记载,3000多年前的周代就建立管理鼓乐的机构,设置名为"鼓人"的官职,制定一套鼓乐的礼乐制度。那么,成都永陵石刻"正鼓"乐器,产于哪个朝代?正鼓,究竟是国产鼓,还是外来鼓?

正鼓,从康国和安国传入中原

我先从《诗经》提到的战鼓说起,因为正鼓属于胡鼓,是战争掠夺而来,或是战败国进献中原而来。作为中国最早的一部诗歌总集,《诗经》收集从西周初年至春秋中叶的300多首诗歌中多次提到鼓,其中一句击鼓诗"击鼓其镗,踊跃用兵",表明周代的鼓就用于作战,此时的战鼓已经蒙上兽皮鼓面,且用木制成鼓腔,由陶器"土鼓"盛行为兽皮"革鼓"。从秦汉到隋唐,由于战争不断,战鼓诗成为鼓舞士气的血性之诗。盛唐时期的边塞诗人王昌龄有脍炙人口的战鼓诗《出塞》二首:"秦时明月汉时关,万里长征人未还。但使龙城飞将在,不教胡马度阴山。 骝马新跨白玉鞍,战罢沙场月色寒。城头铁鼓声犹震,匣里金刀血未干。"王昌龄写的是开疆辟土的汉朝将军戍边战鼓,暗喻的是唐朝皇帝穷兵黩武的野心。历经安史之乱的诗圣杜甫，写过很多鼓乐诗，其中《苏端、薛复筵简薛华醉歌》诗中的"垂老恶闻战鼓悲，急觞为缓忧心捣"，从内心深处掏出他对战鼓悲声的厌恶。

在安禄山的渔阳鼙鼓惊破长安城之后，杜甫还有一首战后忧思诗《春望》，"烽火连三月，家书抵万金"直指战鼓与战争带来的民间灾难。白居易《长恨歌》曾留名句"渔阳鼙鼓动地来，惊破《霓裳羽衣曲》"，他所说的"渔阳鼙鼓"，亦作"渔阳鞞鼓"，是755年安禄山在渔阳郡举兵叛唐所用的战鼓，又称军鼓，这种古代军队骑兵用的小鼓，简称骑鼓。《说文解字》称："鼙，骑鼓也。"早在周代，鼙鼓不仅用于作战，还用于祭祀和乐队。《周礼》曾载："掌鼙，鼓缦乐。"缦乐，即杂乐。《周礼》还载："教缦乐、燕乐之钟磬，凡祭祀，奏缦乐。"到了汉代，鼙鼓一度跃升为天子享用之乐，《汉书·史丹传》就载："或置鼙鼓殿下，天子自临轩槛上，隤铜丸以擿鼓，声中严鼓之节。"在宫廷、祭祀、作战等领域多用的鼙鼓，往往在战事频繁时就会停歇于宫廷。南宋度宗的昭仪王清惠，曾在临安（今浙江杭州）沦陷期间随三宫一同被俘往元都，在途经北宋都城开封（元称"汴梁"）夷山驿站时写过一首《满江红·题南京夷山驿》（又名《满江红·太液芙蓉》），用"忽一声，鼙鼓揭天来，繁华歇"感伤国破家亡之痛、去国怀乡之悲。

和鼙鼓一样，正鼓也是马背上产生的乐器，主要来自西域的康国和安国。康国在西汉时称康居国，位于锡尔河至阿姆河之间，国王的祖先是月氏人。月氏人原住在祁连山北昭武城（甘肃高台县境），古月氏国在秦朝及以前的战国时期还是西北强国，后因多次兵败于匈奴，被迫不断向西迁徙，月氏一分为二。西汉时，康居国与大月氏已是两个游牧民族，"去长安万二千里"。东汉时，康居国国力又变强盛，是西域三十六国领土最大的强国。魏晋南北朝时，康居国势力减弱，常遣使入中国进贡，被称为康国。隋唐时，康国已衰落为向隋唐王朝俯首称臣的附属国。唐太宗李世民时，康国就曾遣使来求内附。到了唐高宗时代，李治还于658年在康国所居城置康居都督府，任命康国国王拂呼缦为都督。正鼓作为康国乐器，流传到中国，最早可追溯到汉灵帝时期。随着汉武帝时期的张骞通西域，西域舞蹈和乐器就开始陆续进献或交流到汉朝京都。到了东汉灵帝（168—189），由于汉灵帝及贵胄对胡文化的极力推崇，东汉乐舞掀起了一个胡化的高潮。据《后汉书》记载："灵帝好胡服、胡帐、胡床、胡坐、胡饭、胡空侯、胡笛、胡舞，京都贵戚皆竟为之。"当时西域乐舞与汉朝乐舞交流频繁，来自康居国（后称"康国"）的正鼓，或许就在这一时期传入中原，只是汉朝史籍没有记载。

正鼓，据我查证，史载最早见于唐太宗贞观年间的大臣魏徵主编的《隋书》，来自南北朝时期先后涌现的两次胡人乐舞交流高潮。先是北魏太武帝拓跋焘于436年通西域时，曾带回安国（今中亚乌兹别克斯坦布哈拉一带）的伎乐。《隋书·音乐志》就载："《疏勒》《安国》《高丽》，并起自后魏平冯氏（北燕）及通西域，因而得伎。后渐繁会其声，以别于太乐……《安国》，歌曲有《附萨单时》，舞曲有《末奚》，解曲有《居和祇》，乐器有箜篌、琵琶、五弦、笛、箫、觱篥、双觱篥、正鼓、和鼓、铜钹等十种，为一部，（乐）工十二人。"目前，山西大同的云冈石窟和甘肃敦煌的莫高窟，均有北魏时期壁画上的正鼓伎乐印证《隋书》所记。包含正鼓助兴的康国乐舞首次大规模进入中原，则是568年，这一年举国欢庆，北周武帝宇文邕迎娶突厥公主阿史那氏为皇后，新娘同时从突厥带来的嫁妆就是康国、龟兹等地音乐舞蹈家，以及她们传入的康国伎乐、龟兹伎乐。据《隋书·音乐志》载："《康国》，起自周武帝娉北狄为后，得其所获西戎伎，因其声。歌曲有《戢殿农和正》，舞曲有《贺兰钵鼻始》《末奚波地》《农惠钵鼻始》《前拔地惠地》等四曲。乐器有笛、正鼓、加鼓、铜钹等四种，为一部。（乐）工七人。"宇文邕和拓跋焘差不多，都是雄心勃勃威震北方的霸主，宇文邕12岁时被封为西魏（从北魏分裂的西魏）辅城郡公，17岁便登基为北周武帝，24岁率军俘虏北齐后主父子，一举灭掉北齐。文化上，他振兴了杂融康国、龟兹等伎乐的北周乐舞，战略上他与突厥和亲提升了国力，堪称又一个文治武功的霸主，只是他死得早，仅仅活了36岁。除了秦始皇嬴政、唐太宗李世民，我发现汉武帝刘彻、北魏太武帝拓跋焘、北周武帝宇文邕等历史上带有"武"字的皇帝，都是特别厉害且威名远播的霸主。

正鼓，唐五代的宫廷鼓王

从《隋书》可见，不论是康国乐还是安国乐，鼓类乐器均很少，安国的鼓类乐器仅有正鼓、和鼓两件，康国的鼓类乐器也只有正鼓、加鼓两件。但是，在唐朝和五代十国时期，正鼓却逐渐发展成为宫廷"鼓王"。

在北魏时期传入中原的正鼓、和鼓，尽管皆属于腰鼓，却有不同的演奏方法。北宋音乐理论家陈旸《乐书》就载："魏有正鼓、和鼓之别。"来自成都永陵博物馆的王建石刻棺床上的击正鼓乐伎，源于唐玄宗推行的盛唐坐部伎，地位崇高，堂上演奏，她置于双腿之上的正鼓是迄今考古出土形制最清晰的腰鼓类乐器。这个正鼓乐伎一手持杖，一手拍击，左右击打鼓面，所击打腰鼓，一端较大，一端略小，两面鼓膜以绳拉紧，属于一手杖击一手拍打的腰鼓。和鼓，则是双手拍打的腰鼓，也称拍鼓，常常配合正鼓在宫廷乐队中演奏。

正鼓由西北地区传入中原，成为唐朝宫廷乐器，最早并不如北魏、北周时期那么受待见，因为康国乐和安国乐的专用乐器较少，隋唐皇帝更青睐于乐舞形式多样化的龟兹乐。在隋朝，隋文帝定置的《七部乐》甚至没有康国乐，到了隋炀帝改定《九部乐》时才将包含正鼓的康国乐、安国乐全部纳入。唐高祖和唐太宗喜欢琵琶等龟兹乐器，初唐的宫廷乐器之王多是琵琶开先声，唯有李世民改良歌颂自己丰功伟绩的《破阵乐》（又名《秦王破阵乐》）时，才擂大鼓，让正鼓、和鼓等各种鼓响应。李隆基喜欢玩羯鼓，其爱妃杨玉环热宠弹琵琶，这两件龟兹乐器基本上就是唐玄宗宫廷乐舞的主流乐器。"云想衣裳花想容，春风拂槛露华浓""华清笙歌霓裳醉，贵妃把酒露浓笑""一骑红尘妃子笑，无人只是荔枝来""回眸一笑百媚生，六宫粉黛无颜色"这些盛世唐诗，在天宝四年（745）李隆基正式册封杨玉环为贵妃后汹涌而出，从李白的《清平调》一直持续到安史之乱后中唐时期白居易的《长恨歌》、杜牧的《过华清宫》。

让唐玄宗对正鼓等康国乐器另眼相待，是因西域康国进献来的胡旋舞。据晚唐音乐理论家杜佑的《通典》记载："舞急转如风，俗谓之胡旋。"这种舞蹈以鼓伴奏，急速旋转，舞姿多变，千旋万转，万人迷眼，多由女子表演，而且随处可演（《太平御览》曾载：胡旋舞是在一小圆毯子上舞）。虽然唐玄宗开元年间就有康国进献的胡旋舞女，但杨贵妃没跳之前的胡旋舞就是火不起来。杨贵妃善舞，不管是软舞类的霓裳羽衣舞，还是健舞类的康国胡旋舞，她一跳，唐玄宗就沉醉，然后是整座长安城风靡一时。尤其是杨贵妃把胡旋舞跳成一种盛唐时尚之后，《康国乐》就常用于唐朝宫廷。因为胡旋舞的节奏欢快，多是旋转和蹬踏动作，这就需要极具节奏感的正鼓、和鼓等打击乐器助兴。据《旧唐书》记载唐玄宗、杨贵妃风行的胡旋舞之《康国乐》乐队配制："工人皂丝布头巾，绯丝布袍，锦领。舞二人，绯袄，锦领袖，绿绫浑裆裤，赤皮靴，白裤帑。舞急转如风，俗谓之胡旋。乐用笛二，正鼓一，和鼓一，铜钹一。"据此可见，唐朝的康国乐中，在北周时期配合正鼓演奏的"加鼓"已经替换为"和鼓"。

除了杨贵妃,让唐玄宗又爱又恨的三镇节度使安禄山也是一个会跳胡旋舞的高手,尽管他是盛唐第一胖哥(《旧唐书》载"重三百三十斤"),跳起胡旋舞来却能迅疾如风。其实,安禄山能把胡旋舞跳得好,跟他的出身和成长环境有关。安禄山是一野心勃勃的胡人,其母是突厥人,其父是康姓胡人,他本姓康,就是古代中亚民族国家康国人,因父亲早亡而在同样流行胡旋舞的突厥长大。日本学者桑原骘藏曾考证出安禄山是康国出身的粟特人。唐玄宗偏爱上了胡旋舞,宠妃杨贵妃和宠臣安禄山为了取悦主子,还曾多次在宫廷上眉飞色舞地对跳胡旋舞。"天宝季年时欲变,臣妾人人学圆转。中有太真外禄山,二人最道能胡旋。"白居易有首《胡旋女》就追记过这段史实。

"西域歌舞名胡旋,传入宫掖靡长安。吹奏何必琼林宴,市间到处闻管弦。"事实上,以正鼓、和鼓、笛、铜钹等乐器伴奏的胡旋舞,在盛唐时期从宫廷到民间俨然成了一种男女最爱的交际舞。在长安,人人学旋转,男女舞胡旋,和20世纪90年代广为流传的霹雳舞、交谊舞、探戈舞一样,成为国人追求的时髦舞蹈。至今,唐时胡旋舞还在新疆少数民族舞蹈中传播。据考,新疆一带的龟兹壁画和甘肃的敦煌壁画,就绘制有康国胡旋舞女形象,这无疑是唐朝的盛世烙印。

此外,西安市北郊未央区大明宫乡炕底寨村西北约300米处,北周安伽墓出土的石榻围屏,据考就有来自康国的胡旋舞女形象。安伽为昭武九姓之安国后裔,生于北魏孝明帝神龟元年(518),死于北周静帝大象元年(579),其籍贯为姑臧昌松（今甘肃武威），是经丝绸之路迁徙而来的凉州粟特人。而古康居国（康国）正是粟特人的故乡。据安伽墓志记载，墓主人"君讳伽，字大伽，姑臧昌松人"，曾任"（北周）同州萨保""大都督"。从此墓保存完好的浮雕贴金彩绘围屏可见，应是早期来华粟特人汉化的康国胡旋舞女图像，而墓中出土的琵琶、箜篌等龟兹乐器，更以实物佐证了阿史那氏皇后给北周带来康国、龟兹伎乐的史事。

正鼓，南北皆续盛世唐音

正鼓，正鼓乐伎，有成都永陵石刻浮雕、龟兹壁画和敦煌壁画留存，自然很珍贵，难得的是这种难以收藏的盛世唐音至今还在中国南北多地延续。

正月里来打正鼓，鼓声擂响大唐音。如今的福建泉港一带，是延续唐朝打正鼓的闽南传统民间音乐文化代表。每年春节期间，从福建民间传统节日"尾牙"（农历十二月十六日）起，至翌年正月十五元宵节（上元节）午夜十二时止，泉州市泉港区各镇村的祖厝、祠堂都会组织人员"打正鼓"，欢庆春节，祝福新年。这个习俗据说从唐朝一直传承至今。起源是唐玄宗梦游月宫闻打车鼓的传说，说是李隆基醒来就亲授梨园子弟"打车鼓"，唐时"打车鼓"是正月元宵之夜至午夜结束，所以"打车鼓"被称为"打正鼓"。在杨贵妃得宠之前的唐玄宗宠妃梅妃，曾有福建亲人上京探亲，时闻长安流行"打正鼓",就学习返乡传至泉港。尽管这个传说缺乏史料印证,但是泉港鼓手乐于正月里来打正鼓,续打正鼓这种盛世唐音,还是让人肃然起敬。因为这是大唐正鼓的鼓声落点。

比闽南更南的广西,今天还在欢快地击打由大唐正鼓衍变而来的蜂鼓。壮族、瑶族、毛南族等少数民族鼓乐混合而成的击膜鸣乐器"蜂鼓",古称"正鼓",至今流行于广西各地,壮族还称岳鼓,毛南族又称长鼓,此外还有腰鼓、瓦鼓、黄泥鼓之名,起源于唐朝。不过,这类正鼓在日常生活实用不多,主要用于重大节日,或在大型典礼上伴随专业的舞蹈队进行演奏。

目前,尚在山西五寨县(唐朝属河东道朔州)流行的正鼓,或是北魏时期太武帝拓跋焘于436年通西域时从安国带入中原的正鼓后裔。位于五寨县城东南五里之南峰台上的晋北名刹南禅寺,与驰名世界的大同云冈石窟属于同一时代建筑,正是始建于北魏,扩建于唐朝,历代补修多次,迄今仍被誉为北魏建筑中的杰作。在山西五寨县传统民俗文化活动中,有一种秧歌叫"八大角秧歌",所配置的鼓就有正鼓(当地还称司鼓)一对,彩脸化装,属于斜挎的腰鼓。每到正月新春,山西五寨县特有的八大角秧歌,会有正鼓、唢呐、笙、胡琴、三弦、四胡等乐器,用以伴唱。这种带有杂戏风格的"八大角秧歌",与杂陈民间俗乐的北魏乐舞相似。在山西晋北延续正鼓乐音的今世正鼓(司鼓),可以看成是北魏正鼓的后裔。

"自怜头白江山里,回首中原正鼓鼙。"这里的"正鼓",出自宋朝诗人李弥逊的鼓乐诗《东岗晚步》。李弥逊,祖籍福建，江苏苏州人，从宋钦宗靖康元年（1126）召为卫尉少卿，到1135年迁起居郎、试中书舍人，再到1136年任户部侍郎，官运亨通。他的官场人生走下坡路，是从1137年力主抗金、反对议和、忤触秦桧开始，后来直接辞职归隐福建连江西山。《东岗晚步》，正是李弥逊归隐福建时期的晚年苦吟之作。远离朝堂，无权主事，此时的李弥逊空有一颗爱国之心，只能发发牢骚，追思中原战鼓之痛。

如今，回首中原盛世唐音，还得打正鼓，而且要打出响亮的执行力和漂亮的美誉度，因为盛世鼓乐正是击打出来，而非一腔热血空想而出。

和鼓和

"乐作,鸣之与鼓相和。"这是东汉儒家学者、经学大师郑玄对《周礼》记述周代礼乐制度所用鼓乐的注。《周礼》在描述周代管理鼓乐官员"鼓人"时载:"以金錞和鼓,以金镯节鼓。"这里的"和鼓",并非盛行于唐朝和元朝的宫廷鼓乐,仅是应和鼓乐之意。白居易《胡旋女》诗中"心应弦,手应鼓。弦鼓一声双袖举,回雪飘飘转蓬舞"描写的大唐胡旋舞,与舞伴奏的和鼓,才是唐朝宫廷乐队使用的乐器"和鼓"。

史载最早的和鼓,首见于《隋书·音乐志》篇章。唐太宗李世民时期的一代名相魏徵在其所著《隋书》中,不仅提及"和鼓"用于隋朝《九部乐》(《炀帝九部乐》或《隋制九部乐》)之《安国伎》(又称《安国乐》),还交代了此类鼓乐的来源,即从西域安国传入北魏时期的中原。按照晚唐音乐理论家杜佑所著《通典·乐四》篇章记载,"正鼓、和鼓者,一以正,一以和,皆腰鼓也",和鼓是源于北魏兴于隋唐的腰鼓类打击乐器。流传到唐末的五代十国时期,和鼓依旧常与正鼓一起演奏，游走于宫廷乐队中。成都永陵博物馆出现的五代前蜀和鼓伎之和鼓，在前蜀皇帝王建石刻棺床上排位紧挨着正鼓、齐鼓，形体相比正鼓略小，此鼓两端大小基本相当，两面鼓膜以绳拉紧。和鼓伎和正鼓伎的打鼓方法不同，她以双手左右拍打腹前的和鼓两端鼓面，以配合正鼓一手杖击一手拍打的演奏。

古代的安国，在哪里？安国的和鼓为何会流行于唐朝的首都长安？从蜀地和鼓这一盛世唐音追本溯源，又得在纸上重走一次丝绸之路。

隋唐和鼓，主要源自安国国乐

读《史记》《汉书》《隋书》以及《旧唐书》《新唐书》可知，隋唐时期的安国是中亚古国，故地在今乌兹别克斯坦布哈拉一带，王姓昭武氏，安国王妻是康国王女，与康国王同族。在中亚阿姆河、锡尔河两河流域，曾有康、安、曹、石、米、何、火寻、戊地、史，史称昭武九姓九国，均为古康居国之后。《新唐书·音乐志》曾载：康国、史国、石国等西域昭武九姓国家，皆向唐朝宫廷多次进献胡旋舞女，而给胡旋舞伴奏的主要鼓器就是和鼓与正鼓。

古代康居国旧居在祁连山北昭武城，后被匈奴所破，西迁至阿姆、锡尔两河流域，分为九国。而在大汉王朝的安国，史称安息国。隋唐时期的安国，或是古安息国在多朝频繁战争之后盘踞中亚西域的一支。古安息国，又称帕提亚帝国（前247—公元224），或安息帝国，曾是亚洲西部伊朗地区的奴隶制帝国。安息帝国位于罗马帝国与汉朝中国之间的丝绸之路上，成为商贸中心，一度成为与汉朝中国、罗马、贵霜帝国并列的亚欧四大强国之一。古安息帝国杂交了多种文化，比如吸纳波斯文化、希腊文化，以及伊朗、印度等古国的宗教信仰，因为不断扩张，至最强盛时期的帝国首都曾由尼萨迁往泰西封（伊拉克著名古城遗迹，亦译"忒息丰"），其他多座城市也曾设为首都。129年，安息人（帕提亚人）强盛时期，一度王朝人口高达830万。中国汉朝人称之为"安息"，主要是帕提亚帝国城市梅尔夫的希腊语转译，或是帝国创建者阿尔沙克的音译。中国记载帕提亚帝国的历史，曾有司马迁的《史记》，班彪、班固和班昭的《汉书》，以及范晔的《后汉书》，皆泼笔墨。汉武帝刘彻派遣张骞出使中亚后，便与帕提亚帝国通过中亚的丝绸之路建立了正式的贸易关系，两国商品从此交流频繁，两国国主互赠礼物也有史事记载。《汉书》曾描述安息人建立的帕提亚帝国，是横贯亚洲大陆的丝绸之路的必经之地，在经济上因过境贸易而得到诸多好处，所以一直与汉朝保持友好关系。

安息国，历来物产丰饶，乐舞欢快多样。《史记》曾记载："大宛及大夏、安息之属皆大国，多奇物，土著，颇与中国同业，而兵弱，贵汉财物；其北有大月氏、康居之属，兵强，可以赂遗设利朝也。"隋炀帝即位之后，曾遣使于西域安息国，得五色盐而返。《汉书》还记载："武帝始遣使至安息，王令将将二万骑迎于东界。东界去王都数千里,行比至,过数十城,人民相属。因发使随汉使者来观汉地,以大鸟卵及犁靬眩人献于汉,天子大说。"犁靬,中国古文献中称的古罗马帝国。眩人,即会幻术的魔术师。犁靬眩人进入中原,主要是演杂技、变戏法,丰富汉朝乐舞形式。

在东汉建和元年(147)前后,曾有一位信奉佛教名叫安世高的安息国太子到达东汉首都洛阳,翻译佛经,传播佛教,成为佛经汉译的创始人,其译介印度小乘佛教禅类的经典至今还在中国佛教中广为流传。安世高,相传本名为清,字世高,博学多识,出家前本是西域安息国的王太子,因看破世事让位于王叔,西域来华的人仍因这一王族地位称他为"安侯"。因是小乘佛经的首译者,安世高在中国汉魏佛教勃兴期间名气很大。除了东汉首都洛阳,安世高弘扬佛法的足迹遍布中国多地,曾在汉灵帝末年中原战乱时期避乱于到江西、浙江等地,最后归处被传是病死于会稽(今浙江绍兴)。

从汉末的三国鼎立,到晋朝、南北朝,虽然多朝皆是兵荒马乱,佛教却在汉唐之间格外兴盛。从隋唐两代的《天竺乐》乐器构成上看,佛教虽然早在汉代就东传中原,但是和鼓不能因此确定为佛教法器。因为《隋书》和《旧唐书》《新唐书》记载的和鼓,仅仅出现于隋唐宫廷乐队的《安国乐》部和《康国乐》部。北魏时期的云冈石窟,和鼓倒是出现在佛教伎乐壁画中,或是这一时期的佛教才用和鼓作为一种法器,或是北魏太武帝拓跋焘及其后人对和鼓用于佛教的专用癖好。和鼓更重要的功能,是用于宫廷演奏的乐器,而且是经丝绸之路传入。

"《疏勒》《安国》《高丽》,并起自后魏平冯氏(北燕)及通西域,因而得伎。后渐繁会其声,以别于太乐……《安国》,歌曲有《附萨单时》,舞曲有《末奚》,解曲有《居和祇》,乐器有箜篌、琵琶、五弦、笛、箫、筚篥、双筚篥、正鼓、和鼓、铜钹等十种,为一部,(乐)工十二人。"从魏徵《隋书》记载的和鼓来源来看,有两条路径可探踪迹。一是北魏太武帝拓跋焘于436年通西域,从安国带回和鼓伎等安国伎乐。而早先的《汉书》等典籍并无记载安国有和鼓进献,也无商、僧、伎通过丝绸之路传入中原。这只能证明北魏时期的和鼓在当时的安国很走俏,被作为国乐引入中原。至于更早的安息国有无和鼓,目前尚缺史料佐证。迄今,除了可在山西大同的云冈石窟看到北魏时期的和鼓伎乐,被称为"美国七大中国文物收藏中心"之一的美国纳尔逊博物馆收藏的北魏鼓乐陶俑,所奏鼓乐,据我初判也是腰鼓类的和鼓与正鼓。和鼓,还可追寻的另一条路径,是《隋书》提到的冯氏,即鲜卑族胡化的长乐信都(今河北冀州)人冯跋,于五胡十六国时期建立的北燕政权。在北燕之前,还有鲜卑慕容氏建立的前燕政权和分裂的后燕政权。金庸先生在武侠小说《天龙八部》中写到的"北乔峰,南慕容"之慕容复,一心要复国的"燕国",正是指前燕与后燕。冯跋先是拥立慕容云为国号"燕"的天王,后在平定慕容云被部下所杀政变事件后即位,史称"北燕",又因据有河北东北部和辽宁西南部,地处东北地区的南部被称为"东燕"。北魏太武帝拓跋焘于436年灭掉北燕之后，战利品可能也有从丝绸之路交流到北燕的和鼓。

在现今吉林省集安市出土的高句丽墓壁画中，出现过和鼓与正鼓，据考就是南北朝时期的北魏、北周两朝与高句丽交流的产物。高句丽（今朝鲜、韩国）乐舞在隋唐时被列入宫廷乐队演奏的《高丽乐》，有多首唐诗可以追溯，比如李白的《杂曲歌辞·高句丽》："金花折风帽，白马小吃回。翩翩舞广袖，似鸟海东来。"不过，在唐朝的《高丽乐》部并无源自安国的和鼓与正鼓，此时的高丽和鼓与正鼓统称为腰鼓。隋朝一统天下纳入的和鼓伎，一部分是北魏、北周两朝从安国掠走的和鼓伎后裔，一部分来自已经弱小的安国在隋时进献的和鼓伎乐。初唐、盛唐的宫廷乐舞，所用和鼓伎来源大抵如隋。

胡旋和鼓，因杨贵妃一跳成名

和鼓，主要用于唐朝《十部乐》中的《康国乐》《安国乐》两大乐部，与正鼓常常同时在宫廷乐队中演出。这在《旧唐书》《通典》《新唐书》中都有记载。

《十部乐》，是唐太宗贞观十六年完成的初唐宫廷宴乐，包括《燕乐》、《清乐》（又名《清商乐》）、《西凉乐》、《天竺乐》、《高丽乐》、《龟兹乐》、《安国乐》、《疏勒乐》、《康国乐》、《高昌乐》。除《燕乐》《清乐》两部外，其余八部都是来自兄弟民族及外国乐舞。从唐太宗到唐玄宗，汉族乐伎都首推《燕乐》，别族别国乐伎则首推《龟兹乐》。演出包含和鼓伎的《安国乐》《康国乐》，因为适合初唐时期大型舞蹈的鼓器较少，使用率并不算高，偶尔才被皇帝在宴会上点用。这种多是皇帝专用的和鼓，也因此在民间少有演奏，难以更长时间延续与流传。

对和鼓不感冒的人是唐玄宗，对和鼓感兴趣的也是唐玄宗。提升《安国乐》《康国乐》中的和鼓使用频率，是从西域康国、米国、史国等国持续进献胡旋舞、胡腾舞及相关舞女开始的。尤其是来自康国的胡旋舞，多用和鼓、正鼓伴奏，因杨贵妃一跳成名，须臾之间在长安街头频频出现，长安人甚至以能扮胡旋女、能跳胡旋舞为时尚。世人皆知唐玄宗爱玩羯鼓这种西域胡乐鼓器。因为杨贵妃喜欢跳胡旋舞，投其所好而恩宠爱妃的唐玄宗就在各种宴会中安排胡旋舞，一度让仅是伴奏乐器的和鼓与正鼓在盛唐时期大红大紫。中唐诗人元稹、白居易都曾写过胡旋女跳胡旋舞的诗，只是未在诗中提出和鼓等伴奏鼓乐。甚至整部《全唐诗》皆无专咏和鼓的音乐诗。尽管元稹16岁时写过令自己名声大振的长诗《代曲江老人百韵》，诗中提到的"和鼓"，用典于《周礼》，也是与鼓声相和之意。"掉荡云门发，蹁跹鹭羽振。集灵撞玉磬，和鼓奏金錞。"

此诗中的"蹁跹"二字，是形容跳舞时旋转的姿态。诗中还有"文物千官会，夷音九部陈。鱼龙华外戏，歌舞洛中嫔"这几句，表现了唐朝舞蹈在东都洛阳游走的盛况。胡旋舞、胡腾舞、拓枝舞，是唐朝三大胡舞，胡旋舞源于西域的康国，胡腾舞和拓枝舞则源于石国。史载昭武九姓九国均向大唐宫廷进献过胡腾舞女，唐朝诗人李端有首《胡腾儿》描写过这种高鼻梁、白肌肤的胡腾女，如："胡腾身是凉州儿，肌肤如玉鼻如锥……胡腾儿，胡腾儿，家乡路断知不知？"从李端的《胡腾儿》，到白居易、元稹的同名诗《胡旋女》，可知胡旋舞、胡腾舞在盛唐、中唐两个时期最受中原人欢迎。

从成都永陵博物馆石刻"二十四伎乐"乐伎形制看，王建开创的五代前蜀帝国宫廷乐舞，杂糅了唐朝宫廷流行的《燕乐》《龟兹乐》《西凉乐》《天竺乐》《安国乐》《康国乐》等多种乐舞。仅从王建石刻棺床南面的两个舞伎形制看，属于软舞，代表作是杨贵妃爱跳的《霓裳羽衣舞》，风格柔美，起舞多由法曲相和。而从琵琶、箜篌、羯鼓、毛员鼓等《龟兹乐》部配置乐器看，将军出身的王建更喜欢健舞，代表作就是类似今天新疆的手鼓舞，可以视为龟兹舞的后裔。再从和鼓、正鼓、笛等《安国乐》《康国乐》部配置乐器看，前蜀皇帝王建和后主王衍也喜欢节奏明快、主要用鼓类打击乐伴奏的胡旋舞和胡腾舞。

虽然北宋初期的宫廷乐舞，多取自前蜀、后蜀沿用唐朝宫廷的乐舞，但是放眼整个宋朝，宋朝诗人、词人似乎更喜欢拓枝舞，而非杨贵妃热爱的胡旋舞或霓裳羽衣舞。北宋宰相、诗人寇准，就因为迷恋拓枝舞而有"拓枝颠"美称。沈括《梦溪笔谈》曾载："寇莱公（寇准曾被封为莱国公）好《拓枝舞》，会客必舞《拓枝》，每舞必尽日，时谓之'拓枝颠'。"而据北宋音乐理论家陈旸《乐书》所述，拓枝在唐代大约有一人单舞与二人对舞之别，宋代拓枝舞则发展成为乐府十小儿队之一,属于队舞,更为壮观。以和鼓、正鼓伴奏,逐渐汉化的西域胡旋舞女,在宋代就不怎么吃香了。源于北魏、兴于盛唐的和鼓伎,用双手拍打鼓面的和鼓,更不见于宋词,有点寂寞沙洲冷的感觉。

元代和鼓,和前蜀和鼓和而不同

然而到了元代,和鼓,又一次呼啸而来。据《元史》记载,"和鼓,制如大鼓而小,左持而右击之"。按照元代和鼓这个描述,和鼓不再是双手拍打,而是单手且主要用右手击打。这跟延续大唐遗风的成都永陵石刻和鼓伎之和鼓,已有较大改变,可谓和而不同。

成吉思汗和他的子孙们在马背上打下辽阔江山,更喜欢随马击打的战鼓,常带舞女随行作战,并在战前引吭高歌,以舞应鼓,鼓舞斗志。翻阅《元史》,我发现蒙古人并不喜欢盛兴于唐朝的胡旋舞、胡腾舞,他们天性豪放,喜欢参与群舞,尤其爱跟亲朋好友一起唱歌跳舞,比如"踏舞",元代诗人袁桷有《客舍书事》(五首)第二首描写过这种舞蹈,"干酪瓶争挈,生盐斗可提。日斜看不足,蹋舞共扶携"。古代蒙古人热爱的群舞,还有"鞭鼓舞",见于元代诗人乃贤《塞上曲》:"马乳新挏玉满瓶,沙羊黄鼠割来腥。踏歌尽醉营盘晚,鞭鼓声中按海青。"此外,深受回纥文字影响的蒙古人,虽然不太喜欢唐朝胡旋舞,却很爱跳回纥舞,俗称"酒杯舞",这在元代诗人杨允孚《滦京杂咏》系列中有诗描述:"东京亭下水蒙蒙,敕赐游船两两红。回纥舞时杯在手,玉奴归去马嘶风。"回纥,是今新疆维吾尔族的祖先,曾在安史之乱后帮助唐肃宗李亨平定内乱,和唐朝皇室历来关系友好,后在中唐时期的788年改名为"回鹘"。回鹘臣服于蒙古元朝帝国后被称"畏兀",其中迁居天山以北的一支畏兀儿人,就是发展至今的新疆维吾尔族人。杨允孚诗句"回纥舞时杯在手"中的回纥舞,属于元朝维吾尔族女性独舞,难度在于双手叠持酒杯起舞,舞女婀娜多姿,回旋轻捷如鹘,着衣典雅华贵,常用于宫廷宴会。蒙古在扩张强盛时期所用的官制、典章,主要从回纥衍变的畏兀儿中吸纳。而蒙古皇帝(大汗)享用乐舞的重大宴会主要在上都举行,元上都位于内蒙古锡林郭勒盟正蓝旗境内,由成吉思汗之孙忽必烈于13世纪中叶建立,与大都(今北京)是元朝的两大首都。上都,是蒙古大汗主要居住和游猎宴会的夏都,一般是每年夏季到此接见前来朝觐的各国使者,诸王贵族及护卫将士云集于此,共享蒙元帝国盛大宴会,元朝宫廷音乐、舞蹈也因此主要在上都上演。"楼下绿杨楼上酒,年年万国会衣冠。"元代诗人杨允孚在《滦京杂咏》另一首诗中曾描写过上都的元朝宫廷乐舞繁盛。著名蒙古族元代诗人萨都剌还有一首《上京即事》描绘过诸王共舞的元上都国宴盛况:"一派箫韶起半空,水晶行殿玉屏风。诸王舞蹈千官贺,齐捧葡萄寿两宫。"可惜在元朝末年,农民起义军在此纵兵焚掠,使上都宫殿被毁,成为废墟。目前,北京的南锣鼓巷,曾是元大都的市中心地带,这里的胡同、四合院尚有元代棋盘式城市建筑遗貌。

在忽必烈统一中原汉地成为元朝开国皇帝之后,他受中原先进汉文化的冲击,所用宫廷乐器又在回纥乐舞、蒙古乐舞基础上广泛吸纳了西夏、金、宋的礼乐文化。其实,元朝这一期间礼乐制度的实质,仍然是《礼记》从先秦传至汉唐的"礼不下庶人,刑不上大夫"。朱元璋破元立明登基不久便御令左丞相李善长为监修,宋濂、王祎主编《元史》,系统记述了从蒙古族兴起到元朝建立再到元朝北逃蒙古高原的江山大挪移全过程。"所谓鸷鸟将击,必匿其形""聚如丘山,散如风雨,迅如雷电,捷如鹰鹘""欲治身,先治心;欲责人,先责己"等闪亮的典故,就出自这部浩瀚的《元史》。在《元史》中介绍礼乐制度的篇章,共有五卷篇幅。和鼓,出现于《元史》礼乐志篇章,而且是作为一种单独乐器介绍。在元代礼乐中,和鼓还是节乐之器,有着控制节拍、引领舞蹈的功能。

乐作鸣之,与鼓相和。由和鼓衍生的腰鼓类乐器,尽管至今还在各地鼓舞人心,但是几乎无人喊出一声"这是和鼓"如此的响亮之语了。我再一次走进成都永陵博物馆的王建地宫,端详着这个看上去很温柔的和鼓乐伎,她的脸上绽开略带娇羞的笑容,她的双手平举的纷飞的唐式衣袖,她的腰前平放的大唐和鼓,时不时会让我起吟"弦鼓一声双袖举,回雪飘飖转蓬舞",仿佛眨眼之间还在唐朝走神。然而,石刻浮雕上的她和她手中的和鼓,在今年戊戌年实际上刚好1100岁了。如果她是根据某个西域安国或康国的和鼓乐伎女子雕刻而成的石像,与她"执子之手,与子偕老"的人早已化为黄土不知所终,她和双腿之上的和鼓一定还在等待一股盛世唐风,让死者复活,令活者鲜亮。

齐鼓喧

"夫战，勇气也。一鼓作气，再而衰，三而竭。彼竭我盈，故克之。"这句话来自《左传·庄公十年》。鼓，从最初的课本里给我的印象总是杀气腾腾或者鼓舞士气的战鼓。作战靠勇气，打鼓靠力气，实力相当叫旗鼓相当，打败了就得偃旗息鼓，等蓄积新的力量之后再重整旗鼓。读书时代，我曾多次把"重整旗鼓"误写为"重整齐鼓"，分不清"旗鼓"与"齐鼓"，固执地画了等号。在语文老师反复纠正之后，"齐鼓"才彻底走出我的阅读与书写世界。

"齐鼓"二字又一次迎面而来，是20年前第一次参观成都永陵博物馆，永陵地宫石刻棺床"二十四伎乐"的系列大唐风格宫廷乐器，让我发现鼓类器具中竟然真有一种鼓就叫"齐鼓"。这种"齐鼓"不是战鼓，不用于作战，也跟战旗、军旗无关。齐鼓从民间走进寺庙，盛行于宫廷，再散失于民间，至今仍有路径探寻它的高妙与玄机。

齐鼓，五凉时期的西凉之器

那么，何为齐鼓？齐鼓又是如何成为唐朝宫廷乐器的？晚唐史学家、音乐理论家杜佑在其所撰《通典·乐四》篇章说："齐鼓，如漆桶，大一头，设齐于鼓面如麝齐，故曰齐鼓。"麝齐，雄麝的脐，麝香腺所在，借指麝香。晚唐时期曾在四川阆中、通江担任过阆州刺史、壁州刺史的诗人唐彦谦，有首咏麝脐的《春雨》诗"灯檠昏鱼目，薰炉咽麝脐"。杜佑形容齐鼓鼓面设的"脐"，如麝脐，简化为"齐"，故名。杜佑说的齐鼓，当然是唐朝宫廷所用的齐鼓。比杜佑更早阐释齐鼓的人，是魏晋南北朝时期的南朝陈代沙门释智匠所著《古今乐录》，他记录的南朝齐鼓也如漆桶大，而且一头大一头小。尽管此书早已失传，但因北宋史学家郭茂倩所编《乐府诗集》等多部后世著作反复引用过《古今乐录》关于齐鼓的记述，让齐鼓依旧威名远播。与郭茂倩同朝的吴淑所撰的《事类赋》，以及李昉、李穆、徐铉等学者编纂的《太平御览》，以及其他古籍记录过类似杜佑关于齐鼓的描述，说明齐鼓传承到唐宋仍然是常用乐器。

按照《通典》《旧唐书》《文献通考》等书记载，齐鼓，是西凉、高丽之器，主要用于唐朝宫廷十部乐（伎）的西凉乐、高丽乐。十部伎是以唐时各国名或地区名来命名，高丽乐来自高丽，属于古朝鲜国的乐舞，那么西凉乐又产自何地，如何得名？

西凉，古称凉州（今甘肃武威一带），在长安、洛阳以西,故称西凉。凉州,古称雍州、姑臧,雍凉文化的发源地,历代占地大小不一,最强盛时不仅占据了大半个甘肃,还扩延到宁夏、青海、陕西、内蒙古等部分地区。秦始皇灭六国一统天下时,这一带还是古月氏国的属地,月氏人当年游牧于武威与敦煌地区,尚是匈奴劲敌。匈奴强盛时期也曾占领过西凉地区。打破这一格局的人,是雄心于开疆拓土的汉武帝刘彻,他把其正式纳入中国的版图,在姑臧设立武威郡,又设酒泉郡,均归属凉州。到了唐朝,凉州已是中国继长安、洛阳之后第三大城市和经济文化中心。作为对外文化交流的要冲,凉州一直是音乐舞蹈的汇聚地,尽管最早的凉州乐舞缺乏文献考证,然而从甘肃武威市东边河乡的王景寨马家窑文化遗址考古出土文物看,打击乐器彩陶鼓、舞蹈纹彩陶盆、吹奏乐器陶埙等皆来自距今5000年左右的新石器时代。古典文献能够抵达的时代,则是从汉朝开始,凉州的西凉乐舞这一时期所传多是中国旧乐(清乐)。随着丝绸之路的打通,西凉乐舞开始兼有羌胡之声。凉州地区的这个乐舞变化,要从汉唐之间的魏晋南北朝说起,从三国到晋朝再到南北朝,一直战乱不停,尤其是五胡十六国时期政权更迭频繁,先后出现了前凉、后凉、北凉、南凉、西凉五个政权,史称"五凉"。盛唐时期的边塞诗人岑参曾作《送李别将摄伊吾令充使赴武威,便寄崔员外》"马疾飞千里,凫飞向五凉",提到"五凉"。其中,"西凉"二字闪亮于400年,这一年汉朝大将军李广后裔李暠在敦煌称"凉公",缔造西凉王朝,后迁都酒泉,诗仙李白、李氏唐朝皇帝皆尊称他为先祖，唐玄宗李隆基甚至在天宝二年（743）追尊他为兴圣皇帝。因李暠统治地区古为凉州，故国号为"凉"，又位于凉州西部，史称"西凉"。

五凉时期，随着中原流民不断涌入凉州，中原乐舞也随之而来，加上丝绸之路传入的西域乐舞，汉乐与胡乐杂交的凉州乐舞就此形成。这种新鲜的凉州乐舞，从凉州本地人张重华开启，他于346年自称持节大都督、太尉、凉州牧，假凉王，张骏、张重华父子统治的凉州时期史称"前凉"。《太平御览》曾载："吕纂咸宁二年，有盗发张骏墓，得白玉樽、玉笛、紫玉箫。"此张骏，就是前凉文王张骏。天竺（印度）佛教音乐大约在三国之前传入中国，乐伎来华，则始于晋朝。据《隋书·音乐志》载："《天竺》者，起自张重华据有凉州，重四译来贡男伎，《天竺》即其乐焉。歌曲有《沙石疆》，舞曲有《天曲》。"350年前后，前凉王张重华占凉州时，是经过四种语言翻译而得天竺伎。这是天竺乐舞进入中国的最早记载，在前凉之前的凉州乐舞尚无印度乐舞融入。《隋书·音乐志》还载，382年，前秦国主苻坚派大将吕光（后来的后凉王）讨伐龟兹古国，掠夺龟兹伎，又将龟兹乐舞融入凉州乐舞。后凉、西凉时期的《西凉乐》，以秦汉时期的凉州地方乐舞为基础，兼采西域乐舞，演奏采用中国传统的钟、磬、笙等汉族乐器，号为《秦汉伎》，后凉王吕光亡后，龟兹乐分散。将龟兹乐舞重融凉州乐舞的人，是匈奴支系卢水胡族的首领沮渠蒙逊，他称北凉王后，北凉成为河西一带最强大的割据势力，都城先为张掖，于412年迁都武威称河西王、凉州牧,并在421年一举灭掉李暠开创的西凉。史载沮渠蒙逊对凉州乐舞的贡献,就是将龟兹乐再度汉化为凉州乐。据杜佑《通典》载:"西凉乐者,起符氏之末,吕光、沮渠蒙逊等据有凉州,变龟兹声为之,号为秦汉伎,后魏太武既平河西,得之,谓之西凉乐。"后魏,又称北魏。灭掉沮渠蒙逊、沮渠牧犍统治北凉的人,是北魏第三位皇帝拓跋焘,其生父为北魏道武帝拓跋珪的长子拓跋嗣。439年,拓跋焘亲征北凉,北凉王沮渠牧犍出降,北凉的暂时灭亡(后来有一支人马在高昌开拓政权),让凉州《秦汉伎》谓之《西凉乐》(又称《西凉伎》)进入平城(今山西大同市)盛世。

齐鼓,作为扎根甘肃五凉时期的西凉之器,在甘肃敦煌莫高窟壁画中留有多处印迹。其中,盛唐时期第124窟北壁,就有一幅齐鼓的壁画,齐鼓乐伎击打齐鼓的神态夸张,给人强烈的视觉冲击力。尤其是西魏时期第285窟南壁飞天乐伎双手拍击演奏的齐鼓乐器,造型优美,颇具神韵,该鼓呈带锥度的圆桶状,一头大,一头小,鼓面有麝脐状之物格外突出,其形状与杜佑《通典》等史书记载的齐鼓形制如出一辙,这件壁画中的齐鼓距离五凉时期仅仅百余年,可谓有迹可循的齐鼓精品。

不过,齐鼓并非国产打击乐器,因为五代十国时期的《旧唐书》曾考证,齐鼓是天竺婆罗门乐的乐器,是经西域传入中原。婆罗门,是什么门?印度教的祭司,被古印度人仰视如神,祭司祈祷的语言具有咒力,使善人得福,让恶人受罚。

齐鼓若最早是婆罗门的器具或法器,其最初也是祈祷仪式所用,传入中国才变成宫廷打击乐器。

齐鼓,云冈石窟的北魏国器

北魏在凉州吞灭北凉割据地之后,兼容天竺乐与龟兹声的《西凉乐》,很快成为北魏首都平城风靡一时的主流音乐。齐鼓,在山西大同市的云冈石窟多处可见,无疑扮演着北魏国器的角色,这跟北魏太武帝拓跋焘将《西凉乐》视为国伎的个人喜好息息相关。

398年,北魏道武帝拓跋珪迁都平城。439年,在平城出生、时年31岁的北魏太武帝拓跋焘统一北方,刚刚而立之年的他实现"饮马长江"之志,暂时结束十六国纷争乱局,在休战后重用汉族大臣,下令"悉除田禁,以赋百姓""宜宽租赋,与民休息",偃武修文,崇尚儒学,推动社会安定,再次打通丝绸之路的西域通道,引来多国朝贡,各国乐伎云集。据《魏书》记载,北魏仅平城时期,就有46个中亚、西亚国家高达109次朝贡记录。按照今天的话说,拓跋焘统治北魏时期,首都平城就出现了来自各国的大使馆、领事馆。那时的平城,常见西域胡人定居,天竺僧人、各国乐伎、商人和工匠停驻,络绎不绝。事实上,大同出土的北魏平城时期的胡俑,以及云冈石窟的梵相雕刻,都用实物记录了当时盛况。而在乐舞方面,拓跋焘灭北凉带回的大量西凉乐舞伎,和新近涌现的龟兹乐伎、疏勒乐伎、安国乐伎荟萃平城，让中原传统乐舞、鲜卑本族乐舞、西域乐舞、西凉乐舞甚至东海边的高丽乐舞在北魏呈现出百花齐放的繁荣景象。尤其是拓跋焘主张加入鲜卑音乐因素的新西凉伎，成为当时兴盛一时的国伎，称为《西凉乐》。《魏书》"乐志篇"曾载，"世祖破赫连昌，获古雅乐，及平凉州，得其伶人、器服，并择而存之"。《隋书》还称，北魏太武帝将西凉乐带回平城，"宾嘉大礼，皆杂用焉"。《旧唐书·音乐志》在总结《西凉乐》时，也说："其乐具有钟磬，盖凉人所传中国旧乐，而杂以羌胡之声也。魏世共隋咸重之。"

云冈石窟中素有"音乐窟"之称的第12窟，是北魏时期乐舞雕刻的代表之作，此窟便有一个排位很靠前的齐鼓乐器。在北壁上层天宫伎乐列龛，由西向东依次雕刻着吹指、齐鼓、排箫、琵琶、横笛、筝、琵琶、觱篥、竖箜篌、琴、细腰鼓、义觜笛、埙、坦鼓的乐伎，或奏法曲，或歌宫商，她们执众乐器相向而舞，姿态优雅，富丽堂皇，栩栩如生，真堪称北魏宫廷第一女子乐团。除了齐鼓，云冈石窟雕刻的义觜笛、琵琶、箜篌、担鼓、觱篥等乐器，也是北魏时期流行的《西凉乐》代表乐器。

北魏重视《西凉乐》，重用西凉伎，这股热辣"西凉风"从南北朝吹至隋唐一直盛行。有史记甚至说，"自周、隋以来，管弦杂曲将数百曲，多用西凉乐"。尤其是隋唐两朝，宫廷燕乐的九部乐、十部乐中均设有西凉乐部。"工人平巾帻，绯褶。白舞一人，方舞四人。白舞今阙。方舞四人，假髻,玉支钗,紫丝布褶,白大口袴,五彩接袖,乌皮靴。其乐器用:钟一架,磬一架,弹筝一,搊筝一,卧箜篌一,竖箜篌一,琵琶一,五弦琵琶一,笙一,箫一,大筚篥一,小筚篥一,长笛一,横笛一,腰鼓一,齐鼓一,檐鼓一,贝一,铜钹二。"按照杜佑《通典》记载的唐朝《西凉乐》乐队配制,琳琅满目的宫廷乐器高达19种之多,乐工27人。《西凉乐》,因此成为唐朝十部乐(十部伎)中的乐队编制规模最宏大的一部。只是,从《西凉乐》乐器排名看,唐朝皇帝更注重钟、磬、筝、笙等传统国产乐器。在唐朝十部乐的《高丽乐》中,尽管只有15种乐器,仍然包含盛行于北魏的齐鼓。而齐鼓也并非高丽国原产,它是在隋唐燕乐盛行期间传入高丽(古朝鲜)。

凉州乐舞从五凉到唐朝历经500年不衰,《西凉乐》受到唐朝多个皇帝追捧,除因当地是多民族聚集地引发乐舞交融频繁,还有其本身的独特艺术魅力,《旧唐书·音乐志》就说,《西凉乐》"最为闲雅"。到了盛唐时期,凉州乐舞更是一览众山小,达到巅峰。盛唐第一作曲家唐玄宗李隆基创造的千古名曲《霓裳羽衣曲》,就是由河西(设置在凉州)节度使杨敬述进献,从西域传到凉州的天竺乐曲《婆罗门曲》改编而来。齐鼓,作为婆罗门进献的乐器,也常随着大唐齐鼓伎的陶醉演奏,给杨贵妃亲自表演《霓裳羽衣舞》伴奏。

与凉州音乐、舞蹈有关的表演形式是杂技、百戏,又统称"散乐"。发展到中唐时期的《西凉伎》已是一部全能剧,此剧前身为《胡腾》歌舞剧,以西凉乐、狮子舞等表演为主,以源于印度、兴于西域昭武九姓九国等地的胡腾舞为重要穿插。安史之乱后，唐朝国力开始衰落，居西南的吐蕃乘机作乱，西北数十州相继被夺，很多唐朝边将畏敌不前，竟然宴乐忘仇，致使凉州等国土长期沦陷。"吾闻昔日西凉州，人烟扑地桑柘稠。葡萄酒熟恣行乐，红艳青旗朱粉楼。楼下当垆称卓女，楼头伴客名莫愁。乡人不识离别苦，更卒多为沉滞游。……"元和四年（809），先是元稹出手一首《西凉伎》，紧接着是白居易和他一首《西凉伎》讽刺时事，抨击统治者和边疆将军的软弱无能，"西凉伎，西凉伎，假面胡人假狮子。刻木为头丝作尾，金镀眼睛银帖齿。奋迅毛衣摆双耳，如从流沙来万里。紫髯深目两胡儿，鼓舞跳梁前致辞。应似凉州未陷日，安西都护进来时。须臾云得新消息，安西路绝归不得。泣向狮子涕双垂，凉州陷没知不知。狮子回头向西望，哀吼一声观者悲"。

齐鼓，恰似青天白日一声雷

在五代十国时期，齐鼓依旧是各国宫廷乐舞的常备乐器。从前蜀皇帝王建的永陵石刻齐鼓伎（击齐鼓乐伎）形制看，此齐鼓伎紧随正鼓伎排位而雕刻，显示出此件乐器在前蜀宫廷乐队中的显赫地位。唐玄宗喜欢打羯鼓，捧羯鼓为八音之领袖。到了王建、王衍父子在成都享受的《霓裳羽衣曲》舞时，羯鼓的地位却远远不如正鼓、齐鼓与和鼓。齐鼓在蜀地发展成为一种用单手敲打的杖鼓（又称单杖鼓），鼓面中心凸起，凸若肚脐，头端大尾端小，形似漆桶，粘有一圆形薄膜，除了抑制噪音，改善音质，还有便于定音的功效。蜀宫齐鼓伎在一众鼓乐中排位靠前，就是让她在乐队中掌握节奏，引领和鼓、羯鼓、毛员鼓、答腊鼓合拍，一般是左手扶鼓腰置于盘曲的左腿上，右手执杖击打鼓面，让人一闻齐鼓意气生。《太平御览》征引五代十国时期的后周《大周正乐》提到的"齐鼓"，五代十国时期的后唐史学家刘昫监修的《旧唐书·音乐志》篇章也谈到的"齐鼓"，均和前蜀宫廷所用的"齐鼓"形制相似。

然而，打齐鼓，究竟会发出怎样的声响？唐朝诗人写的鼓乐诗不少，我从《全唐诗》中却没有发现一首专咏齐鼓的诗。宋朝无门慧开禅师，即释慧开所作的诗偈《六年举无字一日闻齐鼓有省》，堪称专咏齐鼓的千古绝响：

> 青天白日一声雷，大地群生眼豁开。
> 万象森罗齐稽首，须弥踔跳舞三台。

释慧开一句"青天白日一声雷"，是他在法座边忽遇齐鼓之声的一次豁然大悟，脱口而出齐鼓在宋朝回归寺庙的惊天击鼓声响。此人是一个善于思考专于禅悟的高僧，常常在诵经念佛之中创造极具生活化的哲思佳句，后世收录于《无门慧开禅师语录》。释慧开是杭州钱塘人，俗家本姓梁，临济宗杨岐派僧，字无门，世称无门慧开，出生于宋孝宗年间，卒于南宋理宗年间，活了78岁，晚年居于西湖边。宋理宗曾诏释慧开至选德殿说法，为宫中祈雨得感应，遂敕赐金襴衣，封"佛眼禅师"。他最初苦参"无"字话头而开悟，曾发誓"若去睡眠，烂却我身"，一生潜心于"无"字法门。除了创作诗偈，慧开禅师还把历代禅宗重要的公案斟选汇编，纂集成《禅宗无门关》一书，自序："佛语心为宗，无门为法门……大道无门，千差有路；透得此关，乾坤独步。"

除了《六年举无字一日闻斋鼓有省》，慧开禅师在寺庙参悟时创作了多首鼓乐诗。比如《偈颂》系列中的一首："今朝三月初十，击鼓禅徒毕集。欲知时节因缘，雨落阶头便湿。会即各自归堂，不地何劳久立。"比如《偈颂》系列中的另一首："动弦别曲，叶落知秋。禾山打鼓，雪峰辊球。睦州担板，投子提油。赵州狗子，沩山牯牛。青原垂足，俱胝指头。一队破落户，各自带风流。"比如《南剑州伏虎岩请师开山请赞》："个样村僧，也甚奇怪。身如椰子，胆似天大。蟒蛇窟里安禅，猛虎穴中劄寨。无端于微尘国里，转大法轮，声大法鼓。却向刀山剑树上，成等正觉，弄者一解。"在寺庙里，用于佛教法事的鼓，都叫法鼓。慧开禅师诗中把鼓称为"法鼓"正是这个缘由。"君知否，寥寥劫外，法鼓震三千。"元代诗人、著名道士长筌子曾留此句，形容法鼓之妙。

诗偈，何意？佛家偈颂的诗作。唐太宗贞观年间高僧丰干（又作"封干"）禅师，俗称"拾得和尚"，他曾如此解释："我诗也是诗，有人唤作偈。诗偈总一般，读时须仔细。"宋朝诗僧惠洪《跋李商老诗》提到的诗偈,更令人欢喜:"予至石门,禅出商老诗偈巨轴,读之茫然,知此道人盖滑稽翰墨者也。"

宋朝慧开禅师所作的《偈颂》系列"偈颂",是梵语"偈佗"的别称,即佛经中的唱颂词,每句三字、四字、五字、六字、七字不等,通常以四句为一偈,亦多指释家隽永的诗作,又称"偈子"。难得的是,慧开禅师出口即诗,而且有很多今人依旧口口相传的佳句,如"来说是非者,便是是非人""闻名不如见面,见面不如闻名""名高不用镌顽石,路上行人口是碑"。当然,他最有名的诗作是《颂古》(又名《颂平常心是道》):"春有百花秋有月,夏有凉风冬有雪。若无闲事挂心头,便是人间好时节。"千百年来,慧开禅师这颗"平常心"参悟的禅机如化雨春风,滋润着无数迷途中人。在他看来,道,关键是要有一颗平常心。

早在慧开禅师参悟齐鼓之声的前几十年,宋高宗年间进士、无锡诗人宋九龄也听过一次心旷神怡的齐鼓声响,他写的齐鼓诗《听鼓琴》"神怡志定一齐鼓,和气冲融塞天宇。忽然作间变轩昂,亦不哀吟动凄楚",身临其境地刻画了一个两鬓斑白的老人打鼓的神态与变换的鼓声,打鼓由慢到快,鼓声从低到高,始终气定神闲,和弹琴者合奏如同旷世知音。此诗末尾"高山流水有知音,莫道吾人不如古",看得出宋九龄不仅是一个雅士,更是一个性情中人。从慧开禅师形容齐鼓"青天白日一声雷",到宋九龄描摹齐鼓"和气冲融塞天宇",声响截然不同,其实,这既要看打鼓的场景,也要看打齐鼓乐伎的心情。

我在成都的宝光寺和文殊院也曾几度得缘,目睹过僧人击鼓诵经的壮观场面,只是遗憾无缘目击唐朝的齐鼓和它神秘的鼓声。

羯鼓王

"羯",常被人误读为蝎子的"蝎"。去掉"曷",羯与蝎,就能分辨出一只畜牧的羊和一条有毒的虫之间的距离。它们性格不同:羯,温和,让人亲近;蝎,暴躁,容易蜇人。摩羯座的人通常不会把"羯"读错,是因为"羯"字前面加了摩擦的摩,体内就共存了善良与邪恶,既有"船头惊鬼,船尾惊贼"的面孔,也有不达目的绝不放手的固执与耐心。那么,"羯"字后面加个鼓,又是什么鼓?何为羯鼓的羯?何为羯鼓的鼓?

羯,特指古代少数民族:羯族。羯鼓,则是来自羯族的鼓。早在魏晋南北朝时期,羯鼓便经西域少数民族传入内地中原。它的鼓名在当今或许有些陌生,在唐朝宫廷却是一大名鼓,尤其在唐玄宗统治的开元、天宝年间特别盛行。让羯鼓之名朝野皆知的人,正是唐玄宗李隆基,他堪称盛唐第一鼓王兼中央歌舞团团长。古代文献记载的李隆基,最擅长打的鼓,就是羯鼓,他不仅视羯鼓为八音之领袖,还为羯鼓谱写了《春光好》《秋风高》《雨霖铃》等多部作品。

这种距今已很遥远的羯鼓,其实在成都也有迹可循。在成都永陵博物馆的石刻"二十四伎乐"中,甚至出现了两位羯鼓伎,她们手持的羯鼓分别置于前蜀皇帝王建棺床的东七、西十,以蜀地石刻浮雕艺术形象印记唐朝羯鼓走来的痕迹。

大唐第一鼓王李隆基,打亮了羯鼓

说羯鼓,离不开它的来源:羯。

羯,是晋人对杂胡的泛称,通指"五胡"(匈奴、鲜卑、羯、氐、羌)这五个少数民族中的羯族。所谓的五胡十六国,就是魏晋南北朝时期这些少数民族和汉族共同建立的十六个政权。后赵,由羯族人石勒在这一时期建立,他也是中国历史上唯一一个羯族奴隶制皇帝。后来被唐玄宗追捧为"八音之领袖"的羯鼓,就是出自西域羯族的乐器。

"如漆桶,山桑木为之,下以小牙床承之,击用两杖。其声焦杀鸣烈,尤宜促曲急破,作战杖连碎之声。又宜高楼晚景,明月清风,破空透远,特异众乐……杖用黄檀、狗骨、花椒等木……棬用刚铁,铁当精炼,棬当至匀。"唐宣宗时期的洛阳令、黔南经略使南卓,在其著作《羯鼓录》中详细记述了羯鼓的形状和来源。这种下有支垫、两杖并击的羯鼓,在成都永陵博物馆石刻羯鼓伎的浮雕上,可以对照文献，观其形，琢其状。

打亮羯鼓的人，首推唐玄宗李隆基。他的血管里流淌着李世民的血液，从小就视文治武功皆很强悍的唐太宗为人生偶像，登基以后更是事事效仿，开创了后人仰止的开元盛世。尽管在扩大国土面积的工作业绩方面不如李世民，他却在音乐舞蹈方面缔造了另一个庞大的国家。李隆基不仅个人喜欢打羯鼓，还把自己治理的京师长安打造成世界音乐的心脏，这跟他对盛唐音乐文化的开放和身体力行的推广密不可分。当然，后来沉溺乐舞，专宠杨贵妃，"从此君王不早朝"的他把国家大事放手给奸相李林甫、淫相杨国忠管理，引发安史之乱，也是唐朝走向衰落的根源。

李隆基打羯鼓，打得有多好？陪他开创开元盛世的宰相宋璟，是李隆基的鼓友，两人经常在一起打羯鼓，一手指点江山，一手打发时间，把日出打成日落，浑然不觉虚度。有一次，宋璟和李隆基交流打羯鼓的心得，对主子脱口而出的夸赞是："头如青山峰，手如白雨点。山峰取不动，雨点取碎急。"这是说唐玄宗打羯鼓很投入，头如山峰纹丝不动，手似急雨敲椽，这一静一动，这一稳一急，形容的是打羯鼓的上乘境界。白居易曾形容弹琵琶的弦音"大珠小珠落玉盘"，和宋璟口中的鼓点"手如白雨点"意象相似，但是两种乐器所催生的乐音各有妙处，分外独特。尤其是"雨点取碎急"这一句，把唐玄宗打羯鼓的迅疾与忘情描摹得非常传神，让人很是向往那种痴醉的场景。

如果宰相宋璟是哄李隆基开心，那么北宋政治家、科学家沈括则毫无必要重蹈覆辙,毕竟宋朝的老大姓赵,已不再姓李。沈括在其名著《梦溪笔谈》中,谈到唐玄宗打羯鼓的另一段往事,配角换成了李龟年,说:"唐明帝与李龟年论羯鼓云'杖之弊者四柜',用力如此,其为艺可知也。"沈括这段文字是看了南卓的《羯鼓录》生发的独立评价。宋璟和李龟年,都因会打羯鼓而受宠,这听上去很荒谬,实则可以想见唐玄宗是一个做事很执着的主,尤其是对打羯鼓这件事情很是上心。听说民间有个叫李龟年的艺人会打羯鼓,而且有些声名,唐玄宗干脆把李龟年请进了宫廷,面对面切磋羯鼓技艺,这并非天方夜谭,在盛唐有一技之长的人真有馅饼从天而降。和人人躬身的天子见面这天,李龟年并不怯场,更多时候是用羯鼓击打出的鼓乐说话。直到起起伏伏的鼓乐一一落地,唐玄宗才对李龟年说:"李先生,大家都说你羯鼓打得好,应当经常练习吧?"李龟年也不谦虚,甚至还有些骄傲:"一般一般,世界第三,我光鼓槌都打断了50根了。"这下,唐玄宗放下了心中的石头,仰天微笑:"你才打坏50根啊,我已经打坏四柜子了。"一听这话,李龟年就不接话了,他得让柜子从此成为李隆基的台阶,同时让自己先前有些走高的话顺着这个台阶走下来,连忙做了个躬身拱手的姿势,算是服了。毕竟,一般的人话不投机半句多,少喝几杯酒的事情,而面前的人可是皇帝,必须投机,才能成为知音。即使不能成为知音,千万不能变成敌人,因为轻视文人最多不见面罢了,轻视皇帝则极可能是自己与自己永不再见。李龟年的懂事,后来也成就了他。心如明镜的唐玄宗，本身就是真才实学的主，更是慧眼识珠的主，这次见面之后，李龟年就不再是"岐王宅里寻常见"的客人了，而摇身一变，变为宫廷乐师，李隆基刮目相待的梨园弟子。事实上，在安史之乱爆发之前的盛唐时期，李隆基不仅对李龟年恩宠有加，还经常让他在宫廷里打羯鼓、吹觱篥、唱他喜欢的王维诗词或者杜甫诗歌，助推一个大唐乐圣的诞生。此前的民间都传李龟年是羯鼓骨灰级鼓手，而唐玄宗才是"大唐第一鼓王"的消息，从李龟年"认输"之后不胫而走，朝野闻名。

其实，羯鼓在初唐"燕乐"中地位并不高，即使和其他鼓类相比也非首位。据宋人李昉等人编著的《太平广记》记载："羯鼓出外夷乐。以戎羯之鼓，故曰羯鼓。其音主太簇一均。（均原作云，据《羯鼓录》及《太平御览》改）龟兹部、高昌部、疏勒部、天竺部皆用之。次在都昙鼓、答腊鼓之下（都昙鼓，状腰鼓而小。答腊者，即揩鼓也），鸡娄鼓之上。"唐玄宗把羯鼓提升为"八音之领袖"的地位，则因羯鼓非常投他的脾气，后来广泛运用于唐朝宫廷《龟兹乐》部的乐队演出。羯鼓是"八音之领袖"一说，见于《太平广记》："唐玄宗洞晓音律，由之天纵。凡是管弦，必造其妙。若制作调曲，随意即成。不立章度，取适短长；应指散声，皆中点指。至于清浊变转，律吕呼召，君臣事物，迭相制使，虽古之夔旷，不能过也。尤爱羯鼓，常云：八音之领袖，诸乐不可为比。"一句"诸乐不可为比"，可见唐玄宗对羯鼓的格外垂青。

唐玄宗说的所谓"八音",是指"金、石、丝、竹、匏、土、革、木"这八种制作乐器的材料。爱打羯鼓,擅长作曲的唐玄宗不仅常在宫廷独奏取乐,或者带领教坊乐工们群奏寻欢,还专门为羯鼓创作了《春光好》《秋风高》《雨霖铃》等曲子。难得的是深通音律的唐玄宗,在长安、洛阳打造了多处教坊,用于培养宫廷乐队所需的各类音乐人才,解决多个民间艺人的深造和再就业问题,连后世梨园弟子也要尊称他为"梨园鼻祖"。这,源于唐玄宗不仅是一个出色的政治改革家,更是一个优秀的音乐改革家。是他,将初唐《十部乐》更新,又将"坐部伎"与"立部伎"创新,不仅让大批民间艺人和少数民族乐工找到"天生我材必有用"的自豪感,而且让大批宫廷乐师的地位"水涨船高",令他们的声望一度压过不少在朝堂之上奏事请命的官员。

那是唐诗的盛世,也是唐音的盛世。盛唐音乐的最强音,具体体现在唐玄宗改造的"坐部伎"与"立部伎"群体。坐部伎,坐着表演,奏乐为主;立部伎,则以歌舞表演为主。其中,唐玄宗从"坐部伎"中亲自挑选善于奏乐的精英,手把手调教,被后人美其名为"梨园弟子"。除了在自己常来常往的蓬莱宫侧设立教坊,安置这些"梨园弟子",李隆基还在洛阳、长安设置左右教坊两所,以中官为教坊使,将擅长表演歌舞的艺术人才一网打尽。逐渐壮大的"教坊",相当于盛唐的中央歌舞团,团长便是唐玄宗,一众梨园弟子则是天子门生,其间的佼佼者声望甚至超过唐朝音乐官署太常寺的官员。开元年间的教坊,也等同于中央音乐学院和中央舞蹈学院，由唐玄宗担任两院院长。在唐玄宗的直接领导下，管理宫廷音乐的教坊不仅继承传统音乐，还收集民间音乐、西域音乐，加工整理成为教坊曲目，让各国音乐舞蹈在长安、洛阳两京交融。上有所好，下必趋之。一大批文臣也纷纷创作"新曲"编入教坊曲目。天天和唐玄宗打成一片的乐工、歌手、舞蹈家，自然引人瞩目、声名远播。事实上，仅就羯鼓一项投其所好，跟着唐玄宗打羯鼓的宋璟、李龟年、曹王皋、李琬、杜鸿渐等羯鼓爱好者，后来都青史留名。尤其是李龟年，他的音乐才华和传奇人生随着杜甫一首《江南逢李龟年》流传千古，至今仍是令人耳熟心热的乐圣。

大唐第一诗帝李隆基，羯鼓多带刺

"同醉与闲评，诗随羯鼓成。"这里写羯鼓的诗，出自五代十国时期的南唐后主李煜《子夜歌》，原本是他在南唐小宫廷观赏打羯鼓而即兴写诗的写照，其实也可看成是唐朝诗人成群结队写羯鼓诗的一截千古风流。

李白、杜甫、王维、孟浩然、王之涣、王昌龄、岑参、张九龄等几乎最优秀的诗人都诞生在唐玄宗治下的盛唐时代。后人在回望唐诗时，往往不得不承认唐玄宗的开放、包容与伟大。在清朝人编选的《唐诗三百首》收录的大唐77位诗人中，很多人可能不知道叫作李隆基的唐玄宗就在77

强之列，而且是整个唐朝唯一一个以诗人身份进入此书的皇帝。英名更胜一筹的唐太宗李世民，野心更大一点的武则天，都爱写诗，却并没有享受这个待遇，唐玄宗李隆基可谓"大唐第一诗帝"，诗学水平和文本质量让留诗万首的乾隆皇帝也望尘莫及。当然，康熙年间编修的另一部唐诗宝典《全唐诗》，则收录了李世民、李治、武则天、李隆基、李亨等多位唐朝皇帝的诗篇。对今人影响更大的唐诗书库，仍然是《唐诗三百首》。尽管我没有查询到唐玄宗写羯鼓的诗，但是他写的鼓乐诗却留世不少，且多是壮军威或宴会歌题材，比如《春中兴庆宫酺宴》："舞衣云曳影，歌扇月开轮。伐鼓鱼龙杂，撞钟角抵陈。曲终酣兴晚，须有醉归人。"《春中兴庆宫酺宴》一诗显示出李隆基观赏宫廷乐舞有一种不醉不归的畅快。

或许诗人李隆基也预料不到，他爱打羯鼓的事情在后世影响如此之大，催生了春笋般林立的诸多羯鼓诗篇。只是，除了晚唐诗人张祜《华清宫》（四首其一）"宫门深锁无人觉，半夜云中羯鼓声"，说了唐玄宗深更半夜还在深宫痴迷打羯鼓，更多的羯鼓诗则是讽刺他打羯鼓或者哀叹他为杨贵妃失去江山。其中，传播率最高的羯鼓诗，当属李商隐的《龙池》和崔道融的《羯鼓》，均收录于《全唐诗》。

李商隐的《龙池》，写的是李隆基打羯鼓宴请诸王的故事。

龙池赐酒敞云屏，羯鼓声高众乐停。
夜半归来宫漏永，薛王沉醉寿王醒。

说某一天，唐玄宗在隆庆坊举行家宴，自己亲自打羯鼓助酒兴。赴宴的人，一个是唐玄宗弟弟李业的儿子薛王，另一个是他的儿子寿王李瑁。一家人在李隆基的龙池宴饮作乐，喝得高兴时，唐玄宗亲自出场打羯鼓，只见羯鼓声急促高亢，瞬间遮掩了所有器乐。半夜回家之后，侄儿薛王已是酩酊大醉，而儿子寿王却是夜不成寐。李商隐一句"羯鼓声高众乐停"，或有夸大唐玄宗的击鼓技艺，甚至是故意渲染唐玄宗的羯鼓声响，但是他又说"薛王沉醉寿王醒"则真实得让人垂怜。寿王之"醒"，写得妙不可言，堪称惊心动魄。为什么？答案只有三个字：杨玉环。因为寿王李瑁之父李隆基是兽王，野兽一样霸占了寿王妻。当初，杨玉环进宫，进的是寿王宫，成为寿王李瑁的爱妃，唐玄宗李隆基其实也当面恩准过这门亲事。可是不看不知道，一看吓一跳，见到杨玉环"云想衣裳花想容"的倾国倾城之貌，唐玄宗立即就后悔了，开始想入非非，而且日思夜想，多少失去的睡眠常常落在辗转反侧的枕头上。做这样的贼的确揪心，因为他想偷的东西不是东西，而是自己的儿媳。不做这样惊心动魄的贼，那又不是唐玄宗了。所以没过多久，他就把儿媳杨玉环变成了自己的老婆，封为杨贵妃。想到老婆摇身一变变成自己的后妈，寿王李瑁接受不了也必须接受，不仅不敢怒不敢言，还得若无其事自降一级装孙子，并且嬉皮笑脸迎合李隆基给杨玉环打羯鼓，酒桌子上就算了，忍了，回到曾经留有杨玉环体香的床榻，又怎么睡得着？弑父？他没有这个胆量和实力，除了将千古愁万古恨深藏内心，李瑁唯一敢打的鼓,是退堂鼓。

同样见了一次杨贵妃就睡不着的安禄山,却没有一个"愁"字在心头。他有敢于为他卖命的部队,他心里想得最多的是:你在长安打羯鼓,我在渔阳敲鼙鼓。你是一枝独秀,我是千军万马。唐玄宗打的羯鼓声浪再高,也不及安禄山的万千骑兵震天撼地的渔阳鼙鼓声。这声音后来证明是惊天一破,先是潼关破,然后是长安破,最后是马嵬驿破。当唐玄宗在马嵬驿不得不痛失杨贵妃的千金之身时,他引以为傲的羯鼓声,从此连同大唐的江山社稷一起由盛转衰。

杨贵妃一家在马嵬驿被灭门,对于唐玄宗而言不仅仅是失去爱妃之痛,更是唐玄宗被安禄山的渔阳鼙鼓敲破江山之痛,这些痛就记录在他安史之乱期间逃往成都路上创作的新曲《雨淋铃》(又名《雨霖铃》)里。此事,晚唐诗人崔道融曾写过一首《羯鼓》,至今让人感慨万千。

华清宫里打㧑声,供奉丝簧束手听。
寂寞銮舆斜谷里,是谁翻得雨淋铃。

斜谷里,不仅斜,还很邪。传说"出师未捷身先死"的诸葛亮,就死在这一带。唐玄宗经过此处时,杨贵妃已经葬身于泥土之下,"明皇既幸蜀,西南行,初入斜谷,属霖雨涉旬。于栈道雨中闻铃,音与山相应,上既悼念贵妃,采其声为《雨霖铃》曲"(据唐人郑处诲《明皇杂录》),他在阴雨连绵的栈道上听到车马銮铃声，这穿肠更愁的铃声，勾起了部下勒死杨贵妃的回忆，悲从中来，《雨霖铃》这首悼念杨贵妃的新曲，于是横空出世，寄思念之情，托死别之恨，令人肝肠寸断，颇有断肠人在天涯的凄凉。白居易的《长恨歌》"行宫见月伤心色，夜雨闻铃肠断声"，元稹的《琵琶歌》"因兹弹作《雨霖铃》，风雨萧条鬼神泣"，张祜的《雨霖铃》"雨霖铃夜却归秦，犹见张徽一曲新"，也从不同的视角揣摩过唐玄宗这首悲伤幽怨的断肠曲。可谓唐玄宗千古遗恨的《雨霖铃》，后来更催生了一个令宋朝诗人反复挤脑水的词牌：《雨霖铃》。

除了李商隐的"羯鼓声高众乐停"，写羯鼓写得最有气势的唐诗宋词，还有两个千古佳句。一个是晚唐诗僧齐己，在《赠琴客》一诗中喊响的"掀天羯鼓满长安"。

曾携五老峰前过，几向双松石上弹。
此境此身谁更爱，掀天羯鼓满长安。

这"掀天羯鼓满长安"一句，可见唐玄宗虽然入土，羯鼓在晚唐依旧流行于朝野，尤其是首都长安，击响羯鼓，就是锣鼓喧天。

沈括《梦溪笔谈》还说："羯鼓遗音遂绝，今乐部中所有，但名存而已。"即使到了宋朝，许多羯鼓曲遗失了，羯鼓仍然发挥着它鼓舞人心的作用。大宋诗人叶梦得《临江仙·诏芳亭赠坐客》，就有一句"恨无羯鼓打梁州"擦亮宋词,并以想象中的羯鼓之声敲打南宋不堪辽金进攻而节节败退的偃旗息鼓。

> 一醉年年今夜月,酒船聊更同浮。恨无羯鼓打梁州。遗声犹好在,风景一时留。
> 老去狂歌君勿笑,已拚双鬓成秋。会须击节溯中流。一声云外笛,惊看水明楼。

叶梦得此词,是在太湖上赏月与月色同醉时,想到了唐玄宗梦游月宫后作《霓裳羽衣曲》(又名《梁州曲》)的故事。豪饮之后,激情澎湃,他又想到了唐玄宗爱击打的羯鼓,自己恨不得打一曲表达豪情的羯鼓,遗憾的是曲子、羯鼓都没有,叶梦得只得沧海一声笑笑自己老了,不中用了。一心精忠报国的他,只能想想率部渡江、中流击楫、发誓要收复中原失地的东晋名将祖逖,来安慰自己。

在宋朝,比叶梦得名气更大的同时代爱国主义诗人杨万里,也有羯鼓佳句,只是用于比喻催花,比如:"春色何须羯鼓催,君王元日领春回。牡丹芍药蔷薇朵,都向千官帽上开。"

永陵羯鼓伎打的是寿终正寝鼓

在唐宋之间的五代十国,前蜀皇帝王建、前蜀后主王衍,以及南唐后主李煜、南唐宰相宋齐丘,可以说都是羯鼓爱家。

历任吴国和南唐左右仆射平章事(宰相)的诗人宋齐丘,字子嵩,在乱世打出显赫声名,又在晚年看破一切,隐居九华山。南宋诗人陆游曾在入蜀任职路上,经过九华山,惦记过这位故去的羯鼓爱家。陆游后来写的长篇游记《入蜀记》,将宋齐丘称赞为宋子篙:"南唐宋子篙辞政柄,归隐此山,号九华先生,封青阳公,由是九华之名益盛。"而宋齐丘更让我感兴趣的诗,是他借唐玄宗的故事写羯鼓的诗,叫《陪华林园试小妓羯鼓》:

> 切断牙床镂紫金,最宜平稳玉槽深。
> 因逢淑景开佳宴,为出花奴奏雅音。
> 掌底轻璁孤鹊噪,枝头干快乱蝉吟。
> 开元天子曾如此,今日将军好用心。

诗中的"开元天子",说的就是唐玄宗李隆基。"为出花奴奏雅音",暗指李隆基与侄儿李琎打羯鼓的逸闻。汝南王李琎和李隆基一样,不仅长得帅,而且羯鼓打得相当好。唐玄宗常与他在宫中交流打羯鼓的经验,并视他为大唐宗亲的皇室羯鼓接班人。李琎打羯鼓很招惹众目,是因为他常戴砑绢帽,在头上还要搞一些耍杂技一样的高难度表演动作,比如在头上放一朵艳丽盛开的红槿花,一曲打完,红槿花依然落在头上,没有掉下来,彰显自己的打鼓绝技。李琎这手绝活,不仅令梨园弟子叹服,也让唐玄宗极为惊讶,赢得御赐"花奴"的雅号。宋齐丘此诗另一句"枝头干快乱蝉吟",则形象地表述了羯鼓击打出来的音色紧凑急促,清脆高亢,在乐队中的乐声效果独特而突出。

宋齐丘的主子,南唐后主李煜,是万把尺子也量不出的千古词帝,在亡国后喜欢写些愁词俘获千万女文青的小心脏。但在亡国之前,李煜其实也是纵情宫廷乐舞的情种,写的诗词大多轻快而惬意。比如他写羯鼓的词——《子夜歌》:

寻春须是先春早,看花莫待花枝老。缥色玉柔擎,醅浮盏面清。

何妨频笑粲,禁苑春归晚。同醉与闲评,诗随羯鼓成。

枝头寻花,羯鼓催花,对酒闲谈,诗随鼓成。这是李煜前期的宫廷享乐生活写真。几乎看不到一个"愁"字。在别人的禁地,幽居自己的饮酒赋诗赏羯鼓情怀,美人与春光都慢了下来,活脱脱一曲人间难见的欢歌。"玉柔"二字,最是清新而柔媚。泡在温柔香里的李煜,像是另一个沉溺于美酒美人美景的李隆基。

而前蜀皇帝王建和前蜀后主王衍,和唐玄宗一样也对梨园教坊爱得深沉。花蕊夫人有一首《宫词》专门提到蜀主此好:"西球场里打球回,御宴先于内苑开。宣索教坊诸伎乐,傍池催唤入船来。"喜欢花天酒地的王衍,更是在主政后把大唐宫廷乐舞继承到极致,大有口吐艳词就是半个大唐的妄想。花蕊夫人另一首宫词,就书写了一个夜夜歌舞升平的后主王衍,纸醉金迷式的前蜀宫廷生活:"离宫别院绕宫城,金版轻敲合凤笙。夜夜月明花树底,傍池长有按歌声。"

王衍虽然因为淫乐而亡国,但他在王建死后专门请工匠石刻"二十四伎乐",还塑王建石像,特制谥宝,供他爹在另一个世界指点江山,尽情享乐,还算孝顺。

其中,王衍安排在永陵"二十四伎乐"中的石刻羯鼓伎(击羯鼓乐伎),还不止一个,生怕一个羯鼓的声音不够急促、激烈、响亮。王建棺床的东西两面,都有一个属于坐部伎的羯鼓伎,像是给北面的王建石像打鼓。她们击打羯鼓的动作被石头凝固为一瞬:棺床左侧的一位羯鼓伎面向正前方,右手持杖击打身体左侧的鼓面,左手竖杖停于鼓沿;棺床右侧的一位羯鼓伎面向身体右侧的鼓体,双手持杖同时击打鼓面。尽管只是一瞬间的画面,依旧是唐朝宫廷羯鼓伎留在此处的两个稀世鼓点。

两个石刻羯鼓伎这种位置安排,看上去对照了古代羯鼓在战场上用于为将士搏击助威的状态,不过此处应是为王建皇帝打的寿终正寝鼓。

据说,用黄檀、狗骨、花椒等木材制作而成的槌杖,还能使羯鼓奏出如同战马奔跑的蹄声。王建是听不见了,但是伫立在永陵地宫,我仍然可从这些浮雕伎乐想象唐玄宗那一曲《春光好》或者《秋风高》,在棺床回旋不绝的唐音余韵。

铜钹冷

两片铜钹互击，落下去的风声驱散不了空气里的沉闷。随即是喇叭吹出嘹亮的悲鸣，在堂屋内穿行……一旦白花唱了满屋的主角，必是丧事正在大办。只见一个又一个远亲近邻步履沉重，近距离浮现出愁眉与苦脸，然后是一整天的泪水泼屋，小孩子们都不敢乱跑，更不敢放声大笑，只得乖乖地磕头、敬香、烧纸钱，听大人们唠叨被送别的亲人生前如何如何好。这是我童年最不想听到的声响，也是我对铜钹的最早印记。因为铜钹一响，就是丧事驾临，会残酷地送走一个亲人或者熟悉的近邻。

直到在成都求学定居，目睹成都永陵博物馆石刻"二十四伎乐"中的铜钹伎，即击铜钹乐伎，我才改变对铜钹的印象，方知铜钹还有助兴宫廷乐舞之妙，静抚内心之美。就在今年初秋，我还专程去青海塔尔寺拜见了一位藏传佛教高僧，并在塔尔寺的大经堂和药师殿闻见过佛教法事的早课与晚课，均有铜钹敲击之声，回荡耳海，洗涤心尘。

从童年的不安,到如今的宁静,铜钹之声不知不觉间已在内心闪亮了30多年。

铜钹,作为法器传入中国

每次去看永陵博物馆石刻"二十四伎乐",浮雕之上的铜钹伎双手击打铜钹的模样,总会唤起我童年记忆里浮动的亲人丧事画面。只是这个铜钹伎手中的两片铜钹被石头封存,已无声可寻。漫步在永陵地宫,前蜀皇帝王建的陵寝,因此而显得格外阴冷。

铜钹,这种盛唐绝响,从何处来?由何人所造?按照唐朝史学家杜佑的《通典》记载:"铜钹,亦谓之铜盘,出西戎及南蛮,其圆数寸,隐起如浮沤,贯之以韦,相击以和乐也。南蛮国大者圆数尺,或谓齐穆士素所造。"南宋史学家马端临则肯定铜钹为南齐时期所造,其《文献通考》就说:"铜钹亦谓之铜盘,本南齐穆士素所造,其圆数寸,中间隆起如浮沤,出西戎南蛮扶南、高昌、疏勒之国。大者圆数尺,以韦贯之,相击以和乐。唐之燕乐清曲有铜钹相和之乐,今浮屠氏清曲用之,盖出于夷音也。然有正与和,其大小清浊之辨欤。"杜佑、马端临这两处史载撕开了铜钹隐秘的本来面目:并非我国原产乐器,常用于唐朝宫廷《十部乐》中的《燕乐》。

比杜佑、马端临更早提到铜钹的人,是东晋高僧法显。

在晋安帝司马德宗隆安三年（399），被称为中国第一位到海外取经求法的高僧法显，从长安出发，经西域至天竺，游历20多个国家，于412年回国翻译了大量梵文经典，其中便提到铜钹是外来乐器，而东晋就已有"敲铜钹"的礼乐，只是这种礼乐用于佛教，应称为法器，或礼佛供养具。法显万里求经，目的是寻求印度佛教戒律，以济中国佛教之穷。法显回国所著的《历游天竺记传》（又称《法显传》），讲到铜钹源自西亚，最早见于埃及、叙利亚，后在波斯、罗马等国流传，而在东方，则先见于印度，再出现在中亚。后人将法显的《历游天竺记传》称为我国关于铜钹的最早记载。但是，后来的《北齐书》又载，铜钹大约于350年，随天竺乐传入中国。此书说的"神武"，即南北朝时期的北齐神武帝高欢，他原本是东魏权臣，在其次子高洋于东魏武定八年（550）建立北齐帝国后被先后追尊为献武皇帝、神武皇帝，史称北齐神武帝。马端临《文献通考》提到的"南齐"，始于479年，掌握禁卫军的将军萧道成迫使宋顺帝刘准禅位，自立为帝，国号"齐"，因国都在江南，史学家区别于北朝时期高洋建立的北齐，而史称"南齐"。南齐在南朝五个朝代中的国运最短，仅仅23年，就被南齐雍州刺史萧衍起兵夺位，建立南梁帝国。2015年，电视剧《琅琊榜》故事来源取自南朝的梁武帝萧衍，只是这段历史被剧情拉扯得很长，不能完全当作历史剧来看。而与高欢同为东魏时期的抚军司马杨炫之，于东魏武定五年（547）所著的《洛阳伽蓝记》却说311年西晋永嘉之乱后，佛教就在北方日炽，遍地开凿石窟、建立寺庙，仅北魏都城洛阳，城内外就建有寺庙1000余座，且有法螺、铜钹等法器流行。仅仅依据杨炫之所言，铜钹作为佛教法器进入中国的时间，比法显所说早100年左右，比《北齐书》所载至少早40年。这仿佛在告诫史书不能打瞌睡，尤其是多部史书一旦都在打瞌睡，铜钹在中国出生的日期就会凌乱，结果，往往不是人与人说相见恨晚，而是铜钹对人说相见恨晚。

因为还有一种说法，是说铜钹早在东汉就传入中国。北宋佛教史学家、通慧大师赞宁在《宋高僧传》中就说，铜钹、贝等器及《摩诃兜勒》等许多著名乐曲，是通过丝绸之路，自东汉佛教传入。"原夫经传震旦，夹译汉庭，北则竺法兰，始真声而宣剖；南惟僧会，扬曲韵以讽诵"，赞宁称赞天竺国竺法兰大师和康居国康僧会大师大力推动了佛乐在中国的发展，二人被后世尊称为南北梵呗祖师，并指出了中国梵呗之南北差异。竺法兰是谁？东汉时期从古印度来中国传教说佛的学者、高僧。据南朝梁僧慧皎撰的另一部佛教史书《高僧传》（又名《梁高僧传》）记载，汉明帝刘庄永平十年（67），竺法兰与大月氏僧人迦叶摩腾（又译"摄摩腾"）一起来到中国，在洛阳传授佛法，翻译佛经，被尊为中国佛教的鼻祖。竺法兰翻译的流传在中国的佛经包括《十地段结经》《佛本生经》《法海藏经》等数部，还与迦叶摩腾共同翻译了《四十二章经》。而康僧会，则是三国时期的西域康居国人，曾于247年来到建业（今江苏南京）建立寺庙，供奉佛像，弘扬佛法，得到东吴政权的统治者孙权的信敬。赞宁、慧皎都是出家人，不会打诳语，可信度极高。从他们的佛门记述文字可知，铜钹作为法器传入中国，迄今已有2000多年。

和贝一样，铜钹是佛教伎乐中的重要供养器具，而且这两件法器常常相互应和礼佛。北宋音乐理论家、礼部侍郎陈旸编纂的音乐百科全书《乐书》，在卷一三六《乐图论》就载："贝之为物，其大可容数升，蠡之大者也。南蛮之国，取而吹之，所以节乐也。今之梵乐用之，以和铜钹。释氏所谓法螺，赤土国吹螺，以迎隋使是也。梁武帝之乐，有童子伎，倚歌梵呗，岂不几夏变于夷乎？故孟子曰：吾闻用夏变夷，未闻变于夷者也。"

戊戌初秋，我在青海塔尔寺的大经堂和药师殿闻见的佛教法事，也是铜钹与法螺（梵呗）两种乐器之声相伴礼佛。不过，现今很多寺庙所有的法器铜钹，多是今世匠人所造，少见古代器物。

不过，作为法器的铜钹，至今尚有实物可寻。在西藏日喀则市的萨迦县，有一座传承藏传佛教的赛久巴寺，便藏有两对明朝时期的国宝级铜钹，均有文字记载：一对永乐年造，一对宣德年造。难得的是这两对紫金色的铜钹尽管距今已有600年左右历史，如今仍然明亮如新。据传，这两对京城工匠打造的明代铜钹，是永乐皇帝朱棣和宣德皇帝朱瞻基分别于1414年、1426年先后御赐给藏族高僧释迦也失的法器。释迦也失带回西藏建造赛久巴寺，从而保留至今，衍变成国宝级文物。中央电视台《国宝档案》曾用专题节目《雪域传奇——明代铜钹传佳话》披露过这段明代铜钹的传奇。

铜钹以法器的名义发明于世,何时诞生,无从考据。"若使人作乐,击鼓吹角贝,箫笛琴箜篌,琵琶铙铜钹,如是众妙音,尽持以供养,或以欢喜心,歌呗颂佛德,乃至一小音,皆已成佛道。"释迦牟尼佛晚年在王舍城灵鹫山说教的《妙法莲华经》(简称《法华经》),倒是记载了此经使用了铜钹等多种佛教法器。此经《方便品》第二,也有"箫、笛、琴、箜篌、琵琶、铙、铜钹"的记载。《法华经》曾在尼泊尔、印度等释迦牟尼佛的出生地和说法地长期使用,迄今在西藏、新疆等中国多地寺庙仍有梵文版本流传。

如今追索铜钹在中国的缘起与踪迹,至少有一点能够肯定,它最早是以法器之用传入中国,先在寺庙礼佛,然后再传入宫廷、民间。显然,法显带回中国的铜钹并非最早用于中国佛教的法器。至于杜佑和马端临称铜钹为南朝第二个朝代即南齐的穆士素所造,最多能证明穆士素所造的是本土铜钹,并非进口铜钹。

在后世的传承中,铜钹除了作为乐器广泛使用,还有一个带有暴力色彩的去向:武器。据金庸武侠小说《射雕英雄传》第三十九回,"彭连虎的判官笔与灵智上人的铜钹左右侧击,硬生生要将丘处机挤入谷底"。这段文字描写的铜钹正是武器,而非乐器。当然,金庸先生刻画的灵智上人属于身披大红袈裟的僧人,此件铜钹又有双重色彩,用于法事时是法器,用于比武时是武器。

铜钹，唐宫乐器八音之金

那么，铜钹又是何时作为乐器登上宫廷的大雅之堂的？清末文学家徐珂有一家之言，他在其《清稗类钞》一书中说："钹，本名铜钹……始于隋九部乐，唐乃用之燕乐。唐末，乐器散亡。"而据中华书局出版的《隋书》记载："《天竺》者，起自张重华（十六国时期前凉王，346—353年在位）据有凉州，重四译来贡男伎，《天竺》即其乐焉。歌曲有《沙石疆》，舞曲有《天曲》等。乐器有凤首箜篌、琵琶、五弦、笛、铜鼓、毛员鼓、都昙鼓、铜钹、贝等九种，为一部。工十二人。"《隋书》作者是唐太宗李世民时期的宰相魏徵，可信度当比徐珂更高，所记之事应更精准。按此，铜钹作为乐器用以伴奏宫廷歌舞的历史，最早是在350年前后的前凉政权。只是，那时军阀割据，战乱频发，铜钹作为乐器的身影常是晃晃悠悠，并不稳定。

在隋唐两朝，铜钹才是兴盛的宫廷乐器。"一千之铜钹，一千之具箫，昼夜不绝于宫内。"隋文帝杨坚年间产生的《佛本行集经》，以此描述过铜钹流行于隋朝宫中的盛况。在隋朝《九部乐》中，铜钹便已用于天竺、西凉、龟兹、安国和康国五部乐演奏。在敦煌石窟的隋唐壁画里，至今还可找到隋朝铜钹的踪迹。到了初唐，崇信佛教的唐太宗李世民不仅派玄奘西行天竺取经，也把从外国传入中国的唐代铜钹广泛运用于宫廷乐舞。之后的唐朝历代皇宫乐舞，演奏各种风格的乐曲时都会使用"八音"金类乐器：铜钹。唐朝《十部乐》中，据说有七部乐皆用铜钹，尤其在《燕乐》中，还有正铜钹与和铜钹之分。

在晚唐将军、前蜀皇帝王建的永陵地宫，棺床石刻浮雕上的"二十四伎乐"，属于唐朝宫廷乐队编制。从棺床西座第九的铜钹伎人像依稀可见，此件石刻铜钹形如圆盘，中央隆起如丸状，中心穿一小孔，貌似系以布缕，她的双手正用两片铜钹互击而鸣奏乐音，虽然无声，却是唐音。这类铜钹，正是唐玄宗李隆基所说的"八音"之金类乐器。

事实上，早在王建入蜀建国之前，铜钹这种乐器就已在蜀地流传开来。那时的铜钹，也称铜盘，简称"钹"，俗称"镲"，通常用响铜所造。诗圣杜甫曾在四川三台县（古称梓州）写有一首《相从行赠严二别驾》（又名《相逢歌赠严二别驾》）："铜盘烧蜡光吐日，夜如何其初促膝。"不过，杜甫所说的铜盘不是乐器铜钹，而是一种唐时烛台。北宋诗人宋祁，所写《暮春》一诗提到的"铜盘"则是乐器铜钹：

伏槛临堂更曲池，鲜风淡荡燕参差。
蕙残已觉铜盘冷，梅落犹烦玉笛吹。
拂世只愁衣带缓，当筵但诉玉杯迟。
羲和辛苦真何益，不放金乌宿故枝。

宋祁祖籍是安州安陆（今湖北安陆市），就是李白当年娶妻生子的地方，他官至工部尚书，拜翰林学士，是大宋司空宋庠之弟，其高祖宋绅是晚唐唐昭宗时期的御史中丞。宋祁诗词语言工丽，因《玉楼春》词中"红杏枝头春意闹"这一千古名句，世称"红杏尚书"。《暮春》一诗，宋祁提到了多种乐器，除了铜钹（铜盘），还有玉笛和参差。参差，即排箫，杜甫诗句"吹箫间笙簧"提到的蜀地吹箫乐器。宋祁在史学研究方面的贡献特别巨大，他和欧阳修等宋人合撰的《新唐书》是一部记载唐朝历史的纪传体史书，被称为"二十四史"之一。

我很意外的是，作为大唐宫廷乐舞的必备乐器，收录于《全唐诗》的整个唐诗，竟然没有一首专咏铜钹的唐诗。就连擅长写唐朝音乐诗的白居易和张祜，也没有给唐朝铜钹写一首诗。

尽管五代十国时期的后晋史学家刘昫等撰写的《旧唐书》，曾记载白居易在世时骠国向唐德宗李适进献的骠国乐，就有铜钹、玉螺、筌篌等多种乐器，以及《佛印》《赞娑罗花》《龙首独琴》《禅定》等多种乐曲，白居易甚至还写过一首《骠国乐》诗记录骠国献乐盛况，但是他在诗中只重点提及玉螺与铜鼓，并未写铜钹："骠国乐，骠国乐，出自大海西南角。雍羌之子舒难陀，来献南音奉正朔。……玉螺一吹椎髻耸，铜鼓一击文身踊。"《新唐书》提到骠国此次进献的"骠国乐"曾路过成都，"韦皋复谱次其声，又图其舞容、乐器以献"，统计出乐器有22种，包括金、贝、丝、竹、匏、革、牙、角"八音"，其中"铃钹四，制如龟兹部，周圆二寸，贯以韦，击磕应节"。此记的铃钹的"钹"，就是归属于八音"金"的铜钹。白居易闻见的《骠国乐》属于印度佛曲系统，"多演释氏词"，即佛教始祖释迦牟尼说法的内容。

诗仙李白在《将进酒》《战城南》这两首借汉乐府古题创作的诗中，虽然诗句里也没有提到铜钹，但两诗均是取用汉代鼓吹乐中《铙歌十八曲》的曲。铙歌是古代一种军乐，行军时用短箫和铙钹伴唱，故又称短箫铙歌。这里的"铙钹"，为铙与钹之统称，在古代，铙与钹外形类似，小的称"铙"，大者称"钹"，即铜钹。在《敕修百丈清规·法器章》中，则说到铜钹在法事中使用的时机："铙钹，凡维那揖住持两序。出班上香时，藏殿祝赞转轮时，行者鸣之。遇迎引送亡时，行者披剃，大众行道，接新住持入院时，皆鸣之。"宋朝诗僧释印肃，是承禅宗临济之法绪，为临济法系第13代祖师，他就以"铙钹"为关键词写过一首《偈颂》，很有意思："妄把玄诠为事会，五千救网变成尘。看经须用钱财雇，佛事全凭铙钹音。"

后人在评价宋词时，多是说唐朝诗人把唐诗写到了巅峰，宋人无处可击便只能攻词。或许是唐诗难见铜钹，这给宋朝诗人留下了一个巨大空地。宋朝宁宗嘉定年间进士周弼，就用一首《龙井道中杂纪》描述过一位高僧曾在大宋宫廷击打铜钹的场景：

老僧病久声嘶喝，屡说紫衣胜短褐。
莫嫌两手渐拘挛，曾把御前供奉钹。

周弼，周文璞之子，诗书画皆工，尤擅画墨竹，曾任江夏令，解官后漫游东南各地，是南宋后期一个非常独特的江湖诗人。可惜，由于他的画名太盛，诗歌作品多掩埋在历史尘埃里，少有人问津。此诗，把一个擅打铜钹的老僧久病之态写得栩栩如生。

南宋诗人洪咨夔，比周弼官运好，曾官至刑部尚书、翰林学士，加端明殿学士，为官耿直，只是素来以才艺自负，屡次上书直陈弊政。宋理宗曾御笔称他："鲠亮忠悫，有助新政。"洪咨夔曾有一首《天象》，留下铜钹诗句"铜盘亭亭惨且淡，铁钹拍拍合复离"，此处的铜盘即铜钹，给人惨兮兮的感觉。其实，身为杭州人的洪咨夔现存的诗里多是表现民间疾苦，比如"今岁啼饥眼欲枯""月行九霄上，安知下民愁"。尤其是讽刺贫富对立的《次韵闵饥两绝》其一，最为淋漓痛快：

贵人生长不知田，丝竹声中醉饱眠。
渠信春山青草尽，排门三日未炊烟。

国学名著《元曲三百首》中还有一曲写铜钹的经典名篇，是元代无名氏的《折桂令》，这首元曲颇有讽刺意味："叹世间多少痴人，多是忙人，少是闲人。酒色迷人，财气昏人，缠定活人。钹儿鼓儿终日送人，车儿马儿常时迎人。精细的瞒人。本分的饶人。不识时人，枉只为人。"

当今唐代铜钹的遗存，实物出土较少，多是石刻浮雕。除了成都永陵石刻铜钹伎形象，位于陕西宝鸡市北坡公园顶的秦王陵（晚唐五代十国时期的秦王李茂贞，非李世民）的两座帝后地下宫殿，也有保存完整的铜钹伎等砖雕乐伎。秦王陵铜钹伎和永陵铜钹伎，属于同一时期，皆是盘膝而坐击打铜钹的姿势。

另一些出土壁画，则证明唐代铜钹有大小两种形制，即陈旸《乐书》所记载的正铜钹、和铜钹。在西安地区出土的唐墓壁画中，唐代铜钹数量巨大，金乡县主（唐高祖李渊的孙女）墓，出土了一件骑马击钹女俑，此女俑头戴黑色幞头，身穿圆领窄袖缺胯袍，脚穿高靿尖头靴，双手持铜钹做敲击状，铜钹的大小与手掌相当，应属小铜钹。初唐的李寿墓石椁线刻图中的铜钹是一大一小，盛唐时期的唐睿宗的长子、被唐玄宗李隆基追封为"让皇帝"的李宪，其出土墓室东壁尚有一幅乐舞图，后排就是击铜钹伎、吹横笛伎，此处的铜钹较大。

传说故宫博物院及国家博物馆收藏的唐代铜钹，也有大小两种规格，只是深藏文物库房，不见展出，我去过几次故宫均无缘看到。此外，故宫博物院还藏有宋代乳钉纹铜钹，陕西宝鸡毛家庄曾出土宋代铜钹，国家博物馆藏有明朝永乐年间的铜钹，皆可追寻铜钹流传中原的铜的印迹。

然而，这些散落各地的铜钹多是孤品。要通过一支相对完整的唐朝风味的宫廷乐队来探秘一件铜钹的前世今生，唯有成都永陵地宫的"二十四伎乐"。其中，铜钹伎在前蜀皇帝王建棺床西座第九，击打的正是盛世唐音，她1100年来一直有另外23位蜀宫乐伎姐妹相伴左右，互相成就美名。她们到底是在模拟前蜀宫廷乐伎伴奏什么乐曲?我能想象的是《长相思》。

就是李白呐喊的那一曲《长相思》:"络纬秋啼金井阑,微霜凄凄簟色寒。孤灯不明思欲绝,卷帷望月空长叹。美人如花隔云端!上有青冥之长天,下有渌水之波澜。天长路远魂飞苦,梦魂不到关山难。长相思,摧心肝。"

毛员鼓说

去柬埔寨行走,双脚会自动慢下来的地方一定是吴哥窟。那些久居在石头里的佛,似笑非笑,像是一个个阅尽沧桑的老者,满目淡然,伫立于阳光充盈的废墟里,不惧生死,不畏残破。浮雕上长裙飘逸身姿曼妙的舞女,明眸灵动,与略显肃穆的佛像形成反差,她们手臂上的银镯与脚踝上的金铃,以及手持的各类乐器,似乎还在这座世界上最大的庙宇里欢快地演奏着悦耳明目的法曲。路边,身着袈裟的本地僧侣、衣衫亮丽的各国美女,不时会从我的眼角滑过,却都难以把我坠入扶南的遥远心绪拉回现实。

我在吴哥窟遥想的"扶南",是李世民、李隆基沉醉过的古扶南国的《扶南乐》,它和《龟兹乐》《天竺乐》一样是唐朝宫廷乐队演奏选用的乐舞,常常伴随毛员鼓的身影。由扶南及其附属国真腊蜕变的吴哥王朝,曾是苏耶跋摩二世在柬埔寨历史上开创的强大帝国。从他平地兴建而保存至今的吴哥窟,追溯窟中佛像与舞女的来源,必须先探究天竺佛教、婆罗门教的佛音浸染古扶南国乐舞的踪迹。其中,唐朝宫廷乐队在《扶南乐》中演奏的毛员鼓，是我从成都永陵博物馆石刻毛员鼓所在蜀地出发，探寻与之相互映照的大唐鼓乐的不同落点。

毛员鼓的神秘来处，从隋唐到唐宋之间的五代十国以及相对安稳下来的宋朝，相关史籍交代甚少，似乎必须东进中原、西行西域、南下扶南，甚至西入天竺等古老遗迹地，我才能给永陵石刻浮雕毛员鼓翻出尘封的故乡。

蜀地毛员鼓，盛唐龟兹音

尽管纸上的故乡都是回不去的故乡，但是纸上仍有故乡故去的痕迹。按照《旧唐书》记载，毛员鼓在五代十国时期已经散失，它在唐朝宫廷主要用于扶南、天竺、龟兹三国乐部。"《扶南乐》，舞二人，朝霞行缠，赤皮靴。隋世全用《天竺乐》，今其存者，有羯鼓、都昙鼓、毛员鼓、箫、笛、笙箫、铜钹、贝。《天竺乐》，工人皂丝布头巾，白练襦，紫绫袴，绯帔。舞二人，辫发，朝霞袈裟，行缠，碧麻鞋。袈裟，今僧衣是也。乐用铜鼓、羯鼓、毛员鼓、都昙鼓、笙箫、横笛、凤首箜篌、琵琶、铜钹、贝。毛员鼓、都昙鼓今亡……《龟兹乐》，工人皂丝布头巾，绯丝布袍，锦袖，绯布袴。舞者四人，红抹额，绯袄，白袴帑，乌皮靴。乐用竖箜篌一，琵琶一，五弦琵琶一，笙一，横笛一，箫一，笙箫一，毛员鼓一，都昙鼓一，答腊鼓一，腰鼓一，羯鼓一，鸡娄鼓一，铜钹一，贝一。毛员鼓今亡。"《旧唐书》是五代十国时期的后晋开国皇帝石敬瑭命令吏部尚书、门下侍郎、史学家刘昫主编的，编者众多，刘昫因是宰相成了署名撰者。石敬瑭的后晋比王建的前蜀建国要晚近30年，其西京洛阳、东京开封皆属中原地带，只能说毛员鼓在此时的中原消亡。因为前蜀、后蜀宫廷乐队均使用过毛员鼓，而唐僖宗时期禁卫将军王建从长安西进入川打出占据西南腹地的前蜀王国，宫廷所用的毛员鼓伎多是来自长安到蜀地避乱的乐工，置其胸前的毛员鼓基本上是源于晚唐宫廷的正统乐器。

定格在1100年前的永陵毛员鼓伎，石刻浮雕于王建棺床东十，最靠近棺床北面的长明灯和永陵地宫尽头的王建石像。此处，象征长明灯的油灯已熄灭，重新照亮她的灯泡如同一台翻译机，这些年都在带引专家翻译她手中的毛员鼓，从唐朝宫廷繁衍到蜀地的秘密。这个毛员鼓与永陵和鼓一样，都是双面拍打的腰鼓，演奏方法与和鼓相似，但鼓身比和鼓略短，挂置胸前更利于在表演时心应弦，鼓应舞。由于出土时间过久，永陵毛员鼓伎和她拍打的毛员鼓都有些风化，只能从斑驳的浮雕甄别她打鼓的姿势和神态。在击鼓时，她的玉躯向右微侧，扬起的右手位置较低，低于鼓边上缘，她的拇指斜放于掌心，看上去是用其余四指指尖拍打。她的左手因为风化严重，手势比较模糊。不过双手拍击鼓面，她有明显的向右顾盼的眼神，视线沿着答腊鼓伎，穿过东首的正鼓伎一直到棺床南首领奏的琵琶伎，似乎在等待琵琶伎另起的新声，以和整个前蜀宫廷乐队的节奏。从她的坐姿看，属于唐朝宫廷坐部伎形制。

从她玉手之下低垂的双袖看,她打鼓的动静不大,不如敦煌、龟兹等地的毛员鼓伎节奏欢快。或因在前蜀宫廷乐队的地位较低,或因蜀地女子稍显秀气,这个毛员鼓伎击鼓动作略显温柔,毛员鼓在她胸前发出的声响应当偏低。

如今存世的西北敦煌莫高窟尚有大量毛员鼓伎的壁画,与地处西南的成都永陵毛员鼓伎遥相呼应。踏入敦煌莫高窟,仿佛闯进一座盛大的佛教迷宫。这里,早期敦煌壁画中的毛员鼓,主要来自天竺和龟兹两大古国,皆是凉州《西凉乐》的后裔。有史记载毛员鼓进入割据敦煌的凉州地区,是先由天竺经丝绸之路传入。《中国通史》曾载:"348年,天竺送给前凉音乐一部,乐器有凤首箜篌、琵琶、五弦、笛、铜鼓、毛员鼓、都昙鼓等。"魏徵的《隋书·音乐志》篇章还载,382年,前秦国主苻坚派大将吕光(后来的后凉王)讨伐龟兹古国,掠夺龟兹伎,此时又将龟兹乐中的毛员鼓等乐器融入凉州乐舞。只是吕光割据的后凉被灭后,龟兹乐伎又散失了。北魏、北周以及隋唐,又先后有龟兹乐伎拥入敦煌这个多民族聚集地,这几个时期的敦煌壁画均有龟兹乐舞印记。唐太宗李世民时期的高僧玄奘法师曾用"管弦伎乐,特善诸国"八字描述龟兹乐在初唐受宠的艺术魅力,实际上不论是唐玄宗李隆基还是晚唐将军、前蜀皇帝王建都很喜好龟兹乐,毛员鼓等龟兹乐器才得以寄生于石刻艺术。

在敦煌,龟兹乐中的毛员鼓伎尤其以唐朝开凿的壁画最多。随着唐太宗李世民对佛教文化的重视,他派玄奘西行取经返回首都长安后,敦煌壁画迎来一个佛像、佛法和佛教乐伎的绘制高潮。其中，从初唐、盛唐到中唐、晚唐，"不鼓自鸣"系列佛教经变画，堪称敦煌壁画一绝。"不鼓自鸣"乐中的"膜鸣乐器"毛员鼓，主要在唐朝《龟兹乐》《天竺乐》《扶南乐》三部中使用。"不鼓自鸣"一词，出自佛经，意指佛国处处有仙乐，不需要乐伎演奏，乐器就会发出美妙动听的声音。《佛说阿弥陀经》有对不鼓自鸣乐器的描述："彼佛国土，微风吹动，诸宝行树及宝罗网出微妙音，譬如百千种乐同时俱作。闻是音者，皆自然生念佛、念法、念僧之心。"歌手尚雯婕谱曲创作的单曲《不鼓自鸣》，灵感来源正是取自敦煌莫高窟第321窟北壁所绘《阿弥陀经变》的不鼓自鸣乐器图像。此窟北壁是敦煌壁画中所绘不鼓自鸣乐器数量最丰富的一铺，诞生于崇信佛教的武则天初唐时期，北壁《阿弥陀经变》画面上的佛陀、菩萨面目庄严，中央主体部分是佛陀说法，两旁则是众菩萨听法，深蓝色背景象征净土天际，化佛、飞天与阁楼之间绘有36件乐器，器身多系有飘带迎风飘扬，以表现这些不鼓自鸣乐器飞翔天际的极乐神态。据说这种画法仅在初唐壁画中才能见到，难怪近现代绘画大师张大千一到敦煌，画笔就停不下来，他历时两年余临摹的系列敦煌壁画不仅开创了自己绘画人生的高峰，也给后人留下较为清晰可寻的敦煌壁画踪迹。除了莫高窟初唐时期的《阿弥陀经变》画，还有盛唐时期的《观无量寿经变》画、《东方药师经变》画、《弥勒经变》画，晚唐时期的《思益梵天所问经变》画，均出现了不少不鼓自鸣乐器。其中，盛唐时期的第172窟南壁《观无量寿经变》画里，也有毛员鼓，不鼓自鸣。在晚唐时期的第85窟《思益梵天所问经变》乐舞图中，还有形象较为清晰的击打毛员鼓图像。此经变乐舞图中乐伎共计16人，分东、西两组，西侧乐队右上方第二位乐伎演奏的鼓便是毛员鼓，她打鼓姿态优雅，跟永陵石刻毛员鼓伎手势恰好相反，是用左手拍击鼓面。敦煌莫高窟第220窟乐舞图，刻于初唐贞观十六年（642），北壁《东方药师净土变》中的乐伎配置，更与永陵石刻"二十四伎乐"差不多，有舞伎4人，两侧乐队28人，左侧、右侧均有一个毛员鼓伎，整个乐队32人。这两个毛员鼓伎击打鼓面，看上去动作幅度较大，甚至略显夸张，是为表现佛教乐伎的飘飘欲仙风格。从这些唐朝多铺经变图可以看出，被李唐王朝宫廷喜爱的龟兹乐在此留下深刻烙印。

龟兹、天竺，尽管都崇信佛教且是乐舞丰富的古国，但是毛员鼓到底源自龟兹还是天竺，学界至今暂无定论，普遍倾向于天竺。目前有史可证的是，印度佛教是公元初年前后经大夏（今阿富汗北部）、安息（今伊朗东北部）、大月氏（今阿姆河流域），越过帕米尔高原传入龟兹。相传天竺乐传入西域龟兹，大约在汉武帝刘彻开通丝绸之路以后。比敦煌石窟年代更早的新疆克孜尔千佛洞，史学家普遍认定是3世纪末开凿的中国最早佛教石窟。对于克孜尔石窟第38窟《天宫伎乐图》中出现的毛员鼓（一说细腰鼓），现今新疆当地人更倾向于认定是龟兹古国固有乐器。理由是《旧唐书》载，天竺乐"毛员鼓、都昙鼓，今亡"，认为毛员鼓作为天竺固有乐器就不应该消亡，并以《旧唐书》提到毛员鼓属于胡乐，"胡"一般是指龟兹等西域少数民族古国，则判定毛员鼓可能是龟兹人发明的乐器。然而,《文献通考》《乐书》等史籍又载,"毛员鼓,其制类㲈(都㲈鼓)而大,扶南、天竺之乐器也",那么毛员鼓的原产地就跟龟兹无关。一种乐器的盛与衰、兴与亡,往往跟当权者的喜好关系密切。比如,龟兹乐在唐朝兴盛,主要是因唐玄宗的超级热爱和大力推行,龟兹乐中的羯鼓才一度成为李隆基的最爱,被梨园弟子追逐,被多位诗人书写。毛员鼓也是这样,因为此鼓方便携带,挂于胸前就可打鼓,击鼓助兴,动作潇洒,活泼欢快,不仅盛行于大唐宫廷《龟兹乐》部,还在唐朝民间广为流传。因此,不得不承认唐朝《龟兹乐》中的毛员鼓,比《天竺乐》中的毛员鼓更吃香。

在前蜀皇帝王建、后主王衍统治巴蜀时期,在宴会上常用毛员鼓伴奏宫廷乐舞,现今位于重庆市大足区的大足石窟还以石刻形象寄存了唐式毛员鼓等西域龟兹风情乐器。这些晚唐、五代时期的乐器在大足石窟北山摩崖的石刻造像,多是唐朝风格的不鼓自鸣类天宫伎乐,异曲同工于敦煌壁画中的不鼓自鸣类毛员鼓。从造像年代看,大足石刻毛员鼓和永陵石刻毛员鼓皆是奏的盛唐龟兹音。

扶南毛员鼓,天竺佛法音

扶南,在历代文献记载中则显得尴尬。据杜佑《通典》载:扶南乐,在隋九部乐、唐十部乐中,是与天竺乐有关的乐种。《旧唐书》还载:"炀帝(杨广)平林邑国(605),获扶南工人及其匏琴，陋不可用，但以《天竺乐》转写其声，而不齿乐部。"不齿乐部，虽然不是羞耻或羞于启齿之意，但是不将其列入乐部序列，就因扶南乐配制在隋朝还很简陋，仅有舞伎二人，朝霞行缠，赤皮靴，只能借用天竺乐"转写其声"。隋朝宫廷用天竺乐伴奏时，乐器则直接提及是毛员鼓等器乐。到了唐朝，扶南乐虽然升级为一个宫廷乐部，依旧是用扶南毛员鼓伴奏天竺佛法音。

扶南，地理位置挨着天竺，接受天竺佛教影响比西域龟兹更近更快。北宋音乐理论家陈旸，是对历代礼乐烂熟于心的礼部侍郎，按常理，他在著述《乐书》时应当深知唐朝龟兹乐、天竺乐更常用毛员鼓，但他偏偏说是"扶南、天竺之乐器也"。删除"龟兹"二字就算了，他还在毛员鼓的归属乐部问题上强调扶南在前，这让毛员鼓使用频率更高的天竺乐情何以堪？陈旸在崇宁二年（1103）将《乐书》进献朝廷获封太常少卿、礼部侍郎之前，扶南到底发生了什么事？提出这个问题，我的思绪又被电影《古墓丽影》牵引，回到柬埔寨在12世纪凿出的吴哥窟。

早先的扶南，曾是存在于中南半岛上的一个古老王国，辖境相当于当今柬埔寨全部国土，甚至包括老挝南部、越南南部和泰国东南部一带。扶南，老就老在是历史上第一个出现在中国史籍的东南亚国家，也是中国古代史籍中经常出现的东南亚国家，早在225年，扶南就首次遣使访问三国时期的孙吴政权，扶南乐也可推算从此时传入中国。扶南瘦身变换成真腊国名时，真腊还曾把扶南乐进献给唐朝宫廷。只是中国文献对扶南乐介绍甚少,《隋书》列扶南为杂乐,《旧唐书》说隋朝全用天竺乐转声。到了北宋的陈旸《乐书》,毛员鼓实际上在宫廷几乎不用了,他却把"扶南"二字重新点亮。事实上,这时的扶南已经进入威名远播的吴哥王朝,王朝得名于其都城吴哥。苏耶跋摩二世下令兴建吴哥窟时的吴哥王朝,相比陈旸修书《乐书》虽已过去近300年,却依然非常强盛,不仅建筑雄伟,而且文化发达,驻军疆域囊括今缅甸边境和马来半岛北部地区。一直到中国明朝初期,柬埔寨历史上的吴哥王朝才因泰国的素可泰王朝入侵而衰落。或许,陈旸是因为宋朝时期的吴哥王朝过于强盛,才把毛员鼓的出处强加于扶南。

在吴哥王朝之前,扶南乐,其实是扶南人把来自天竺的佛教文化同扶南的传统文化相结合,圆融而成。因此,扶南乐带有天竺的宗教乐舞色彩。贯穿2000年至今的柬埔寨佛教、婆罗门教、塞迦历、文字,事实上多源于古印度输血。

有意思的是,当唐宋人把毛员鼓归属于天竺乐时,天竺本地却并不把毛员鼓叫毛员鼓。天竺盛产各类细腰鼓,经丝绸之路传入西域诸国后又发展为形制、大小、功能略有不同的都昙鼓和毛员鼓,一度在隋唐时期成为中国音乐史上盛行的膜鸣乐器,俗称打击乐器。古代天竺人称这种细腰鼓为"达马鲁",或"帕那瓦""阿林亚"。达马鲁跟中国古代鼓乐起源差不多,都是用鼓祭祀神灵,天竺更敬鼓,甚至用其他祭品来祭鼓,把鼓奉为神,说鼓通天神。

天竺乐传入中国,最负盛名的乐曲是《婆罗门》曲。唐玄宗李隆基曾将天竺进献的此曲改编成影响整个中晚唐的《霓裳羽衣曲》，被唐朝诗人反复讴歌，也被用来讽刺唐玄宗和杨贵妃沉醉于莺歌燕舞而致使盛唐爆发安史之乱，从此国力衰落。在杨贵妃热舞《霓裳羽衣舞》期间，毛员鼓作为天竺乐中的重要鼓乐，一度升级成为唐玄宗宫廷常用乐器，这种代表盛世气象的乐舞更被后世帝王乐此不疲地跟风。五代十国期间的前蜀皇帝王建和后主王衍，就是《霓裳羽衣》舞曲的热爱者，这从永陵石刻"二十四伎乐"的乐器配置可以看出端倪。唐玄宗宫廷的《天竺乐》部，乐队有铜鼓、羯鼓、都昙鼓、毛员鼓、觱篥、横笛、凤首箜篌、琵琶、五弦、贝各一，铜钹二，配舞者二人。永陵石刻"二十四伎乐"的蜀宫乐队，也是舞伎二人，配有拍板、羯鼓、觱篥各二，琵琶、竖箜篌、正鼓、齐鼓、和鼓、篪、笛、筝、笙、叶、贝、铜钹、排箫、答腊鼓、毛员鼓、鞉牢和鸡娄鼓各一，包括了源自印度、伊朗、阿富汗，以及龟兹等西北少数民族地区的多种风味乐器。除了唐玄宗所用的铜鼓、五弦、都昙鼓，王建所用的乐器显然更多，有专家甚至说都昙鼓就是正鼓，如此看来，王建也就弃用了铜鼓、五弦两件乐器。王衍给王建死后享用的永陵地宫乐器，明显加大了鼓乐的使用，源于将军出身的王建更喜欢打击乐，让他可以在另一个世界骄傲地回响戎马英姿。

唐玄宗去世后，《霓裳羽衣曲》一度成为禁曲，与之伴奏的毛员鼓等打击乐器后来随着唐朝宫廷乐部的瓦解而散失，或从宋朝逐步消亡。然而，西边不亮东边亮。在大宋朝野迷恋拓枝舞时，东北的契丹部落崛起建立辽国，契丹人又开始火热玩起表演极富观赏性的毛员鼓。据《辽史》载：毛员鼓用于胡部及诸国乐、大乐和散乐之中。其中，辽代宫廷胡部，乐器就有毛员鼓、杖鼓、第二鼓、腰鼓等鼓器。

907年，晚唐将军、剑南道两川节度使、蜀王王建在成都开创前蜀帝国。同年，辽太祖耶律阿保机成为契丹部落联盟首领，并于916年始建年号，国号"契丹"，定都于上京临潢府（今内蒙古赤峰市巴林左旗南波罗城）。947年，辽太宗率军南下中原，攻占开封府（今河南开封）灭后晋，耶律德光于开封登基改汗称帝，并改国号为辽。辽国从907年建国，到1125年被金国所灭，再到西辽、后西辽两次折腾被蒙古大军彻底灭国，终结于1222年。金庸先生在武侠小说《天龙八部》中塑造的契丹人、宋朝中原丐帮帮主萧峰，其故事就发生在宋、辽、金、西夏、吐蕃、蒙古等多国对峙的战乱年代。辽国鼎盛时期，疆域曾经东到日本海，西至阿尔泰山，北到额尔古纳河、大兴安岭一带，南到河北省南部的白沟河。而在隋朝宫廷被列为《高昌乐》部，对应的高昌国后来也是辽国的附属国。《隋书》曾载，高昌国给隋炀帝进献《圣明乐》曲，演奏时使用的鼓乐就有毛员鼓。辽国的毛员鼓来源，可能一方面来自高昌国进献，另一路径则是龟兹一带毛员鼓伎散入。从内蒙古自治区赤峰市敖汉旗萨力巴乡水泉墓葬出土的胡人击毛员鼓纹玉带铐，可以看出契丹人所用毛员鼓主要来自西域胡人，属于龟兹所产毛员鼓的后裔。此件毛员鼓伎文物，仍是延续唐朝宫廷坐部伎形制，正面刻有一击鼓者，双腿弯曲盘坐，毛员鼓两面呈喇叭口状，中部为椭圆形鼓腔，雕有三道双线，人身向右侧倾，双臂张开，双手伸掌做拍击状，神态颇似成都永陵石刻毛员鼓伎，现藏于敖汉旗博物馆。此外，辽国统治时期的天津独乐寺白塔伎乐砖雕，辽宁朝阳东平房辽塔伎乐砖雕，河北宣化辽墓的散乐图，也有毛员鼓遗迹，拍打手势和永陵石刻毛员鼓伎大致相同。它们，成为今人仿制毛员鼓的最佳复古标本。

摇头晃脑拍打毛员鼓，总能给人热情奔放的印象，这种奔放的鼓乐就像不灭的火焰，至今还在民间熊熊燃烧。其实，毛员鼓打得好的鼓手，本身就是一个舞者，甚至是领舞者。陕西省歌舞剧院曾排演过《毛员鼓舞》，其舞根据敦煌壁画《经变伎乐菩萨》舞蹈形象得灵感而创作，舞者的头部、颈部和胸前均置一面毛员鼓，她便是既打鼓也跳舞的舞者和鼓手，所谓的鼓舞人心也许就是如此，心应舞曲，手应鼓点，一人鼓舞，鼓不离舞。素材取自经变伎乐菩萨所持唐式毛员鼓和秦晋民间舞蹈"花鼓"的这类仿唐毛员鼓，至少给了想象力一个优雅的落点。

2018年，在永陵王建墓落成1100周年时，成都永陵博物馆根据王建棺床石刻浮雕"二十四伎乐"仿制了毛员鼓等前蜀宫廷全套乐器，让它们"活起来"。不仅如此，四川天姿国乐团还联合永陵博物馆制作了一部表现前蜀宫廷乐队演出盛况的国乐观念剧《伎乐·24》，从而让复古的毛员鼓等唐朝乐器发出久违的声响。

不鼓自鸣，只是想象中的菩萨伎乐。击鼓鸣乐，才是可感知的人间欢乐。如今，成都、西安、敦煌等多地复古毛员鼓的纷纷出现，像是毛员鼓在重返丝绸之路，奏响龟兹盛唐曲,回荡天竺佛法音。

至于毛员鼓走出故乡之后,反而在柬埔寨的吴哥窟和印度的林立寺庙隐姓埋名,那是因为它在丝绸之路走散太久,而明亮它的盛唐又早已沉睡于泥土之下。

答腊鼓鸣

作为腊月出生的人，我对"腊"字特别敏感，对与"腊"有关的美食更有一种天生的亲切感。不论是围炉吃腊肉，还是聚于四方桌喝腊八粥，都是时光深烙的香醇印记。古代在农历十二月合祭众神叫作腊，整个十二月就叫腊月，童年印象里的这个月全家族的人都很忙，从灶房到堂屋，从柴房到腊田（冬季干枯的田），他们对灶神、门神什么神都要拜个遍，仿佛这样才会心安，如此虔诚盼来的新年才会家和、兴旺。读书时代，我曾反感奶奶和母亲沉迷于喝"神水"，尽管她们烧香拜佛的初衷，不求富贵，只求平安。长大以后，我对奶奶说的"我死后，记得给我烧些纸钱"这类怀念故去亲人的民间清明祭祖礼仪渐渐顺从，不再固执地判断它是迷信，因为许多民间祭祀礼仪本身也是由古传今的一种文化，它们承载了祖辈血脉相连的乡村心灵史。

只是透过弯曲绵长的嘉陵江打捞腊月历史，不论是东望西安，还是西看成都，我的川东北童年乡村生活始终缺乏一种尖亮鼓声——传说中的答腊鼓乐。事实上，曾经的唐朝古都长安和前蜀首都成都如今都难见到这种与"腊"有关的答腊鼓声响了。不过，成都永陵博物馆石刻"二十四伎乐"中的答腊鼓伎，因为这个"腊"字让我格外亲近，每次去永陵看答腊鼓伎和她手中的答腊鼓，就像是在走亲串戚。

腊祭、腊鼓与腊肉从何而来

"腊，岁终祭众神之名。"说这句话的人，是西晋政治家、军事家、学者杜预，诗圣杜甫的十三世祖。此句来自杜预对《左传·僖公五年》"虞不腊矣"之注。杜预之所以让杜甫一生引以为傲，是因为这位杜氏先祖文武双全，享名魏晋，威震后世，他甚至是明朝之前唯一一个同时进入文庙和武庙的人。刘备和诸葛亮一辈子想干的事情，比如吞灭东吴和收复中原，皆未成功，留给杜甫的惋惜是传世的名句"出师未捷身先死，长使英雄泪满襟"。京兆杜陵（今陕西西安）人杜预却是剿灭东吴统一战争的统帅之一，还曾参与过魏军攻灭蜀汉的战争，人称"杜武库"，历任曹魏尚书郎、西晋河南尹、安西军司、秦州刺史、度支尚书、镇南大将军，官至司隶校尉，死后被晋朝开国皇帝司马炎追赠为征南大将军、开府仪同三司，谥号成侯。杜预同时是博览群书勤于著述的学者，著有《春秋左氏经传集解》《春秋释例》《律本》《杂律》《女记》《春秋长历》等名著。尤其是《左传》，杜预堪称超级发烧友，其撰写的《春秋左氏经传集解》三十卷是《左传》注解流传最早的一种。

大笔一挥腊月祭众神，杜预无疑敲响了答腊鼓助兴魏晋南北朝腊祭的边鼓。据南朝梁宗懔《荆楚岁时记》记载："十二月八日为腊日。谚语：腊鼓鸣，春草生。"梁宗懔说的南朝腊鼓，就是后来风行大唐的答腊鼓。这并非我的发明或发现，因为清代乾隆年间进士、藏书家、学者翟灏所著《通俗编·声音》早已给出定论："都昙答腊，本外蕃乐部，都昙似腰鼓而小，答腊即腊鼓，肖其声也。"

当然，"腊"是古代祭祀之名，并将举行腊祭的这一天叫作"腊日"，早在汉朝就很盛行。汉朝许慎《说文解字》说，"冬至后三戌，腊祭百神"，由此可见刘氏汉朝的腊日是冬至后的第三个戌日。而在腊月击鼓驱鬼这种习俗，在南北朝盛行也有史记载，南朝梁宗懔《荆楚岁时记》称，村民在"腊日"这一天击细腰鼓，戴胡头，做金刚、力士，以逐疫。梁宗懔称腊鼓为腰鼓，应是南北朝的叫法。而南北朝腊祭这一习俗到了隋、唐、宋三代，也在延续，比如南宋思想家、文学家程大昌的《演繁露》就说："湖州土风，岁十二月，人家多设鼓而乱挝之，昼夜不停，至来年正月半乃止。问其所本，无能知者。但相传云，此名打耗。打耗云者，言警去鬼祟也。"比《说文解字》更早的典籍《礼记·月令》，还说"腊先祖五祀"。这里的"五祀"，是古代祭俗中所祭的五种神祇，具体神祇各文献记载不一，普遍认为是户神、灶神、土神、门神、行神。岁时伏腊，返乡祭祖，至今还在民间传承。而在敬重礼仪的唐朝更有宰相张九龄几兄弟于腊月返乡祭祖的佳话，如《旧唐书》载："又以其弟九章，九皋为岭南道刺史，令岁时伏腊，皆得宁觐。"唐玄宗天宝年间进士，大历年间十才子之一，官至中书舍人的韩翃，有一首与腊鼓有关的送别诗《送崔秀才赴上元兼省叔父》："寒塘敛暮雪，腊鼓迎春早。匹马五城人，重裘千里道。"韩翃得到唐德宗李适赏识，则因他的诗学，他曾在建中年间写过一首《寒食》："春城无处不飞花，寒食东风御柳斜。日暮汉宫传蜡烛，轻烟散入五侯家。"此诗一出，爱才的唐德宗极为恩宠，韩翃因此不断晋升。

至于古人何时发明把肉烟熏、晾干，做成腊肉，如今难以考究。"布千匹，腊五百斤。"初唐时期的宰相房玄龄与人合著的《晋书·谢安传》篇章提及的"腊"，曾把腊肉作为赏礼。中唐时期的文学家柳宗元还有一散文名篇《捕蛇者说》，谈到"腊蛇"的奇异功能："永州之野产异蛇，黑质而白章，触草木，尽死；以啮人，无御之者。然得而腊之以为饵，可以已大风、挛踠、瘘、疠，去死肌，杀三虫。"此文千百年来广为传颂，除了柳宗元从蛇毒到苛政之毒的犀利比兴，成为政客们思量的良药，在我看来还有广泛的民间性。如此制作的"腊蛇"，既是老百姓防毒治病的药，也是"腊肉"的一种制作攻略。

盛唐答腊鼓，鸣亮龟兹乐

天竺佛教东传西域，始于汉武帝派遣张骞出使西域诸国，由其开辟并照亮的丝绸之路。取"腊"字,制作的答腊鼓或腊鼓,尽管在魏晋南北朝已经出现于龟兹乐舞,但是一般认为源出天竺,具体是在汉魏时期经中亚由丝绸之路传入中原。龟兹、疏勒是丝绸之路的必经古国,两国历史上均产有答腊鼓这种打击乐器。古龟兹国深受丝绸之路的文化交流影响,逐渐把佛教当作国教,答腊鼓等佛教用具正是如此运用于龟兹乐舞。另有一说认为答腊鼓原本就是古龟兹国乐。不论怎样,至少可以肯定源自天竺的答腊鼓,鸣亮了龟兹乐舞。

其中,将天竺佛经和法器引入中原并发扬光大,有一个人绕不过去,他就是出生于龟兹古国,精通经藏、律藏、论藏的三藏大师第一人,中国佛教四大经译家之首,翻译学鼻祖鸠摩罗什。鸠摩罗什是龟兹宰相鸠摩罗炎(天竺人)与龟兹王妹所生之子,7岁随母出家,从小精通天竺佛学,十几岁就被疏勒国王请去讲经弘扬佛法。相传龟兹国王因为这位外甥受到国礼,还专门遣使送去重礼赠予疏勒国王,礼物中除了骏马和骆驼,还有竖箜篌、答腊鼓等乐器。后凉太祖吕光割据凉州自立凉王时期,鸠摩罗什曾滞留凉州,将天竺文字翻译成汉文,成为汉传佛教奠基人。后来,后秦皇帝姚兴西伐后凉,又迎鸠摩罗什到长安译经传法。鸠摩罗什最终圆寂于长安,也算一生圆满,因为其生前翻译的《金刚般若波罗蜜经》(简称《金刚经》)、《妙法莲华经》(简称《法华经》)等佛教经典对后世影响深远,他的名字不仅永留佛经,也常被人惦记。已故武侠小说宗师金庸曾在《笑傲江湖》等著作中多次提到《金刚经》,并且武学化,让大众熟知。任盈盈在《笑傲江湖》

中送给少林寺方丈方证大师的手抄古经，便是梵文版《金刚经》，而金庸在交代故事时也提到方证大师此前已经读过高僧鸠摩罗什的中文译本。不过在《天龙八部》中，金庸笔下塑造的僧人鸠摩智，也有负面书写，大体是为小说故事服务，据说鸠摩智这个小说人物的原型就是历经龟兹、后凉、后秦的高僧鸠摩罗什。北宋词帝苏轼的红颜知己、侍妾朝云，也是一个标准的佛教徒，她临终前还念着苏轼手书的佛经《金刚经》四句偈"一切有为法，如梦幻泡影。如露亦如电，应作如是观"而逝。苏轼曾留名诗《朝云诗（并引）》"天女维摩总解禅，经卷药炉新活计。……丹成逐我三山去，不作巫阳云雨仙"，追记朝云抛弃长袖舞衫、远离悦耳歌板，一心礼佛、唯望与自己同登仙山的情意。

在汉唐之间的魏晋南北朝，随着佛教的传入，带着天竺佛教烙印的石窟佛像文化顺着丝绸之路引入西域，并逐步东进，在华夏各地次第造窟，除了流传至今被称为中国四大石窟的敦煌莫高窟、云冈石窟、龙门石窟、麦积山石窟，还包括龟兹石窟群（克孜尔石窟、库木吐拉石窟、森木塞姆石窟）、高昌石窟群（伯孜克里克石窟、吐峪沟石窟、胜金口石窟）等佛教石窟。尤其在新疆库车、拜城一带留存的龟兹石窟群壁画，如克孜尔石窟第17窟中所出现的乐器，就有答腊鼓一件，以及箜篌、琵琶、排箫、横笛、毛员鼓、铜钹等与成都永陵石刻"二十四伎乐"形制相似的龟兹乐器。敦煌莫高窟第220窟的《北壁药师经变》中西侧乐队中，还有初唐时期击打答腊鼓的鼓手形象。这些西域乐器，既是魏晋南北朝时期相关天竺佛教音乐传入西域的物证，也是受之影响的西域胡乐大规模流入中原的遗风。后来的隋唐乐部，便从这一时期的源头生发，比如350年前后，前凉王张重华占凉州时得天竺伎，后来的隋唐九部乐、十部乐使用乐器中均出现答腊鼓伎。再如382年，前秦国主苻坚派吕光讨伐龟兹古国，得龟兹伎，并将一大批龟兹乐舞伎人带到中原，隋唐的龟兹伎乐里也因此有答腊鼓。吕光、沮渠蒙逊据守凉州时，还将龟兹乐与凉州乐交融改良为西凉乐，更令隋朝宫廷乐舞由此打开繁枝茂叶。

隋统一天下后，包含答腊鼓伎的龟兹乐舞便收录于隋朝宫廷，用于《龟兹乐》（又称《龟兹伎》）乐部。"龟兹国，都白山之南百七十里，汉时旧国也……大业中（615），遣使贡方物。"初唐宰相魏徵的《隋书》曾多次记载龟兹进贡隋朝宫廷之事，并谈到隋朝《龟兹乐》乐部所用乐器，"有竖箜篌、琵琶、五弦、笙、笛、箫、筚篥、毛员鼓、都昙鼓、答腊鼓、腰鼓、羯鼓、鸡娄鼓、铜钹、贝等十五种，为一部。工二十人"。到了唐太宗贞观年间，李世民设立安西节度使，抚宁西域，统龟兹、焉耆、于阗、疏勒四国，让西域乐舞在唐朝宫廷得到进一步繁荣。"《龟兹伎》，有弹筝、竖箜篌、琵琶、五弦、横笛、笙、箫、觱篥、答腊鼓、毛员鼓、都昙鼓、侯提鼓、鸡娄鼓、腰鼓、齐鼓、檐鼓、贝，皆一；铜钹二。舞者四人。"《新唐书》提及的答腊鼓，就是唐朝皇帝常在宫廷演奏的龟兹乐器。承袭于隋的唐朝宫廷乐舞，在龟兹、疏勒等乐部中广泛使用答腊鼓，让这种西域打击乐器在中原声名鹊起。

答腊鼓，究竟有何与众不同的声响？《旧唐书》和《通典》均有记载:"答腊鼓,制广羯鼓而短,以指揩之,其声甚震,俗谓之揩鼓。"成都永陵(王建墓)石刻棺床东九的击答腊鼓乐伎,是迄今以石刻艺术再现大唐风味答腊鼓的重要遗存。此答腊鼓伎,用左手执鼓,用右手击鼓。她手中的答腊鼓,尽管是石刻浮雕,仍然看得出鼓身圆扁,鼓面绷皮,用细绳交叉捆绑固定形制,属于一种不用鼓槌直接用手击打的鼓。有专家考证,答腊鼓的形制与演奏方式类似于新疆如今的手鼓。

在盛唐,双面发声的答腊鼓由于其声尖亮而急促,成为宫廷颇为流行的鼓乐之一,这离不开皇帝的喜好与推动。在一众李氏唐皇中,最爱龟兹乐舞、最擅长打鼓、最尊重宫廷乐师的皇帝是俗称唐明皇的唐玄宗李隆基。"唐之盛时,凡乐人、音声人、太常杂户子弟隶太常及鼓吹署,皆番上,总号音声人,至数万人。""(玄宗时)别教院廪食常千人,宫中居宜春院。""(立部伎)自《破阵舞》以下,皆擂大鼓,杂以龟兹之乐,声震百里,动荡山谷……(坐部伎)自《长寿乐》以下,皆用龟兹乐,舞人皆着靴。"《新唐书》和《旧唐书》都曾记载,唐玄宗时代吃音乐饭的宫廷乐师非常壮观。"台官不如伶官。"直到宋朝,宋人蔡绦《铁围山丛谈》还在感叹,御史台长官、卿士不如管理音乐人才的宫廷官员受欢迎。元代学者吴莱在《题唐明皇羯鼓录后赋歌》中追记过唐玄宗御前鼓乐盛况:"上皇天宝全盛年,花奴抱鼓踏御筵。……大声嘈嘈忽放肆,都昙答腊矧敢前。"吴莱此赋除了描绘答腊鼓和都昙鼓之声,重点提到的"花奴",是盛唐时期的另一个击鼓高手,本名叫李琎，又名李淳，唐玄宗大哥李宪（原名李成器）的长子，杜甫到长安求官期间曾结识过此人，并赠诗《赠特进汝阳王二十二韵》。李琎是当时李氏皇族的第一美男子，唐玄宗曾赞"资质明莹，肌发光细，非人间人"，称其为"花奴"。李琎除了鼓打得好，还是一酒仙。杜甫《饮中八仙歌》"汝阳三斗始朝天，道逢麹车口流涎，恨不移封向酒泉"，写的正是汝阳王李琎饮酒的豪迈。

自古，鼓不离舞，杨贵妃当年跳的胡旋舞、霓裳羽衣舞，唐玄宗都会精心安排大量宫廷乐工击鼓助兴。白居易的乐舞名诗《胡旋女》就言："胡旋女，胡旋女。心应弦，手应鼓。弦鼓一声双袖举，回雪飘飘转蓬舞。"这里的鼓，便是用手揸打的答腊鼓。胡旋女来自古代康居国，答腊鼓则是龟兹鼓乐，奔腾欢快的胡旋舞节奏快，这就对鼓手打出的鼓点要求很高，因为舞女必须是"心应弦，手应鼓"才能抢准鼓点。酷爱乐舞，善写音乐诗的白居易除了《胡旋女》还有多首唐诗提到唐鼓。比如《腊后岁前遇景咏意》："海梅半白柳微黄，冻水初融日欲长。度腊都无苦霜霰，迎春先有好风光。郡中起晚听衙鼓，城上行慵倚女墙。公事渐闲身且健，使君殊未厌余杭。"此诗是老白在杭州刺史任内之作，远离长安、洛阳两京，他从之前的宫廷之鼓到眼前的衙门之鼓，虽有"腊鼓鸣，春草生"的意境，却无早年写《长恨歌》"渔阳鼙鼓动起来，惊破霓裳羽衣曲"那种寻梦时执迷时得意时的铿锵之音。龟兹乐舞鸣亮唐朝的黄金时期，白居易的好友元稹《连昌宫词》也留有"逡巡大遍凉州彻，色色龟兹轰录续"这一名句记述。

蜀地答腊鼓，北宋千古愁

以答腊鼓伎为代表的龟兹乐，传入成都，绕不开前蜀皇帝王建。王建原本是唐僖宗时期的禁卫将军，割据成都多年，在唐亡后建立前蜀王国，对于五代十国战乱期间避祸于蜀的晚唐世族、文人大胆录用，从而使前蜀宫廷较为完整地保留了唐朝宫廷音乐的原貌。北宋史学家司马光主编的《资治通鉴》对这一史实有过记载："是时唐衣冠之族多避乱在蜀。蜀主礼而用之，使修举故事。故其典章文物有唐之遗风。"

907年，晚唐宣武军节度使、梁王朱温通过禅让的方式篡夺唐哀帝的帝位，建国号梁（史称后梁），拉开唐宋之间的五代十国纷纷更换国旗的序幕。已封蜀王、镇守两川的王建先是不承认朱温梁国的正统性，传檄天下，讨伐朱温，各藩镇却无人响应，于是在众臣的呼声中即皇帝位，国号大蜀（史称前蜀）。早在901年就入蜀担任王建掌书记的晚唐诗人韦庄，因在这一年力劝王建称帝而被升任左散骑常侍，判中书门下事，定开国制度。作为著名诗人、苏州刺史韦应物的后人，韦庄不仅在唐诗和五代十国时期的花间词方面颇有建树，在907年这一年担任宰相帮助王建建国治国，对于推动宫廷礼制和蜀地乐舞也是功不可没。不论是北宋时期史学家，成都新津人张唐英著述的《蜀梼杌》，还是清朝历史学者吴仁臣编纂的《十国春秋》，都有记载韦庄作为前蜀宰相在开国初期推行唐朝礼乐的故事："（王）建之开国，制度号令，刑政礼乐，皆（韦）庄所定。"王建登基不久，韦庄就在成都改"乐营为教坊"，让前蜀教坊延续唐制教坊。1100年前的918年六月初一,王建病故,葬于成都永陵,后主王衍继位,令蜀地工匠在王建棺床上石刻的"二十四伎乐",也是传承唐朝宫廷盛行的龟兹乐等乐舞,其中的答腊鼓伎就是前蜀宫廷的一个鼓点,也是唐朝宫廷乐舞的一个转折点。尽管前蜀帝国在后主王衍继位7年后迅速灭亡,后蜀皇帝孟昶不久又在成都建立的后蜀政权,仍然在后蜀宫廷较为完整地保存着唐朝宫廷音乐的原貌。有意思的是前蜀后蜀均有一个花蕊夫人,都传说会写词,不过更多学者倾向于传世的《宫词》多是前蜀皇帝王建的花蕊夫人所写,她写过觱篥、琵琶等龟兹乐器的诸多诗词,遗憾未见她写答腊鼓。

赵匡胤统一天下,终结五代十国战乱后,北宋初期的教坊龟兹乐之乐队编制,竟然直接继承了前蜀后蜀教坊龟兹乐之乐队编制,延续了唐朝宫廷的龟兹乐舞。据《宋史》记载:"宋初循旧制,置教坊,凡四部。其后平荆南,得乐工三十二人;平西川,得一百三十九人;平江南,得十六人;平太原,得十九人;余藩臣所贡者八十三人;又太宗藩邸有七十一人。由是四方执艺之精者皆在籍中。"从此可知,宋太祖赵匡胤乾德三年(965)平西川的后蜀,从成都带走乐工139人。前蜀灭亡时,后主王衍献给后唐庄宗李存勖的蜀宫乐工200余人,也在北宋吞灭后唐之后收缴于北宋教坊。也就是说,从成都走向中原北宋进献宫廷乐舞技艺的前蜀后蜀乐工高达300多人。而穿行于唐朝宫廷的龟兹、高昌、疏勒等多个乐部的答腊鼓,在宋朝教坊演奏龟兹曲时依旧沿用。

对于从蜀地传入宋朝宫廷的龟兹乐舞,北宋诗人沈辽有一首专咏长诗《龟兹舞》:"鸡娄揩鼓旧所识,饶贝流苏分白羽。"诗中提到的揩鼓,便是答腊鼓这种代表性龟兹乐器。生前无意于功名的沈辽,死后自然没有同族兄长沈括的名气大,尽管他在北宋时期与哥哥沈遘、沈括并称"三沈"。因有《梦溪笔谈》,沈括足以名垂千古。可是在北宋,沈辽的名人朋友圈却异常庞大,苏轼、黄庭坚等当世文豪都曾写诗与之唱和,王安石更留名句"风流谢安石,潇洒陶渊明"对他表示赏识。能写出《龟兹舞》,源于他担任过太常寺奉礼郎,沈辽对宋朝宫廷乐舞烂熟于心。不过沈辽也极其自负,曾常说自己的才学无人匹敌,可能这就是他至死也没有得到重用的原因。

在浩如烟海的宋词里,龟兹乐舞如同大雾一样弥漫,几乎处处可见。其中,从唐朝教坊流行的西域名曲《苏幕遮》,在北宋中原传唱于姹紫嫣红的词牌里,还多了一丝悲凉,最具代表性的宋词是北宋文学家范仲淹写的《苏幕遮·怀旧》:"碧云天,黄叶地,秋色连波,波上寒烟翠。山映斜阳天接水,芳草无情,更在斜阳外。黯乡魂,追旅思,夜夜除非,好梦留人睡。明月楼高休独倚,酒入愁肠,化作相思泪。"只是写这首词时,范仲淹心情很不好,他主张的庆历新政正在走向失败,刚刚从副宰相参知政事的高位上跌下来,在西北边塞的军中担任陕西四路宣抚使,主持防御西夏的军事,脑海里欢快的龟兹乐曲此刻幻化成夜不能寐的羁旅乡愁。宋词多悲多愁,像一个弹簧一直从北宋初年弹至南宋末年。而从宋朝逐渐消失的答腊鼓,则是一曲千古乡愁。

此刻，在我眼前的永陵答腊鼓伎，她的手指凝固在石头上，我能想象的每一个鼓点都是龟兹乐魂飞魄散的痛点。尽管成都此季又是"处处野梅开，家家腊酒香"，我，我们，都再也听不见那带着腊味的答腊鼓声了。已有三年没有返乡，我的故乡曲水，爷爷、奶奶挨着的坟前，地震震后不可收拾的残屋，大片荒芜的田土，记忆里的所有乡愁都是锈迹斑斑。

岁时伏腊，返乡祭祖。我面对木讷的永陵答腊鼓伎自言自语：寄身所谓的大城市里，即使没有明亮的答腊鼓，我也不应该一年又一年只打退堂鼓。

摇靴牢

我给女儿当面买的第一个礼物,是她两岁时追着卖货郎要买的用手摇动即可发声的拨浪鼓。这种小鼓类儿童玩具,很便宜,才几块钱,造型也极其普通,因鼓柄两侧用绳连缀三枚弹丸,执柄轻轻一摇,就能发出叮咚悦耳的声响,要是使劲摇动,更有密集而响亮的鼓声让她特别惊喜,爱不释手。其实,在把这个小鼓当作礼物送她之前的十分钟,她也有一个比鼓声更动听的声音让我惊喜。当时我们在居民小区里闲走,墙角正好有梅花绽出阵阵清香,她用小手把我牵引至梅树前,脱口而出王安石的《梅花》诗句:"墙角数枝梅,凌寒独自开。遥知不是雪,为有暗香来。"她背诵的古诗及其理解的意境竟然可以如此迅速地从记忆深处掏出来,与梅应和,这让我惊异地打量了她至少十秒钟。这一天,因为随口而出的古诗和随街即得的拨浪鼓,让我们父女俩各自开心了许久。当然,拨浪鼓的鼓乐对那时的她更有吸引力,在很长一段时间不论是在家还是外出,随时都会听到她摇动的拨浪鼓声,以及她扑面而来的欢笑声。

这个与拨浪鼓有关的记忆,已是 11 年前的事了,至今挥之不去是因为它的神秘来源让我着迷。我曾带着她去参观成都永陵博物馆,给她讲解永陵石刻鞉牢鼓就是拨浪鼓的祖先,她起初还不相信,紧贴围栏式玻璃仔细对照记忆琢磨鞉牢鼓乐伎的摇鼓手势,才恍然大悟"还真是我小时候玩的拨浪鼓"。如果往历史深处侧身探寻,手摇鞉牢鼓便会摇来鲜为人知的千古礼仪与礼乐。

鼗鼓摇播一变鞉牢鼓

东汉学者许慎在《说文解字》中说:"鞉,从革召声,鞀或从兆,鞀或从鼓从兆。"通俗地说,鞉,即鞀,古代的鼗鼓,也称鞉鼓,后世的拨浪鼓,唐朝多称鞉鼓或鞉牢鼓,主要用于唐宋两朝宫廷龟兹乐演奏。对于永陵博物馆出土的鞉牢鼓伎之"鞉牢"鼓,北宋音乐理论家、礼部侍郎陈旸在其所著《乐书》中有详细记载:"鞉牢,龟兹部乐也,形如路鞉,而一柄叠二枚焉。古人尝谓左手播鞉牢,右手击鸡娄鼓是也。"为何东汉人称鞉为鞀?而唐宋人又称鞉牢如路鼗,且是西域龟兹古国乐器?鼗和鞉同音,跟鞉牢究竟是怎样的亲疏关系?

其实,鞉牢鼓的前身就是鼗鼓,拨浪鼓的前身则是鞉牢鼓。鼗鼓,圆形,小鼓,下端设有一手柄,两面蒙皮,鼓的两侧有绳槌,绳端系木丸,摇动手柄,两耳槌甩击鼓面而发音，是中国远古时代的国产鼓，早在周代就已广泛用于各种礼乐中，后人还称鼗鼓为中国乐器的始祖。记录先秦典章制度的儒家典籍《礼记》很明确，鼗，就是鞀，语出《礼记·□制》篇章："天子赐伯、子、男乐，则以鼗将之。"这是说古代天子御赐鼗鼓，让边远地区的人也能听到中原之声，给予激励。汇编春秋战国时期礼制的另一部儒家典籍《仪礼》还称，鼗鼓摆放的位置在周代常设于编磬西侧，"鼗倚于颂磬西纮"。东汉学者郑玄在此句加注，说："鼗，如鼓而小，有柄。宾至摇之，以奏乐也。纮，编磬绳也。设鼗于磬西，倚于纮也。"郑玄此说，说明汉朝的鼗鼓已是后世拨浪鼓的雏形。此外，记录中国先秦时期礼乐诸制的儒家典籍《周礼》更提到鼗鼓的各种用处，如："雷鼓雷鼗……于地上之圜丘奏之。灵鼓灵鼗……于泽中之方丘奏之。路鼓路鼗……于宗庙之中奏之。"其中，路鼗，是天子或诸侯在宗庙圣地祭祀祖宗敬奉神灵所用的鼓。收集西周初年至春秋中叶诗歌的中国首部诗歌总集《诗经》中有一首把各种乐器合在一起演奏祭祀祖先的诗，是《有瞽》："有瞽有瞽，在周之庭。设业设虡，崇牙树羽。应田县鼓，鞉磬柷圉。既备乃奏，箫管备举。喤喤厥声，肃雝和鸣。先祖是听。我客戾止，永观厥成。"此诗中，书写的又是鞉鼓。鞉鼓，后人形容也是有柄的小鼓，以木贯之，摇之发声，古代祭礼所用乐器，唐朝解释文字音义的古籍《经典释文》（简称《释文》）就说"亦作鼗"。《经典释文》作者陆德明是初唐时期的音韵学家、训诂学家，此书对《礼记》《仪礼》《周礼》等14部古文献中的词语考证古音，兼辨训义，是历代学人推崇的古人读经书时常用的唐代字典。鼗鼓的最早实物，可以追溯到湖北随州曾乙侯墓出土的战国早期鼗鼓，这也是迄今考古发现年代最早的鼗鼓。

从《礼记》《仪礼》《周礼》《诗经》《经典释文》《乐书》等中国古代文献已可判断，鼗鼓，即鞉鼓，与鞉牢鼓同源，都属于古代八音之中的革类乐器，即摇奏膜鸣乐器。鼗鼓，在衍变之后又称鞉牢鼓、鼗牢鼓。关于鼗鼓的最早起源，如今多是神话传说，可信度不高，只能视为饭后闲茶。比如，鼛（军鼓）与鼗（祭鼓）皆是由倕所造。倕，是谁？发明钻木取火的最早的原始人，中国上古尧舜时代的一名巧匠，善做弓、耒、耜（翻土工具）。《吕氏春秋·古乐》篇就说，"帝喾命咸黑作为声歌"，"有倕作为鼛、鼓钟、磬、吹苓、管、埙、篪、鼗、椎、锺"。信，无妨。不信，也无碍。因为说得传神才是神话。还有一说鼗鼓是由夏朝第一位天子禹制造，这也是有4000多年的传说了。明朝文学家、史学家张岱在《夜航船·礼乐部·吕律》中就言之凿凿地说，"禹作鞀鼓"。

传说，说的人多了，有时也会成为约定俗成的礼仪。比如击鼓鸣冤，传说是北宋时期善于断案的开封知府、御史中丞、枢密副使包拯的发明创造，起因是告状者将状纸递交给衙吏，常被衙吏敲诈勒索，致使冤屈者因为无钱可送而告状无门。于是，包拯就在衙门前竖起一面登堂鼓，只要冤屈者击鼓，就会升堂问案助其鸣冤，他因不附权贵、铁面无私、决断英明、敢于替冤屈百姓出头平冤，时称"包公""包青天"。包拯所立登堂鼓，在北宋又称喊冤鼓、鸣冤鼓。而早在汉朝开国皇帝刘邦登基不久，又有京城少女苏小娥敲锣打鼓喊冤的传说，从而让刘邦定下击鼓鸣冤的礼制。比刘邦还早的击鼓鸣冤传说，则来自夏朝天子禹。陈旸《乐书》甚至说鼗鼓是夏禹时期的击鼓鸣冤之鼓："鬻子曰：禹之治天下也，县五声以听，曰语寡人以狱讼者，挥鼗。由是观之，欲诫者必播鼗鼓矣。盖鼗兆奏鼓者也。"

陈旸认为，鼗鼓的演奏方法是摇、拨或挥，这跟晚唐、五代十国时期宫廷乐队用于龟兹乐的靴牢鼓大致相同，成都永陵博物馆给靴牢鼓的命名就是"摇靴牢鼓"。不过，在陈旸看来，靴牢只是形如路鼗。这跟鼗鼓的衍变有关，因为古代的鼗鼓在发展过程中形制多样，有单鼓体、双鼓体或多鼓体串集于一柄，单鼓鼗叫"单鼗"，双鼓鼗叫"双鼗"，有三个鼓体六个鼓面的鼗叫"灵鼗"。北宋欧阳修、宋祁等人合撰的《新唐书·礼乐志》篇章，记有相关细分与阐述，说"四曰革：为雷鼓，为灵鼓，为路鼓，皆有鼗，为建鼓，为鼗鼓，为县鼓，为节鼓，为拊，为相"。实际上，《新唐书》所说礼乐基本上多源自《周礼》记述的先秦时期礼乐诸制，只是此时有一种鼗鼓已非摇拨式小鼓，而可能发展为大鼓了。《新唐书》甚至还说隋朝初期的琵琶是由鼗鼓加弦衍变而来，"初，隋有法曲，其音清而近雅，其器有铙、钹、钟、磬、幢箫、琵琶。琵琶圆体修颈而小，号曰秦汉子，盖弦鼗之遗制，出于胡中，传为秦、汉所作"。由此可见，汉朝天子祭祖敬神所用古制鼗鼓，经丝绸之路传入西域成为胡乐之后有多种衍变，至少有从中原鼗鼓改装的胡琵琶和改良回传中原的靴鼓（靴牢鼓）。而在《周礼》中出现的"雷鼗",在唐宋期间甚至有四个鼓体八个鼓面。陈旸所说的"路鼗",则是两个鼓体四个鼓面的"双鼗"。如今,民间匠人手巧,还有五个鼓体穿在一起的"连鼗鼓"走街串巷,吆喝着古老的中国礼乐。成都永陵博物馆王建棺床上的摇鞉牢乐伎所执鞉牢鼓,从形制上看有四个鼓体,相当于《周礼》中说的汉族国产"雷鼗",她是左手持鞉牢摇鼓,鼓侧短绳及其所系用于左右摆动的小珠均已看不清楚,类似今天的拨浪鼓,也称货郎鼓。陈旸在《乐书》中记载的鞉牢鼓"一柄叠二枚",属于龟兹乐,只能说明北宋宫廷乐队《胡部》中使用的鞉牢鼓出自西域龟兹国。这种龟兹风情的鞉牢鼓,或是汉武帝刘彻在西汉时期开凿丝绸之路后由中原鼗鼓传入西域诸国,又经龟兹等西域国结合自己民族乐舞特色改良成鞉牢鼓(鞉鼓)回流中原宫廷。

唐宋鞉鼓就是鞉牢鼓

鞉鼓,用于唐朝宫廷,见于唐朝政治家、史学家杜佑所撰《通典》,此书记录了唐玄宗天宝以前的典章制度。"贞观中,景云见,河水清,协律郎张文收采古《朱雁》《天马》之义,制《景云河清歌》,名曰《燕乐》,奏之管弦,为诸乐之首(今元会第一奏者是——杜佑注)。景云,舞八人,花锦袍,五色绫袴,采云冠,乌皮靴……乐用玉磬一架,大方响一架,挡筝一,筑一,卧箜篌一,大箜篌一,小箜篌一,大琵琶一，小琵琶一，大五弦琵琶一，小五弦琵琶一，吹叶一，大笙一，小笙一，大筚篥一，小筚篥一，大箫一，小箫一，正铜钹一，和铜钹一，长笛一，尺八一，短笛一，揩鼓一，连鼓一，鞉鼓二，桴鼓二，歌二。此乐唯景云舞近存，余并亡。"在《通典》卷一百四十六这段文字中，杜佑记述了唐太宗时期协律郎张文收于贞观十四年（640）创制诸乐之首的宴会之乐《景云河清歌》，选用两面鞉鼓伴奏这一史实。从此，这部歌颂唐朝兴盛的《燕乐》，成为唐朝《十部乐》第一部，在李世民时期演奏频率最高。《十部乐》中，除了《燕乐》《清乐》（又名《清商乐》）、《西凉乐》《天竺乐》《龟兹乐》《疏勒乐》《康国乐》《安国乐》《高丽乐》，还包括这一年唐太宗统一高昌国设立的《高昌乐》，这类乐舞多以国名、地名、族名为乐部，或乐舞的舞名。唐太宗初定的十部乐舞中，除了《燕乐》《清乐》《西凉乐》以中原乐舞为主（实际上也兼容了胡乐），其余七部皆是纯粹的外来乐舞，东临朝鲜半岛，南至印度支那，西进锡尔河阿姆河，北到中亚撒马尔罕。贞观十四年八月，唐军灭掉高昌国，迅疾在高昌（今新疆吐鲁番高昌故城附近）和交河（今新疆吐鲁番西交河古城遗址）先后置安西都护府，拉开在西域诸国设立"安西四镇"的序幕，李世民一时君威浩荡，龟兹等西域国王都惹不起唐军，常进献乐器、舞女至长安，俯首称臣。八年之后，也就是贞观二十二年，李世民的唐军进驻龟兹国便把安西都护府移至龟兹国都城（今新疆车库一带），同时在龟兹、焉耆（今新疆焉耆西南）、于阗（今新疆和田西南）、疏勒四城修筑城堡，建置军镇，由安西都护兼统,故称安西四镇。后安西四镇,则是驻军碎叶、龟兹、于阗、疏勒四地。张文收于贞观十四年所创《燕乐》的乐器,实际上混合了当时南北和中外的乐器,文献说的所谓"合胡部者为燕乐",也是主要取自龟兹乐的汉化胡乐。敦煌莫高窟第220窟乐舞图,刻于唐太宗贞观十六年(642),北壁《东方药师净土变》中就有鼗鼓这种唐宫《燕乐》所用乐器,摇播鼗鼓乐伎是飘飞形状。此窟多是龟兹乐器,其中的鼗鼓用作佛教不鼓自鸣类鼓乐,被视为佛国天宫乐伎用器,既是唐太宗统治的盛世印记,也跟龟兹国向唐朝宫廷进献《龟兹佛曲》影响西北敦煌有关。唐朝诗人元稹有首写龟兹乐舞与佛曲在长安、洛阳两京流行的《法曲》:"自从胡骑起烟尘,毛毳腥膻满咸洛。女为胡妇学胡妆,伎进胡音务胡乐。"唐朝民间也有赞咏悉达太子出家修道成佛的敦煌曲子词《太子入山修道赞》:"一更夜月良,东宫建道场……共奏天仙乐,龟兹韵宫商。"《旧唐书》还说:"又有新声河西至者,号胡音声,与《龟兹乐》《散乐》俱为时重,诸乐咸为之少寝。"这些诗、词和文献,都记录了龟兹乐舞与佛曲在长安、洛阳两京以及敦煌的盛行。事实上,敦煌壁画上的龟兹乐器配制,也跟唐朝太常四部乐(胡部、龟兹部、大鼓部、鼓笛部)乐队配器差不多。

唐朝的燕乐,相对秦汉天子享用的"祭典之乐""先王之乐"的雅乐而言,属于俗乐,只因从唐太宗到唐玄宗皆很重视对龟兹、安国、康国、疏勒等诸国乐舞(胡乐)兼收并蓄,才更勃兴。唐玄宗李隆基善作曲、喜作诗,他写过一首关于君臣宴会使用燕乐的诗,见于《同二相已下群官乐游园宴》:"撰日岩廊暇，需云宴乐初。万方朝玉帛，千品会簪裾。"需云，即君臣宴乐之典。簪裾，则指显贵者的服饰，在此诗中借指显贵。在唐玄宗修订初唐时期的《坐部伎》为《燕乐》《长寿乐》《天授乐》《鸟歌万岁乐》《龙池乐》《小破阵乐》六部乐舞时，《燕乐》依旧为第一部，而且保留了唐太宗开创《燕乐》中的《景云乐》，只是将演奏乐器扩充到约 50 种，其中主要是来自龟兹的打击鼓乐，包括留存唐太宗朝廷宴会用过的鞉鼓。这类鞉鼓，主要演奏于朝廷宴会、朝会，是一个乐伎用一种鞉鼓，不是永陵石刻浮雕"左手持鞉牢，右击鸡娄鼓"的一伎二鼓形制。敦煌盛唐时期的莫高窟第 217 窟乐舞图，在北壁《观无量寿佛经变》中，同时出现了鼗鼓和鸡娄鼓，却分别是两个天宫乐伎，各奏各的鼓。这类主要在经变佛画中出现的鼗鼓乐器，在莫高窟晚唐时期的第 85 窟北壁东起第一幅《思益梵天所问经变》中也有一件，而且此天宫乐伎是一人同奏鞉牢鼓和鸡娄鼓，均是表现佛国天界的欢乐和对佛的礼赞。莫高窟第 85 窟晚唐时期的鞉牢鼓和鸡娄鼓由一人同奏的形制，与五代十国时期的前蜀皇帝王建的永陵石刻鞉牢鸡娄鼓伎形制一致。学界普遍认为一个乐伎同奏鞉牢鼓、鸡娄鼓的现象，出现于 5 世纪与 6 世纪之间。一般而言，鞉鼓（鞉牢鼓）由一个乐伎单奏用于唐朝宫廷《燕乐》，鞉牢鼓和鸡娄鼓由一伎同奏用于唐朝太常四部乐《龟兹部》，晚唐宫廷兼奏鞉牢鼓和鸡娄鼓情形较多，五代十国宫廷多延续晚唐遗风。成都永陵石刻鞉牢鸡娄鼓伎兼奏两鼓形制就来源于晚唐，因陵墓主人王建在成都称帝之前是晚唐大将，宿卫唐僖宗宫廷的禁卫统领。

除了敦煌壁画，西安博物院收藏于1990年在西安市未央区关庙小学发掘出土的一件唐代方形玉带銙，还有玉雕鞉牢鼓、鸡娄鼓由一人同奏的珍贵图像，白玉质，局部有浸色，叫《胡人杖鸡娄鼓播鞉牢纹方銙》，属于《胡人伎乐图》。从图像看，同时演奏鞉牢鼓、鸡娄鼓的乐伎是一个高鼻梁的胡人，身着胡服，肩披飘带，足蹬高靴，盘坐在方毯上奏乐，只是坐姿没有永陵石刻鞉牢鸡娄鼓伎那么优雅，两鼓演奏方法却非常一致，即左臂屈肘挟鸡娄鼓于左膝上左腋下，左手执鞉牢以备摇拨，右手持杖欲击鸡娄鼓。图像上的鞉牢鼓，为一柄两鼓。从西安玉雕一柄两鼓式鞉牢鼓，到敦煌壁画上的一柄三鼓式鞉牢鼓，再到永陵石刻浮雕的一柄四鼓式鞉牢鼓，可见唐代鞉牢鼓有多种形制，分别类似中国商周时期的路鼗、灵鼗、雷鼗。相对而言，玉雕鞉牢鼓难度更大，相当考究唐代工匠手艺，因为这条方形玉带由鞓带、铊尾、带銙、带扣四部分组成，除了雕刻人像、鼓器、演奏神态，玉带上带銙块数的多少和纹饰的不同还代表着身份的差异，一般要装饰龙纹、兽纹、花鸟纹、人物纹、植物纹等纹饰。

让我最意外的是，陈旸在《乐书》中称鞉牢鼓是龟兹部乐，而在魏徵主编的《隋书》中记载的隋朝《龟兹乐》部所有乐器，并无鞉鼓，或鞉牢鼓。甚至《旧唐书》《新唐书》两书记载的唐朝《十部乐》中的《龟兹乐》部所有乐器，也无鞉鼓，或鞉牢鼓。如此看来，唐朝的鞉鼓或是仅出现于宫廷乐舞《十部乐》中的《燕乐》和唐朝太常四部乐的《龟兹部》。或因唐朝宫廷《十部乐》中的《龟兹乐》部乐器构成以打击乐为主，鞉鼓摇拨声音太小，容易被其他声大的鼓乐遮掩。成都永陵地宫表现前蜀宫廷乐舞形制的石刻"二十四伎乐"，虽然也雕刻了一柄四鼓式鞉牢鼓，但是这个鞉牢鼓乐伎的地位明显不高，排位已是棺床东面倒数第三。

对于鼗鼓在唐宋两朝为何一会儿叫鞉鼓一会儿又叫鞉牢鼓，训诂学音义类专书《一切经音义》对此有解释，说："鞉如鼓而小，持其柄摇之，旁耳还自击，山东谓之鞉牢。"说明，这只是不同地方的人的不同叫法而已。此书作者慧琳，又称沙门释慧琳，原是疏勒国人，俗姓裴氏，出生于唐玄宗开元二十五年（737），幼习儒学，出家后师事不空三藏，唐德宗贞元四年到唐宪宗元和五年在京师西明寺修行，撰写了100卷《一切经音义》，元和十五年（820）卒于西明寺，享年84岁。《一切经音义》凡开元录入藏之经典2000余部，一一遍释，引书数百种，根据《韵英》《考声》《切韵》等以释音，依据《说文》《字林》《开元文字音义》等以释义，并兼采一般经史百家学说，以佛意为标准详加考订，撰成。

玄宗徽宗兴衰鞉牢鼓

一种宫廷鼓乐或者乐舞的兴衰，起决定作用的人还是皇帝和他的喜好变换。摇拨发声的鞉牢鼓，同样难逃这样的命运。

历史上的皇帝不少，有真才实学且堪称天才的皇帝却很少，唐玄宗、宋徽宗二人无疑是天才皇帝。在写诗、作曲、打鼓三项成就最高的皇帝，是唐玄宗李隆基，他因置教坊推动唐朝宫廷乐舞到达巅峰，获誉"梨园鼻祖"，他还有"盛唐鼓王""皇帝诗人""大唐第一作曲家"等美称。在绘画、书法、茶论三项成绩最好的皇帝，是宋徽宗赵佶，可谓"瘦金体王""院体画父""茶道圣手"。

我喜欢喝茶，常自诩老茶客，尤其对红茶津津乐道，但若遇到宋徽宗，我也只有低头服气。因为赵佶品茶，那叫茶道，他对采茶、煮茶、品茶研习很深，对中国茶事贡献巨大，曾撰写后人称为中国茶书经典的《大观茶论》，原名《茶论》，又名《圣宋茶论》，分地产、天时、采择、蒸压、制造、鉴辨、白茶、罗碾、盏、筅、瓶、杓、水、点、味、香、色、藏焙、品名、外焙，共二十篇。不仅如此，痴迷书画艺术的赵佶，曾自创后世仰止的"瘦金体"书法，热爱画花鸟画的他还利用皇权高度发展了宫廷绘画，广集画家创造宣和画院，史称"院体画"，推动宋朝绘画艺术达到一个历史巅峰，培养了王希孟、张择端、李唐等一批大师级画家。他组织编撰的《宣和书谱》《宣和画谱》《宣和博古图》等书，迄今仍是中国美术史的珍贵史籍。在宋徽宗朝，诗人韩忠彦、书法家蔡卞曾先后得到赵佶赏识，官至宰相。其中，蔡卞作为王安石女婿、宰相蔡京胞弟，原本官运亨通，可是他和哥哥蔡京政见不合，宋徽宗赵佶即位后就先接连贬他，后又不断提拔他，官至知枢密院、检校少保、开府仪同三司，相当于一品宰相。宋徽宗还有一个特长或爱好，连唐玄宗也望尘莫及，即弹琴。赵佶或因自己过于喜欢弹古琴，在宣和内府甚至设立"万琴堂"，广集天下好琴，与宫廷琴师、民间琴师切磋技艺，抚弄北宋最后的盛世风云。

唐玄宗李隆基虽对古琴无甚好感，却是"盛唐鼓王"，这源于他喜爱龟兹乐舞，尤其擅长打羯鼓这种龟兹乐器。李隆基打鼓极其勤奋，他打坏的羯鼓数量和打鼓的技艺连盛唐音乐家李龟年都自叹不如。靴鼓，即靴牢鼓，正是他大力推行宫廷《燕乐》和龟兹乐舞，摇拨靴牢鼓的乐伎才升级为地位崇高的坐部伎。李隆基喜欢龟兹鼓类打击乐器，还催生了众多收录于《全唐诗》的鼓乐诗。以诗人身份出现在《全唐诗》的诗篇，李隆基主要有宴会诗、送别诗、巡游诗、修道诗四大类，且多次用诗句描绘鼓乐之妙与击鼓之威。比如《春中兴庆宫酺宴》："舞衣云曳影，歌扇月开轮。伐鼓鱼龙杂，撞钟角牴陈。曲终酣兴晚，须有醉归人。"又如《送张说巡边》："三军临朔野，驷马即戎行。鼓吹威夷狄，旌轩溢洛阳。"再如《南出雀鼠谷答张说》："川途犹在晋，车马渐归秦。背陕关山险，横汾鼓吹频。"又如《早度蒲津关》："钟鼓严更曙，山河野望通。鸣銮下蒲坂，飞旆入秦中。"再如《平胡》："鼓角雄山野，龙蛇入战场。流膏润沙漠，溅血染锋铓。雾扫清玄塞，云开静朔方。武功今已立，文德愧前王。"还如《游兴庆宫作》："鼓吹迎飞盖，弦歌送羽卮。所希覃率土，孝弟一同规。"除了羯鼓、靴牢鼓等龟兹乐鼓让李隆基醉心，打胜仗的战鼓让他宽心，还有一种军鼓（又称骑鼓）让他担心，就是安禄山从渔阳郡敲响的鼙鼓，发动的安史之乱，终结了他所开创的盛唐气象。安史之乱后，中唐诗人白居易帮唐玄宗写了一首悔恨诗,叫《长恨歌》,云:"渔阳鼙鼓动地来,惊破霓裳羽衣曲。"

碰巧的是,李隆基和赵佶皆崇信道教,都喜欢御注御书《道德经》,御令臣民人手一份研习。这一点,李隆基入道更深,曾将紫极宫更名为太清宫,尊老子为"大圣祖高上金阙天皇大帝",其用隶书亲笔作注的《道德经》刻成石碑立于太清宫,迄今犹存于老子故里的河南省周口市鹿邑县太清宫太极殿山门外,和太清宫一起被列为全国重点文物保护单位。李隆基能将唐朝宫廷乐舞推向历史最高峰,除了崇信道教,还跟他重视礼制推崇礼乐有关。北宋礼部尚书、学者邢昺,曾根据李隆基作注的《孝经》,作疏《孝经注疏》,此书曾载:"至唐玄宗朝,乃诏群儒学官,俾其集议……明皇遂于先儒注中,采摭菁英,芟去烦乱,撮其义理允当者,用为注解。至天宝二年注成,颁行天下,仍自八分御扎,勒于石碑,即今京兆石台《孝经》是也。"倡导"以孝治天下"的唐玄宗李隆基亲自作序、注解,并用隶书题写的《孝经》,后称《石台孝经》,目前收藏于西安碑林博物馆,碑上留有唐肃宗李亨题写的碑额,因碑下有三层石台阶,故称《石台孝经》。唐朝皇帝以孝治天下,因而常举行祭祀活动仰祖敬神,唐朝诗人李峤有首《鼓》诗,专门记载过这种盛典:"舜日谐鼗响,尧年韵土声。向楼疑吹击,震谷似雷惊。仙鹤排门起,灵鼍带水鸣。乐云行已奏,礼曰冀相成。"

回看李隆基和赵佶的命运,竟也有些相似。唐玄宗朝廷出现李白、杜甫、王维等盛唐大诗人,所作诗篇是唐诗中的高峰，李隆基作曲的《霓裳羽衣曲》，改造的《坐部伎》《立部伎》及其推崇的龟兹乐舞，影响了整个中晚唐朝、五代十国和宋朝。可是在唐玄宗晚年，爆发安史之乱，被迫放弃首都长安，西逃蜀地避乱。宋徽宗晚年，遭遇宋江诸位梁山好汉起义，更在联金抗辽战略上因为宋军攻辽太怂反而成为金国俘虏，史称"靖康之耻"。金庸先生武侠小说《射雕英雄传》中一正一邪两位男主角郭靖、杨康，取名就来自"靖康之耻"，他塑造的郭靖是宋代大侠，杨康则是认贼作父的金国小王爷。

而鞉牢鼓，事实上在宋徽宗时期宫廷也曾非常流行，甚至这种龟兹乐器盛行了整个宋朝。鞉牢鼓的国产祖先"鼗鼓"，在宋朝依旧延续商周礼制用于皇帝祭祖敬神，北宋音乐理论家陈旸《乐书·雅部》篇章就说，"凡祀天神、地祇、享宗庙，宫架每奏降神四曲，送神一曲：先拨鼗，次鸣柷，次击敔鼓……凡乐终，播鼗、戛敔，散鼓相间三击而止"。传说宋真宗赵恒还写过一首描述皇帝用鞉鼓祭祖敬神的四言诗《朝享》："明庭承神，鞉声祝敔。玉梢饰歌，佾缀维旅。既肖厥文，复象乃武。祖德宗功，惟帝时举。"南宋成都浦江人、礼部侍郎、理学家、秦国公魏了翁，在其《汪漕使即梅圃作浮月亭追和古诗余亦补和》一诗中留有鼗鼓的诗句："一元播群卉，其气清以馥。诗人竞称许，胡然于梅独。黄宫播雷鼗，玉管动葭觳。惟梅命于阳，清艳照朴樕。"鞉牢鼓，作为宫廷常用龟兹乐器摇响宋朝，除了北宋陈旸《乐书》说"龟兹乐中有鞉牢，形如路鞉而一柄叠二枚，古人所谓左手拨鞉牢，右手击鸡娄鼓也"，南宋末期历史学家马端临还撰写了一部中国古代典章制度集大成之作《文献通考》，此书取材唐朝《通典》通考宋朝典章制度，谈到鞉牢鼓在宋教坊的受欢迎："后世教坊奏龟兹曲用鸡娄鼓，左手持鞉牢，腋挟此鼓，右手击之，以为节焉。"现今收藏于陇东古石刻艺术博物馆的三尊宋代石造像莲座四周，雕刻有12幅佛教造像浮雕"奏乐图"，所雕伎乐包括竖箜篌、觱篥、鞉牢鼓、羯鼓等龟兹乐器，属于宋徽宗崇宁年间的佛教艺术品。此件鞉牢鼓，有流苏装饰，雕刻在左侧菩萨像底座束腰处后面，是1984年文博工作者进行文物普查时在甘肃省庆阳市合水县板桥乡孙家咀窑庙发现的，窑庙内一方石供桌上有"崇宁三年三月十二日施主彭氏解石匠范祐永"字样的题记。当地文博专家又称此鼓为路鼗，则因这件宋代石刻鞉牢鼓是一柄两鼓式，跟西安出土的唐代玉雕鞉牢鼓形制一样。此件宋代石刻鞉牢鼓伎的双腿跪坐造型，跟敦煌壁画鞉牢鼓伎同样属于佛教飞天乐伎，她的衣袖与飘带向后卷扬，像似飞舞于佛教天宫，飘飘欲仙。不过，因为她没有兼奏鸡娄鼓，所持鞉牢鼓的手不是文献考据和出土文物常见的左手执鼓柄，而是右手握持，菩萨一样肃穆，神话故事中的神女一样自在。我虔诚端详其貌，似乎可以让人心静如水。

大唐，大宋，早已在战鼓声中谢幕。"鼗鼓街头摇丁东，无须竭力叫卖声。莫道双肩难负重，乾坤尽在一担中。"这些手持鞉牢鼓的龟兹乐伎，似乎也摇走了震荡华夏文明史的千古祭祀礼仪与宫廷庄严礼乐，如今的鞉牢鼓也就只剩下走街串巷时叮咚悦耳的声响而已，再无鸡娄鼓等更多的乐器与鞉牢鼓同奏盛世唐音。作为最早祭祖敬神的汉族原产鼗鼓，更是难见于现今的复古祭祀活动。最多，还有千万个女儿可以摇一摇童年追逐鼗鼓、鞉鼓、鞉牢鼓衍变为拨浪鼓的记忆。

鹡娄鼓

我的 2004 年第一场雪，落在天山。这里常年积雪，又称雪山，在成都难见大雪的我不仅向往雪山，新疆的天池、草地、沙漠、戈壁、羊肉串、胡杨树、石窟壁画和独特的西域音乐、舞蹈，让我同样眼馋。而从天山山脉降落且落不完的雪花，如同古代的高昌人、龟兹人、疏勒人一次次穿过烽烟与沙尘，从各自故乡寄来的一封封家书，每封家书的名字都叫"乐舞抵万金"。

这一年，影视豪杰云集新疆天山脚下，拿到英雄帖的人都在这里忙于拍摄根据梁羽生武侠小说《七剑下天山》改编的同名电视剧。徐克和张鑫炎（《少林寺》导演）侠客一样出现，更令人潮涌动，有些密不透风。我走出宾馆透气，以身边的天山为支点，在纷飞的雪花中打开想象力，鸟瞰东南方向吐鲁番一带的高昌古国，西南方向库车一带的龟兹古国，以及西南方向直抵连接阿富汗、巴基斯坦、塔吉克斯坦三国边境线的喀什一带的疏勒古国。此行，除了探班武侠剧《七剑下天山》，我还有一个目的：探寻鼓名少见的鸡娄鼓这种流行于唐朝的宫廷乐器，为何出自高昌、龟兹、疏勒三国乐舞。

那是我应邀第一次去乌鲁木齐和天山，街头巷尾不时会响起刀郎那苍凉的歌声。他的歌曲多从堪称西域乐舞宝库的新疆音乐中提取旋律和音符，加上自己沙哑的唱腔，形成音域辽阔的刀郎式音乐，有一种不可抵挡的穿透力。刀郎 2004 年发行的专辑《2002 年的第一场雪》跟高耸而绵延的天山一样，是 2004 年的一座音乐高峰。直到八年之后，我去香港促成梁羽生儿子陈心宇和金庸女儿查传讷这两大武侠小说宗师之后的首次会面，出租车上的司机还在不停地播放新疆风味的刀郎演唱歌曲《驼铃》《新疆好》《冲动的惩罚》《2002 年的第一场雪》……

2004 年，我基本上就是伴随着刀郎的雄峻歌声，咀嚼着吐鲁番葡萄干的柔软浓香，穿越天山东部南坡的吐鲁番盆地，到达神秘的高昌故城。因为成都永陵博物馆的石刻鸡娄鼓留下的史料太少，太多关于鸡娄鼓的历史空白需要补笔，天山以南的高昌故城、库车故城、柏孜克里克千佛洞、克孜尔千佛洞，以及古高昌国和古龟兹国的乐舞疆域，皆是我可以提笔浸润的墨。

高昌，鸡娄不鼓自哀哭

按照《旧唐书》记载，鸡娄鼓，用于高昌乐、龟兹乐、疏勒乐。其中,从唐太宗李世民到唐玄宗李隆基御前宴会常用的《高昌乐》乐队配置看,舞伎二人,多是《旧唐书》提到的"白袄锦袖,赤皮靴,赤皮带,红抹额","乐用答腊鼓一,腰鼓一,鸡娄鼓一,羯鼓一,箫二,横笛二,筚篥二,琵琶二,五弦琵琶二,铜角一,箜篌一。箜篌今亡"。《旧唐书》还载:"鸡娄鼓,正圆,两手所击之处,平可数寸。"李世民玩《秦王破阵乐》,李隆基赏高昌、龟兹、疏勒三国乐舞,皆对西域鼓乐特别喜爱,大唐鸡娄鼓伎演奏的鸡娄鼓尤其在《高昌乐》乐队演奏中排位比较靠前。离天山最近,幽居于吐鲁番的高昌故城,成为我的新疆乐舞探寻首站。

高昌,在古代西域诸国中历史地位重要,源于它是汉武帝刘彻打通的"丝绸之路"的商贸交易与文化交流要冲,商品、乐器、舞伎大多从此进入凉州,然后再浩荡传入中原。"昔汉武遣兵西讨,师旅顿蔽,其中尤困者因住焉。地势高敞,人庶昌盛,因名高昌。"《北史》曾记载古代高昌城的由来,此城是汉宣帝刘询(汉武帝刘彻曾孙)在车师前国境内的屯田部队所建,最早称高昌壁,又称高昌垒,后称高昌郡。因为汉朝、曹魏、晋朝、前秦、后凉、西凉、北凉等多朝帝王均派汉人来此治理,高昌的汉文化根基变得非常深厚。加上西域诸国乐舞的影响,高昌地区形成的多民族乐舞一直很受隋、唐两朝皇帝垂青。高昌变成高昌国,要把时针调拨至460年,这一年格外强盛的北魏王朝在山西大同开凿云冈石窟勃兴佛教音乐,崛起的柔然国灭掉在西域称王称霸的北凉王沮渠安周,作为最后一个匈奴政权的北凉就此消失,被柔然扶上位的高昌汉人阚伯周拉开统治高昌王国的序幕。在此之前,北魏太武帝拓跋焘曾于439年剿灭都城设在凉州姑臧的北凉王沮渠牧犍,其弟沮渠无讳又逃往西域占据鄯善、高昌等地,建立高昌北凉政权,并向南北朝时期的刘宋王朝称臣,受封河西王,以图共同抗衡北魏大军。沮渠无讳病死,才是其弟沮渠安周继位。高昌国,国运很短,仅有180年左右,历经阚氏、张氏、马氏、麴氏高昌,统治最长者是麴嘉和他的子孙们,持续了140年。高昌国被灭,某种意义上说,是被逼或自找。当时丝绸之路让很多西域国家靠收商税而富。因突厥从中作梗逼迫高昌封锁一切向东的道路,高昌国王麴文泰一度截断通往中原的丝绸之路,许多西域国家便向唐朝皇帝求援,于是唐太宗派出远征军奔袭几千里,最终剿灭高昌,设立西州,重新打通丝绸之路上的商道。那是640年,唐太宗李世民派大将侯君集统一高昌,先后在高昌城、交河城、龟兹城等地设立西州和安西都护府,统领安西四镇(龟兹、焉耆、于阗、疏勒)。这一年来自高昌国的高昌乐舞正式以《高昌乐》(又名《高昌伎》)的名义,被列入初唐《十部乐》。高昌,从此成为盛世唐朝伸向西北的咽喉,并逐渐扩大为虎狼的巨头,鼎盛时期的安西都护府管辖疆域包括今新疆、哈萨克斯坦东部和东南部、吉尔吉斯斯坦全部、塔吉克斯坦东部、阿富汗大部、伊朗东北部、土库曼斯坦东半部、乌兹别克斯坦大部等地。唐朝最早在高昌城设置的安西都护府,下辖高昌、交河、柳中、蒲昌、天山五县,这期间的安西都护府以西就是今天的高昌故城。

多次被战火焚毁又多次重建的高昌故城,如今坐落于吐鲁番市东面约40公里的哈拉和卓乡附近,离《西游记》里提到的火焰山很近,气温与天山真是冰火两重天。远远望去,高昌故城只是沧桑满目的残垣断壁,几乎没有植物替它遮阳,通透的荒凉与迎面的神秘让我内心有一种空荡荡的感觉。行走其间,伴随日落,回望全是夯土的城墙与远处的茫茫戈壁,仿佛"大漠孤烟直,长河落日圆"这句王维古诗的意境,更适合于被联合国教科文组织列入"世界遗产"的高昌故城。如果两边绿洲如海,高昌地区的另一个安西都护府所在的交河故城就像一艘巨大的航空母舰,屹立于吐鲁番盆地。

可是历史被打落成碎片,"失落"这两个字注定要蒙住双眼,因为我的高昌故城、交河故城之行没有发现鸡娄鼓的壁画踪迹。当地人劝我去鄯善县吐峪沟千佛洞或去吐鲁番柏孜克里克千佛洞看看,因为传闻新疆吐峪沟唐代绘画曾有鸡娄鼓与鞉牢鼓一起演奏的画面,只是此件文物早在20世纪初就被觊觎高昌秘宝的日本人带走,现存于日本出版的《西域考古图谱》。

当地人说的这两个千佛洞,是高昌地区两大佛教文化石窟。其中,柏孜克里克千佛洞距离高昌故城最近,仅有约15公里,位于火焰山峡谷木头沟西岸的断崖之上,维吾尔语因此称"柏孜克里克"为山腰。高昌地区这个大型石窟历代不断重修改建,主要留存的是回纥高昌(840—1282)

时期壁画，回纥是维吾尔人的祖先，这些壁画演变的绘画艺术至今还在吐鲁番维吾尔族民居有所体现，第20窟绘有回纥高昌王和王后的画像，第38窟是回纥高昌人崇信的摩尼教生活情景图。第18窟、29窟和48窟，则是高昌地区开凿最早的石窟，始于麴氏高昌国时期。第33窟因有伎乐图，是我考察的重点，此窟主题是释迦牟尼佛壁画，东西两壁呈现出一喜一悲画像，西壁画的是释迦牟尼佛涅槃图，众弟子默立举哀，有的面目忧伤，有的捶胸哀泣，东壁绘的婆罗门外道闻佛涅槃奏乐图，他们造型怪异，欢欣鼓舞，画面里有横笛、觱篥、琵琶、鼓等乐器，所打之鼓因为模糊难以辨认。这幅《婆罗门奏乐图》（又名《奏乐婆罗门》），目前之所以存于日本东京国立博物馆，就因为20世纪初被日本人刀割盗走。其实，1904年至1913年间，柏孜克里克千佛洞90%的壁画先后被德国、英国、俄罗斯和日本四个国家的探险队切割下来，分批运去他国，现今收藏于德国柏林印度艺术博物馆、俄国圣彼得堡艾米塔什博物馆、日本东京国立博物馆、英国大英博物馆、印度国立博物馆、韩国国立博物馆。这也是柏孜克里克千佛洞许多壁画遭到严重破坏堪称面目全非的历史之痛。德国猎取的那一批高昌壁画，甚至因"二战"永远消失于战火。如今，柏孜克里克千佛洞残余的壁画内容尽管也很丰富，我在有限开放的洞窟中却没有发现古代高昌国的鸡娄鼓。

　　高昌曾和龟兹一度成为西域两大佛国，所传佛经、所画佛像皆是来自天竺。龟兹以小乘佛教为主，兼及大乘；高昌则以大乘佛教为主，兼及摩尼教。其中，被誉为"火焰山中最壮美的峡谷"的吐峪沟，出现的吐峪沟石窟尚有《观无量寿佛经变》的净土思想壁画，以及"不鼓自鸣"类佛教天宫乐伎形象，风格大抵和敦煌壁画差不多。柏孜克里克石窟、胜金口石窟、奇康湖石窟等高昌地区石窟，还出现了不少佛教供养伎乐，绘有箜篌、觱篥等高昌乐代表乐器，但是画面残缺，许多乐器无法辨认。

事实上，高昌从西魏（南北朝时期由北魏分裂的西魏、东魏）通汉后，就有高昌伎出没中原。隋文帝开皇六年，高昌国又朝献《圣明乐曲》。唐太宗平高昌后还将《高昌乐》收纳入宴会之乐，及初唐《十部乐》第一部《燕乐》。到了北宋期间的回纥高昌国，乐舞活动、拜佛礼佛仍很活跃，当时还是行者必抱乐器的音乐大国。北宋使臣王延德曾于981年奉命从开封出发出使高昌，历时两年目睹高昌乐舞和风土人情，返回开封后著有《西州记程》（又称《王延德使高昌记》《西州使程记》）载："乐多琵琶、箜篌……好游赏，行者必抱乐器。"此书还载，每到春季，高昌人必到佛寺"群聚遨乐"。

其实，高昌壁画、龟兹壁画、敦煌壁画，都出现过佛教天宫伎乐里的不鼓自鸣乐器。对于高昌石窟群而言，鸡娄鼓正是鸡娄不鼓自哀。而释迦牟尼佛涅槃图里的众人哀哭模样，似乎也因他们经历的眼鼻被抠、身首异处而哀哭了多个世纪……

龟兹，鸡娄如瓮两面鼓

继续西行之前，我的时间先回到文献。我想从"鸡""娄""鼓"这三个古意饱满的字中擦亮"鸡娄鼓"的本来模样，以便甄别那些难以辨认的壁画鼓乐。东汉学者许慎《说文解字》仅载："娄，空也。从母中女，空之意也。"清朝训诂学家段玉裁，补注："凡中空曰娄。"尽管新华字典和康熙字典也无"鸡娄"释义，但从《说文解字》之解可以意会，鸡娄鼓形如鸡的腹部，既圆又空而称"鸡娄"。宋末元初历史学家马端临在《文献通考》中说，"鸡娄鼓，其形如瓮"，而且鼓"腰有环，以绶带系之腋下"。《事类赋》还引《古今乐录》所载："鸡娄鼓，正圆，而首尾可击之处，平可数寸。"按照《文献通考》所说的鸡娄鼓，形状如同一个瓮缸，中间凸出，两头内收，鼓框近似一个圆球形，鼓的两面皆可击打。参照成都永陵博物馆的唐五代石刻鸡娄鼓形状，可知与马端临言及的宋代鸡娄鼓基本一致。关于鸡娄鼓的演奏方法，北宋音乐理论家陈旸《乐书》还有一说："左手持鞉牢，腋挟此鼓（鸡娄鼓），右手击之，以为节焉。"这些文献，说明鸡娄鼓有多种演奏方法：一是鸡娄鼓伎独奏，可以双手拍击，或用鼓杖杖击；二是鸡娄鼓和鞉牢鼓由一个乐伎合奏，鸡娄鼓又分右手拍击、右手杖击两种。成都永陵石刻浮雕"二十四伎乐"，属于延续唐朝宫廷乐舞的前蜀皇帝王建皇宫乐队编制，其中棺床东面第八位的乐伎是左手摇拨鞉牢鼓，右手用鼓杖击打挟于左腋下方的鸡娄鼓。这种鸡娄鼓，有鼓腰设环的鼓形，可以用绶带穿过腰环将鼓系在腋下演奏,如此设计可以避免合奏鞉牢和鸡娄鼓的乐伎挟鼓不稳。另从敦煌莫高窟第156窟《张义潮统军出行图》中的仪仗乐队画像发现,鸡娄鼓伎竟有左手击打挟于右臂弯之上的鸡娄鼓姿势,甚至敦煌壁画第445窟南壁西侧《阿弥陀经变》、第172窟南壁下侧《观无量寿经变》、第12窟南壁中央《观无量寿经变》的鸡娄鼓伎还出现坐姿、站姿、卧姿等多种姿势,可见用于佛教的鸡娄鼓伎并不局限于唐朝(并影响于宋朝)《坐部伎》的坐式"左手持鞉牢,右手击左腋所挟鸡娄"这种击鼓方法。而且,鸡娄鼓更不局限于被唐朝宫廷使用,《张义潮统军出行图》所绘主角是晚唐河西节度使、检校吏部尚书兼御史大夫张义潮,作为大臣和驱逐盘踞在河西地区吐蕃人的民族英雄,他也可享用这类皇家乐器。在西安出土的其他鸡娄鼓的砖画、浮雕,还可互证鸡娄鼓伎在唐朝京都长安的广泛流行。

关于鸡娄鼓的渊源,陈旸在《乐书》直言:"鸡娄鼓……龟兹、疏勒、高昌之器也。"《旧唐书》说此鼓用于唐朝宫廷的《高昌乐》《龟兹乐》《疏勒乐》三部乐。陈旸更是肯定,鸡娄鼓是高昌、龟兹、疏勒三国之器。那么,到底谁先发明了鸡娄鼓?新疆之行,我一直想对比文献找出鸡娄鼓的起源,可惜不论是在吐鲁番还是在库车、喀什噶尔,多个当地人都解释不清或语焉不详。鸡娄鼓究竟原产于何时何处?至今仍是一个历史谜团。

不过,在龟兹石窟、敦煌石窟、云冈石窟的壁画中,可以看出,鸡娄鼓是由西域传入中原的球形两面鼓。这个特征有点像汉朝时期的龟兹国,虽是汉时西域强国,地处丝绸之路十字路口,还是佛教东传进入中原的枢纽,但它夹在汉朝与匈奴两大强国之间,两面敲边鼓,时而依附大汉朝廷又时而反水。我倾向于相信鸡娄鼓为龟兹原产。

有专家曾认为,龟兹等西域国家出现的鸡娄鼓可能是汉朝击鼓说唱俑所用之鼓,传至西域之后被改装回传中原。这个新鲜的定位又把我拉回成都天回山崖墓出土的两件东汉时期的击鼓说唱俑。不管是收藏于中国国家博物馆的击鼓说唱俑,还是成都市新都区博物馆收藏的击鼓说唱俑,都是表现东汉民间说唱艺人的生活,他们多为侏儒,所打之鼓从形制上看属于扁鼓,以一边打鼓一边说唱的方式和滑稽诙谐的表演取悦王侯、大臣、贵族。这种扁鼓和形如瓮的鸡娄鼓相去甚远,尚无文献传证二者有渊源,鸡娄鼓源于这种扁鼓的可能性不大。不过,这两件击鼓说唱俑倒是透射出一人兼奏两乐器的演出形式,早在东汉中原就有。已经出土的汉代画像砖里,便有排箫和鼗鼓(鞉牢鼓)由一人兼奏的画面。而鸡娄鼓和鼗鼓(鞉牢鼓)由一人兼奏的画面,除了成都永陵石刻浮雕,还在龟兹石窟、云冈石窟、敦煌石窟壁画中多次出现,分别是魏晋、南北朝、隋唐三个时期的产物。从石窟开凿年代看,古代龟兹国的克孜尔千佛洞(又称克孜尔石窟)始凿最早,位于新疆阿克苏地区的拜城县,早在3世纪末4世纪初就因天竺佛教石窟文化影响,出现大量石窟群壁画。

"龟兹"二字最早见于班固《汉书》,汉语拼音读为qiu cí,梵语作Kucina,在唐朝又称屈支。唐僧玄奘在《大唐西域记》中就说:"屈支国……管弦伎乐,特善诸国。"晚唐志怪小说家段成式在《酉阳杂俎》中对龟兹乐舞的发达还有如此记载:"龟兹国,元日斗牛马驼,为戏七日,观胜负,以占一年羊马减耗繁息也。婆罗遮,并服狗头猴面,男女无昼夜歌舞。"而从龟兹国进入唐朝宫廷的《龟兹乐》,在《十部乐》中还被唐太宗和唐玄宗列于西域诸国乐部之首。据《旧唐书·音乐志》篇载,唐朝宫廷《龟兹乐》部所用乐器有竖箜篌、曲项琵琶、五弦琵琶、排箫、觱篥、横笛、笙、腰鼓、羯鼓、鸡娄鼓、答腊鼓、毛员鼓、铜钹、贝等,特注宋朝宫廷《龟兹乐》部"毛员鼓今亡"。另据《新唐书》记载的唐朝教坊四部乐(龟兹部、大鼓部、胡部、军乐部),第一部即是龟兹部,"乐器有羯鼓、揩鼓、腰鼓、鸡娄鼓、短笛、大小觱篥、拍板,皆八"是说演奏时所用鸡娄鼓有八个。这是唐玄宗在盛唐时期过于追捧龟兹乐舞的结果,以至于放任通州(州治在今四川达州)司马的中唐诗人元稹还在离京城长安三百环路之外,就口水滴答高吟新作《连昌宫词》:"逡巡大遍凉州彻,色色龟兹轰录续。"

唐玄宗在长安、洛阳刮起的欢快奔放的龟兹乐舞热风,其实并不像元稹《连昌宫词》说的那样"盛唐兴,中唐衰",因为到了五代十国时期仍在推崇,而且格外盛行于宋朝中原。除了文献典籍记载,北宋诗人沈辽写过一首诗,即在北宋非常有名的《龟兹舞》,可从中发现古龟兹国的舞蹈、音乐等艺术早从汉朝就已传入中原。

龟兹舞,龟兹舞,始自汉时入乐府。
世上虽传此乐名,不知此乐尤传否。
黄扉朱邸昼无事,美人亲寻教坊谱。
衣冠近得画图看,乐器多因西域取。
红绿结裪坐后部,长笛短箫形制古。
鸡娄揩鼓旧所识,饶贝流苏分白羽。
玉颜二女高髻花,孔雀罗衫金画缕。
红靴玉带踏筵出,初惊翔鸾下玄圃。
中有一人奏羯鼓,头如山兮手如雨。
其间曲调杂晋楚,歌词至今传晋语。
须臾曲罢立前庑,叹息平生未尝睹。
清都阆苑昔有梦,寂寞如今在何所。
我家家住江海涯,上国乐事殊未知。
玉颜邀我索题诗,它时有梦与谁期。

　　沈辽诗中所说古代龟兹乐舞早在汉朝就进入乐府,这个"乐府",是秦汉时期掌管音乐的机构,汉朝乐舞名家李延年、赵飞燕、戚夫人皆曾供职于此。魏晋以后,有人将乐府所唱的诗称为"乐府",将音乐官署变为诗体名称。宋朝词人、千古第一才女李清照曾撰《词论》说:"乐府声诗并著,最盛于唐。"说的正是既知音律又爱法曲还会写诗的唐玄宗李隆基开创的开元盛世期间。诗仙李白的《清平调》词三首,就属于盛唐的七言乐府诗,其中的"云想衣裳花想容,春风拂槛露华浓"被指形容杨贵妃玉容之美(一说李白的梦中情人之美),

"借问汉宫谁得似,可怜飞燕倚新妆"被指描绘赵飞燕妆容之艳。在唐玄宗开创的音乐极度繁盛时期,不仅龟兹乐舞最为流行,开元、天宝在中国诗歌史上被冠名"盛唐",还因出产了李白、杜甫、王维、孟浩然、王昌龄、高适、岑参、王之涣等一大批诗坛巨星,将这一期间的唐诗推向中国诗歌史上的巅峰。盛唐第一歌手李龟年更因吟唱李白、杜甫、王维的诗,而被写入唐诗名垂千古,这就是古诗与音乐、舞蹈联姻的结晶。那时的诗歌是诗不离歌、歌诗互兴,当今的诗歌则是诗和歌分家,各奔前程。

让开元、天宝成为唐诗的一段光辉岁月,龟兹乐舞可居首功。盛唐诗人李颀《听安万善吹觱篥歌》"南山截竹为觱篥,此乐本自龟兹出",写过龟兹乐器觱篥在唐玄宗时期的长安演奏盛况。中唐诗人白居易《琵琶行》"轻拢慢捻抹复挑,初为《霓裳》后《六幺》",述说了唐宪宗时期的龟兹乐器琵琶从京城长安流传到浔阳(今江西九江)的琵琶之声。唐宪宗时期的李贺《李凭箜篌引》"十二门前融冷光,二十三丝动紫皇",则是专咏龟兹乐器箜篌的诗歌名篇。晚唐诗人李商隐《龙池》"龙池赐酒敞云屏,羯鼓声高众乐停",还写了唐玄宗酷爱龟兹乐器羯鼓的史事。而专咏鸡娄鼓的诗,却不见于《全唐诗》。幸在北宋宫廷也极为盛行龟兹乐舞,北宋诗人沈辽《龟兹舞》中才有"鸡娄揩鼓旧所识,饶贝流苏分白羽",提及过鸡娄鼓。而且在唐宋宫廷的一众龟兹鼓乐中,似乎皆以羯鼓为鼓王。"中有一人奏羯鼓,头如山兮手如雨",沈辽在诗句里形容的羯鼓乐伎,打得那是酣畅淋漓,无非也是图个皇帝高兴，自己也易身价倍增。

从吐鲁番西行，沿着吐和高速去古代龟兹国所辖的库车与拜城，穿过沙漠、戈壁与绿洲，抵达开凿最早的中国佛教艺术风格的龟兹石窟群落。最有名的克孜尔千佛洞，又称克孜尔石窟，北依天山山脉，南临塔克拉玛干大沙漠，位于新疆拜城县克孜尔镇东南明屋塔格山的悬崖峭壁。克孜尔石窟始凿于东汉末年，主要表现小乘佛教"唯礼释迦"的佛教思想，包括飞天、伎乐天、佛塔、菩萨、罗汉、天龙八部、佛本身故事、佛传故事、经变的壁画，看得清楚的皆栩栩如生，看不清楚的多被外国人在20世纪初刀割盗走而破坏。克孜尔，在维吾尔语中意指"红色"。克孜尔石窟，与云冈石窟、敦煌莫高窟、龙门石窟并称中国四大石窟（一说敦煌莫高窟、云冈石窟、龙门石窟、麦积山石窟）。佛教在龟兹国最鼎盛时，到克孜尔千佛洞修行的僧侣高达万人，占据国人总数的十分之一。直到8世纪因为战乱不停加上其他宗教的强势进入，龟兹地区的克孜尔石窟才停止佛窟开凿，从此衰落。凿于7世纪的克孜尔石窟第8窟，有保存较为完整的壁画，窟中的《奏拨鼗因缘图》让我不虚此行，是因为众里寻他千百度的鸡娄鼓，就在这里显露。《奏拨鼗因缘图》属于唐朝风格佛教壁画，描绘的是佛居中央说法度化众生的故事，图中佛的右侧跪有一裸体小孩，小孩左手摇举一鞉牢鼓，左腋与腿间挟有一鸡娄鼓，右手做击鼓状，演奏方法跟成都永陵石刻鞉牢鸡娄鼓伎一致，但是动作略显夸张。此处和鞉牢鼓同奏的鸡娄鼓，正是鸡娄如瓮的两面鼓形象，无疑是龟兹国原产鸡娄鼓的原型。此窟还有琵琶等龟兹乐代表乐器出现。

第38窟，堪称克孜尔石窟最震撼、最沧桑、最完整的龟兹乐器集大成者音乐窟，各壁满绘精美的佛教故事壁画，大量乐舞场面还在诠释被世人赞誉的"佛教故事的海洋"。如果成都永陵博物馆的石刻浮雕"二十四伎乐"是前蜀工匠的刻刀凝固的最完整唐朝风格宫廷乐队，克孜尔石窟两侧壁上方闻名天下的28躯"天宫伎乐"，就是色彩凝固的一部龟兹乐舞史诗。之所以称"天宫伎乐"，是因为砖隔开了画中伎乐天人的下半身，意味着天上和人间隔开。此窟东西壁28躯伎乐天人或弹奏或打击乐器，或舞璎珞或举宝镜，场面宏大，与主室正壁绘画结合，完美表现了佛教发展中开启佛陀说法因缘的重大事件——梵天劝请。克孜尔石窟第38窟两人一组的这28躯伎乐天人均是半身像，能辨认出的乐器高达28种，和单人一组皆是全身像的永陵棺床24躯宫廷乐伎相比，可谓各有千秋，如花绽放于中国的西北与西南。甚至，成都永陵石刻王建棺床和新疆克孜尔石窟两处均出现的觱篥、箜篌、琵琶、羯鼓等乐器，多跟唐朝宫廷《龟兹乐》乐队演奏的乐器相同，说明晚唐将军、前蜀皇帝王建和后主王衍也有唐玄宗李隆基专爱龟兹乐舞的喜好。

成都永陵石刻王建棺床南面两位舞伎，所跳舞蹈其实跟龟兹国舞渊源极深，源自在唐玄宗宫廷经常演奏的《霓裳羽衣》舞曲，此曲"入破"的高潮舞蹈音乐部分则取自龟兹国的《婆罗门曲》。北宋史学家、成都新津人张唐英在其《蜀梼杌》中记录过前蜀后主王衍，执拍板（相当于指挥棒）唱《霓裳羽衣》的史事："王衍，字化源……五年三月上巳，宴怡神亭，妇女杂坐，夜分而罢。衍自执板唱《霓裳羽衣》及《后庭花》《思越人》曲。"不仅是前蜀，五代十国时期的后唐李煜皇宫和贵族家庭也有文献说，南唐有奏延续唐玄宗作曲、杨贵妃编舞的《霓裳羽衣》曲舞，不过相关舞蹈动作后来失传，这一时期的《霓裳羽衣曲》，主要按照旧谱循声、起舞。唐玄宗天宝年间，河西节度使杨敬述进献给李隆基的《婆罗门曲》其实并非印度原曲，而是古龟兹国作曲家在克孜尔千佛洞得灵感，根据天竺乐曲改编的新曲。

《霓裳羽衣曲》来源于《婆罗门曲》的故事，在宋朝学者江少虞《事实类苑》（后世出版为《宋朝事实类苑》）中有论述："余观唐人《西域记》云：'龟兹国王与臣庶知乐者，于大山间听风水之声，均节成音，后番入中国，如伊州、凉州、甘州，皆自龟兹至也。'则知霓裳亦来自西域云。"在克孜尔千佛洞一个幽深的山坳中，无数晶莹的水珠从悬崖滴下，叮咚有声，汇成一股清泉，当地人称千泪泉。唐朝高僧圆照曾访问悟空僧人（俗名车奉朝）在西域诸国及天竺所见所闻，而撰《悟空入竺记》说："安西境内有前践山、前践寺。复有耶婆瑟鸡山，此山有水，滴溜成音。每岁一时，采以为曲。"耶婆瑟鸡山，即是现今克孜尔镇的明屋塔格山。宋朝高僧赞宁所著《宋高僧传》还称，此泉水滴答成音，来自大自然的这种天籁之音，成为龟兹音乐家的创作源泉。传说，来自天竺的婆罗门曲先在此处（千泪泉）经过龟兹国作曲家改编创作成《婆罗门曲》，然后再流行于西域诸国，后来才被传入中原的唐玄宗手中。在梦游月宫仙女神舞之后,唐玄宗想为爱妃杨玉环创作《霓裳羽衣》舞曲,其间,万事俱备,欠缺的东风就是舞曲里快节奏的"入破",正好遇到杨敬述进献流行于西域龟兹国的《婆罗门曲》曲谱,李隆基如获至宝,灵感如泉汩汩而出,于天宝十三载一挥而就杨贵妃一跳天下闻名的《霓裳羽衣》舞曲,史称盛唐道调法曲。音乐界所说的"入破",是快节奏的舞蹈大曲需要的一个激烈的舞蹈高潮。"此曲只应天上有,人间能得几回闻?"诗圣杜甫听过,化为一诗《赠花卿》。白居易听了,写了一首《长恨歌》。

疏勒,鸡娄或已成鸡肋

从库车再上吐和高速,一路西行大约一天,就是新疆最西边的边疆地带:疏勒。这是一个因为地利而比龟兹国更早接受天竺佛教影响的西域古国,隋唐宫廷所用《疏勒乐》的疏勒国所在地,即喀什噶尔一带。不论是喀什噶尔老城,还是其他疏勒遗迹,鸡娄鼓和五弦琵琶、竖箜篌等古代疏勒国代表乐器一样难见身影。

我要找寻隋唐《疏勒乐》中的鸡娄鼓,或许已演变为当地人使用的两面可打的新疆手鼓,只是这种手鼓的演奏姿势和方法与唐朝宫廷乐伎兼奏鞉牢、鸡娄鼓的方式不同。这种传承在叶尔羌河流域的新疆手鼓,可以视为改良版的鸡娄鼓,手一触摸,乐声就会喷薄而出,仿佛在回荡曾经流行在北魏、北周、隋朝、唐朝几朝中原的旷古乐音。

鸡娄鼓，何时何地在疏勒国最早使用，目前尚无文献记载。只能从《魏书》和《隋书》推断，疏勒的鸡娄鼓早在晋南北朝时期就已流传于中原。其中，《隋书·音乐志》篇章记载："《疏勒》《安国》《高丽》，并起自后魏平冯氏（北燕）及通西域，因得其伎，后渐繁会其声，以别于太乐。《疏勒》，歌曲有《亢利死让乐》，舞曲有《远服》，解曲有《盐曲》（用于其他乐部也称《疏勒盐》），乐器有竖箜篌、琵琶、五弦、笛、箫、筚篥、答腊鼓、腰鼓、羯鼓、鸡娄鼓等十种，为一部，工十二人。"这里提到的"后魏"，是指南北朝时期在北方崛起的北魏帝国。如今在壁画、浮雕里频频出现鸡娄鼓形象的云冈石窟，正是在北魏时期开凿。而《魏书》还载：从太延三年（437）至和平三年（462），疏勒国曾先后六次向北魏遣使朝献疏勒乐舞，其中便有来自疏勒的鸡娄鼓。南北朝时期的北周武帝宇文邕迎娶突厥阿史那氏公主，也有疏勒人带入中原的鸡娄鼓。终结南北朝混战的隋朝，除了收纳流行于北方的疏勒乐，还较早把《疏勒乐》定为隋朝宫廷《九部乐》中的一部。

初唐时期的疏勒乐舞在宫廷使用频率递增，则因长安冒出了一个来自疏勒国的天才级琵琶演奏家裴洛儿，又名裴神符，可谓手指弹拨琵琶的鼻祖。唐高祖李渊、唐太宗李世民均是琵琶爱好者，裴洛儿就是因初唐以琵琶为宫廷首席乐器而成为两朝红人。中唐史学家杜佑《通典》曾载："五弦琵琶，稍小，盖北国所出。旧弹琵琶，皆用木拨弹之，大唐贞观中始有手弹之法，今所谓挡琵琶者是也。《风俗通》所谓以手琵琶之，知乃非用拨之义，岂上代固有挡之者？手弹法，近代已废，自裴洛儿始为之。"按照杜佑之说，在中原开创的手弹琵琶技法之人就是裴洛儿。事实上，裴洛儿也正是凭其妙解琵琶手法深受李渊和李世民喜爱，入职唐朝太常寺担任宫廷乐师。不仅如此，裴洛儿还是一个出色的作曲家，他征服唐太宗的曲子就是用琵琶手弹新创的《火凤》（一作《火凤》），因是首奏于琵琶，可视为大唐琵琶曲，后来在唐朝宫廷《法曲部》《胡曲部》又分别以《真火凤》《急火凤》之名作为重要曲目演奏。200年之后的中唐诗人元稹写过一首《法曲》，以诗句"《火凤》声沉多咽绝，春莺啭罢长萧索"记录此时还在流行的《火凤》曲特色。"初唯作《胜蛮奴》《火凤》《倾杯乐》三曲，声度清美，太宗深悦之。高宗之末，其技遂盛，流于时矣"，杜佑这段话提到裴洛儿的作品，至少在唐朝流传有这三曲。

其中，裴洛儿创作的《倾杯乐》更是催生了大唐另一种让人叹为观止的奇特舞蹈，舞者不是人，而是马。此舞从唐太宗李世民到唐玄宗李隆基一直常演不衰，尤其是李隆基的心尖最爱。杜佑《通典》称这种舞蹈的名字为"马舞"，非乐府所统，"今翔麟、凤苑厩有蹀马，俯仰腾跃，皆合曲节，朝会用乐，则兼奏之"。段安节《乐府杂录》也谈到"马舞"，称："马舞者，栊马人著采衣，执鞭，于床上舞蹀躞，蹄皆应节奏也。"郑处诲《明皇杂录》则直接点名这种马舞的伴奏曲，就是裴洛儿创作的《倾杯乐》："玄宗尝命教舞马四百蹄，各为左右，分为部目，为某家宠，某家骄……其曲谓之《倾杯乐》者。"这种训练有素的马，被称"舞马"，又称祝寿马，源于它们专门用来在李隆基的生日宴会上跳舞祝寿，舞马助兴，而且每一匹马都有名字，或"骄"，或"宠"。这些马名的创意，皆来自唐玄宗的脑细胞。但是，这批唐朝宫廷所养的舞马只为李隆基祝了25次寿，就因安史之乱爆发，被安禄山抢走享用。安禄山破长安城过皇帝瘾常自唱《倾杯乐》，在其统治的大燕国（史称伪燕）所用乐工和乐器，一部分来自长安宫廷，另一部分则是早年立功常被唐玄宗赏赐的鸡娄鼓、觱篥、笛、笙、腰鼓等盛唐伎乐。除了文献屡提"舞马"，还有实打实的文物承载唐玄宗喜欢舞马这一嗜好。比如，陕西历史博物馆收藏于1970年在西安南郊何家村唐代窖藏出土的唐舞马衔杯纹银壶，银壶两侧采用凸纹工艺，各塑有一匹奋首鼓尾、跃然起舞的骏马。壶的造型采用北方游牧民族皮囊的形状，既便于外出骑猎携带，又便于日常生活使用。据考，此件银壶上的骏马就是唐朝的舞马形象。在唐玄宗开元年间三次拜相的诗人张说，曾多次参加李隆基寿宴，写有这种舞马在《倾杯乐》曲中完成表演后的神态，诗名为《舞马千秋万岁乐府词》："更有衔杯终宴曲，垂头掉尾醉如泥。"虽然无缘进入唐玄宗朝廷核心，擅长写诗史的诗圣杜甫也没有漏掉这种壮观舞马事件，他曾在《千秋节有感二首》其二留句"舞阶衔寿酒，走索背秋毫"，描绘舞马的高难度动作。舞马，马舞，这种盛行于大唐的另类舞蹈，凭借多个诗人的书写名留史册。除了陕西历史博物馆收藏的唐舞马衔杯纹银壶，唐室皇帝的祖籍地、今甘肃省天水市博物馆还馆藏有陶舞马，和唐舞马衔杯纹银壶皆是唐朝宫廷舞马活动的实物见证。不过，倾杯，便打鸡娄鼓，已沉入泥沙之下，成为唐宫往事。

疏勒国的鸡娄鼓，或许已成失踪的鸡肋。但是疏勒国音乐人裴洛儿，却因为他的《倾杯乐》《火凤》等音乐作品而名垂青史，尤其是他弹琵琶之手法至今还在华夏大地广泛传播……

历经1000多年，龟兹、高昌、疏勒三个西域古国早已消亡，伴随着各种鼓器见证开元、天宝盛世的霓裳羽衣舞、胡旋舞、马舞、狮子舞、苏幕遮等大唐乐舞更难寻其踪，或许已以另一种姿势和变换的旋律把龟兹乐等西域乐舞印记留在如今的新疆歌舞中，只是改名换姓，成了难解之谜。我曾多次在成都永陵石刻王建棺床舞伎塑像前，流连忘返。也曾在新疆克孜尔石窟第38窟天宫舞伎、第101窟飞天舞神画像前，痴迷沉醉。这两处同源的龟兹乐舞，如今均被浮雕或壁画凝固，我只有在静处打开想象力，去遥想她们的动人之音与曼妙之舞了。

文学期刊推荐

《北京文学》2019年第7期散文头条——彭志强《蜀地唐音》(二章)

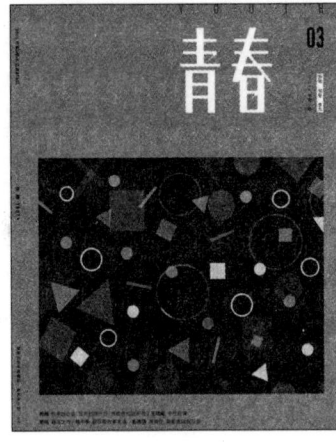

《青春》2019年第3期散文头条——彭志强《鸡娄鼓》

《海燕》2019年第5期散文头条——彭志强《永陵乐舞》(三篇)

排箫伎

吹叶伎

吹贝伎

觱篥伎

觱篥伎

弹筝伎

箜篌伎

毛员鼓伎

和鼓伎

齐鼓伎

羯鼓伎

羯鼓伎

铜钹伎

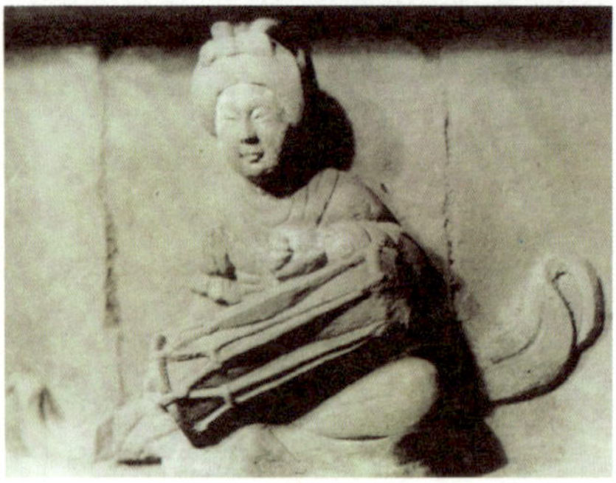

正鼓伎

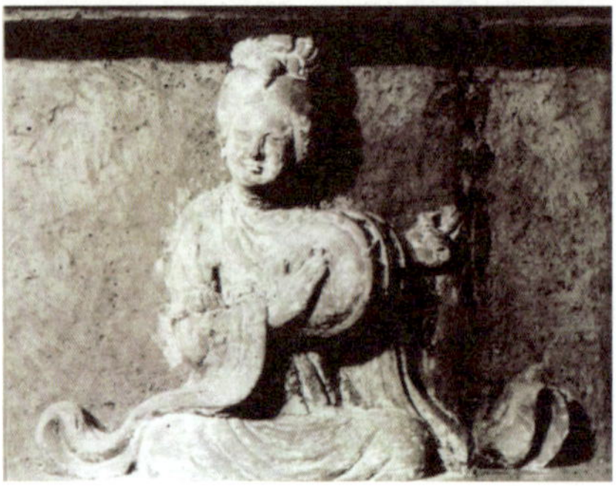

答腊鼓伎

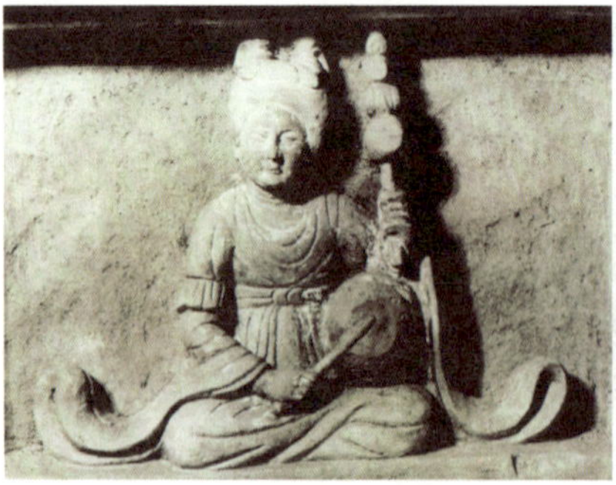

摇鞉牢鼓（乐伎左手之鼓）杖鸡娄鼓伎